「お前ごときが魔王に勝てると思うな」と
勇者パーティを追放されたので、
王都で気ままに暮らしたい
04

CONTENTS

5章・彷徨う勇者と最弱英雄のブロークン・バースディ

第五章

Episode 5

彷徨う勇者と最弱英雄のブロークン・バースディ

螺旋迷宮に出口は無い

王国北西部に存在する、教会の地下研究所跡。

セーラとネイガスは、そこで二体の巨大な蜘蛛型《くもがた》モンスターと戦っていた。

「ネイガス、右からも来てるっす！」

「りょーかい、っと！」

蜘蛛と言っても、頭部は馬の形をしているし、口からは無数の触手が生えているが。

この化物を〝飼育〟していた場所なのか、部屋はやけに広い。

ネイガスは触手の鞭《むち》を飛び避けると、セーラを抱き寄せ、手をかざして魔法を発動する。

「トルネード・イリーガルフォーミュラ！」

法外呪文《イリーガルフォーミュラ》――魔力の過剰行使により生じた巨大な竜巻が、二人を守るように囲んだ。

その威力は次第に増し、やがて全ての敵を切り刻む絶対無敵の壁となる。

「ギイイィィィ！　ギー！　ギイィィ！」

知能は低いのか、モンスターたちは自ら竜巻に突っ込んでくる。

そしてズタズタに切り裂かれながら、なおも獲物を喰らおうと、口から紫色の触手を伸ばした。

だが触手がネイガスに届くより前に、バキッ――と体を覆《おお》う甲殻が割れ、砕けた。

「ギギャアァァアアアァッ！」

口から粘液を撒《ま》き散らし、叫び暴《あば》れるモンスター。

だが必死の抵抗も虚《むな》しく、体の限界を迎え、胴体の中央から真っ二つに切断される。

「これでもまだ死なないんすか⁉」

上半身だけになりながらも、触手を使って這《は》い、近づいてくる化物。

その生命力の高さと執念に彼女は恐怖を覚えたが、ネイガスは冷静に、

「メルティダークネス」

手のひらから拳大の黒い球体を放つ。

球体はモンスターの頭部にふわふわと近づくと、接触した瞬間に一気に膨《ふく》らみ、頭部を包んだ。

内部に満ちた闇は皮膚や肉を溶かし、球体が消えると、むき出しになった頭骨が現れる。

さすがに脳を破壊されては活動を維持することはできない。

モンスターはぐったりと倒れ込み、動かなくなった。

ネイガスは「ふぅ」と息を吐く。

まだ余裕を持って倒せる程度ではあるが、研究所が使われた期間が現在に近づくにつれ、残された

オリジンコアを宿すモンスターは確実に強くなっていく。

現在も稼働する研究所には、ネイガスでも勝てないほどの怪物がいるのかもしれない。

「ネイガス、手に傷があるっす」

シリアスモードのネイガスだったが、セーラに触れられた途端にでれっと表情を緩めた。

そんな彼女に呆《あき》れつつも、丁寧に治癒魔法を使うセーラ。

「あぁ……セーラちゃんの回復は格別だわぁ」

「他と同じっすから。まったく、油断禁物っすよ。敵もどんどん強くなってるんすから」

「セーラちゃんに心配されるなら怪我も悪くないわね……」

「あんまり調子に乗ってると放置するっすからね」

そう冷たく言い捨てると、一人で部屋を出て行くセーラ。

「やあねえ、冗談だってばぁ。待ってよセーラちゃんっ」

それを小走りで追いかけるネイガス。

隣に並ぶと、彼女は真剣な表情に戻った。

「それにしても、頭を潰すと素直に死ぬあたり、化物っぽさは無くなったわよねえ」

「確かにお行儀がいいっすね。でも見た目は気持ち悪くなってる気がするっす」

「様々なモンスターの体を繋《つな》ぎ合わせ、オリジンコアを与えて強力な兵器を作り出す研究——キマイラ、か。業が深いわよね、ほんと。よく考えるわ」

「しかも現在進行系で研究は続いてるんすから、悪夢でしかないっす」

そう言いながら、セーラは先ほどの蜘蛛よりも気持ち悪いモンスターを想像してしまう。

不快そうに唇を尖《とが》らせる彼女を見て、ネイガスはくすりと微笑《ほほえ》んだ。

「この場所がわかったのもセーラちゃんのおかげだし、本当に感謝してるわ」

ネイガスの〝研究所跡めぐり〟には、セーラのもたらした情報が必要不可欠であった。

もっとも、セーラのほうも、リーチに頼まれ薬草の場所を探るときに、偶然にも教会の中で見つけた資料——そこに記された地名が、研究所の場所を示すものだとは思いもしなかったが。

「何すか、藪《やぶ》から棒に。好感度稼ぎっすか？」

「たまに優しくすると辛辣《しんらつ》な言葉が返ってくるのはなぜなのかしら……」

「自業自得っすね」

ぐうの音も出ない正論に、ネイガスは何も言えない。

「でもネイガスほどの風魔法の使い手なら、おらがいなくても、風の流れを調べて地下研究所を探したりできるんじゃないっすか？」

「大量の遺跡が埋まってて区別がつかないの。オリジンとの戦いの名残じゃないかしら」

「……オリジンと、戦う？」

聞き返されて、ネイガスは露骨に『しまった！』と焦り足を止めた。

「王国って、オリジンと戦ってたんすか？」

「い、いや……何ていうか、言葉の綾《あや》っていうか……」

「機密っすか。いいっすよ、どうせネイガスはおらに何も話してくれないっすもんね」

ジト目で頬を膨らますセーラに、ネイガスは「うぐ」とうめく。

「一緒に旅をして仲良くなったつもりっすけど、そう思ってるのはおらだけっすから」

さらなる追撃に、胸を押さえて「ぬぐぐ……！」と苦しそうに顔を歪《ゆが》めるネイガス。

「あーあ、今日は二人でお風呂に入ってもいいと思ったんすけど。ネイガスが必死に頼んでくるから、そろそろ許してもいいかと思っのに、隠し事ばっかりしてるようじゃそれも難しいっすね……」

さらに彼女は「むむぅ……！」と苦しみ、葛藤する。

確かにお風呂には入りたい、いっそ土下座しようかと思ってしまうほど入りたい。

しかし、自分の欲を優先して、魔族の機密情報を漏らしてしまっていいものなのか。

いやどう考えてもダメなのだが、しかし常識を越えなければ、夢は叶《かな》わない。

それにここまでセーラを巻き込んだのに、何も教えないのはアンフェアではないか——

「むがあぁぁー！　わかったわ、話せる範囲で話すわよぉ！　こうなったらもうヤケよ、機密なんてくそ喰らえだわ！　だから一緒にお風呂に入らせてくださぁぃッ！」

人間を超越した動きで額を地面に擦《こす》り付け、頼み込むネイガス。

セーラはもちろんドン引きした。

◇◇◇

最寄りの町であるノウェイスの宿を取った二人。

部屋に入ると、ネイガスは「おっふろ、おっふろっ」と子供のようにはしゃいでいた。

一方でセーラは〝早まったかな〟と後悔気味である。

バスタオルを即刻剥《は》ぎ取られ、湯船の中でネイガスの足の上に座らされるセーラ。

今までさんざん抱きしめられてきたが、肌が触れるとなるとまた事情が違う。

湯気がもくもくと立ち込める中、彼女は顔を真っ赤にして縮こまっていた。

一方でネイガスは、「ふへ……へへ……でへへへ……」と幸せの絶頂に浸っている。

「頼むからそのおっさんっぽい笑い声をやめてほしいっす」

「えぇー？　無理よぉ、だってあのセーラちゃんと一緒にお風呂に入れてるのよぉ？」

「オリジンのことを教えるっていう約束、忘れてないっすよね？」

「そこはちゃんと覚えてるから安心して。じゃあどっから話そうかなー」

「王国がオリジンと戦ってたって話から聞きたいっす」

「正確には人間と魔族ね。だから魔族の領地にも遺跡は結構埋まってるのよ」

「人間と魔族は……協力してたんすか？」

「もちろん、いくら耐性を持ってたとしても、種族でいがみあってたら勝てないもの」

「耐性、っすか」

「そう、耐性。人類は一度、オリジンに滅ぼされたの。その後、長い長い時間を経て〝二度目〟の繁栄が始まると、急速に進化していったわ。〝属性〟を身につけ、魔法が使えるようになったのもそのうちの一つ。魔族の誕生もその結果と言えるわね」

「疑問点が……質問がまとまらないっす。えっと、そんな都合よく進化できるものなんすかね……」

「この星の生命を絶やさないようにするため、〝星の意思〟とも呼べる力が働いていたと言われているわ。生命に多様性を持たせることで、一方が滅んでも一方が生き残るようにしたの」

話の規模が大きすぎて、やはりセーラはいまいちピンとこない。

「このあたり複雑よね。理解するには、オリジンの正体を知ってもらう必要があるわ」

「おらもそれは一番知りたいっすね」

「セーラちゃんは、この世界から争いを無くすためには何をしたらいいと思う？」

セーラは下唇に人差し指をあてて、「うーん」と悩む。

ネイガスはそのかわいらしい仕草にひっそりと興奮していた。

「全ての人にしっかりとした道徳教育を施す、っすかね」

「思ったより現実路線ね……でも、オリジンを作った人はこう考えたの」

セーラのこぶりな耳に唇を寄せ、ネイガスは囁《ささや》く。

「あらゆる生命体の脳を接続し、一つの命にしてしまえばいい、って」

ぞくりと体を震わせるセーラ。

彼女の声色も相まって背筋が凍るが、よくよく考えてみると――

「……それを至近距離で言う必要、無くないっすか？」

「野暮ねえ、雰囲気作りは大事なのよ？」

「そういうのはいいっすから、淡々と事実だけを教えてほしいっす」

彼女は唇を尖らせ、不満をこぼす。

余計なことさえしなければ、優しいお姉さんなんすけどねえ――と心の中で付け加えながら。

「ところで脳を接続って、どういうことっすか？」

「そのままの意味よ、他者がいなければ争いが起きることはないじゃない」

「争いを無くすためだけに、オリジンは生み出されたってことっすか」

「元は、〝人の意識を循環させるエネルギー生成機関〟だったそうよ。けれどいつしか本来の目的から離れて、間違った理想を抱き、世界を滅亡に導いてしまった」

だからオリジンは止まらない。

自身の消耗《しょうもう》を、自身の生み出したエネルギーで補うことで、永久機関となる。

「何だか、寂しいやつっすね」

揺れる水面を見つめながら、セーラは言った。

「確かに一人なら争いは起きないっすけど……誰かを好きになることもできないっす」

顎から滴《したた》り落ちた雫《しずく》が、彼女の悲しみを象徴する涙のように見えた。

ネイガスは感動し、抱きしめる両手に少し力を込めた。

「それは私に対する遠回しな告白だと思っていい？」

「情緒が台無しっす」

有無を言わさず立ち上がり、湯船を出るセーラ。

「あぁ、待って、悪気はなかったのよおぉ！」

ネイガスは必死にセーラの脚にしがみついたが、つるんと滑ってすり抜けていく。

結局そのまま、夢のお風呂タイムはお開きとなったのだった。

◇◇◇

風呂上がり、セーラは部屋に備え付けられた鏡台の前に座った。

ネイガスは彼女の後ろに立ち、風魔法で彼女の髪を乾かし、ブラシで梳《す》いていく。

「しかし色々おかしいっす。人間と魔族って、何で今は仲が悪くなっちゃったんすかね」

「私とセーラちゃんはこんなに仲がいいのにねえ」

「ネイガスみたいなのが多いからっすかね」

「セーラちゃんの辛辣さが留まるところを知らないわ……」

「重ね重ね自業自得っす」

十割ネイガスが悪いし、彼女自身にも自覚はあった。

「冗談はさておき、魔族との距離を取るっていうのは、人間側が求めたことだったの」

「何でそんなことをしたんすか？」

「人は欲望の強い生物だから、いずれ力を求めてオリジンの封印を解いてしまうだろう。だから我々でなく魔族が、未来の人間に奪われることがないようそれを守って欲しい――って、オリジンを封印した〝初代の勇者〟が言ってたそうよ」

「新事実が続々出てくるっすね。その感じだと、オリジンって魔王城あたりに封印されてるんすか？しかも勇者って、今のキリルさんだけじゃないんすね」

「もうこの際だから言っちゃうけど、その通りよ。魔王城の地下に封印……と言うか、オリジンの上に魔王城が建てられたの。ちなみに勇者は何百年かに一度、出現してるみたいよ」

オリジンのいない時代に生まれても、勇者は〝とても強い冒険者〟でしかない。

勇者が真価を発揮するのは、オリジンが復活したとき、あるいは——

「もしかして、オリジンのお告げでキリルさんが魔王城に向かわされたのって……」

「封印したのが勇者なら、封印を解くのも勇者、ってことでしょうね」

「狡猾《こうかつ》っす。魔王を倒すための旅と言っておきながら」

「狡猾と言うと、人間と魔族の仲を悪化させたのもそうよね」

「そういえば、さっきの話は、〝交流がなかった理由〟にしかなってないっすもんね」

「五十年ぐらい前に、人間との間に結んでた停戦協定が一方的に破棄されて、しかも王国内に流通する本や物語に、魔族を悪者にするような内容が増えだしたの。魔族は何もしてないのに」

「それでおらたち人間は、魔族を〝悪い存在〟だと思うようになったんすね。そしてそれが人間と魔族の関係悪化を招いて、三十年前の人魔戦争に繋がった……」

風魔法が止まると、ネイガスはセーラのすっかり乾いた金色の髪に触れる。

セーラは「ありがとっす」と、鏡越しに笑いかけた。

「五十年もかけてまで、何で封印を解きたがるのかしら。信仰ってやつが私には理解できないわ」

「国まで巻き込んで、ただの信仰とは思えないっすけど。そういえば、人間と魔族にはオリジンに対する耐性があるんすよね。だったら何で今はコアの影響を受けてるんすか？」

彼女は鏡の前から移動し、ベッドの縁に腰掛ける。

ネイガスは一足先に布団に潜り込みながら返事をした。

「可能性としては、耐性を持つ誰かがオリジンに接続して耐性を解析した、とかかしら」

「つまり、誰かが人間か魔族をオリジンに捧《ささ》げたってことっすか？　封印されてるのに？　それが原因なら、言いにくいっすけど……魔族に裏切り者がいるんじゃないっすか？」

形跡を消してまでオリジンに接触ができるのは、三魔将、あるいは魔王ぐらいのものだ。

「ありえない、と言っておくわ。あの子たちが裏切るとは思えないもの。それに、現在使われているコアが、魔王城地下にあるオリジンから与えられた力を使っているとは限らないでしょう」

「オリジンが複数存在するかもしれない、と考えてるんすね」

「魔族としては、そう思いたいわ。だからまずは第一に、コアに込められた力の出処を突き止めるため、稼働してる研究所を見つけ出すことが最優先なのよ」

目を細め、天井を見つめるネイガス。

普段はふざけてばかりで印象に残りにくいが、彼女の顔は非常に整っている。

黙ってさえいれば、いかにもクールで知的な美人といった雰囲気だ。

セーラの胸はどきりと高鳴ったが、すぐに正気に戻り、ブンブンと首を横に振った。

「セーラちゃん、何やってるの？」

「な、何でもないっす！」

「寂しいなら一緒に寝る？」

布団を開いて誘うネイガス。

「断るっす！」

セーラは語気を荒らげ、乱暴に布団を被《かぶ》った。

「つれないわねえ」

そう言って微笑むと、ランプのスイッチに指で触れ、灯りを消した。

「おやすみなさい」

「……おやすみっす」

どんなときでも挨拶は忘れるな――とは、セーラがエルンに教え込まれた教訓の一つ。

優しく言葉を交わすと、二人は瞳を閉じ、明日の探索に備えてすぐに眠りについた。

◇◇◇

魔王城の中にある図書室には、魔族の歴史と叡智《えいち》が詰まっている。

すでにみなが寝静まった頃、シートゥムは椅子に腰掛け、書物にのめりこんでいた。

だが、何度確かめてもオリジンの封印に緩みは確認できなかった。

そんな彼女の背後から手が伸び、机に芳しい香りが立ち上るお茶が置かれる。

「兄さ――」

シートゥムは振り返り、そう言いかけた。

だがそこにはツァイオンではなく、片眼鏡で燕尾服の男――ディーザが立っていた。

「ふふ、わたくしで申し訳ございません。今からでもツァイオンを呼びましょうか？」

「……うぅ、ち、違うんですぅ！　そんなつもりではなくてっ！」

顔を真っ赤にして、シートゥムは俯《うつむ》く。

「ふふ、もう夜も遅い。あまり根を詰めすぎると体を壊してしまいますよ」

「今は緊急時ですから、そんなことは言ってられません」

「ふむ、ご立派になられましたな……泣いてばかりいた子供の頃が嘘のようです」

いつもツァイオンの背後に隠れている弱虫少女――それが幼少期の彼女であった。

「子供の頃のことは言わないでください、誰だって恥ずかしいものなのですから」

「そうでしょうか、わたくしは平気ですが。先々代に拾って頂いてから今に至るまで、ここ魔王城で過ごした時間を恥ずかしいと思ったことはありません」

彼は赤子の頃に先々代の魔王に拾われ、育てられてきた。

その恩義を果たすため、この魔王城でシートゥムたちを支えているのだ。

「先代様に育てられた魔王様も胸を張るべきかと。僭越《せんえつ》ながら意見させて頂きます」

「そう言って、私が大泣きした話を持ち出して、からかうのがディーザなんです」

「信用がありませんな」

「日頃の行いです……って言ってるそばからほら、ニヤニヤ笑ってますし！　やっぱりそのつもりだったんですね⁉　ディーザなんて嫌いですっ」

シートゥムがぷいっとそっぽを向くと、ディーザの口元はさらに緩む。

彼はおほん、と咳払《せきばら》いをして気を取り直すと、彼女に忠告した。

「嫌われてしまっては仕方ありません。魔王様、無理はなさらぬよう。ツァイオンのためにも」

そう言い残して、ディーザは立ち去った。

残されたシートゥムは、再び本に向かい合う。

「だから何でそこで兄さんが……もう。わかってますよ、私も。でも……」

先代が残していた日記でもあれば、手がかりが見つかるのかもしれない。

だが不思議なことに、母が書いていたはずの日記は魔王城のどこにも存在しなかった。

ならば、自分の力でどうにかするしかない。

それから数時間、シートゥムは自らの体に限界が来るまで、本のページをめくり続けた。

01 崩壊

ジーンは自問する。

なぜこの僕が、他人のために花など買わねばならないのか、と。

なぜこの偉大なる僕が、他人のためにローブまで新調したのだろう、と。

なぜこの偉大なる天才である僕が、そわそわして髪型を整えているのだろう、と。

「緊張などと、馬鹿らしい」

そう言いながらも、彼は忙《せわ》しなく自室の中を歩き回った。

本棚から魔法理論に関する本を取り出したかと思えば、表紙を見ただけで戻してみたり。

机の上に置かれたペンを手に取り、意味もなく観察しては、また元の場所に戻したり。

「……馬鹿らしい」

自分にとって縁のないものだと思っていた。

それが何のことかと問われれば、ジーンが今感じている〝全て〟としか言いようがない。

コンコン——とノック音が聞こえると、ジーンの動きがピタリと止まった。

生唾を飲み込み、喉がゴクリと動く。

「は……入って、いいぞ」

語頭音が上ずる。

誤魔化すように咳払いすると、決め顔を作って来訪者を迎える。

扉から姿を現したのは――彼が待っていたキリルではなく、ライナスであった。

「ライナスか。用があるなら後にしてくれないか、今は別の約束が――ぶぇっ⁉」

ジーンが言い終える前に、その顔面にライナスの拳が叩き込まれる。

しっかり体重が乗せられ、ひねりまで加えたその一撃は、ジーンの顔を激しく歪ませた。

開いた口から飛沫が散り、首がねじれ、衝撃は体そのものも吹き飛ばす。

背中から机にぶつかり、崩れ落ちながら、彼はライナスを睨《にら》みつけた。

「い、いきなり何をするんだっ！」

「何をじゃねえよ！」

ライナスは胸ぐらを掴《つか》み、額が当たるほど顔を近づける。

そして鬼のような形相で、激情をぶちまけた。

「てめえ、フラムちゃんに何をしやがった⁉」

それを聞いたジーンは、「はっ」と鼻で笑う。

「何だそんなことか」

「んだとてめぇ⁉」

「何をそう憤慨《ふんがい》することがある、役立たずなくせに仲間面をした上に、勇者であるキリルに馴れ馴れしく接した。万死に値する罪だ！　だというのに僕は、わざわざふさわしい身分を与えてやったんだぞ？　称賛されることはあっても、罵倒される筋合いはない」

「十代の女の子を奴隷にした上に、売っぱらうのは犯罪だろうがよ！」

「仕方ない。時に、僕の思考は法よりも正しいからね」

その表情に、まったく反省の色はない。

本気で、心の底から、自分がやったことを正しいと思いこんでいるのである。

どこまでも自分勝手で、人の心がわからず――しかし、だからこそ天才なのだ。

「ふざけんなッ！　か弱い女の子が奴隷として生きていくのが、どれだけ大変かわかってんのか!?」

「ああ、わかっている。今までぬくぬくと他人に守られて生きてきたツケだな」

「さんざん他人にフォローされて生きてきたてめえが言えることかよ！」

「何だと……？」

それだけは聞き捨てならない――と、ジーンの眉がぴくりと震える。

しかしライナスには実体験として、彼の尻拭いをしたことが何度もあった。

一緒に旅をはじめてからというもの、主に人間関係において、ライナスのフォローが無ければジーンに殴りかかっていたであろう人間が、今まで何人いたことか。

「いつ、どこで！　この僕が一体誰に助けられてきたと言うんだ!?」

「誰にでもだろうがッ！　てめえは人間関係で周囲に迷惑をかけすぎなんだよ！　確かに魔法の腕は確かだ、頭もいいかもしれねえ。でもなあ、お前には致命的に――」

ライナスは自らの胸を拳で叩《たた》き、語気を強めて言った。

「他人を思いやる気持ちってもんが足りねえ！」

まさにそれこそが、問題の根源。

他人の気持ちを理解できないし、理解しようとしない。

そこさえ修正できれば、ジーンは本当の意味で〝賢者〟になれるのだが。

ライナスの言葉は正論だ、真理だ、誰も反論などできない――ジーン本人以外は。

「はっ、ははっ、あはははははははっ！」

「何がおかしい⁉」

「いいかい、僕は天才だ。世界一の頭脳を持ち、万人の頂点に立つべき人間なんだ！　その僕が、なぜこの星で最も貴重な脳細胞のリソースを他人のために割《さ》かなければならない！　それが最大の損失なんだ！　僕は自分のためだけにこの脳を使うことを最優先することが義務なんだ、わかるか⁉」

「わかるわけねえだろうがッ！　理解できるやつなんて世界に一人もいねえよ！」

二人の言い争いは平行線をたどり、収束の気配がなかった。

ジーンは永遠に反省しない。

だが彼が反省しなければ、ライナスの怒りも収まらないのだ――

◇◇◇

キリルは自分の部屋の扉に挟まっていたメモを手に、ジーンの部屋に向かっていた。

『今日、いつでもいいから部屋に来い』

そんな強気の一文を見て、彼女の胃がきゅっと痛む。

キリルはジーンのことが苦手だった。

重責に潰れそうなときに相談に乗ってくれる相手として、頼りにしたこともある。

従っていれば、自分で考えずに済んで、気が楽になったからだ。

だがその結果――フラムを失ってしまった。

以降、ジーンの顔を見るのも嫌になっていた。

だがそんな他人に責任を押し付けるような考え方が、キリルの心をさらに自責の念で蝕《むしば》んでいく。

大切な友達だった。彼女がいなければとっくにリタイアしていた。

そんなフラムを――なぜ自分は、裏切ってしまったのか。

「ごめん、フラム……」

幾度となく繰り返してきた言葉。

それを免罪符代わりに使い、許しを請う都合のいい自分を、キリルはさらに嫌悪する。

湧き上がった感情を抑えきれず、ジーンから渡されたメモをくしゃりと握りつぶした。

「はぁ……」

ジーンが何の話をするつもりかはわからないが、早く話を終わらせて、自分の部屋に閉じこもって
ゆっくりしよう、と考えていると――

「だいたい何だよその恰好はッ！」

部屋の中から騒々しい声が聞こえてきて、思わず足を止めた。

「キリルを迎えるんだ、ふさわしい格好で待つのは当然だろう！」

「前々から思ってたが、お前、本気でキリルちゃんに惚《ほ》れてんだな？」

「惚れているという言い方が正しいかはわからんが、僕は彼女を選んでやった！」

「最悪だよ、最低だよ！　てめえ、あの子からフラムちゃんを奪っておいて、よくそんなことが言えるよな。しかもあの花束、まさか今日告白でもするつもりだったのか⁉」

「……そ、そうだ。だからキリルを呼び出した！」

「無理に決まってんだろうが、この童貞野郎がぁっ！」

「キリル以外、僕に相応しい女がいなかっただけだぁぁぁぁッ！」

ジーンにしてもライナスにしても、普段からは想像もつかないほどの荒い口調だ。

「貴様こそ人のことを言えるのか⁉　あのマリアとかいう女、腹の中が臓物を血で煮込んだようにドロドロと淀《よど》みきってるじゃないか⁉　悪趣味の極みだな！」

「んだとぉ……⁉」

「見る目がない。あの女の脳内は謀略奸計悪巧《ぼうりゃくかんけいわるだくみ》のフルコースだ！　聖女の仮面を被り、孤高の天才である僕すら見下す性根の腐ったあばずれなんだよ！」

「はっ……俺が知らないと思ってんのかよ」

「何だと？　まさか知った上で惚れたのか⁉」

「悪いか。そういう陰も含めて惚れちまったんだよ！　自分にとって都合が悪いからって、フラムちゃんを奴隷にして売り払うてめえとは違うんだよおぉッ！」
キリルの頭は真っ白になって、呼吸すら忘れてしまう。
目を見開いて、無言でその場に立ち尽くす。
くしゃくしゃになったジーンのメモが、かさりと絨毯《じゅうたん》の床の上に落ちた。
他の内容も衝撃的ではあったが、何よりもショックだった言葉がある。
（フラムが……奴隷、に？）
ずっと、自分のせいで田舎に帰ってしまったのだと思っていた。
ただそれだけで、キリルは自分を殺したくなるほど責め続けたのだ。
それが、本当は故郷にすら帰っておらず、奴隷として売られていたことを知ったら――
全身から血の気が引き、脚から力が抜け、膝をついた。
「そ……そんな……私の、せいで、フラムが……」
カチカチと歯が音を立て、視界が涙でにじむ。
「フラムが……あぁぁ、フラム、が……あぁぁぁあっ……」
声にして吐き出さなければ、今すぐにでもこの場で自分を殺してしまいそうだった。
いや、いっそ死ぬべきだったのかもしれない。
「あああぁぁ……私は、私はあぁぁッ！」
その嘆きは、掴み合いの喧嘩《けんか》を繰り広げていた、ライナスとジーンにも届いた。
彼らはぴたりと止まり、同時に扉へと視線を向ける。

「なあジーン、キリルちゃんを呼んだつってたよな……もしかしてそれって、今、だったのか？」

「そう言ったはずだが」

ライナスはジーンを解放し、慌てて開きっぱなしの扉から外を覗《のぞ》き込んだ。

そこにいたのは、泣き崩れるキリルである。

「な、なあキリルちゃん……ちょっと、俺と話をしないか？」

「あ……あぁ……」

キリルは、怯《おび》えたようにライナスの姿を見上げ、後ずさった。

「さっきの話は、何ていうか、その……」

「嘘、なんですか？」

「……いや、事実、なんだが」

「じゃあ、やっぱりフラムは、奴隷に……私のせいで、奴隷に……っ」

「そう自分を責めないでくれ、責任は――」

「私は……もう、誰とも……そんな、資格なんて……」

「頼むよキリルちゃん、俺の話を聞いてくれ！」

できる限り優しく、しかし必死に語りかけるライナス。

だがどんな言い訳をしようが、フラムはキリルのせいで奴隷になった――それだけで、十分だ。

「う、ううぅ……うわあぁぁぁあああああッ！」

彼女は四つん這《ば》いで彼から離れると、立ち上がり、叫びながら走り去る。

全力で走る彼女に、出遅れたライナスが追いつけるはずもない。

彼は頭を抱え、その場で立ち尽くすことしかできなかった。

すると、ジーンが腕を組みながら不遜《ふそん》に部屋から出てきた。

「ライナス、なぜ彼女は泣いていたんだ?」

いつもと変わらぬ調子でそう問いかけてくるジーン。

ライナスは拳を握ると、再び怒りを燃え上がらせて彼のほうに振り向いた。

「あれが、お前のやったことの結果だよ!」

「僕が? 理解できないな、なぜ彼女はフラムのような人間がいなくなった程度で悲しむ。あれだけの才能と力がありながら、なぜ矮小《わいしょう》な存在にあそこまで振り回される」

もはや怒るだけ無駄だと悟り、ライナスは肩を落として「はぁ」とため息をついた。

彼は天才であることの代償として、他者への理解力を失ってしまったのである。

「もういい。何を言ったたって無駄らしいからな」

ライナスはそう言い残すと、ジーンに背中を向けた。

その寂しげな姿を見て、彼はようやく、一つの可能性にたどり着く。

「まさか、この僕が……間違ったことをしたとでもいうのか? いや、そんなはずがないな、僕は天才なのだから。間違っているとしたら、キリルのほうに違いない」

そのふざけたつぶやきが、誰かの耳に届くことはなかった。

◇◇◇

行き場をなくしたキリルは、城を駆け抜け、与えられた部屋に閉じこもる。

ベッドに飛び込み、布団を被り、ぎゅっと目をつぶって何も見ないようにした。

「私が……やったこと。私が悪い、私のせい、私が、私が、私が……っ！」

それでも閉じた殻をすり抜けて、罪悪感はキリルに襲いかかる。

嘆き、苦しみ、嗚咽《おえつ》を漏らす――そんな彼女に、聖女は囁いた。

「キリルさん、その苦しみから解放されるいい方法がありますよ」

声を聞いて慌てて布団から顔を出すと、優しく微笑むマリアがそこにいた。

キリルは部屋の鍵を閉めていなかったようだ。

「先日お渡ししたコアはどこにありますか？」

「コア？　あぁ……あの黒い水晶なら、机の下の引き出しに、入ってる」

「もったいない。あれの力さえあれば、キリルさんの悩みなど全て解決しますのに」

マリアは机の引き出しを開き、コアを取り出す。

そして黒く渦巻くそれを、うっとりとした表情で見つめた。

「わたくしやジーンさんの戦い、見たでしょう？　あれがこのコアの力なんです」

「そう……なんだ」

「キリルさんもこれを使えば……悩みなんて、なくな……って」

コアを持ったまま、再びキリルに近づくマリア。

だがその言葉は、次第に途切れ途切れになっていく。

「と、とにかく、素晴らしい力、なので。キリルさんも……使った、ほう、が……」

「マリア？」

ふらりとよろめく彼女を、キリルは心配そうに見つめた。

「あ、あら……？　何でしょう、これ。こんな、こと……ある、はずが……」

「大丈夫？　回復魔法を使える人を呼んでこようか？」

キリルはベッドから降り、彼女の体を支えるように体に触れた。

ぶじゅっ——そのとき、どこからともなく、湿った音が聞こえてくる。

「ば、馬鹿な……どうして、わたくし、が……」

「マリア、すぐに呼んでくるから——」

キリルはマリアをベッドに座らせ、部屋を出ようとした。

ぶじゅっ、べちゃっ。

するとまた、背後から先ほどと似たような音が聞こえてくる。

振り返ったキリルは、床に血液が飛び散っているのを見た。

場所からして、マリアの口から吐き出されたものなのだろう。

これは思っていた以上の大事かもしれない——顔面蒼白《そうはく》になるキリル。

ぶちゅっ、べちゃ。ぶじゅるっ、べちゃ。

だが、明らかに、様子がおかしいことに気づく。

人の口から、これだけの大量の血液が吐き出せるものだろうか。

「マリア?」

恐る恐る顔を覗くと――指の隙間から、内臓を敷き詰めたような赤い何かが見えている。

「……マリア」

手だけでなく、ローブの襟元も大量の血で濡《ぬ》れ、なおも血液の排出は続く。

そこにあるのは、蠢《うごめ》き踊る、開腹した人の胴を思わせる、肉の渦である。

「あ……あぁっ、ば、化物……そんな、マリアが……っ!」

ただでさえフラムのことで気が動転しているというのに、こんなものまで見せられては――耐えきれぬ恐怖がキリルを満たし、許容量を超える。

限界を迎えた彼女は、風船が破裂するように感情を爆発させた。

「こんなの……やだっ……やだぁぁ……いやあぁぁぁああああああああああッ!」

廊下に響き渡るほどの絶叫、そして逃亡。

脇目も振らずに、キリルは部屋を飛び出し、城の出口を目指す。

一方で異形と化したマリアは、戸惑い、その場で身動きが取れなくなっていた。

「あらあらぁ、大変ですわぁ」

硬いヒールが、絨毯越しに床を叩く音が部屋に近づく。

そして白衣の女――研究チーム〝キマイラ〟のリーダーであるエキドナは、入り口から苦しむマリ

アを見下ろして、唇を釣り上げた。

「聖女様ったらそんな醜い姿になられて、どうなさいましたのぉ？」

「……エキ、ドナ。あなた……この、コアは、どういう……！」

「キマイラ謹製《きんせい》の、オリジンの影響を限界まで遮断《しゃだん》し、力だけを引き出した高性能コアですわぁ。本来なら副作用など出るはずがないのですがぁ」

　エキドナは蠢く肉の渦に顔を近づけると、挑発するように告げる。

「ひょっとしたらぁ、間違えてぇ、モンスター用に調整されたコアをお渡ししてしまったかもしれませんわぁ。だとすると、体がもたないですわねぇ。うふふふっ」

「っぐ……つま、り。最初……から、あなた、は……！」

「んふふふ、ふふふふ、うふふふふふふふっ！」

　悪女は悪女を見下ろして、実に楽しそうに笑った。

　白衣を揺らしくるりと一回転してマリアから距離を取ると、エキドナは真意を語る。

「お告げ、勇者、魔王、復讐《ふくしゅう》……んふふふ、下らなぁい。古くて陳腐《ちんぷ》ですわぁ」

「どういう、ことです？」

「もっと別のぉ、賢いやり方があるってことですわぁ」

「……ですが……オリジン様が、望むのは……！　長年にわたる、計画が……っ！」

　約五十年前にオリジンの〝お告げ〟は、王国の重要職に就く人間に向け発信された。

　そして現在の国王や教皇は、生まれたときからずっとそれを聞き続けている。

彼らがオリジンの傀儡《かいらい》となるのも、当然のことであった。

「第一ぃ、じめじめした地下で腐ってる神様が、私たちより賢い理屈なんてありませんよねぇ？　私たちにはキマイラちゃんとぉ、〝トーキョー〟があるんですからぁ」

「まさか……浮上の目処が……!?」

「うふふ、私利私欲で動くあなたは今やノイズ。戦力的にも、シンボルとしても、役目は終わっている。騎士団長様が切り捨てたがるのも、道理だとは思いませんことぉ？」

マリアの場合は、王や教皇と異なり、憎悪ゆえに自らの意思でオリジンに力を貸している。

その存在は、今や教会にとって異物となりつつあった。

「だから、わたくしを……！　魔族を潰す、戦力が揃《そろ》ったから、と……！」

「ええ、ですからぁ、教会や私の愛《いと》しいキマイラちゃんのためにぃ――無様に死んでくださぁい」

エキドナがパチンと指を鳴らすと、猿のような姿をしたモンスターが現れる。

だがその背中には翼が生え、手足はオーガのように太く、そして顔は人間だ。

「プロトタイプ人狼型キマイラ、ですわぁ。人間の頭部を使ったらぁ、耐久性を代償として中々に賢い子になりましたのよぉ？　従順でぇ、力も強くてぇ。はぁん、本当にかわいいぃぃ……」

「あぐぅっ！」

小型キマイラはマリアの両手を強引に掴むと、引きずり、どこかへと連れていく。

「うぅ……わたくしは、まだ……まだ……っ！」

顔から血を吐き出しながら、悔しげな声を漏らすマリア。

しかしコアがよほど体に合わないのか、体をよじるので精一杯だ。

エキドナはそんな彼女の無様な姿を見て、終始上機嫌に「んふふふっ」と笑い続けていた。

◇◇◇

その日を境に、キリルとマリアは行方不明となり、ライナスも姿を見せることが少なくなった。

ジーンは一人で部屋に閉じこもり、ロクに姿も見せない。

もちろんそんな有様で、彼らがパーティを組み、魔王討伐のための旅に出られるはずもない。

創造神オリジンに選ばれし、勇者と英雄たちのパーティは――完全に崩壊したのである。

02 衝突

インクが「あーん」と口を開くと、エターナはスプーンに煮た豆をすくい、舌の上に乗せる。

それを咀嚼《そしゃく》するインクは、恥ずかしがることなく、実に満足げである。

よくあることで、この家の食事中としては、そう珍しい風景ではない。

しかし今日に限ってはなぜか、ミルキットは手を止めて、ぼーっと二人の姿を眺めていた。

「ミルキット、じろじろ見てるけど、もしかして羨《うらや》ましいとか？」

「……え？　い、いえっ、そういうわけではっ。ただ少し、楽しそうだなと思っただけで」

「別に楽しくてやってるわけじゃない」

「それはわかってます！　何となく、そう思ってしまっただけです」

そう言って、ほんのり頬を赤く染めながら食事を再開するミルキット。

楽しそう、という感覚は、フラムには正直よくわからなかった。

しかし何気なく湧いてきた好奇心が、彼女の手を動かす。

そしてテーブルに積まれた小さなパンを手に取ると、何も言わずにミルキットに近づけた。

彼女はきょとん、と首をかしげ、包帯を揺らす。

フラムはそんな彼女の目をじっと見つめた。

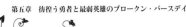

意図を察するまでにしばし時間を要したが、理解するとまた頬が赤くなる。

『え、本当にやるんですか』――そんな戸惑いを視線で訴えるも、フラムは気づいてか気づかずか反応を示さない。

仕方ないのでミルキットはパンに口を当てて、小鳥がついばむように、小さくかじった。

「……なるほど。確かに楽しいかもしれない」

納得するフラムに、ミルキットはパンを咀嚼し飲み込んでつぶやく。

「私は、少し恥ずかしかったです」

悪い気はしないが、それでも他の誰かがいるところでやるようなことでもない気がした。

エターナは心なしか白けた表情をしている。

しかしそんなことはおかまいなしに、フラムがもう一口食べさせようとパンを近づけると――

「フラム、手紙が届いたよ」

インクがそんなことを言い出した。

耳がいい彼女には、外のポストに手紙が入れられる音が聞こえたようだ。

「ありがと、インク。食後に見に行くから」

「うん……でも、何か変かも。入れた人が走って逃げてるような」

インクは不安げにそう言った。

ネクロマンシーとの戦いを終えたばかりだ、警戒するに越したことはない。

フラムが家を出て、木製の箱を覗き込むと――何も書かれていない、白い封筒が入っていた。

「何だろこれ」

陽の光に透かしてみると、三つ折りにされた紙が一枚入っているのが見えた。

ひとまず家に入り、居間で待つ三人の元に戻る。

「おかえりなさい、ご主人様。それが入ってたんですね」

「ごくごく普通の手紙に見える」

フラムは封を破り、紙を広げて書かれた文字を見ると、それを食卓の方に向ける。

黙り込むミルキットとエターナ。

「何が書いてあったの?」

目の見えないインクが不安げに尋《たず》ねると、エターナがそれに答える。

「あと四日」

他には何も記されていない。本当に、ただそれだけが赤い文字で記されているのだ。

教会と対立する今の状況で、これをただの悪戯《いたずら》だと断ずることはできない。

昼の穏やかな雰囲気が一気に失せ、場の空気が淀む。

「……また、教会が何かを企《たくら》んでいるんでしょうか」

「だとしても、それをわざわざこちらに伝える必要はない」

「エターナの言うとおり、脅しにしては変だね。なんでカウントダウンなんてするんだろ」

「私たちに教えてくれてるとしても、何が四日なのかも書いてくれればいいのにね」

なぜ詳細を伏せるのか、差出人不明なのか——情報量が少なすぎる。

現状では、フラムたちの不安を煽《あお》るだけの、意味不明な怪文書であった。

「足音が聞こえないって言ってたのも気になる、一応この手紙はわたしが調べてみる」

「お願いしますエターナさん。私はギルドに行く予定なんで、ガディオさんに相談してみますね」

そう言ってフラムは椅子から立つと、残りの昼食を食べきり、身支度を始める。

「ガディオさんとの訓練で疲れてるでしょうから、無理はしないでくださいね」

「わかってる。心配してくれてありがとう」

フラムはミルキットの頭を撫《な》でて、家を出た。

◇◇◇

ギルドの前に差し掛かると、掃除をする金髪の男性と目が合う。

「あ、どうもフラムさん」

ギルドの事務員で、イーラの後輩でもあるスロウ・ウラッドネスだ。

気弱そうで物腰はやわらか、口調も上品と、西区のギルドには似合わない人材だった。

フラムは「こんにちは」と会釈して彼の横を通り過ぎると、ギルドに入りカウンターに近づく。

「ねえイーラ、スロウっていつからここで働いてるの？　私が来たときはもういたよね」

「何ヶ月か前だったかしら。スロウ君ってばまだ十八歳なのに、こんな腐ったギルドで働きたいって言い出した変わり者なのよ。かわいがりがいがあっていい子だわ」

以前からだが、イーラはスロウに対してだけ〝君〟付けである。

彼女は好みの男性の前だと、割と露骨に媚《こび》を売る女だ。

顔立ちは整っていたし、イーラが食いつきそうなタイプではある……年齢差が厳しい気もするが。

「デインの騒動でも辞めないいって、意外と肝が据わってるよねえ」

「優柔不断なのよ。本当は辞めようか迷ってたけどずるずる続けて、でもマスターが来たおかげで残る決心が付いたみたい。まあ、私も実は前より仕事が楽になって助かってるんだけどね」

以前、西区の冒険者ギルドにはマスターがいなかった。

だからこそデインが野放しだったのだが、一方でマスターがいないので仕事量も多かったらしい。

「あ、そうだわ。今日の朝なんだけど、ライナスがここに来たわよ」

「ライナスさんが⁉」

「ええ、実物は本当にかっこいいのね。あなたのこと話したら、急いで帰っちゃったのが残念だわ」

ライナスの顔を思い出しながら、うっとりとした表情を浮かべるイーラ。

「そっか、ついに伝わっちゃったんだ……」

いずれそのときが来ると思っていたが、まさかこのタイミングだとは、完全にフラムの想定外だ。

だが、ライナスが血相を変えるほど動揺してくれたのは、彼女にとって嬉しいことである。

同時に、キリルにもフラムの所在が伝わる可能性があるということだが――

「……キリルちゃんはどう思うのかな」

できれば、悲しんでほしい。心の底からそう願わずにはいられない。

「今まで聞かなかったけど、あんたって本当にあのフラム・アプリコットなのに、何で奴隷の印なんてつけられてるわけ？　他のメンバーに嫌われたとか？」

「その通りだよ。ジーンってやつにすっごく嫌われててさ、それでお金で売られちゃったの」

「うわぁ、ジーンって賢者ジーン・インテージよね？　英雄の闇を見た感じだわ」

「そんなもんだよ、人間だもん。ところで――」

フラムは強引に話題を変えた。

もう割り切っているとはいえ、思い出して気持ちのいい記憶ではない。

ミルキットとの出会いはともかく、焼印の痛みは今でも思い出すだけで印がうずくほどだ。

「ガディオさんはいる？」

「マスターなら外出中よ、そろそろ帰ってくるんじゃないかしら。紹介所で待ってたら？」

約束の時間よりはまだ少し早い。

フラムはイーラに言われたように紹介所に移動しようとしたが、

「うひゃあああぁあああああっ⁉」

外から聞こえてきた声で、動きを止めた。

「スロウ君っ⁉」

声を上げ、立ち上がるイーラ。

フラムはスロウの気配のみならず、強い殺気を感じたため、急いでギルドを飛び出した。

「君に恨みは無いけれど、あたしたちの未来のために死んでくれると嬉しいなぁぁぁああァッ！」

振り上げられる、刃の広さだけで人一人分ほどのサイズがある巨大な斧《おの》。

それを両手で握るのは、白い鎧《よろい》を纏《まと》った、フラムとそう変わらぬ年齢の少女であった。

「やらせないっ！」

フラムは少女とスロウの間に立つと、魂喰いを呼び出し、横に倒した刃で斧の一撃を待ち受ける。

相手は規格外の斧を鋭く、フラムに向けて叩き込んだ。

ガゴォンッ！　とフラムは強烈な衝撃を受け、砕けた石畳にかかとが沈む。

もちろん、ただ片手で握った剣だけで受け止められるはずもなく、両腕を生成したプラーナで強化、さらに刃に篭手《こて》を装着した手首を当てることで、どうにか力を拮抗《きっこう》させる。

「ヒュウ、やるじゃんフラム・アプリコット！」

刃同士が重なり合い、生じた風が少女の赤に近い橙《だいだい》の髪を揺らす。

「く……その鎧、教会騎士団の……！」

「その通り。あたしは教会騎士団副団長、リシェル・ヒュレー！」

「そんな奴がどうしてこのギルドにっ！」

「あんたを殺しに来たって答えるのが、一番理にかなってるよねぇ？」

ネクロマンシーを潰したフラムは、いつ教会に狙われてもおかしくはない。

だが今の言い方と、最初に狙ったのがスロウだった時点で、違う目的を匂わせている。

「ま、あたしはどっちでもいいんだけどね。そんじゃ次行くよぉ、正義執《ジャスティスアー》――――！」

「そこまでにしておけ」

リシェルの首筋に、黒い刃が当てられる。

「わお、戻ってきちゃったか。しかも夢中になっちゃって、この距離まで気づかないとは」

ガディオの殺気を間近で受けても、彼女はおどけたままだ。

リシェルはエピック装備である斧を収納し、大人しく両手をあげた。

その素直さに眉をひそめるガディオだが、事を荒立てないために剣を下ろす。

殺気が消えたことを察すると、リシェルは地面を蹴ってギルドの屋根の上に乗った。

「いやはや、喧嘩を売るだけ売って撤退とは情けない。団長に怒られちゃうかもなぁ」

「目的は何なの⁉」

「だからフラムを殺すため――って言っても納得してれないだろうから、沈黙を貫くリシェルちゃんであった。てなわけじゃあね、生き残ってたらお空の向こうでまた会おう！」

兎《うさぎ》のように飛び跳ねて、姿を消すリシェル。

追いかけようとしたフラムを、ガディオが手で制した。

「今はまだやめておけ。チルドレンと騎士団を同時に相手にするのは得策じゃない」

「チルドレンと……？　何かわかったんですか⁉」

「中で話す。スロウも念の為、入っておけ。また襲われるかもしれんからな」

「うひ……わ、わかりました ぁ……」

すっかり顔を真っ青にしたスロウは、そそくさとギルドに入る。

フラムとガディオも、彼の後に屋内へ戻った。

するとと心配したイーラが入り口近くまで来て、スロウの手を握る。

「大丈夫だった、スロウ君。怪我は無い⁉」

「は、はい……何とか」

フラムは別人のように優しいイーラを見ながら、横を通り過ぎ、紹介所の椅子に腰掛けた。

ガディオはフラムの正面の席に座り、深刻な表情を浮かべる。

「冒険者から、地下水路に怪しげな空間があると聞いたんだ。シェオルから持ち帰った資料に記されていた、他研究チームに関する記述との共通点もあったからな、先ほど調べてきた」

「それって、ついさっきのことですよね？　そんなに早く見つかるものなんですか」

「使われていたら、そうもいかなかっただろうな。だが施設はもぬけの殻だった。おかげで、放置されていた資料や計器類も調べ放題だったというわけだ。まあ、俺も軽く探索してきただけだが」

「もしかしてそこって……」

「ああ、つい最近までチルドレンが使っていた施設だろうな。状況から察するに、何者かに襲撃を受け、放棄したというところだろう」

「どうして……私たち以外にも教会と戦ってる人たちがいる、ってことですか？」

「前向きな考え方だな。嫌いではないが、フラムも知っている通り、昨日今日と、王国の体制が大きく変わっている。クーデターが起きたわけでもないのに、だ」

王国軍が教会騎士団に吸収された情報は、すでに王都全体に広まっていた。

実質的に王の主権を教会に譲渡するような愚行に、少なからず王都は混乱状態にある。

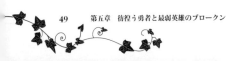

「さっきのリシェルって教会騎士も、それに関係あるんでしょうか」

「街を歩き回っている兵士たちも、みな教会騎士団に変わっている。いきなり一般人を襲っても問題無い程度には、連中が好き放題にできる土壌は整っていると言えるな」

フラムは唇を噛んだ。

先ほどのリシェルという少女――とてつもない力の持ち主だった。

今日はあっさり退いてくれたが、本気で命の奪い合いになれば、苦戦するのは間違いない。

「教会騎士団の幹部は、騎士剣術《キャバリエアーツ》や虐殺規則《ジェノサイドアーツ》と似て非なる剣技、正義執行《ジャスティスアーツ》を使う。もし街中で狙われたときは、まず相手の力を見極めた方がいい。あれは俺たちの使う剣技よりもずっと理不尽だぞ」

「正義執行《ジャスティスアーツ》……正義の使い手が、いきなり一般人を襲うんですね」

「奴らが信じる正義は、しょせんオリジン教の正義でしかないからな」

皮肉っぽくガディオは言った。

「教会の情勢が変わったのは理解しました。もしチルドレンの施設が襲撃されたこともそこに繋がっているとしたら、ネクロマンシーが壊滅した今、残るチームは〝キマイラ〟だけになりますよね」

「キマイラが正式採用されるのが決まったのだとしたら、他は不要になる」

「……じゃあまさか、チルドレンを襲撃したのって！」

「教会騎士、あるいはキマイラ――と俺は考えている」

両手を強く握りしめ、悔しがるフラム。

つい先日、ネクトとは握手を交わしたばかりだというのに。

「せっかくネクトと話ができたのに……味方ですら簡単に潰すなんて！」

「俺が心配なのは、逃げたチルドレンの行方だ。自暴自棄になった彼らが何をするかわからん」

「少なくともネクトなら、話せばわかるはずです」

「そこは承知している。だが最大の問題は――」

「マザー、ですね」

フラムは一度だけ会ったことがあるが、常人では纏えない不気味さを持った男だった。

「あの、ガディオさん。実は私の家にこんなものが届いたんですが」

ここで彼女は、例の手紙をガディオに差し出す。

彼はそれを開くと、眉間《みけん》に皺《しわ》を寄せて文字を睨みつけた。

「あと四日……？　何のことだ、これは」

「私にもわかりません。ですが施設の壊滅、教会騎士の襲撃……何かが動き出してる気がします」

「気が休まる暇もないな。できればもっとフラムを鍛えておきたいところだが」

「それは戦いが落ち着いてからにしましょう。後手に回りたくありませんし」

「ああ、まずはネクトを捜すのが手っ取り早いか。王都にいてくれればいいんだが」

ガディオが立ち上がる。

するとフラムは、ぽんと手を叩いてとあることを思い出した。

「あ、そういや今朝、ライナスさんがガディオさんに会いに来たってイーラが言ってましたよ」

「あいつが？　そうか……わかった、頭に入れておく」

ライナスは探索能力に長けた英雄だ、彼がいればネクト捜しもはかどるはずである。

その後、二人はギルドを出て、手分けして王都の捜索をはじめた。

◇◇◇

「ざぁーんねんでしたぁーっ！」

「チィッ！　接続《コネクション》しろっ！」

ネクトは転移し、リシェルが振り下ろした斧を回避する。

刃は地面を叩いて砕き、西区の薄暗い路地にドゴォンッ！　と激しい騒音を轟《とどろ》かせた。

「惜しかったね、あと少しで二人に会えたのに！　まああたしにとってはラッキーだけど！」

リシェルがネクトと遭遇したのは、まったくの偶然であった。

ギルドの近くで、様子をうかがうように身を隠していたネクトを、通りがかりに見つけたのだ。

「うるさい女だなあ。別に僕はフラムお姉さんに会おうだなんて思ってなかったけどね！」

開いた手を握り、力を発動するネクト。

両脇の民家の壁が、リシェルに倒れ込むように近づいてくる。

彼女はそれを、巨大な斧を持っているとは思えない速度で切り抜け、飛び上がった。

「素直じゃないなあ。そこもチャームポイントってやつなのかなあ⁉」

再びネクトの頭上から落ちてくる銀色の刃。

彼女は再度、接続の力を発動させ後退したが――

「思った通りの座標に飛んでない？　どういうことだっ⁉」

見えない壁に阻まれ、路地からの脱出に失敗してしまった。

路地の向こうには、盾を構えた、冴《さ》えない男性の姿があった。

「正義執行《ジャスティスアーツ》、封邪の防壁《アイアンメイデン》！」

「いい仕事するじゃん、新副団長のおじさんっ！」

「おじさんではない、バート・カロンだ！　お前より先輩なのだからいい加減に覚えてくれ！」

「オリジンコアの能力にまで干渉する壁だって？　ただの騎士のくせに厄介な！」

一度の転移阻害が、リシェルの次の攻撃を確実なものへと変える。

「ゴメンネ。不要になった悪い子は、ちゃあんとあの世に送れって団長の命令だから」

「く……接続《コネクション》しろっ！」

破れかぶれに、ネクトは周囲に転がる樽《たる》や瓶を、片っ端からリシェルに飛ばした。

「この程度の邪魔なら、それもろともさぁぁッ！」

リシェルは斧を持ったままぐるんと一回転して、宣言通り飛来物を刃で生じた気流に巻き込みながら、砕けた破片もろともネクトに叩きつける。

「だりゃっせぇぇええええいっ！」

ここで終わりか――とぎゅっと目をつぶるネクト。

しかし斬撃は彼女を襲わず、その頭上を掠《かす》めて真横の壁に突き刺さった。

「ぐぬぬぅ……痛いぃ……どいつもこいつもいいときに乱入してくれてっ」

リシェルの腕に、飛来した虐殺規則《ジェノサイドアーツ》・血蛇咬《アングイス》が命中して軌道が逸《そ》れたのだ。

「いいときだから乱入するのです。そのほうがかっこいいではありませんか」

オティーリエは軍服をはためかせながら屋根の上から飛び降り、ネクトの隣に立つ。

「あんたは王国軍の……どうして僕を助けるんだい？」

「それより、今が脱出のチャンスですわ」

「っ……接続《コネクション》しろ！」

ネクトはオティーリエとともに、転移で路地から脱出した。

残されたリシェルは、「ちぇー」と唇を尖らせた。

一方で盾を構えたままのバートは、ガタガタと体を震わせている。

「失敗した……ヒューグ団長にどう報告すればいいのだ……殺されたりしないか……？」

「へーきへーき。遭遇は偶然だし、ちゃんと必要と不必要は区別してる団長だからさ」

「罰は無い、と？」

「おじさんはまだ必要。だから部下が殺されるだけで済むから、怖がることはないって」

青ざめるバートを前に、リシェルはケタケタと笑った。

◇◇◇

連続転移で騎士から逃げたネクトとオティーリエは、人の気配がない倉庫に逃げ込む。

「それで、何で僕を助けたりしたの？」

ネクトが単刀直入に尋ねると、オティーリエも包み隠さずに答えた。

「わたくしの雇い主から、あなたを連れてこいと命令されましたので」

「数日前までは軍人で、今は傭兵《ようへい》って変わり身が早すぎるんじゃない？」

「フラムの手を握ったあなたに言われたくはありませんわ」

「うぐ……痛いところを突くなあ。それで、雇い主って誰なわけ？」

子供っぽくふてくされながら、ネクトは問う。

「サトゥーキ様ですわ」

そしてその答えに、頬を引きつらせた。

「待った待った、教会関係者じゃないか！　僕は教会から逃げてるんだよ⁉　なのにどうして、自分から枢機卿《すうききょう》のところに行かなくちゃならないのさ！　悪いけど付いていくつもりはないから」

「お待ちなさい、あの人は獅子《しし》身中の虫。内側から食い破ろうとしていただけですわ」

「枢機卿クラスになれば、必ずオリジンの〝洗礼〟を受けるはずだよ。普通の人間があれを耐えきれるわけがない！　サトゥーキだって例外なく、パパ《パパ》の操り人形さ！」

「その洗礼に対抗する手段があると言ったら？」

「そんなもの、あるはずが――」

オティーリエは懐から、白い水晶球を取り出す。

それを見た瞬間、オリジンの力を身に宿すネクトはすぐに理解した。

「反転したオリジンコア……いや、でも材質が違う。逆の特性をもった水晶なのか？」

「反螺旋物質《はんらせんぶっしつ》、リヴァーサルコア。ドクターチャタニが作り出した、わたくしたちの切り札ですわ」

不敵に笑うオティーリエを前に、ネクトは冷や汗を浮かべながらごくりと喉を鳴らした。

03 混迷

ライナスは西区で最も高い塔の上に立ち、街を見下ろす。

西区のガラの悪い連中も、東区のお高くとまった商人も、群れた虫のようにひしめく中央区を歩く人々の顔も、彼の目ならばこの距離で判別することができた。

「さてと、キリルちゃんはどこに行っちまったんだか」

兵士たちから話を聞く限り、彼女はショックのあまり城から飛び出してしまったようだ。

行き先を知らないかとマリアの部屋も訪ねたが、そちらはそちらで不在だった。

「しっかし……やけに嫌な風が吹いてるな。何なんだこりゃ」

空は灰色で、頬を薙《な》ぐ空気の流れは重たく湿っている。

だがそれだけではない。風に――嗅ぎ慣れた、嫌な臭いが混じっているのだ。

「血は血だが、人間だけじゃない。獣臭いな」

しかもその〝濃さ〟からして、数は一匹や二匹程度ではなかった。

だが見える範囲では、異変は起こっていないようだ。

つまり日の当たらない〝陰〟で、大量の血が流れている。

異形の変死体が発見されたり、サトゥーキ周辺がきな臭かったり、最近の王都は雲行きが怪しい。

彼は塔から飛び降りると、音もなく着地する。

「正直、俺としてはマリアちゃんに集中して、厄介事に首を突っ込みたくはないんだが」

そう言いながらも、平穏とは隔絶《かくぜつ》された暗闇の中へと、自ら足を踏み入れる。

ライナスは特に臭いが濃い場所を探し当て、そちらに向かって歩いていった。

「聞いたか？　うちの副団長がチルドレンを逃したらしい」

「それは危なかった。俺たちがこいつを見つけてなかったら、団長に殺されてたかもな」

路地に立ち、倒れる女性を見下ろしながら言葉を交わす二人の教会騎士。

「何やってんだ、お前ら」

充満するのは血の臭い。

探していた獣臭さとは異なるが、この二人もまた、王都に蠢く闇の一部に違いない。

「おい、こいつまさか――」

「ライナス・レディアンツか⁉　まずい、何で英雄がこんな場所に！」

騎士たちは焦って剣を抜いたが、それを見た瞬間にライナスは弓を握り、矢を放った。

目にも留まらぬ早打ち――刃が鞘《さや》から出るより速いその動きは、彼を英雄たらしめる技である。

騎士たちは的確に腕を射貫かれ、うめき声をあげながら苦しんだ。

「とっとと失せろ。三秒以内に失せれば殺しはしねえ」

逡巡《しゅんじゅん》の後、ライナスの本気を感じた二人は、背中を向けて情けなく逃げていった。

ライナスは弓を下ろし、うずくまる女性に近づく。

「大丈夫ですか、マダム」

女性なら誰もが落ちる甘い声で語りかけ、手を差し伸べる。

服は女性物、しかもお腹も大きいので、完全に女性だと思って話しかけたライナスだったが、

(デカいしゴツいな。しかも、この骨格と匂い……本当に女なのか？)

いざ近づいて実物を見ると、違和感を覚える。

「あ、ありがとうございます。でも大丈夫ですわ、一人で歩けますから」

その怪しい女性の声は、どこからどう聞いても裏声だった。

ならばお腹も布でも入れているのかと思ったが、ライナスの目に映る限りは本物だ。

(……外見や声から性別を判断するのは失礼だな。これ以上の詮索はやめておこう)

彼の中の紳士が、自身をそう諫《いさ》める。

女性は壁伝いに立ち上がり、騎士とは逆方向に歩いていく。

ライナスは少しだけ彼女を見送ると、問題なく歩けることを確認し、背中を向けた。

そのとき、女性は相変わらずの裏声っぽい声で、彼に語りかける。

「探しものは、お城の地下牢あたりにあるんじゃないかしら」

「……探しもの？」

怪訝《けげん》そうな顔をして振り返ると、もうそこに女性はおらず——空を見上げると、緑髪の気弱そうな少年に抱えられ、飛び上がる姿が見えた。

「お、おい待てっ！　あんた何者だ⁉」

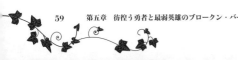

ライナスはすぐさま二人を追ったが、跳躍《ちょうやく》して見回しても、すでにその姿は無い。

着地した彼は、「はぁ」と大きくため息を吐き出した。

「何なんだよ、ったく。もしかしてあの女、助けないほうがよかったのか……？」

だが、それはライナスの主義に反する。

いかなる状況でも、襲われている女性を見れば、助けずにはいられなかっただろう。

「怪しさしかねえが、王城の地下牢とやらに行ってみるか。つか、そんなもん城にあったっけか」

ひとまず彼女の言葉を信じて、彼は城に戻ることにした。

◇◇◇

一方で、城を飛び出したキリルは、あてもなく王都をさまよっていた。

人気のない道を選び、ローブのフードを深めに被り、顔を隠しながら歩く。

（フラムは私のせいで奴隷にされてしまった。もう勇者を名乗る資格なんて無い。それに、ジーンはあんなだし、マリアは化物だし、パーティに戻ろうとしたって……じゃあ、奴隷になったフラムを助けに……ああ、でも、どんな顔をして会えばいいの？　それに、ライナスが知ってたってことは、フラムは今は無事で、だから私が助けにいかなくても……じゃあ、故郷に戻って……ううん、それもだめ。私が勇者になって喜んでくれたみんなの期待を、裏切ることになる……）

どんなに探しても、居場所は見つからない。

今の彼女が心安らげる場所は、路地の入り込んだ場所にある、暗くてじめじめとした一角ぐらい。

臭いはひどいし、胸のもやもやは消えないが、誰にも会わないと言うのはそれだけで救いだ。

膝を抱え、瞳を閉じる。

『どこへ行こうか』と考えることで、〝何もしていない〟という意識が生み出す罪悪感に対して、アリバイを作る。

だが所詮は言い訳にすぎない。

じきに罪悪感が胸を満たし、それから目を背けるように、『何も考えるな』と自分に言い聞かせた。

そして体の疲れからか、都合のいい眠気が、意識を半分ほど冒したそのとき、ザッ、と誰かの足音が聞こえた。

勇者として研ぎ澄まされた感覚が、肉体を半ば強制的に覚醒させる。

キリルが顔をあげると、ローブを纏い、自分と同じように顔を隠した、幼い少女が立っていた。

隙間から見える髪や肌は白く、その両手には薄汚れた、人型のぬいぐるみが抱かれている。

景色から切り取られたかのように、彼女の存在は浮いていた。

まともな人間ではない――キリルの直感がそう告げる。

すると少女は、ゆっくりとキリルの方に近づき、座っている地面を指さして言った。

「ここ、私、場所」

「えっと……使ってたってこと?」

少女は頷《うなず》く。

「隣じゃ駄目なの？」

そう言うと、徐々に少女の頬が膨らみ、機嫌が悪くなりはじめたので、慌てて場所を譲った。

少女はすぐさま譲られた場所に座り、膝を抱え、ほっとした表情を浮かべる。

よほど〝定位置〟というのが大事らしい。

怪しい子供だが、追っ手というわけでもなく、敵意も感じられなかった。

座ったきり、少女は一言も言葉を発さない。

ひしゃげるほど強くぬいぐるみを抱きしめながら、ぼーっと地面を眺めている。

話しかけようかとも思ったが、言葉が見つからなかったので、キリルも黙り込んだ。

「……あなた」

しばらく沈黙が続くと、少女のほうから話しかけてきた。

「どうして、ここいる？　居場所、ない？」

彼女の問いは、いきなり核心をついてきた。

「どうしてそう思ったの？」

年下の少女に見抜かれ恥ずかしかったからか、キリルは少し年上ぶって、低めの声で言った。

「私、似てる」

「……あなたも、居場所が無いの？」

キリルがそう聞き返すと、少女はこくりと頷いた。

「そっか。私と同じで、誰にも見つからないように逃げてるんだね」

仲間が見つかってほっとしたキリルだが、少女は首を横に振った。

「それ、違う。私、逃げるためじゃない」

「なら……何のために？」

少女の瞳は、キリルと違って死んでいない。強い意志の炎が宿っていた。

じっと見ていると、吸い込まれそうなほど純粋で、綺麗《きれい》で、力がある。

「マザー、恩返しする。消えるつもり、ない。生きた印を、ここに、刻む」

母親への恩返し――キリルは少女の言葉をそう受け取った。

こんなにも幼い少女が前向きに生きているのに、なぜ勇者と呼ばれた自分は、街の隅っこの薄汚れた場所で、うじうじと膝を抱えているのか。

恩返しも、罪滅ぼしもせずに、逃げることばかり考えてしまうのか。

自問し、自責し、そしてまた自分を追い詰める悪循環。

それを必死に振り払っても、今度は化物となったマリアの、おぞましい肉の渦の記憶が再生される。

手のひらに汗がにじみ、呼吸が早くなる。

少女の決意は素晴らしいと思うし、称賛に値する、キリルもそうあるべきだ。

しかし――今の彼女は、努力をしてまでその域にたどり着きたいとは思わなかった。

逃げ続けたい。苦痛のない世界に行きたい。

何なら、自分が消えたっていい。むしろそれが正解なのかもしれない。

それなら、誰にも迷惑をかけず、自分も楽になれる。

「あなた、ない？」

少女の率直な問いかけに、キリルは唇を噛む。

その反応に不思議そうに首を傾げると、追い打ちをかけるように少女は言った。

「ないはず、ない。生きてく、一人、無理。恩、憎しみ、報《むく》い、どれか、ある」

「あるけど……悪いのは自分だから。だから、何かをしたいとは思わないんだ」

「自分責める、疲れる。無駄。その分、大切な人に尽くす、正しい」

そんなことわかっている。

だからと言って、実践できるかどうかは別の問題だ。

「キリル・スウィーチカ」

ふいに名前を呼ばれて、キリルの心臓がどくんと跳ねる。

名前も教えていないはずなのに、なぜ。

「あなた、消える。喜ぶ人、困る人、きっとたくさんいる」

「どうして私の名前を？」

「勇者、とても有名人。知らないわけがない」

「……それも、そっか」

こんな子供にすら知られているのだ、やはりこの王都には逃げ場など無いのだ、と悟る。

「目的は、私の価値を示し、より多くの人間……」

少女はキリルに聞こえないほど小さく、自分に言い聞かせるように、ぼそりとつぶやく。

そして「ふぅ」と軽く息を吐き出した。

「見る？」

何を——と聞こうとしたキリルだったが、少女がおもむろに立ち上がったので、機を逃す。

少女は、揺れない瞳で彼女を見下ろした。

「私たち、生きた証《あかし》、刻むところ」

どうやら彼女は、キリルに〝付いてこい〟と言っているようだ。

なぜ出会ったばかりの自分にそこまでしてくれるのか。

わからないが——とにかく今は、何でも良いから標《しるべ》が欲しかった。

キリルは、情けなさに歯を食いしばりつつも、頷く。

すると、少女は微笑んだようにも見えた。

「私、ミュート」

「ああ、名前……よろしく、ミュート」

「うん。ほんの少しの間、よろしくキリル」

そう言って、二人は握手を交わす。

手のひらが触れ合った瞬間、キリルはぞくりと寒気を感じた。

何か、普通ではない力が、ミュートの中を巡っているような気がしたのだ。

しかし『考えすぎだ』と自分に言い聞かせて、キリルは彼女とともに路地を出た。

◇◇◇

王国には無数の遺跡が存在する。

王都北区に存在する王城の地下にも、そんな遺跡を利用した空間が存在した。

いくつもの〝檻《おり》〟が並ぶ地下牢も、そのうちの一つだ。

「僕たちはいつまでここで見張ってたらいいんだろうね」

「エキドナ様が呼びに来るまでだろ」

そこは法では裁けない、王国や教会に都合の悪い人物を捕らえるための牢として使われている。

牢の前に立つ、槍《やり》を持った二人の兵士は、愚痴っぽく会話を交わす。

「はぁ……あんな〝元聖女〟なんか、とっとと処分したらいいのに」

「何か考えがあるんだろ、再利用の目処があるとか。あのエキドナ様のことだしな」

「あの有様で、再利用なんてできるかなあ？」

そう言って、兵はちらりと鉄格子の向こうを見た。

視線の先には、地面に横たわり、体を痙攣《けいれん》させるマリアの姿があった。

その顔は完全に化物で、全面に広がった赤い肉が蠢きながら、散発的に血を噴き出している。

「うえぇ……」

「何を今さら気持ち悪がってんだよ、何度か見たことあるだろ」

「あるけどさ、元が綺麗な顔してたからショックが大きいんだよ。てか、見張る必要あんのかな？」

エキドナの罠《わな》にはめられたマリアは、捕らえられ、ここに投獄されていた。

彼女はキマイラ用の、人間には合わないコアを使用してしまったため、まともに体を動かすことすらできない、醜い肉の塊になってしまっていた。

じきにエキドナの知的好奇心を満たすためだけの実験に使われ、死ぬはず――だったのだが。

（わたくしは……また……）

しかし彼女は、他の人間とは違う。

教皇や国王のように幼少期からお告げを受けて洗脳されたわけでもなく、コアを埋め込まれて後天的にお告げを聞く能力を手に入れたわけでもない。

オリジンにその素質を認められ、使徒として選ばれた、数少ない一人なのである。

そんな彼女を、彼らがみすみす手放すわけがなかった。

（また……人間に、裏切られたのですね……ああ、本当に学ばない……）

人間の意思を失ったように見えるのは、ただの演技だった。

モンスター用に改造されたコアに肉体が慣れるまで時間はかかったが、オリジンの助力もあり、すでに動けるまでに回復している。

（全ての命を根絶やしにするまで、死ぬわけにはいかないというのに）

マリアの憎しみはオリジンと同調する。

この世に命など必要ない。

人も魔族も、自分を裏切り弄《もてあそ》び続ける悪意の塊など、全て滅びてしまえばいい。

（オリジン様……ああ、そうですか、次はそのように……でしたら、わたくしも……）

お告げを受けて、マリアは動き出す。

兵士たちに気づかれないようにゆっくりと立ち上がり、そして手のひらに渦巻く光を浮かべる。

そのまま光の粒子をばらまけば、檻や壁を貫通して兵士は死ぬはずだった。

だが――

「お、お前どうしてここに⁉」

「やめろ、ここにいるのは……ぐわあぁっ！」

マリアがやるまでもなく、兵士二人は誰かに倒され、その場に倒れてしまった。

呆然《ぼうぜん》とその様子を見る彼女の前に、心のどこかで待ち望んでいた彼が現れた。

「王子様が颯爽《さっそう》と参上！　これにはマリアちゃんも胸キュン間違いなし！」

ライナスはパチンと指を鳴らし、得意げに微笑んだ。

「ライナス……さん……どうして……あ。い、いやあぁぁあああああああっ！」

マリアはすぐさま、自分の顔がどうなっているのか思い出し、顔を隠してうずくまった。

こんな醜い姿、ライナスにだけは、絶対に絶対に絶対に見られたくなかった。

「……しまった、胸キュンどころじゃなかったか。すぐに開けるから待ってろよ、マリアちゃん！」

ライナスは懐から針金のようなものを数本取り出し、鍵穴に突っ込む。

「やめてください！　見たでしょう、さっきの醜い姿を！　もう自分の意思では元に戻すことすらできないんです。こんなわたくしを助けたところでっ！」

「風の流れを探ってみれば、地下に牢があるとはな。ほいっと、この程度の鍵なら余裕だ」

マリアの言葉を聞かずに、ライナスはついに鍵を開いて牢の中に入った。

「ほれ、逃げるぞ。こんな辛気臭い場所は、マリアちゃんみたいな美人には似合わない」

そして平然と、渦巻く顔など気にする様子もなく、彼は手を差し出す。

マリアはうずくまったまま「う、ううぅ」と声を震わせる。

ライナスはそんな彼女の肩に手をおいて、優しく語りかけた。

「泣いてないで、俺にマリアちゃんのかわいい顔を見せてくれよ」

「いやです……絶対に、いやです……」

「俺は何があっても、マリアちゃんが好きだ。それだけは永遠に変わらないって断言できる」

どうしようもなく嬉しいのに、指の隙間から流れ落ちるのは汚らわしい血液ばかり。

見せたくない、何があっても、世界で一番それがいやだ。

だけど――永遠に隠し続けることなんて不可能だと、マリアだってわかっているのだ。

これで終わりだ、と絶望に身を染めて、顔を隠す手をゆっくりと外し、彼を見つめる。

「こんなに醜いのですよ？　こんなわたくしでも、あなたは好きだと言ってくださいますか？」

オリジンに身を捧げ、全てを諦めても――ライナスの前だと、年相応の自分が出てきてしまう。

恋とはそういうものである。抑え込もうとしてどうにかなるものではない。

だからこそ、まともな自分に戻ってしまうからこそ、絶望も大きい。

今度こそライナスの気持ちは離れる、そうなったらすぐに逃げよう――マリアはそう決心した。

そして人としての自分を完全に捨てて、オリジンの使徒としての役目を果たそうと。

しかし彼は、彼女の期待通りには動かない。

何も言わずに――その顔に手を伸ばし、頬があった場所に触れた。

ぬちゃりと、粘り気のある液体がライナスの手を汚す。

「……え？」

呆然とするマリアに、ライナスは申し訳なさそうに言った。

「あー……勝手に触《さわ》ってごめんな。やっぱりこれ、痛いのか？」

なぜ恐れない、なぜ罵倒しない。こんな、化物じみた姿を前にして――

「いやほら、血が出てるし、むき出しだろ？」

――いつもと同じ調子で、話しかけることができる。

「あ、あの、どうして……っ」

「何が〝どうして〟なんだ？」

「やめてください。触ったら……ライナスさんの手が、汚れてしまいます」

「ははっ、何だそりゃ。マリアちゃんに触れるより大事なことがあるとでも？」

彼は笑う。

予想を裏切って、超越して、何もかも捨てようと思っていたマリアの決心を打ち壊す。

「残念だったな、俺はこの程度じゃマリアちゃんのことを嫌いにはならない」

「……どうか、してます」

「かもな、どうかするぐらい好きになっちまったらしい。でも、旅の中で俺をそうしたのは、他でもないマリアちゃんだ。俺だけの責任にされたって困る」

肩をすくめながらライナスが言うと、マリアも思わず笑った。

「ですが、どうするのです？　こんな顔では、自由に外を出歩くことすらできません」

「人の目は……そりゃあ気になるよな。じゃあ、事が落ち着いたら、田舎で隠居するかな」

「な……そんなことしたら、ライナスさんは自分の地位も名誉も捨てることになるんですよ⁉」

「だからなんだよ。金なら、これまでの蓄えで遊んでても一生食っていける。あとは畑でも耕して、たまに狩りでもして、平和に生きてくってのはどうだ？　マリアちゃんには退屈すぎるかな」

嘘でも理想でもなく、ライナスには本気でそれを実行する覚悟があった。

何ならすでに頭の中では計画を立て始めている。

慣れない田舎での不便な生活は慣れるまでは大変だろうが、彼女と一緒ならきっと苦労だって楽しめる——そう信じて、疑わなかった。

「いえ……決して、そのようなことは。ですが……あぁ、こんな、夢のようなことが……っ」

「夢、か。マリアちゃんにそこまで言われるとは嬉しいな、男冥利《おとこみょうり》に尽きる。じゃあ両思いってことで、これで決まりだな。大丈夫だよ、絶対に幸せな毎日になるはずだ。俺が保証するよ」

マリアもマリアで、この体で子供を産めるのだろうか、などと浮ついたことを考えはじめていた。

だめだ。こんなものは、だめだ。希望に——毒されている。

「しかし、すげー困ったことが一つだけある」

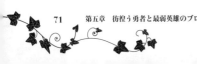

「どうしたのですか?」

ライナスは頭を掻《か》き、苦笑いしながら言った。

「この場合、どこにキスしたらいいんだ?」

「……そ、それは……わたくしにも、わかりませんわ」

普通の顔をしていたら、マリアの顔は熟れた果実のように真っ赤になっていたに違いない。

しかし見えずとも言葉だけでそれが伝わってきたのか、ライナスは微笑ましい気持ちになった。

結局、彼は悩んだ挙げ句にマリアの手を取ると――その甲に、誓いを込めてキスをした。

「それじゃあいきましょうか、お姫様」

歯の浮くような台詞に、マリアの胸は高鳴り、目眩《めまい》を覚えるほど〝好き〟の感情が膨らむ。

そして熱に浮かされたまま彼の手を取り、泡沫《うたかた》の夢に身を委《ゆだ》ねた。

04 開演

デスクに並んだ書類と向き合うサトゥーキは、部屋に響くノック音と同時に手を止めた。

そして椅子に座ったままくるりと回り、「入っていいぞ」と声をかける。

開いた扉の向こうから現れたのは、オティーリエとネクトであった。

「サトゥーキ様、指示通りネクトを連れてきましたわよ」

ネクトはポケットに手を突っ込んで、「ふん……」と不機嫌そうにそっぽを向いている。

「君とは、はじめましてだったな。マザーとは何度か顔を合わせたことがあるのだが」

「そりゃそうだよ。チルドレンにとってあんたは敵なんだからね」

「心外だ。私は他の枢機卿ほど研究には関わっていないよ。まだまだ新入りだからな」

「その新入りが、まさか大聖堂の地下にこんな秘密基地を作ってるなんてね。入り口は大聖堂の外に作ってあるけど、今までよく気づかれなかったよねえ。灯台下暗《とうだいもとくら》しってやつだ」

「いざ権力を握ってみると、意外にも自由に動けるものだ。特に教会のような上が強い組織ではな」

この場所は、サトゥーキが個人的に所有する地下施設であった。

とはいえ、その建造に枢機卿としての権力が大いに利用されたことは想像に難くない。

「わたくしはもう戻りますわね、忙しいですので」

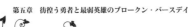

「ああ、ご苦労だった。あとで追加の報酬も渡そう」

「それは全てが終わってからで構いませんわ。わたくしは、お姉様のために戦うだけですから」

オティーリエはそう言い残して部屋を去っていく。

「金に執着しない傭兵というのは、扱いが難しいものだな」

「あの人、おじさんが軍から引き抜いたってわけ？」

ネクトは勝手に部屋のソファに座り、偉そうに机の上に足を置いた。

敵意を隠しもしない彼女に、サトゥーキは苦笑いを浮かべる。

「そんな大それたことはしていない。アンリエットが軍の解体直前に、オティーリエだけを逃したのだ。そして身寄りのなくなった彼女を、私が拾い上げた。もっとも、アンリエットも最初からそうなることを予見した上で、彼女を逃したようだがな」

「逃げるように軍を抜けたところで、教会騎士が見逃すわけないもんねえ。だったらおじさんに守られてたほうが安全ってことか。ま、あのお姉さんのことは納得するとして――何で僕はここに連れてこられたのか、とか、あとは〝リヴァーサルコア〟とやらについても教えてもらえるのかな？」

「もちろんだ、そのために呼んだのだからな」

サトゥーキは立ち上がると、一枚の紙を持ってネクトの正面に腰掛ける。

彼女は彼が差し出したその書類を手に取ると、軽く目を通した。

「オリジンと逆のエネルギーを持ったコア……対キマイラを想定した切り札……か。枢機卿になるときに受けた〝洗礼〟も、このコアで防いだと。どうりで狂信者と話してる気がしないわけだ」

「理解が早くて助かる。聡明な君に誤魔化しは不要だな、包み隠さず言おう。君たちにはこの、リヴァーサルコアの実験体になってほしい」

サトゥーキの言葉に、ネクトは「はっ」と鼻で笑って答えた。

「嫌だね。メリットが無い」

「もちろん見返りはある。実験が成功した暁《あかつき》には、君たちを普通の人間に戻すと約束しよう」

「それは……」

「フラム・アプリコットと約束したのだろう？　だが今の彼女にその余裕はない。おそらく将来的にもな。我々がそれを代行するということだ。悪い条件ではないと思うが」

ネクトは奥歯を噛み締め、苦しげな表情で考え込む。

確かにそれは、今のネクトの望みだ。

インクのように、普通の子供として幸せな日常が送れるのなら、それに越したことはない。

しかし本当の目的は――

「生憎《あいにく》だけど、他のチルドレンの居場所を僕は知らない」

「承知の上だ。捜して、連れてくることも仕事のうちだと言ったら、対価には見合わないか？」

「頼まれなくても捜すつもりだった。教会騎士がうろついてて、それどころじゃなくなったけど」

ネクトがギルドの近くにいたのは、その手助けをフラムに頼むためだったのだろう。

だが一方で、そこまで頼ってしまっていいのか――という苦悩もあったに違いない。

「でもさ、もし見つかったとしても、あいつらが人に戻ることを望むかはわからない。教会にも見捨てられ、居場所を失ったあいつらが、自暴自棄になって何をするのか……僕にも想像がつかない」

「だからこそ、一刻も早く彼らには〝マザーへの依存〟以外の救いが必要だ。違うか？」

この男は、あの魑魅魍魎《ちみもうりょう》が蠢くオリジン教で、枢機卿に登りつめた怪物だ。

信用に値しない。

だが、頼りたくなるだけの力を持っているのも、また事実である。

「まさかチルドレンの捜索を、僕だけに押し付けるわけじゃないよね」

「もちろん、協力は惜しまない。オティーリエでも兵士でも好きに使うといい」

「あのお姉さん、さっき忙しいって言ってたけど……わかったよ。そういうことなら、僕もおじさんの話に乗る。ただし、実験を受けるかどうかはあいつらの意思に任せるけど、それでいい？」

「ああ、無理強いはしない。その条件で構わないな、ドクターチャタニ」

サトゥーキは部屋の壁に向かって、そう呼びかけた。

ネクトは彼と同じ壁を見つめて、首を傾げる。

先ほど、オティーリエも同じ名前を口にしていたが、リヴァーサルコアなどというものを作り出したドクターチャタニとは、一体いかなる人物なのか。

（コアの特性からして、フラムお姉さんとの関連も考えられるけど……でも何で壁に？）

ネクトの疑問に答えるように、壁から半透明の男の頭が、ぬるりと現れた。

「な……透けてる？　人間じゃない⁉」

驚く彼女とは対照的に、現れた黒髪の無精髭を生やした男は、気だるそうに壁をすり抜けて、白衣のポケットに手を突っ込んだままサトゥーキに近づいてくる。

「紹介しよう、彼がドクターチャタニ。かつて旧文明が滅びる前に存在したチャタニという男から作り出された、複製人格だ」

「……どーも。西暦２１９８年からやってきた古代人、茶谷《ちゃたに》です。よろしく」

彼の自己紹介も含めて、理解し難い出来事の連続に、ネクトは思わず頭を抱えた。

◇◇◇

大聖堂のすぐ裏側には、教会騎士団の詰め所がある。

騎士団長であるヒューグの部屋には、ついさっき斬られたばかりの生首が二つ、転がっていた。

ネクト、及びマザーの捕獲失敗の報を聞き、粛清《しゅくせい》が行われたのだ。

それを見てリシェルは「いつものことだ」とケタケタ笑い、バートはガタガタと体を震わせる。

「おじさん。そんなビビんなくても、こいつら元々王国軍の人間なんだし、気にしなくていいって」

「リシェルが正しいが、罰にならないのなら困るな。今度からは騎士団の人間を贄《にえ》にするか」

剣を鞘に収めながら、ヒューグは平然と言い切る。

彼にとって人の命など、さほど価値のないものであった。

「それに、アンリエットの飼い犬や英雄の横槍が入ったのなら仕方ない。浮遊都市の起動準備も進んでいる。今後、我々はそちらに専念する」

「ですが、チルドレンが暴走してしまうのでは⁉　王都の人々が犠牲になる可能性があります！」

「問題あるか？」

軽く首を傾け、まばたきもせずにバートを凝視するヒューグ。

バートは殺気でも怒気でもない、得体のしれない寒気を感じ、言葉を失った。

「我々は軍ではない、オリジン様の騎士だ。オリジン様のために生き、オリジン様のために死ぬ。むしろ王都の民が死に絶えるなら喜ぶべきだと思うが――バート、君はどう思う？」

「……っ、は、はい。わ、わた、私も、そう思いますっ！」

視線を泳がせ、どもるバートを見ても、ヒューグは特に反応を見せなかった。

だが殺さなかったということは、その答えに満足したということだろう。

「ねー団長、そういやあいつらはどうすんの？　洗礼を受けた上に、目の前で部下が何人も殺されて、死んだような面――っていうか完全に心が死んじゃってるけど」

「アンリエットとヘルマンか……廃人は放っておいていい。そのうち使うときが来る」

「はーい。ヴェルナーってやつは放っておいていいの？　エキドナが連れてったんだよね？」

「彼は最初からエキドナの忠犬だろう。そちらも放っておけ。私たちが考えるべきは、いかに魔族を殺し尽くし、オリジン様を解放するか――それだけだ」

ヒューグは席を立ち、リシェルを連れて部屋を出ていく。

バートは、首の断面から血を流し続ける死体とともに一人残された。

緊張の糸が切れ、彼は膝から崩れ落ちる。

「どうなってしまうのだ……この国は。こんなことなら、副団長になどなるんじゃなかった！」

自分の命が惜しい彼はヒューグに逆らうことができない。

しかし、この組織が狂気に支配されていることは、理解していた。

◇◇◇

フラムとガディオによるチルドレン捜索一日目は、空振りに終わった。

王都の各所で戦闘の形跡らしきものは発見できたが、足取りは追えてもその先が続かず。

大勢の人の中に紛れ込んだ子供を見つけるのは、非常に困難を極める作業である。

夜が更けると、フラムとガディオは西区のギルドに集合し、情報交換を行い、そのまま解散した。

翌朝、フラムはミルキットよりも早く起きると、真っ先に外に出た。

そしてポストを開くと――そこにはすでに、封筒が入っていた。

「二日連続、悪戯《いたずら》ってわけでもなさそうかな」

その場で開いて中の紙を確認すると、そこにはやはり――『あと三日』と記されていた。

だが今回は、それ以外にも文章が書かれている。

「私たちは一つの標に向かって真っ直ぐ歩く、枝を切り落とすことに葛藤はない……？」

「何だそりゃ」

それを読み上げるフラムの後ろから、男性がにゅっと顔を出す。

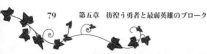

「うわぁっ⁉」

彼女は思わず前のめりに倒れそうになり、手紙を地面に落としてしまった。

彼はそれを拾い上げると、文面をまじまじと凝視する。

「ライナスさん！」

「驚かせてすまないな、やけに夢中になってたんでつい気になったんだ」

「お久しぶりです、でも何でこんな朝早くに？」

「確認だけで終わらせるつもりだった。そしたら偶然にも鉢合わせたってわけだ。しっかし、こんな立派な家まで手に入れて、脅迫めいた手紙まで送られて、俺らと別れてから何があったんだ？」

「立ち話もなんですし、まずは中に入りませんか？」

そう言って、フラムは玄関扉に手をかけた。

「なら遠慮なく……っと、その前にだな」

しかし彼はその場で足を止めると――おもむろに、地面に膝をついた。

それだけではなく、両手も、さらには額までも石畳に擦りつける。

「ちょ、ちょっとどうしたんですかいきなり⁉」

「ほんっとうにすまなかった！」

ライナスは己の愚かさを恥じ、悔いて、心の底から土下座で謝罪する。

「奴隷として売られたことなら、別にライナスさんが謝ることはないですよ」

「ジーンだけに責任を押し付けるわけにはいかない。俺も……フラムちゃんに冷たく当たってた節はあった。帰ったほうがあの子のためだって、小賢《こざか》しく善人ぶった言い訳までして」

面と向かって言われると、多少なりともショックではあるが——当時の、呪いの装備も持たず、完全にステータス0だった頃のフラムは、紛れもない足手まといだったのは事実だ。

「そういう考えって、態度ににじみ出るもんだろ？　だから俺も、フラムちゃんのこと追い詰めてたんだ。自覚ないって余計にタチ悪いよな。それを謝る前に、家に上げてもらうわけにはいかない」

フラムは、ライナスを許すとか許さないとか、そんなことを考えたこともなかった。

もちろんジーンのことは恨んでいるが、それは彼が明確にフラムに対して危害を加えたからだ。

「私って、故郷でもライナスさんぐらいの年代の人と、あまり知り合わなかったんです」

「……ん？　お、おう、そうだったんだな」

「ガディオさんぐらい年上だと距離感も測りやすいんですが、ライナスさんやジーン……さ……」

「さん付けじゃなくも、呼び捨てか〝あのクソ野郎〟でいいと思うぞ」

「あのクソ野郎ぐらいの年の差だと、うまくコミュニケーションが取れなくて」

フラム自身も驚くほどさらっと自然に、その言葉は口から出てきた。

それはさておき、彼女がライナスに抱く苦手意識なんて、その程度のものである。

「男の人だし、背が高いし、年齢差も微妙で……みたいな感じで。だから謝るとか、許すとか、そんな次元ですらありません。冷たく当たってたって言いますけど、全然気づかなかったですし」

「……じゃあ、俺の土下座はただの自己満足だな。困らせてすまない」

「いえいえ、申し訳ないと思ってくれてたのは、素直に嬉しいです。さ、早く入りましょう」

◇◇◇

フラムの呼びかけで居間に勢揃いする住人たち。

ミルキットはフラムが声をかけるまでもなくすでに起きていたが、いつもならまだ寝ている時間のエターナとインクは、寝間着のまま、眠そうに目を擦っている。

「よ、よう、久しぶりだな」

彼は、あまりに気の抜けたエターナに、戸惑いながらも声をかけた。

「うん、久しぶり……」

彼女はぽーっとした声で返事をする。

しかしライナスの困惑は、エターナに対するものだけではない。

顔を包帯で覆ったメイドに、目を縫合された少女――その強烈な個性に、圧倒されているのだ。

「なあフラムちゃん、これはどういう集まりなんだ？」

思わずそう尋ねるライナスだが、フラムも答えに困る。

「ミルキットは、私のパートナーです。奴隷商人に売られたときに出会いました」

フラムに紹介されると、隣に座るミルキットは丁寧に頭を下げた。

「つまり、その子も奴隷ってことか。包帯の下は……聞かない方がいいんだろうな」

「元々は毒で爛《ただ》れていたんですが、ご主人様に助けてもらって完治したんです」

「へ？　じゃあ取ればいいんじゃねえの？」

「私の素顔を見ていいのは、私を救ってくれたご主人様だけです」

恥じらいながらも誇らしげなミルキットに、ライナスは目を細めてフラムのほうを見た。

「なあ……フラムちゃんとこの子は、どういう関係なんだ？」

「今日までお互いに支え合って生きてきた関係ですけど、何か問題がありますか？」

「いや、問題はないんだが……まあ、相棒ってことか」

しっくり来ないライナスだったが、深くは考えないことにした。

「で、そっちのお嬢ちゃんは？」

「インクはわたしの患者、そしていまはわたしのお友達。だから一緒に暮らしてる」

フラムが説明する前に、エターナがそう言い切った。

インクはまだ眠いらしく、椅子に座った状態で、目を閉じ、こくりこくりと船を漕いでいる。

「要するに、こっちはこっちで色々あったってことだな」

「その言い方、自分たちにも何かあったと遠回しにアピールしてる」

「だからここに来たんだよ。実は、キリルちゃんが行方不明になったんだ」

「そんな、どうして!?　いや、そっか……キリルちゃんは……」

最初こそ驚いたが、フラムには半ば願望じみた心当たりがあった。

「私のことが、キリルちゃんに伝わったってことですか」

当時はともかく――今のフラムには、彼女が悩み苦しんでいたことが理解できる。

フラムと二人で遊んでいたときのキリルは、ごく普通の十六歳の女の子だった。

普通の少女の心は、勇者の力と、周囲の期待と、その重責に堪えられない。

壊れていく心、そのひび割れから入り込んでいく、ジーンの囁き。

他人を見下す優越感が、その場しのぎで、キリルの気持ちを癒やしていったんだろう。

だがそれは劇薬で、必ず副作用が生じる。

それが、フラムがパーティを離脱したあとに、じわじわとキリルを追い詰めていった。

そしてフラムが奴隷になったという事実を聞かされたとき、ついに決壊したのである。

「俺の不用意な行動のせいでな。いつかは伝えるつもりだったが、まさかジーンと言い争ってるのを聞かれちまうとは。重ね重ね申し訳ねえ、情けない限りだよ」

「一番悪いのはジーンですから、ライナスさんは悪くないです。でも、言い争うってことは――」

「ああ、当事者は反省ゼロだ。あのナルシスト、天地がひっくりかえっても自分が正しいと言い続けるつもりらしい。頭はいいかもしれねえけど、中身は子供そのものだ」

「少しでもまともな感覚があるなら、ご主人様にあんなことはしないはずですから」

「だな。つうわけで、あいつからの謝罪は引き出せそうにねえ」

「期待してないんで平気です。それより心配なのはキリルちゃんのことですね。今の王都は物騒ですから、事件に巻き込まれてなければいいんですけど……」

今も苦しんでいるであろうキリルのことを想い、悲しげな表情を浮かべるフラム。

キリルがフラムに支えられていたように、逆もまた然り。

今でもフラムの胸の中に、キリルの存在は大きく陣取っている。

「やっぱ物騒なのか。なあフラムちゃん、よければ何が起きてるのか、俺に教えてくれないか？　最低限の情報収集はやってるつもりだが、どうにも核心から遠い場所にいる気がしてならねえ」

ライナスが教会との戦いに参加してくれるのなら、これほど頼もしいことはない。

フラムは快く今日までの戦いについて、重要な部分をかいつまんで彼に語った。

「フラムちゃん……俺が思ってた以上の修羅場をくぐり抜けてきたんだな」

同情するように彼は言った。

「よく生きてるなって私も思います」

フラムは苦笑いしてそう返す。

「しかし、黒幕が教会だったとはな。しかも王国そのものが、教会に飲み込まれつつあると来たもんだ。魔王討伐なんて言ってる場合じゃねえ」

「むしろ魔王は味方である可能性すらある」

「ネイガスって人が、セーラちゃん——私たちの友達を助けてくれたぐらいですからね」

「ネイガスって、三魔将の一人だろ？　あいつら人間を助けたりするのかよ……俺らってもしかして、すげー不毛な戦いをしてきたんじゃねえか？」

「教会にとっては意味があった」

「ったく、騙《だま》された気分だ。どこまでもろくでもねえな、教会ってやつは。あー……そういや俺な、昨日のことなんだが、さっき言ってたチルドレンっぽい子供、見かけたぞ」

「どこでですかっ⁉」

前のめりになって話に食いつくフラム。

ライナスはあまりの勢いに、驚き軽くのけぞった。

「に、西区の路地だ。やけに体の大きな女……っぽいやつが教会騎士に襲われててな。それを助けたら、いきなり緑色の髪をした、ちょっとぽっちゃりした子供が現れてだな……」

「ぽっちゃり……フウィス、だよね」

フラムが言うと、インクはこくんと首を縦に振る。

「ご主人様、体の大きな女って、もしかしてマザーのことじゃないですか？」

「そいつも教会の関係者なのか？」

「チルドレンの研究をまとめてる人間。ちなみに男」

「マジかよ……知ってりゃあそこで捕まえられたってのに」

悔やむライナスだが、あのときはオリジンコアの存在すら知らなかったのだから仕方ない。

「王都にまだいるってわかっただけでも収穫です。ありがとうございます、ライナスさん」

「そう言ってもらえると救われるな。だが、騎士連中にしたってそうだが、王都で堂々と命の奪い合いをやりあってるとなると、俺も見て見ぬ振りはできねえな」

ライナスの瞳に、熱い決意が宿る。

軽薄そうな外見の彼だが、これでやるときはやる男なのだ。

「フラムちゃん、俺もその〝チルドレン〟や〝螺旋の怪物〟と戦うぜ。女の子が命を懸けてるってのに、王都を庭にする俺がベットすらしねえのはダサすぎる」

「ライナスさんが味方になってくれるなら頼もしいです！」

フラムは目を輝かせて喜んだ。

しかし、勇ましい言葉とは裏腹に、ライナスの表情はどこか晴れない。

自らが口にした〝螺旋の怪物〟という言葉。

顔面に肉が渦巻く怪物――そう聞いて、マリアのことを思い浮かべずにはいられなかったのだ。

◇◇◇

時は昨日まで遡《さかのぼ》る。

ライナスは手近な布きれをローブがわりにマリアに被せ、まんまと王城を脱出した。

地下牢突入時に多くの兵士を気絶させておいたため、外に出るまではスムーズだ。

だが、教会騎士団がすぐに追っ手を差し向けてくるのは間違いない。

まずは王都にいくつかある隠れ家のうちの一つに、マリアを逃がすことにした。

「辛気臭い場所ですまねえ、マリアちゃん」

「すごいですね……こんな場所が何箇所もあるんですか？」

できるだけ顔を隠しながらも、マリアは興味津々と言った様子で小屋の中を見回す。

壁にはいくつもの刃物や弓がかけられ、棚には食料のみならず、矢筒や火薬が並ぶ。

「仲間と共有してるんだ。最近は冒険者稼業から離れてるから、使うことも減ってるけどな……っと、このあたりだったか。んーと……えーと……あった！」

ライナスは部屋の隅に置かれた籠《かご》に手を突っ込んだかと思えば、何かを取り出し高く掲げた。

「それは、仮面……ですか？」

「ひとまずマリアちゃんの顔を隠すのに、と思ってな。デザインがいまいちか？」

「いえ、助かります。ですがなぜこのような仮面を持っていたのですか？」

マリアは仮面を受け取り、顔に当てながら、ライナスに問う。

「俺の仲間も色々いるからなあ。裏の仕事を受けてるやつもいるわけよ」

「ライナスさん自身も……」

「俺はやらない主義。てか、こんだけ名前が売れてるのに、闇稼業なんてできないって」

「ふふふ、確かにライナスさんはかっこいいから、隠れてもすぐに見つかりますもんね」

「おおっと。マリアちゃん、言っておくが俺みたいな男は、おだてるとすぐに調子に乗るぞ？」

「どうぞ乗ってください。ふざけてるライナスさん、わたくしは好きですよ」

「おおうっ！　今のはずきゅんと来たぞマリアちゃん……！」

膝をついて、わざとらしく倒れ込むライナス。

マリアはその様子を見てケタケタと、実に楽しそうに笑った。

その日、二人は小屋で一泊し、ライナスが表に出た今も、マリアはそこで待機している。

◇◇◇

楽しくて、軽くじゃれあうようなやり取りはあった。

しかしマリアは一度も、オリジンコアや、教会に関することはライナスに話そうとしなかった。

（俺にもまだ話せないことがあるっていうのかよ、マリアちゃん……）

彼女との会話から、嘘や偽りは感じなかった。

おそらく彼女は、必死で現実から目をそむけようとしているに違いない。

（でもフラムちゃんたちが教会とやりあってる以上、いつかはわかることだ。そのとき、マリアちゃんはどうするんだ？　いや、俺だってそうだ……）

黙り込むライナスに、エターナが問いかける。

「ライナス、教会について知っていることがあったら言ってほしい」

「すまんが……今は、無い」

「今は？」

「あとで『考えてみりゃ教会の仕業だった』ってネタはあるかもしれないって話だよ」

「……ライナスさん？」

小さく彼の名前をつぶやくフラム。

うまく誤魔化すライナスだったが、彼女はその瞳の揺らぎを見逃さなかった。

何かを隠しているような気がする……しかしその誤魔化しは悪意から来るものではない。

いつか話してくれる、と悠長に構えてもいいかもしれないが、状況が後回しを許容しない。

まずフラムは当てずっぽうで、ライナスと教会とを繋ぎそうな言葉を彼に投げかけた。

「ライナスさん、マリアさんどうしていますか？」

「マリアちゃん？　さあ、どっかにいるんじゃねえかな」

「会いに行かなかったんですか」

「キリルちゃんを捜すのでそれどころじゃなくてな。だがフラムちゃんの話を聞いてて不安になった、今から会いに行こうと思う。聞いておいてほしいことはあるか？」

フラムの意図を察してか、ライナスは嘘はつかなかった。

仕草や瞳の動きで緊張を悟られることなく、煙に巻いて誤魔化してみせたのだ。

しかし一方で、どこにいるのかわからないと言っている割に、会えるかどうか、という部分に関しての不安が感じ取れない。

まるで会えることを確信しているような口ぶりである。

「……ライナスさん。正直に言うと、私はマリアさんのことを怪しんでいます」

フラムの言葉に、ライナスの目元の筋肉がぴくりと引きつった。

わずかな動きではあるが、痛いところを突かれたと感じているに違いない。

「旅に参加した唯一の教会関係者だからな。自然なことだと思うよ」

「教会と戦うんなら、いずれマリアさんと敵対することもあるかもしれません」

「それはない」

「どうして断言できるんですか？」

「俺はマリアちゃんのことを信じたい。いや――何があってもマリアちゃんを信じる。あの子は、俺に対して嘘はついてないはずなんだ」

「何の根拠にもなってない。マリアがとてつもない悪女だったらどうする？」

「エターナの言う通りかもしれねえ。だが俺は、こう見えて女を見る目はあるつもりだ。マリアちゃんは悪女なんかじゃない、それははっきり言い切れる」

やはり根拠らしい根拠は無い。

それでも断言するライナスに、黙って話を聞いていたミルキットが口を開いた。

「……それは、愛しているから、ですか？」

突然の質問に、フラムはもちろん、エターナも驚き、固まる。

一方でライナスは、胸を張って堂々と答えた。

「ああ、愛してるからだ」

彼は迷いなく断言する。

するとミルキットは、「そうですか」とつぶやくと、何かを考え込むように目を伏せた。

きっと彼女なりに、フラムとの関係について真剣に考えているのだろう。

ライナスの答えを聞いて何を思うのか、少しフラムは不安だったが。

「……」

「納得いかないか、フラムちゃん」

「オリジンのせいで破滅《はめつ》する人を、私は何人も見てきました。仮にライナスさんが平気でも、マリアさんの破滅に巻き込まれないか不安なんです」

「破滅なんてさせねえよ。マリアちゃんは俺が守る」

「……フラム、たぶんこれ以上は何を言っても無駄。ライナスの決意は固い」

エターナに言われると、フラムも納得するしかなかった。

「それに、どうせわたしたちはマリアに会えない」

「そうですけど……ライナスさん、もし大聖堂に会いに行くんなら、くれぐれも気をつけてくださいね。仮にマリアさんが味方だったとしても、他の教会の人間が何をするかわからないんですから」

「心配してくれてありがとな。逃げ足には自身があるんだ、誰かに狙われても、命だけは守ってみせるさ。んじゃ、俺はそろそろ行くわ。朝から邪魔したな」

席を立ち、ライナスは家を出ていった。

足音が遠ざかり、聞こえなくなると、ようやく眠気から覚めたインクが口を開く。

「さっきのライナスって人の言葉、すごい自信だったね」

「恋は盲目――にならなければいいけど。わたしたちにも余裕はない、マリアのことは彼に任せて、チルドレンとキリルを捜すのに専念すべきだと思う」

「ですね……」

チルドレンのみならず、教会騎士も、キリルも、ライナスやマリアもこの王都で動いている。

数多の火種が燻《くすぶ》る中、埋め込まれた火薬はいつ爆発するのか――フラムは不安でしょうがない。

「さっそく捜してこようと思います。エターナさん、ミルキットとインクをお願いします」

体を動かしていないと、降りかかる不安に押しつぶされそうだ。

彼女はミルキットの頭を撫で、三人に「いってきます」と告げると、早足で部屋を出た。

家の守りに関しては、エターナさえいれば安心だろう。

◇◇◇

家を出てすぐ、フラムはガディオの姿を見つけた。

彼は黒いコートをはためかせながら、こちらに駆け寄る。

「ガディオさん！　ライナスさんと会いませんでしたか？」

「あいつが来ていたのか、入れ違いになったらしいな。一度は会っておきたいが、今はそれどころじゃない。東区で〝体が捻じれた〟変死体が発見された」

「それってまさか⁉」

「螺旋の子供たち《スパイラルチルドレン》の仕業だろう。ついに動き出してしまったらしい」

火薬が爆ぜたのは、不安を抱いた直後――だがまだ、大きく火が広がったわけではない。

二人は急ぎ、東区へと向かった。

◇◇◇

現場は、東区の人通りの少ない道である。

今でも野次馬の姿がちらほらと見えるが、すでに死体は教会騎士に回収され姿も形も無い。

だが、壁や地面に染み込んだ血が、事件の凄惨《せいさん》さを物語っていた。

「どうしますか？　想定以上に騎士団の動きが速いみたいですけど」

「俺は野次馬と周辺の民家に話を聞いてくる。フラムには通行人への聞き込みを頼んでいいか？」

フラムは「はいっ！」と力の入った返事をすると、ガディオと別れて表の通りに向かった。

しかし凄惨な事件があったからか、野次馬を除けば通行人は少ない。

仕方なく、少し歩いたところにある公園に足を延ばし、人を捜すことにした。

金持ちが暮らす東区の公園は、遊具も花壇《かだん》も綺麗に整備されており、噴水まで設置されている。

ベンチに座り、遊具ではしゃぐ子供を眺めるご婦人も、座っているだけなのに気品があった。

馴染みのない人種に少し緊張しつつも、フラムは彼女に声をかけた。

「あのー……少し、お話を聞いてもよろしいですか？」

――だが、返事はない。

母性に溢《あふ》れた笑みを浮かべたまま、まるでフラムを無視するように、子供を見つめている。

「すみません、お話を聞かせて……もらえませんか？」

ここまで見事に無視されるとは、奴隷が嫌いな人なのだろうか。

これ以上は埒《らち》が明かないので、別の人に話を聞こうと、彼女は女性に背中を向ける。

そして離れようとしたそのとき——ぶちゅっ、と潰れるような音が背後から聞こえてきた。

「……えっ？」

振り返ったフラムは、女性が自ら頸動脈付近の肉を手で千切り、大量の血を流す姿を見た。

痛みも苦しみもせず、笑顔で子供を見つめたまま、何度も何度も同じ部分の肉を引きちぎる。

やがて出血量が限界を超えると、肌の色が青白く変わり、さらに手を動かすことすら困難になると、ベンチの上で痙攣しながら、笑顔のまま息絶えた。

「これ、は……」

女性の子供は、母の死を見てもブランコに乗ってはしゃぎ続けていたが、振り幅が大きくなったところで手を離し、前に踏み出し、ふわりと空中に浮かぶ。

そのまま受け身も取らずに頭から固い地面に落下し、首を折って死んだ。

他の公園にいた人々も、それぞれが違う方法を使って自殺していく。

別の子供は、自分の頭に両手を絡めるように当てて、自分の腕力で首をへし折った。

それを見ていた男性は、こめかみに親指の先端を当て、回転させながら押し付ける。

彼は「ぎゅいぃいいいいん！」と口で音を発しながら指先で頭蓋骨を貫き、脳を破壊して果てた。

他にも様々な方法で——次々と、無意味に、理不尽に、人の命が弄ばれていく。

犯人が誰かなんて明らかだ、螺旋の子供たち《スパイラルチルドレン》しかありえない。

しかし、その事実を認識しているフラムですらも、このあまりに残酷な集団自殺ショーを前に——

言葉を失い、呆然と立ち尽くすことしかできなかった。

05 交錯

人は、本当に落ち込んでいるとき、眠りですら安寧を得ることはできない。

悪意のない悪夢が、押し寄せるようにキリルに襲いかかる。

『おめでとう』『この村の誇りだ』『オリジン様に選ばれるなんて、すごいねキリルちゃん』

彼女は喜ぶフリをしたけれど、そんなもの、誰が欲しいと望んだか。

期待なんてされない方がいい。

だって他人より優れていても、期待に応えられなければ、向けられるのは冷たい評価だから。

数年前から、両親に芋の育て方を習っていた。

畑の一角に場所をもらって、最近は売り物にできるぐらいの芋ができるようになった。

今日はその取れた作物を使って、お菓子でも作って、両親に振る舞おう。

二人は笑いながら『おいしい』と言って、キリルの頭を撫でて――それだけで幸せだった。

『畑のことなんて気にするんじゃない、お前はお前の役目を果たすんだ』

父が嬉しそうに言い、母も頷いていた。

キリルは二人の期待に応えるため、無理やり笑顔を作って、返事をする。

あのとき、泣きながら『本当は嫌だ』と訴えていたら、何か変わっていたのだろうか。

けれどいざ言ってみると、何も変わらない——そんな、悪い夢を見た。

悪夢から這い上がると、悪い現実が広がっていた。

固く冷たい地面に横たわったキリルは、うっすらと目を開ける。

そこは中央区の東側にある、とある店の裏手だった。

人の目が届かない場所を探して、キリルとミュートがたどり着いた場所である。

ぼーっと、眼前に広がる灰色の景色を見つめるキリル。

生きるために必死に餌を求めて這い回る小さな虫を観察して、「羨ましい」とつぶやく。

「起きてる？」

先に目をさましていたミュートは、地面に座り、壁に背中を預けている。

「……うん、起きてる」

昨日、彼女と出会ってから、何度も言葉を交わした。

ミュートは主張する。

『人間、自分だけ。他人、望み、本当を理解、無理』

そして全ての人の期待に応えることもまた、不可能である。

だがそれでも——失望の目を向けられることを、キリルは恐れているのだ。

『優しさ、正義、怒り、憎しみ、他、全部……言葉、違う。意味、同じ。全部、自分のため』

この世界は全ての人々の自己満足で形成されている。

与える人と受ける人、互いのチャンネルが偶然に一致したから、〝優しさ〟として成立するだけ。

『他人のため、生きる。いつか、自分、壊れる』

罪の償《つぐな》いも、自分を責め続けることも、いわばただの自己満足だ。

そんなことをしたって、自分のせいで傷ついた人の心が癒えるわけじゃない。

だから、自分の望みを貫け――ミュートはそう説き続ける。

それでも、キリルが変わることはなかった。

沈みきった感情に罪悪感のチェーンが巻き付いて、浮上を許さない。

「そろそろ、はじめる。ついてきて」

そう言ってミュートは立ち上がり、どこかに向かって歩き始めた。

寝起きのキリルは、腫れた目を擦って、彼女の小さな背中を追いかける。

◇◇◇

何を始めるのか、聞いてもミュートは話さなかった。

二人とも、相変わらず薄汚れたローブを纏い、フードを深く被り、顔を隠しながら歩く。

東区に差し掛かると裕福な人間が増え始め、その格好が逆に周囲の注目を集めるようになっていた。

キリルが挙動不審に視線を彷徨わせると、ミュートは二十代ほどの男性に駆け寄る。

「ミュート？」

キリルは戸惑い、声をかけるも、ミュートは止まらない。

そのまま足を止め、男性の肩を掴むと、当然彼はミュートを睨みつける。

だが彼女は動じずに——能力を発動させた。

「共感《シンパシー》」

キリルはそのとき、男性の目から意思が消えるのと、ぶちゅ、という湿った音を聞いた。

ミュートは彼から手を離すと、用済みと言わんばかりにまた移動する。

その後、ミュートは公園に入ると、人に触れては「シンパシー」とつぶやき、それを繰り返した。

「ねえミュート、何をしてるの?」

聞いたって彼女は答えない。

だが、ミュートに触れられた途端に動かなくなる人々を見ていると、ひょっとすると何か恐ろしいことが起きているのではないか、そんな恐怖が湧き上がってきた。

もちろんキリルは、彼女が何者かも、どんな力を持っているのかも知らないのだが。

公園内を一通り回ると、入ってきた場所とは別の出口から外へ。

そして、公園の状況が確認できる位置で身を隠すと、ようやくミュートはキリルを見た。

「準備、できた。はじめる」

彼女のローブの首元は、なぜか赤黒く湿っている。

「準備って、どういうこと?」

「共感。意識を繋げる。同一化させる。意識、混濁。自我、喪失。オリジン、注ぐ。私、支配する」

「同一化?　オリジン?　支配?　ごめん、私にもわかるように——」

「見る。それで、わかる」

ミュートに言われるがまま、キリルは公園のほうを見た。

すると——散歩をしていた男性が、おもむろに自分の拳を咥《くわ》え始めた。

強引に、唇が裂けながらも押し込み、喉を変形させながら、肘まで飲み込んでいく。

「……え？」

彼に何が起きたのか、キリルには理解できなかった。

男は自分の腕を飲み込み、打ち上げられた魚のように苦しんで、やがて窒息して動かなくなった。

「死んだ……？」

人の死という非日常——それが、何の前触れもなく、目の前で起きている。

あまりに現実感がないせいか、キリルは取り乱すことすらできなかった。

すると死んだ男の隣にいた女性が、いきなり固い地面に頭をぶつけだす。

額が切れて血が流れても、ぐちゃっ、と何かが潰れるような音がしても、彼女は止まらない。

両腕に力が入らなくなっても、地面に必死で頭を擦り付け、その行為は絶命するまで続いた。

「あ……あぁ……」

近くを歩いていた男児が、自分の腕の肉をパンのように千切り食らいだす。

「な、何が……何が、起きて……！」

男児の隣に立つ母親は、自らの眼球を指でほじくり出し、投げ捨てた。

さらにぽっかりとあいた空洞に、強引に手を挿入して脳をかき混ぜようとする。

「ミュート……まさかあれ、あなたがやらせてるの……？」

「そう、私、やらせた」

ミュートは即答した。

ここまで連れてきたのは——彼女が見せたいと言っていたのは——この、狂った光景だったのだ。

「やりたいこと、やる。他人、関係ない。生きた証、傷跡、残す」

「そ、それはダメ、そんなのはおかしいッ！」

声を荒らげ、キリルはミュートを睨みつける。

しかし、彼女の顔はフードで隠れていてよく見えない。

「おかしい、何もない。正しいも、何もない。私は、私。望み、果たす」

「人が死んでるのに⁉　そんな身勝手なこと許されるはずがないよ！」

「他人の目、関係ない。身勝手、構わない。止める理由、ない」

確かに彼女は、他人のために生きるな、自分の望みを貫けと言っていた。

それでもキリルには、そのために他人を殺すことが正しいとは思えない。

「キリル、止める、望む。なら、私、殺せばいい」

「そ、それは……」

「私、勇者、勝てない。キリル、私、殺せる。死なない限り、私、止まらない」

ミュートの言うとおり、キリルが剣を抜けばいい。

それだけで、もがき苦しむ見ず知らずの他人のうちの何人かは生き残るかもしれない。

勇者ならばそうするべきだ。

だが――〝ミュートを殺す〟という罪を、今のキリルは背負えない。

ミュートという理解者を止めたところで、待っているのはさらなる重圧に押しつぶされる、救われない、変わらない、むしろ今までよりも苦しい日々なのだから――

「っううぅ……うあぁぁぁああ……ッ！」

キリルはうめき、右腕を震わせたが、その手に剣が握られることはない。

殺《ころ》さ《さ》なければ罪を背負う。殺したのならば罪を背負う。

どちらを選んだって――そこは、地獄だ。

悩んでいる間にも犠牲者は増えていく。

淡々と、肉が裂け、骨が砕ける音だけが、公園から聞こえてくる。

「殺すなんて……でも、ああ、だけどっ……私はどうしたら……！」

膝をつき、キリルは嘆く。泥沼の中であがき、さらに奥へと沈んでいく。

「決める、自分。全部、自分のため」

「でもっ、私にはそれが、どうしたらいいのかわからな――」

キリルはすがるように、ミュートの方を見上げる。

すると、フードで隠れていた顔が、下からだとよく見えた。

そこにあるのは、いかにも大人しそうな、ぽーっとした少女の顔――ではない。

ぶじゅっ――顔をくり抜き、そこに何かの肉を詰め込んだかのような、異形の面だった。

肉はうぞうぞと脈打ち、螺旋を描き時計回りに捻れ、血を吐き出している。

「は……」

息を吐き、それきり何も言葉を発せなくなるキリル。

なぜミュートが――あのときの、最後に見たマリアと同じような姿をしているのか。

彼女は何者で、彼女たちはどのような存在で、自分は一体、何に巻き込まれているのか。

「あぁ……」

ようやく声を取り戻す。

だが、恐怖、混乱、絶望――赤と黒の淀んだ感情が交ざりあって、頭がまともに働かない。

一方で異形と化したミュートは、肉の渦を脈動させ、無言でキリルのほうをじっと見つめていた。

「うあ、ああ、あぁぁああ……」

彼女の所行を止めるべきだ――そんな正義心は、ちっぽけだがキリルの中にも存在する。

しかし、圧倒的な恐怖を前に、そのような矮小な義憤《ぎふん》は無意味である。

キリルは首を横に振り、後ずさり、頭を抱え――

「あ、あああぁぁあ、あぁぁあああああああああああッ！」

感情を爆発させるように叫んだ。

「あ――」

そして、その叫声《きょうせい》は突如としてぷつりと途絶え、彼女は意識を失った。

◇◇◇

凄惨な光景を前に、呆然と立ち尽くしていたフラムは、ぴくりと叫び声に反応し、駆け出した。

公園には見るも無残な死体が幾多も転がり、痛ましい亡骸を見るたびに、彼女は胸を痛めた。

そんな脚に絡みつく感傷を振り払い、公園を抜けるフラム。

そこで彼女は、地面に倒れる誰かと、その近くに立つ少女を目撃する。

少女は白い髪に、赤黒い顔を渦巻かせ、両手で人の形をしたぬいぐるみを抱きしめていた。

「あれはもしかして、ミュート？」

すぐにそう気づいたフラムは、プラーナを脚部に満たし、加速して接近する。

いつでも魂喰いを抜く覚悟はできていた。

たとえ相手が年端も行かぬ子供だろうと、ネクトが助けを求めていようとも、もはやここまでの惨劇を引き起こしてしまえば後戻りはできない。

否、むしろ刃で断ち切り終わらせることこそが、優しさであるとフラムは考える。

しかしその途中で、ミュートの足元に倒れる少女のフードが風に吹かれ、顔が露わになった。

「キリルちゃん⁉」

思わずフラムは声をあげた。

行方不明になっていたキリルが、なぜミュートと一緒にいるのか。

理由が気になるところだが、考える前にまずは体を動かす。

「フラム程度、私、負けない」

肉の渦を蠢かせ、ミュートは臨戦態勢に入る。

フラムも彼女を睨みつけ、魂喰いを引き抜く。

そして柄を握る手に力を込めて――くるりと後ろを振り返り、背後を斬り払った。

反転の魔力と〝歪曲《わいきょく》〟の力がぶつかり合い、バチィッとスパークする。

「うわー、やっぱりすごいね、反転って」

後ろから歪む力場を放ち襲いかかってきたのは、緑髪の少年――

「フウィス！」

「ミュートはやらせないよ。えいっ、歪曲《ディストーション》っ！」

かざした手のひらから、連続して〝空間の歪み〟を弾丸のように放つフウィス。

「反転《リヴァーサル》しろぉっ！」

フラムは反転の魔力を満たした魂喰いを薙ぎ払い、それを軽々と撃ち落とした。

「ええ、僕のとっておきだったのに」

「教会に捨てられたからって、無差別に殺すなんて間違ってる！　ネクトだって望んでないよ！」

「説教は聞きたくないな。それにネクトなんて知らないよ、勝手に消えた薄情者だし」

「私たち、王都、人間、みんな殺す」

「ミュートの言う通り。区別も差別もなく全員平等に殺すんだぁ」

「それがマザーのためだっていうの？」

「違う。それ以外、ある」

「もちろんマザーのことが第一だけどぉ、僕たちはキマイラと同じ〝兵器〟として生み出されたんだ。人を殺すために生み出されて、育てられてきたんだよ。だったらさ、失敗作として切り捨てられた僕たちが、この世界に生きた証を刻む方法なんて一つしかない」

「殺す」

「そう、殺す。区別も差別もせず平等に殺戮《さつりく》して、嫌でも忘れられなくするんだぁ」

フラムは強く歯を食いしばり、怒りを噛み締めた。

ミュートとフウィスに――というより、そんな生き方しか選べなくした、マザーへの憤《いきどお》りである。

「あんたたちの仲間だったインクは、人として私たちと一緒に真っ当に生きてる！」

「第一世代、第二世代、違う。出来も、力も、違う。別、生き物」

「そうやって世代にこだわって、他人を巻き込んで、第二世代のほうが劣化してんじゃない！」

「ひどいこと言うなぁ」

「第一世代、失敗。でも、第一世代、生き残る」

「兵器としては失敗作でも、生命としては――僕たちより強いのかもね。あはは」

フウィスは自虐的に、力なく笑った。

その表情を見て、フラムは彼らが他者の命をたやすく奪える理由の一端を知った。

二人は己の命に対して一切の価値を感じていないのだ。

自分の命が無価値ならば、他者の命の無価値――ゆえに、簡単に他人を殺すことができる。

「さーてと、おしゃべりの時間はここまでにしよう。他の英雄が来る前に、早く逃げないと」

「逃がすもんか。キリルちゃんだけでも返してもらうッ！」

キリルを抱えようとするミュートに、フラムは急接近する。

しかしフウィスが前に立ちはだかり、〝歪み〟を纏う手をフラムに伸ばした。

「直接触れれば、反転でも止めきれないよねぇ？」

「その程度で私が止まると思うなッ！」

彼女は篭手でフウィスの拳を弾《はじ》いた。

続けてブーツのかかとでフウィスの腹を蹴飛ばすと、魂喰いを真上に振り上げる。

「はあぁぁぁぁあああッ！」

容赦なく放たれる、気剣斬《プラーナシェーカー》。

フウィスは回避できず、両手を交差させ、歪曲を纏い防ぐので精一杯だった。

しかし迫る気の刃には、当然、オリジンの力を打ち消す反転の魔力が込められている。

〝歪曲〟はフラムの力とぶつかり合い、霧散する。

「いたたた……」

だが気剣斬《プラーナシェーカー》の威力は大幅に削られ、彼の腕には、一筋の傷が残るのみだった。

「怖いなあ、少し前まではあんなに雑魚だったのに。今はまだ死ねないし、逃げないとねぇ」

そう言ってニヤリと笑うと、フウィスはフラムの前から全力で逃げだした。

追いかけようとしたフラムだったが、「うぅ……」と生存者のうめき声が聞こえ、立ち止まる。

「くぅっ……わけわかんないよ。何でチルドレンがキリルちゃんをさらったりしてるの⁉」

フラムの頭は混乱しているが、髪をぐしゃぐしゃにかき乱しても、状況が変わるわけではない。

彼女は生き残った人を救うべく、声の主を探して公園をさまよう。

すると騒ぎを聞きつけたガディオが駆け寄ってきた。

「フラム、大丈夫か！」

「私は平気です。私よりもこのあたりにまだ生きてる人がいるはずです、探してもらえますか？」

二人は協力して生存者を探し当て、ベンチに寝かせて応急処置を施す。

ガディオは破れたコートの裾《すそ》を引きちぎると、包帯代わりに使った。

「ガディオさん、そのコート……誰かと戦ってたんですか？」

「回転《ロタジオン》という力を使う少年――確かルークと言ったか、あいつが襲ってきた」

「チルドレン全員が東区にいたんですね。あとこっちは、キリルちゃんがさらわれました」

「なぜキリルがチルドレンに？」

「わかりません。唯一わかったのは、チルドレンがこれからも人を殺し続けるということだけです」

風に乗って、公園から血の臭いが流れてくる。

その惨劇を視界の端に収めながら、フラムは悔しげに歯を食いしばった。

「目的は無差別殺人、か。神出鬼没に殺害を続けるのなら、止めるのは難しいな……」

処置を終えると、ガディオはフラムとともに公園を眺める。

だが彼はただ見るだけではなく、死体に対して〝スキャン〟を試みていた。

「名前もステータスも同一だな」

「それって確か……」

「ああ、デインの部下とやりあったときと同じ現象だ」

インクを救い出そうとするフラムの前に立ちはだかった、二十人ほどの男たち。

彼らは何者かの手によって全員が同じ名前、同じステータスを持つ存在に作り変えられ、そして自らの意思も失っている様子だった。

「ルークが回転《ロタジオン》、フウィスが歪曲《ディストーション》ですから、それがミュートの能力なんですね」

「厄介だな。同一化させる人間の数に限りがないのなら、王都はあまりに相性がいい」

大通りで数人に能力をかけ、刃物をもたせて暴れさせるだけで、数十人は殺せるだろう。

「私、リーチさんに話を聞いてみようと思います。何か新たな情報が得られるかもしれませんし」

「わかった、フラムが東区に残るなら、俺は中央区を探ろう。一番遠い西区は後回しだ」

「公園の死体は、このまま放っておいてもいいんでしょうか」

せめて弔《とむら》いとして自分にできることは無いのか――フラムはそう考える。

「じきに教会騎士が処理するだろう。下手に片付けて連中に見つかれば、拘束されかねない」

「そう……ですよね」

「気に病む必要はない。それに、この程度で気に病んでいるとキリが無いぞ」

「っ……」

ガディオの言葉は冷たく聞こえるが、一方でフラムに対する優しさでもあった。

悲しんで足を止めるぐらいなら、一刻も早く螺旋の子供たち《スパイラルチルドレン》を止めること。
それが――今のフラムたちにできる、〝最善〟なのだ。

◇◇◇

フラムがリーチの屋敷を訪れると、すぐに客間に通された。

アポイントメントも取っていないにもかかわらず、リーチは慌てた様子で姿を現す。

彼はソファに腰掛けるも、前のめりになりながらフラムに問いかけた。

「公園で何があったんですか⁉」

まるでフラムがそれを知っていることを確信しているような問いかけだった。

さらにリーチは、彼女が答えるより先に、矢継ぎ早に次の言葉を発する。

「外に出ていた使用人が一人、帰っていません。巻き込まれて命を落としたものと思われます。騎士に聞いても何も答えてもらえなくて……もっとも、彼らも詳しくは知らないようでしたが」

まだ事件が発生してから時間は経っていないはずだが――さすがの情報収集能力である。

「チルドレンの一人が、公園にいた人々を操って自殺させたんです」

「な……っ、今まで秘密裏で動いていたはずなのに、なぜ急にそんなことを⁉」

「教会から切り捨てられ、暴走して、王都の人たちを無差別に殺そうとしてるんです……」

「教会がチルドレンを切り捨てた？　どこでその情報を手に入れたのですか⁉」

フラムは、ガディオがチルドレンの拠点を発見した経緯と、内部の状態をリーチに説明した。

彼は両手の指を絡めながら、険しい表情を見せる。

「まさか教会がそこまで大胆な行動に出るとは。よほどキマイラの出来に自信があるのでしょうね」

そういった捉《とら》え方もあるのか——とフラムは感心する。

彼女は会話に若干の間が空いたところで、例の手紙をリーチの前に差し出した。

「これは？」

「昨日からうちに届くようになった手紙なんですけど、何かわかることはありませんか？」

リーチは『あと四日』と記された紙を、まじまじと見つめた。

「今日も『あと三日』と書かれた手紙が届きました」

「インクも紙も、品質の高いものだ。王都でも大聖堂か王城ぐらいでしか使われないはずです。それに文面や字体からも悪意のようなものは感じられませんね」

「大聖堂か王城に、私たちの味方……王国軍の人たちは身動きが取れないはずだし、他には……えっと、誰かいたかな……うぅーん……」

フラムはどうにか記憶を絞り出そうと唸《うな》った。

そして最後の最後に、味方と言えるかはわからないが、悪意はなさそうな人物の顔を思い出す。

「……あ、サトゥーキ」

「枢機卿の？　教会の中枢に近い人物ではないですか」

「でも王国軍と繋がりが強かったみたいで、アンリエットさんにも信用されてる様子でした」

「確かに他の枢機卿よりは若く、信仰一辺倒ではなくて、リアリストな雰囲気がある男ですが……騎士団と仲の悪い王国軍と繋がっていたということは、内側から組織を変えようとしていた……？　ああ、いやでも待ってください。この手紙、字体からしておそらく女性が書いたものですよ」

「女……？　それがサトゥーキの部下である……いや、確証が無いなぁ」

「ですが、警告にしろ、脅迫にしろ、タイムリミットなのは間違いないでしょう」

「ああ……やっぱり、三日後に良くないことが起きるってことですよね……」

ごつん、とフラムはテーブルに額を乗せた。

「ただでさえチルドレンのことで頭が痛いのに、まだ大変なことが起きるなんてぇ」

「あるいは、これ自体がチルドレンのことを指しているのかもしれません」

「はふぅ……どちらにせよ、三日以内に止めるしかないってことですよね」

フラムは顔を上げると、天井を向いて大きく息を吐き出した。

「このお茶、疲れが取れるハーブが入っているそうですよ」

「ありがたくいただきます」

用意されたお茶を、ずずずとフラムはすすって、体から力を抜いた。

「よしっ！　リーチさん、お世話になりました。手紙の正体がわかって少しすっきりです」

彼女は立ち上がり、ぺこりとリーチに頭を下げる。

リーチも一緒に立つと、「いえいえ大したことは」と謙遜《けんそん》してみせた。

「これだけの事件です、ウェルシーもじきに動き出すでしょう。そのときは、フラムさんたちに協力するよう言い聞かせておきますので、好きに使ってあげてください。もちろん私も協力しますよ」

「わかりました、頼りにさせてもらいます」

そう言葉を交わして、フラムはリーチの屋敷を後にした。

別れ際、リーチはやけに寂しそうな顔をしていた。

ともにこの屋敷で暮らしていた使用人が死んだのだ、本当は表情を表に出して嘆きたいのだろう。

フラムは門から外に出ると、灰色の空を仰いで「ふぅ」と大きく息を吐く。

残り三日のカウントダウンを待つまでもなく、チルドレンは間違いなく次の殺戮を引き起こす。

止めるためには、動き続けるしかない。

逃げたチルドレン、そしてキリルの行方を捜して、フラムは東区をさまよった。

◇◇◇

一方そのころ、ガディオは中央区の大通りを移動していた。

王都で最も多くの人間が往来するこの場所――狙いが虐殺なら、最も効率の良い場所である。

彼は通りの北側から王都南門に向かって進み、道程の中間地点に差し掛かった頃――

「きゃあああぁぁぁぁあっ！」

響き渡る叫び声を聞いた。

ガディオは人混みをかきわけ近づく。

すると、いわゆる〝キャラバン〟といわれる大型で金属製の荷車が、なぜか引いている馬も無しに猛スピードで暴走し、人々を轢《ひ》き殺していた。

車輪に巻き込まれた人間の体が散り散りになって吹き飛び、血しぶきがあがる。

大通りは混乱に包まれ、我先にと逃げようとする人々が倒れ、ドミノ倒しが始まっていた。

「これ以上はやらせんッ！」

ガディオは魔法で地面をせり上がらせ、体が持ち上がると同時に高く跳躍――馬車に飛び乗る。

そして背負った大剣を抜き、高速で回転する車輪にガギィッ！　と刃を突き刺した。

車輪は大きく変形し、ひしゃげ、回転力を失い地面に転がる。

荷車を支える土台を一つ失い、バランスを崩す馬車。

だがそれでもなお、残る三つの車輪の回転を続け、蛇行しながら暴走する。

断末魔が轟き、混乱が広がり、舞い散る血しぶきがガディオの体を汚す。

地獄のような光景の中、彼は冷静に、素早く残り三つの車輪を破壊した。

馬車は地面と擦れ、〝ギャギャギャ〟と甲高い音を立て、火花を散らし、減速する。

やがてようやく静止したが――振り返り、通ってきた軌跡を見ると、そこには潰れ、千切れた死体たちが乱雑に並ぶ死の道ができあがっていた。

唇を噛むガディオは、荷台の上から犯人を捜す。

だがすぐさま、また別の場所から叫び声と、地面を削る車輪の音が聞こえてきた。

王都の大動脈ともなると、通りがかる馬車も一台や二台ではない。

今度は小型の荷車が複数台、同時に暴走を始め、人々に襲いかかった。

そのときガディオは、路地に入っていくローブを纏い、深くフードを被った少年を目撃する。

「あいつは――」

おそらくは〝回転〟の力を持つルークだろう。

ガディオにとっては二度目の遭遇――すぐに追いたかったが、暴走する馬車を放置はできない。

彼はその場で高く飛び、高速で走る荷車に向かって、素早く複数回、大剣を振るった。

彼の着地と同時に複数の標的が砕け散り、暴走は止まる。

その後、すぐさまガディオは路地に入りルークを追いかけようとしたが――窮地《きゅうち》を救った英雄に気づいた民衆は湧き、一瞬にして彼を取り囲んだ。

道は塞がれ、身動きが取れなくなるガディオ。

「……クソッ」

悔しさをにじませるその言葉は、喧騒《けんそう》にかき消され、誰の耳にも届くことはなかった。

06 幼体

「ただいま、マリアちゃん」

ライナスは両手いっぱいに荷物を抱えて、マリアが身を潜める小屋に戻ってきた。

仮面で顔を隠したマリアは、できるだけ顔を彼に向けないようにしながら、

「おかえりなさい」

とか細い声でライナスを迎える。

彼はそんなやり取りに、照れくさそうに「へへっ」と笑いながら、彼女の前に荷物を置いた。

「フラムちゃんに会ってきたよ」

買ってきた昼食をテーブルの上に置きながら、ライナスは言った。

「そう……ですか。でしたら、聞いてしまったんでしょうね。この顔のことも」

「オリジンコア、ってんだな。そんなもんを教会で研究してたとは」

「わたくしは、これを自分の意思で使いましたわ。言い訳のしようもなく、わたくしは〝そちら側〟の人間なのです。フラムさんからすでに聞いているかもしれませんが」

「ああ……フラムちゃん、マリアちゃんについては、あんまりいい印象じゃなかったな」

ライナスがはっきりそう言っても、マリアは特に傷ついた素振りは見せなかった。

「あの、ライナスさん。今すぐ、どこか遠くに逃げませんか？　ライナスさんは『事が落ち着いてから』とおっしゃってましたが、今からでも別に構わないはずです！」

不安に揺れる声で、ライナスにすがりつくように彼女は言う。

「駄目だよ、マリアちゃん」

「どうしてですか？　今なら、誰にも見つからず、誰にも干渉されずに遠くに——」

「その生活は、一体どれぐらいもつと思う？」

教会がどれだけマリアに執着しているかはわからないが、わざわざこんな体に変えて、さらに牢屋に閉じ込められていたのだ。

追跡はしてくるはずだし、何よりオリジンコアを放置すれば、体に何が起きるかわからない。

「二ヶ月……いえ、ひょっとすると一ヶ月ももたないかもしれません。でも、わたくしはそれで構いません。ほんのわずかな時間でも、ライナスさんと普通の恋人として生きられればっ！」

「俺はさ、マリアちゃんと末永く一緒にいたいと思ってる。一ヶ月って時間は、将来への不安がそう思わせているのか、それともマリアちゃんに『それぐらいしか続かない』って確信があるのかは知らない。けど、俺にしてみりゃさ、せっかく念願叶ってマリアちゃんを恋人にできたんだ。一ヶ月ぽっちじゃ納得できねえって気持ちもわかってくれるだろ？」

「どうしても、ですか？」

「どうしてもだ。たとえ幸せだったとしても、常に終わりに怯える生活なんて俺は嫌だ」

こんな体になっても自分を想い続けてくれるライナスだからこそ——マリアはその言葉に込められ

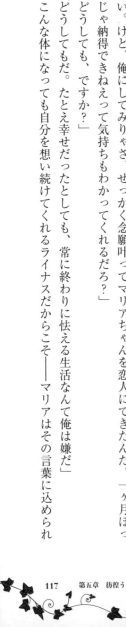

た意志が揺るぐことはないと、理解できてしまう。

（ライナスさんはわたくしと違って、とても強い人。ああ、とても羨ましい。ああ、とても妬《ねた》ましい。だからこそ恋をして、だからこそ――）

折れぬのならば、マリアに選べる道は一つしかない。

「……わかりました。ですが、今日だけはここで一緒に過ごしてもらえませんか」

「マリアちゃん……」

「臆病《おくびょう》な女だと軽蔑《けいべつ》してください。わたくしは、外に出たらもう、二度とあなたの手を握れる気がしないのです。この王都には、あまりに悪い空気が満ちています……」

「わかったよ」

それはライナスができる最大限の譲歩だった。

彼はマリアの手に自らの手を重ね、彼女の顔を真正面から見つめて言った。

「今日はずっと一緒にいる。マリアちゃんのことだけを考える。それでいいか？」

「はい……ありがとうございます」

感激しても、今のマリアに潤《うる》む瞳は無い。

涙の代わりに、渦の隙間から流れる血が彼女の首を汚した。

◇◇◇

東区を一通り回ったが、フラムはチルドレンの足跡を見つけることはできなかった。

次は西区を目指すため、中央区を通り過ぎようとした彼女は、ふいに教会の前で足を止める。

「このあたりは全然人がいないなあ……教会からもあんまり人の気配がしないし」

いくら大通りから外れているとはいえ、ここまで閑散としているのは珍しい。

「中央区教会、か。セーラちゃんは元気にしてるのかな。魔族と一緒にいるんだろうけど……」

故郷を滅ぼされた恨みもあって、セーラは魔族を嫌っていた。

そんな相手と二人きりになって、平和な旅――なんてできるはずがない。

もっとも、あのネイガスという魔族は、初対面のときからセーラを気に入っていたようなので、少なくとも彼女は危険ではない、と思いたいところである。

しかし、そんなセーラの行方を知っているのはフラムたちだけ。

生まれ育った中央区教会の人々は、今も安否すら知らずに、無事を祈っているのだろう。

「……にしても、おかしくない？　教会にほぼ誰もいないなんてこと、普通あるかな」

じっと見ていて気づいたが、その静けさはさすがに異様だ。

修道女たちが駆り出される理由なんて、大勢の怪我人が出たときぐらいしかありえない。

フラムの気づかないところで、すでにチルドレンが暴れているとしたら――まずは一番その可能性が高そうな大通りに向かおうとすると、ちょうどその方角から、知った顔が駆け寄ってくる。

「はぁ、はぁ……ふぅ。やっと顔を知ってる人に会えました」

金髪の少年――西区ギルドの事務員であるスロウは、額に汗を浮かべ、肩を上下させて言った。

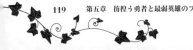

「さっきまで護衛の冒険者さんと一緒にいたんですが、大通りでの騒動に巻き込まれて、はぐれてしまって。でもあそこにいたら危険そうなんで、人がいない方向に逃げてきたんです」

「スロウ！　一人なの？」

「大通りの騒動？　何が起きたの？」

スロウは深刻そうに、フラムに馬車の暴走について語った。

もちろん、ガディオがそれを止めたことも含めて。

「馬車の暴走か……もしかしたら、ルークがやったのかも」

ツンツン頭のあの少年の能力〝回転〟を、フラムはインク奪還《だっかん》の戦いのときに目撃している。

彼の能力を応用すれば、荷車を引く馬がいなくても、複数の馬車を暴走させることが可能だろう。

「知ってる相手ですか。あんなことができる敵と戦ってるなんて、やっぱり英雄はすごいですね」

「私は英雄なんかじゃないよ。本当の英雄は、ガディオさんやライナスさんみたいに、もっとすごいんだから。ところで、教会に誰もいないのって、やっぱりその治療のため？」

「たぶんそうじゃないですかね。大通りで沢山の修道女さんを見かけました。お店も営業してませんし、これじゃあイーラさんに頼まれたおつかいは無理ですね……」

こんな状況でおつかいなんて頼むなっての――と心の中で毒づくフラム。

それでも護衛を付けるあたり、イーラなりに心配はしていたようだが。

「もしあいつが何か言ってきたら、私がフォローするから安心して」

「本当ですか！　助かります。あれ、ということはフラムさんも今からギルドに向かうんですか？」

「うん、その騒ぎじゃ人捜しも難しそうだからね」

何より、スロウを一人でギルドまで歩かせるのが心配だ。

彼が狙われたわけではないが、リシェルという教会騎士に殺されかけた経験もあるのだから。

フラムがそんなことを考えていた矢先――

「危ないっ！」

「うわあぁぁっ⁉」

背後から殺気を感じたフラムは、とっさにスロウの体を突き飛ばした。

ヒュオッ！　小石が高速回転しながら、彼のいた場所を通り過ぎていく。

「チッ、惜しいな。あとちょっとで頭ん中をかき混ぜてぶち殺せたってのによぉ」

右手に握った小石をじゃらじゃらと鳴らし、ぶじゅるぶじゅると螺旋の面から血を吐き出す、ツンツン頭の子供――ルークだ。

彼はどうやら小石を回転させ、銃弾として放ったようだった。

「う、うひぃぃっ⁉　何ですかっ、あの化物は！」

「だが今度は逃さねえぜ、二人仲良くあの世に逝《い》っちまいな！」

ルークは手にした小石を全て放り投げる。

「回転《ロタジオン》しろ――無限弾《ミリオンバレット》！」

小石は空中で静止すると、その場で回転を開始。

空気摩擦により削られ、先端の尖った形状になると、フラム目掛けて一斉に射出された。

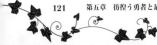

「カッコつけただけの、見掛け倒し……じゃないよね」

フラムは突き飛ばされ尻餅をつくスロウを、腕を掴んで無理やり立たせる。

もう一方の手には呼び出した魂喰いを握り、片手で素早く十字に振った。

プラーナの白く輝く刃が二本、交差して空中に浮かび、その中央を剣の先端で突くと、傘が開くように半透明の盾が展開される。

「そんな薄っちょろい盾で止められるかよぉおッ！」

「そうならないように頑丈に作ったつもりだけど！」

弾丸が盾に衝突。バチバチと激しく弾きあいながら、まばゆい閃光《せんこう》を放つ。

「ひいいぃいいいいっ！」

巻き込まれたスロウは終始腰を抜かしっぱなしだ。

しかしフラムの作り出した盾に守られた彼は、まったくの無傷である。

「チッ、防ぎきったか。見ない間に随分《ずいぶん》と強くなりやがったみたいだな。だったら今度は！」

「スロウ、今のうちに逃げて。あいつの相手は私がするから！」

「わ、わかりましたぁっ！」

ルークは標的を駆け出したスロウに切り替え、彼の背中に向かって拳を振りかぶる。

「回転《ロタジオン》しろ、旋風弾《エアバレット》！」

フラムはすぐさま射線に割り込み、魂喰いで、放たれた見えない弾丸を受け止めた。

ガガガガガッ！　と刀身を削り取るように空気が回転し、フラムの腕を押し返す。

かつて戦った異形のオーガと、それはよく似た——というより、ほぼ同一の力だった。

しばし耐えると、弾丸は刃に込めた反転の力によって消える。

その間に、スロウは教会内に滑り込んだ。

「チッ、逃げられたか。邪魔しやがって」

ルークは、スロウを守ったフラムを睨みつけて悪態をつく。

「何でスロウを狙ったの？」

「誰だろうと見かけたら殺す、それだけだ。もちろんお前もな——回れ《ロタジオン》！」

肯定はしなかったが、やはり狙われていたのはスロウで間違いなさそうだ。

フラムは剣を構え、放たれる弾丸に備える。

だがルークが回転させたのは指先ではなく、自分の足元だった。

ガリガリガリッ——回る空気が車輪代わりとなり、高速移動を可能にする。

「速いっ⁉」

想定以上のスピードでフラムに迫るルーク。

接近すると同時に、両腕に削岩機のような螺旋を纏い、右の拳を突き出す。

フラムも魂喰いで反撃するも、まるで強固な鉱石を叩いたときのように弾かれた。

遠距離から放たれる弾丸よりも、直接殴ったほうが威力は高いようだ。

そして無防備になったフラムの脇腹に、ルークの左フックが強襲する。

「があぁあああああああっ！」

グチャァッ、と大腸の一部がむき出しになるほどえぐりとられる、フラムの脇腹。

ルークの左腕の螺旋が血肉を巻き込み赤に染まる。

さらに続けて顔面へ繰り出される右腕。

「こんのっぉおおおッ！」

フラムは痛みを気合いで踏み倒し、剣で拳を受け止めた。

続けて放たれる、顔面を狙った左腕。

二度続けての頭部狙いは、フラムが再生能力により、心臓か頭を潰して即死させなければ死なないことを知った上での作戦なのだろう。

だがあまりにワンパターンだ、この程度の動きならフラムにだって読むことができる。

彼女は大剣を手放し、体を捻って拳を避ける。

「読まれてたってのか⁉」

「攻めが単調だってのッ！」

フラムはその捻りを逆に利用し、脇腹のお返しだと言わんばかりに、右拳をルークの頬に放った。

オリジンの力が満ちた体に反転の魔力を流し込まれ、少年は大きくのけぞり後退する。

密着状態を脱すると、そこは大剣の間合いである。

フラムは殴った勢いをそのまま利用して一回転し、黒の刃をルークの頭部目掛けて振り下ろした。

よろめく彼は、身体能力だけではそれを回避できない。

「回転《ロタジオン》しろっ！」

焦りながらも直前で能力を行使、足裏の空気を高速回転させ、離脱し事なきを得た。

しかしフラムの攻勢はまだ続く。

「逃がさない！」

素早く十字に剣を斬り結び、プラーナの刃を射出。

迫る刃を見たルークは、通常の回避は不可能と判断し、地面を蹴って大きく跳躍した。

ただの跳躍なら放物線を描くはずだが――彼が重力に引かれて地面に落ちることはない。

足裏で渦巻く風がルークの体を浮遊させているのだ。

「どうよ、これがパパの力ってやつだ。人間には届かねえだろ⁉」

得意げに笑うルークは素早く拳を振るい、地上のフラムに向かって、螺旋の力を連続して放つ。

それは雨のように降り注ぎ、石畳を粉々に破壊し石礫《せきれき》を巻き上げた。

「高いところからちまちまと――勝ち誇ってる割にやることがせこいっての！」

とはいえ事実として、フラムは走り回って避けるばかりで、反撃に転じることはできていない。

もっともただ逃げているだけでなく、冷静にルークの力を分析していたのだが。

(最初のルークの攻撃――あれは小石に回転の力を加えることで、高い貫通力をもたせたものだった。穿《うが》ち貫くという意味では、さっきから使ってる空気の回転よりも効果は高いはず。けれど私のプラーナの盾を貫くことはできなかった)

実を言うと、それはフラムにとっても意外なことであった。

いくら〝防ぐ〟ことに集中させ、プラーナも反転の魔力も過剰に注いでいたとしても、多少は突破

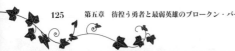

され、傷の一つや二つぐらい負う覚悟でいたのだ。

(でもルークの力が、他のチルドレンよりも弱い、という印象は受けない。つまりこれって、相性なんじゃないかな。ルークの能力は〝時計回りの回転〟。私にとっては〝反転〟がイメージしやすい形をしてる。だからほら、こんな風に――)

フラムはあえて足を止めると、ルークの放つ螺旋の弾丸を待ち受けた。

そして、迫る渦巻きとタイミングを合わせて、剣を振り払う。

「反転しろっ《リヴァーサル》!」

同時に、反転の魔法を魔力消費多めに行使。

するとフラムの思惑通り――螺旋は、あっさりと霧散する。

「……何だと?」

彼は唖然《あぜん》としながらも、懲りずに再び拳を突き出したが――

「かき消せ《リヴァーサル》!」

今度は刃を介す必要もなく、素手で握りつぶされてしまった。

ルークが五の力を使って放つ力を、フラムは一か二で消すことができるらしい。

「俺の力を消すコツを掴んだのか? でもよ、俺には〝高さ〟って強みもあるんだよ!」

するとフラムは、重力を反転させ、地面を蹴り跳躍。

〝高さ〟という最後のアドバンテージさえ、彼女は無情にもルークから奪ってみせた。

「馬鹿な、飛んだだと!?」

「強みが無くなって残念だったね」

「調子に乗るんじゃねえええぇぇぇぇッ！」

彼は慌てて螺旋を撃ち出そうとするも、すでに時遅し。

「はあぁぁぁぁぁあッ！」

フラムは首を刈り取り、命を奪うつもりで、魂喰いで斬り上げた。

ミュートやフウィスと同じく彼に関しても――もはや救うには手遅れだと断じた上で、せめて罪を重ねず、安らかに眠りについてもらうために。

「うおぉぉおぉおおおおおっ！」

だが追い詰められたルークもまた、必死であった。

迫る黒刃を前に、回転の力で急上昇しながら、同時に頭部を庇《かば》うように右腕を前に突き出す。

そして魂喰いは、その右腕を斬り飛ばした。

「が、ぁあああぁぁっ！」

肘から先が喪失し、焼けるような感覚がルークの脳になだれ込む。

傷口はすぐさま捻れ、出血も収まったが、激しい痛みはそのまま続く。

そのせいで力の制御が乱れたのか、彼はフラフラと地面へと落ちていった。

フラムも反転を解除し地上に降り立つ。

「てめえ……何なんだよ、その顔は……！　生ぬるい目で俺を見るんじゃねえっ！」

ルークは腕を押さえながら、声を荒らげた。

「同情のつもりか？　俺たちゃただ殺し合うだけの関係だろうが！　気持ち悪いんだよッ！」

「ネクトが——あんたたちのことを助けたがってた」

「はっ、あの野郎……顔を見せねえと思ったら、お前のとこにいたのかよ」

「最初は私を誘導して利用するつもりだったみたい。でも、最後は心を開いてくれて、私たちもネクトに協力するって約束したの。普通の人間に戻れるように」

「インクみたいになれってか？　俺たちはあいつとは違う！　この力に、この体に、そしてマザーの子供だっていう事実に誇りを持ってんだよ！　だから刻まなきゃなんねえんだ！　人でなしらしいやり方で、この世界に俺たちが生きた証を！」

「そうしたいんじゃなくて——それ以外に、方法が見つからないだけなんじゃない？」

「だったら余計に、だろ。殺して、殺して、殺しまくるんだ。それしかねえんだよ、俺たちには！」

あるいはフラムたちに助けを求めていれば——とも考えたが、マザーの存在がある以上、そう簡単にはいかなかっただろう。

どのみち、すでに道は違《たが》えている。

手を差し伸べて、わかりあえて、めでたしめでたし、なんて終わりはもう存在しない。

フラムは無言で剣の先端を彼の胸に当てた。

「オリジンコアの場所、わかってやがんのか」

ルークはポケットに手を突っ込んで、マザーに渡された何かに指先で触れる。

「体の中にある分は何となくね。それじゃあ、これで——」

そしてフラムが柄を握る手に力を込めようとした、その瞬間。

「うっ、うわあぁぁぁあああああッ！」

教会の中から、スロウらしき男性の叫び声が響いた。

わずかにフラムの意識がそちらに向いた途端、ルークは即座に後退し、距離を取る。

すぐさま彼を追いかけようとするフラムだったが、

「いいのかよ、あいつが第三世代に喰われちまうぞ？」

「くっ……」

ルークの言葉に、教会のほうへと向かわざるを得ない。

はったりである可能性もあったが、フラムは教会の中で、人ではない何かが動く不吉な気配を、すでに感じ取っていた。

教会に走りだすフラム。そして教会から離れていくルーク。

「クソッ、逃げ方がダサすぎんだろ！　次に会ったときは必ず——」

ルークは悔しがりながら、強く拳を握りしめた。

◇◇◇

遡ること数分前——
無事に教会に逃げ込めたスロウは、礼拝堂の長椅子に座り、ぐったりと背もたれに体を預けた。

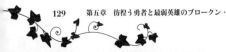

外からはフラムとルークの戦う音が聞こえてくる。

「フラムさん、大丈夫かな……」

年下の少女に守られるとは、男として情けないことこの上ない。

独学で鍛えた風魔法がついに活躍するときが来たと思ったが、現実はそう甘くないものである。

「でもあの化物……僕のこと狙ってたよね。この前の教会騎士だってそうだ。僕は何の変哲もない母親から生まれた、何の変哲もないギルドの事務員なのに……」

彼の人生において、特別なことなど、せいぜい父親の顔を知らない、ということだけである。

「……ふふっ……ぇ……かわ……ぁ……」

そのときスロウは、誰もいないはずの教会の奥から、微《かす》かに〝声〟がすることに気づいた。

体を起こし、礼拝堂から奥に続くドアを見つめる。

「誰かいるのかな?」

あれだけの戦闘が繰り広げられていれば、異変に気づいて出てきそうなものだが。

ドアに近づいたスロウは、「おじゃましまーす」と言いながらその先に足を踏み入れた。

この先は普段、一般人が立ち入れる場所ではない。

飲食店で言うところの〝従業員専用〟と書かれた先に踏み込むのに似た、軽い罪悪感がある。

「いい子……私……よぉ。んふふ……ふふ……」

「笑い声、かな?」

扉の先の廊下に進むと、女性の笑い声が聞こえてきた。

状況が状況なだけに、輪をかけて不気味である。

体をぶるっと震わせたスロウは、さらに声のする部屋に近づき、ドアに耳を当てた。

「私の子供……私だけの……かわいいわぁ、どうしてこんなにかわいいのかしらぁ……」

どうやら部屋の中にいるのは、赤ん坊を愛でる母親のようだ。

なるほど、生後間もない子供がいるというのなら、教会に残っていてもおかしくはない。

声の正体が判明しほっとしたスロウは、その場から離れて礼拝堂に戻っていく。

「あら……どう……の？　ママと……いん……か？」

スロウが廊下を歩いていると——ずしん、ずしんと、巨大な何かが動くように、床板が震えた。

「……めよ、まだ……あら、そう……あな……ら、殺……たないわね」

その音は少しずつこちらに近づいてくる。

そして、一旦止まると——ドゴォッ！　と先ほどまで耳を当てていたドアを吹き飛ばした。

激しい音にびくっと体を震わせたスロウが振り返ると、そこには——

「アアアァァァァァァァァ——」

部屋から顔だけを出した、赤ん坊の顔があった。

ただしその大きさは、顔の幅だけで一メートルを超すほどである。

半開きの口からは野太い声が発せられ、透明の粘液が大量にこぼれ落ちる。

「うっ、うわあぁぁあああああァッ！」

恐怖に耐えきれず、スロウは腰を抜かすと、喉が潰れるほどの絶叫を響かせた。

07 陽動

赤子は体をよじり、部屋から出ようとするが、壁に肩が引っかかりギシギシと建物が軋《きし》む。

それでも強引に押し通ろうとすると、壁はひしゃげ、ついには破壊されてしまった。

そして廊下を埋め尽くすほどの巨大な怪物が、スロウの目の前に現れた。

好奇心旺盛に廊下を観察するそいつは、尻餅をつき、失禁するスロウを捉える。

「あ、ああぁ……来るな、来るなあぁぁぁっ！」

彼は裏返った声で叫ぶ。

だがそれが余計に赤子の興味を引いてしまい、赤子は四つん這いで彼に近づいた。

そして「アアゥ?」と不思議そうにスロウに顔を近づけると、丸っこい手で彼の脚に触れた。

「あひゃっ、ひ、ひぐっ……」

何も知らぬ好奇心旺盛な子供が、初めて見る男性に対し、無邪気にじゃれているだけにも見える。

だが触るのに飽きた赤子は、今度は大きく口を開いて、彼を頭から咥えようとした。

口内には、先ほど見たルークの顔と同じように、赤い粘膜が渦巻き蠢いていた。

「いやだっ、いやだあぁぁああああッ！」

スロウは腰が抜け、思うように動けない。

もうダメか、と彼が諦めかけたところで――

「スロウ、伏せてッ！」

フラムの気穿槍《ブラーナスティング》が、赤子の眉間を狙って射出された。

しかし、不可視の力場がそれを防ぎ、弾く。

だが衝撃はしっかりと伝わっているようで、赤子はよろめく。

「アアァァ……」

さらに苛立《いらだ》たしげに重低音を撒き散らすと、フラムのほうを見た。

殺気を放ち、明確な意思を持って、〝邪魔をするな〟とむき出しになる殺意。

やはりこれもネクロマンシー同様、生後間もない子供の人格が宿っているのではなく、あくまでオリジンが器の形に合わせて、人間の心を弄ぼうと、それを演じていただけ。

フラムはスロウに駆け寄ると、彼の首根っこを掴んで礼拝堂まで引きずった。

「いたたたたっ！」

「今ぐらいは我慢してっ！」

「わ、わかってますよぉ！　でもあれ何なんですか、何であんなのが教会にいるんですかぁ！」

「私のほうが聞きたいぐらい！　まさかあれがルークが言ってた第三世代だって言うの？」

今までのチルドレンの被験体とは一線を画している。

あれは化物として生まれ、化物として成長を続ける完全なる人外だ。

「あらあらぁ、もうお友達ができたのね。さすが私の子供だわぁ」

部屋から出てきた修道女は、この惨状を見てもなお頬に手を当て、恍惚《こうこつ》としている。

どう見ても正気ではない、意識が汚染されているのだろう。

口内の螺旋といい、体を包む防壁といい、オリジンコアが使われているのは間違いない。

(コアがあるのは心臓の位置……でも頭が大きくて狙いにくい！)

あれは顔の姿をしているだけで、オリジン的には盾のつもりなのだろう。

「なら、まずはそこから落とせばいいんだよ……ねッ！」

声を発すると同時に息を吐き出し、腰を落としてフラムは疾駆《しっく》する。

敵も先ほどの一撃に憤怒《ふんぬ》し、猛スピードで彼女に迫ってくる。

今度は弾かれぬよう、フラムは剣に反転の魔力を宿し――頭目掛けて水平に薙ぎ払う。

「はあぁぁぁっ！」

ギッ――オリジンの力場が刃の侵入を拒む。

しかし、剣に直接注がれた反転の魔力が防壁を貫通し、斬撃は無防備な頭部に直撃した。

眼球の埋まった頭の上半分が、放物線を描き宙を舞う。

「う、うぇぇ……」

切断面がべちゃっと地面に叩きつけられると、脳や眼球が飛び散り、生ぐさい臭いが拡散した。

スロウは思わず吐き気を催し、口を手で押さえる。

中の作りは人間とほぼ同じだが、それはあくまで見た目だけ。

残る頭部の下半分――その切断面はすぐさまねじれ、時計回りの螺旋を描く。

傷口が完全に渦巻き、硬化し、刃が通らなくなる前にコアを潰すべく、フラムは剣を振り上げた。

だが直後、ゴオオォオッ！　と赤子の周囲で空気が激しく渦巻き、彼女の体を吹き飛ばす。

「きゃあぁぁっ！」

ノーモーションで放たれる螺旋の力が直撃し、フラムは礼拝堂まで飛ばされた。

衝突した長椅子の破片が突き刺さりながらも、すぐさま両腕で立ち上がる。

「ア……アアアァァァ……アアアァァァァァッ！」

赤子は残された口で、まるで泣きわめくような叫びをあげた。

不愉快な重低音が教会全体を震わせ、あまりの迫力にスロウは後退し、フラムに駆け寄る。

「ね、ねえ、何だか様子がおかしいよ⁉」

「怒ってるみたいだね。そういう風に振る舞ってるだけなんだろうけど」

すると赤子の渦が脈動し――その中からずるりと、何かが顔を出す。

「う、あれは……頭？　うわ、気持ち悪……っ」

それは先ほど破壊された頭部と、まったく同じ物であった。

しかし体は付いておらず、首から上のパーツだけが、血まみれで渦巻きから吐き出されている。

「アアァァァァァッ！」

それは床に放り出されると、本体と同じように泣きわめきながら、フラムの方に転がってくる。

あまりにおぞましく、かつ人類を冒涜《ぼうとく》するような光景だった。

フラムは反射的に魂喰いを振り下ろすと、反転の魔力を乗せた剣気を放った。

転がる頭部はあっさりと切断され、真っ二つになったが――果実を割ったように床に転がる二つの半球、その切断面は早速、本体と同じように螺旋の形成を開始する。

もちろん、そこからも赤子の頭部が吐き出され、合計三つの頭が転がりフラムたちに迫った。

「ひぃいぃぃいっ！　こ、これっ、増えてるんだけどぉ⁉」

「増えて、吐き出す……まさかインクと同じ力なの？　だとすると、あれに触れたら……！」

ただ悠長に転がってくる頭部をけしかけるだけが、能力であるはずがない。

また、体を守る螺旋の力場は、先ほどやりあったルークにどこか似ている。

第三世代と呼ばれるだけはあって、第二世代までの能力は一通り操れるということか。

「フラムさん。廊下の奥で、何かが動いてるよ⁉」

スロウが見たものは、フラムが吹き飛ばしたはずの、頭部の上半分だ。

それはまるでナメクジのように移動し、赤子の体を這い上がり、元あった場所に戻ってくる。

そして切断面同士が絡み合うと、ぐちゃあと不潔に絡み合った。

「アァウ」

赤子は少し嬉しそうに鳴き、完全に復元された頭部を満足気に左右に振った。

「接続……ネクトの持ってた能力だ」

「傷まで治るなんて、もうダメだよっ……あんなの勝てるわけがない……！」

「あんまり悲観的になる必要はないと思うよ」

しかしフラムは、それを大した脅威だとは思わない。

自らの意思で動き、幼いとはいえ頭を使える第二世代と異なり、第三世代の思考能力は人間の幼児並みで、今はただ敵意を向ける相手に対して、考えなしに攻撃を放っているに過ぎない。

何より、扱えるそれぞれの能力の性能は、特化した第二世代のチルドレンには劣るのだから。

「すぅ……」

フラムは肺に酸素を満たすと、それを一気に吐き出し、腹筋に力を込める。

腰を落とし、低い姿勢のまま滑空するように、こちらに転がってくる頭部へ接近する。

素早く剣を振るう。増殖した頭部を両断。

切断面は渦巻き、そこから新たな頭部が吐き出されるが、それを無視してさらに前へ、
進行を阻害する頭部を斬っては前進、斬っては前進を繰り返すうちに、やがて本体へと至る。

「アアァァァァ――――」

眼前に迫るフラムを見て、赤子が苛立たしげにうめく。

すると突如、ガゴン！　と大きな音がしたかと思えば、彼女の足元が斜めに傾いた。

しかし実際は足元だけでなく――傍観するスロウからは、建物全体が捻れ、礼拝堂が、平衡感覚《へいこうかんかく》を失ってしまいそうなトリックアートめいた景色に変わっていく姿が見えていた。

「まだ奥の手を隠してたんだ、っと」

いくら壁や床が歪もうが、跳躍し浮かんでしまえば関係はない。

こちらに飛び込んでくる彼女を見て、赤子は口を開いた。

そして口腔内の螺旋より空気を回転させ、射出するが――

「ルーク以下の攻撃でっ！」

フラムが左手を振るうと、簡単に消えてしまった。

そのまま彼女は大剣を右手に握り、額に向かって叩き付けた。

「せぇぇぇぇぇぇぇいッ！」

今度は縦に切断される赤子の頭部。

開いた傷口はすぐさま捻れ、螺旋は新たな頭部を吐き出そうとする。

「ダメだよフラムさんっ、またあれが出てくる！」

「なら出てくる前に根っこを潰せばいい！」

フラムは後退するどころか、傷口の奥に自ら踏み込む、
狙うは、首のさらに向こうにあるはずのオリジンコア。

両手で柄を握り、騎兵のごとく突進。

自身の腕まで体内に沈むほどの勢いで、刃先を突き立てた。

なおもコアの感触は見当たらず――フラムは柄を傾け、回し、肉をかき混ぜそれを探す。

「フラムさん、もう間に合わないよ！　下がってえぇぇっ！」

スロウが叫んだ直後、フラムの手は、〝カチッ〟と硬い何かに刃が当たったのを感じる。

彼女は口元に笑みを浮かべると、即座に魔法を発動させた。

「反転《リヴァーサル》しろぅッ！」

パキィンッ――赤子の体内で黒い水晶が砕けた。その瞳から光が失せる。

体を支えていた両手足からも力が抜けて、床板を砕きながら、巨体は沈むように崩れ落ちた。

増殖した頭部は、本体が活動を停止するとぴたりと動きを止めた。

完全に息絶えたことを確認すると、フラムは剣を引き抜いて、付着した血を素早く振り払う。

目を細めて軽く念じると、魂喰いは消えて、彼女の手の甲に紋章が浮かび上がった。

「す……すごい。倒したんですか……？」

「さすがに動力源を潰されちゃ、復活はできないと思う」

「動力？　心臓じゃなくて？」

「あれはそういう生き物――ううん、兵器なの。教会が作り出した、ね」

二人が言葉を交わしていると、子を失った修道女が、廊下の向こうで力を失い倒れた。

駆け寄ろうとするスロウだが、フラムは彼の肩に手を置き、首を横に振る。

「あの人……助けにいかないと！　あの赤ちゃんと同じ部屋にいて、様子がおかしかったんです！」

「そっか、やっぱり一緒にいたんだ。ならもうダメだと思う」

「そんなことないですよ。だってほら、目だって開いてますし！」

スロウには理解できない感覚ではあるが――フラムが目を見れば、彼女がどういう状態かはわかる。

「体は生きてるかもしれないけど、心が……」

おそらくはミュートと似たような力で、あの修道女の心に入り込み、作り変えたのだろう。

実際、修道女はフラムたちの存在に気づく様子もなく、半開きの口から唾液《だえき》を垂らしていた。

「そんな……あんな化物のせいで、今日死ぬなんて、想像もしてなかっただろうに……」

誰だってそうだ、明日も当たり前の日々が続くと信じている。
けれど、死はいつだって突然に訪れる。
もっとも、オリジンはその中でもとびきり理不尽で、悪意にまみれているが。
事故や偶然なら、運が悪かったとか、軽い言葉で済ませる人間もいるかもしれない。
だがオリジンに関して、それは許されてはならない
あれは〝仕方ない〟ものではなく、人類にとって忌《い》むべき、憎むべき存在なのだ。

◇◇◇

戦闘を終えたフラムとスロウは、教会の外で休憩を取ることにした。

早くギルドに戻りたいところだが、連続した戦闘でフラムの消耗が大きい。

それに、さすがにこの惨状を誰にも説明せず、放置して立ち去るわけにもいかないだろう。

本音を言えば、ボロボロのフラムの服や、失禁したスロウのズボンを先にどうにかしたいが。

「はあぁぁ……」

スロウは地面にへたりこむと、ぐったりと教会の壁に体を預けた。

フラムは隣に立ったまま、ズボンに目を向けないよう気まずそうに、空を見上げ壁にもたれる。

集団自殺を目撃し、ミュートとフウィスに逃げられ、スロウと遭遇してルークに襲撃され戦闘、直後に化物のような赤ん坊を撃破――とまあ、いくらなんでも怒涛《どとう》が過ぎる。

しかし、スロウも男の子ということか、フラムの戦う姿を見て昂《たか》ぶるものがあったようで――

「フラムさん。あの剣を振ったら遠くの敵が斬れたのって、あれも魔法なんですか？」

興奮気味に、そう尋ねてきた。

「あれは剣術。騎士剣術《キャバリエアーツ》っていうの」

「ってことは僕も訓練したら身につくんでしょうか？」

「スロウって、冒険者になりたかったの？」

「才能があったらなってたと思います。でも、お母さんを心配させますから」

「それでギルドの事務員になったと。それがいいと思う、冒険者なんてろくなもんじゃないし」

「でもフラムさんは、今は冒険者をしてるし、その前は魔王を倒すために旅してたんですよね？」

「好きで選んだ道じゃないからね。魔王討伐の旅も、冒険者の生き方も」

そう言って、フラムは頬に触れた。

周囲が良い人ばかりなのでつい忘れそうになるが、奴隷の印はまだそこにあるのだ。

幸いなことに、スロウはあまり気にしていないようだが。

「好きで選んだわけじゃないのに、あそこまで覚悟を持って戦えるんですね……」

彼はその後、ひたすらに「すごいなあ」、「半端ないなあ」とつぶやいていた。

数人の修道女が大通りから帰ってきたのは、ちょうどそのときのことである。

フラムはその中に、セーラを心配していた修道女、エルンの姿を見つけた。

彼女もまたフラムを見つけると、その様子を見て怪訝そうな顔をしながら近づいてきた。

「フラムさん？　どうしてそんなボロボロになってるのよ」

「ご無沙汰してます、エルンさん。大通りは大変なことになってたみたいですね」

「ええ、怪我人の治療も終わって今は随分と落ち着いたけど――って、それよりあなたよ。怪我はしてないようだけど、すごい血じゃない。そちらの彼は、その……」

スロウは指摘されても知らんふりで目を逸らす。

「質問に答える前に、私から聞きたいことがあります」

フラムは重みを込めた声でエルンに尋ねる。

赤子が死んでも普通に生きているということは、今いる修道女たちはまともなのだろう。

「たった今、私たちは巨大な赤ん坊に襲われました。今はそれを倒して、休んでいたんです」

「巨大な……赤ん坊？　何のことなの？」

「礼拝堂のさらに奥の部屋に、修道女と一緒にいた子供です。心当たりはありませんか？」

フラムの言葉に、エルンや周囲の修道女たちがざわついた。

「確かに、ナーレイというシスターが、昨日の朝に保護した子供の面倒を見ていたわ。でも彼女、様子がおかしくて……今日の朝から私たちを部屋に入れてくれなくなったの」

「それで仕方なく置いていったわけですか」

「ええ。だけど、襲われたってどういうことなの？」

「言葉通りですよ」

襲われ、戦い、殺した。それ以上でもそれ以下でもない。

「昨日の朝に保護したって、どういう状況だったんです？」

「門のところに捨てられていて、親が見つかるまでは教会で面倒を見ることになったの。その子を最初に見つけて抱き上げたのが、ナーレイだったわ。子供のほうも、彼女によく懐いていたのよ」

それで自然と、ナーレイが面倒をみるようになったのだろう。

人格の改竄《かいざん》は、抱き上げた時点ですでに始まっていたのかもしれない。

「ねえ、質問に答えたんだから詳しく聞かせて。ここで何があったの？」

「中を見ながら説明します、ただしショッキングな光景なので気を強くもってくださいね」

その後、フラムを先頭にして修道女たちは礼拝堂に入っていった。

そして中で轟く、色とりどりの黄色い絶叫。

滅茶苦茶に破壊された礼拝堂に、頭が真っ二つになった巨大な赤ん坊と、増殖した頭部に、生きたまま死んでいるナーレイの成れの果て。

前もって注意をしていても、やはり刺激が強すぎたのか、数人が失神してしまった。

「どうしましょうか。後始末は教会騎士団に任せたほうがいいのかしら……」

悩むエルンに、フラムは助言する。

「もみ消されますよ」

エルンは息を呑んだ。

セーラに、エドに、ジョニー——すでに彼女の子供に等しい三人が、教会に消されている。

彼女の中に膨らむ教会に対する不信は、もはや限界を超えているはずだ。

「ギルドと……マンキャシー商店に頼みましょう。教会に毒されていない、私たちの味方です」

教会に対する背信ではあるが、そもそも教会自体がすでにエルンたちを裏切っている。

フラムの提案はすんなりと受け入れられた。

◇◇◇

中央区教会に冒険者たちが集まりだすと、さすがの教会騎士も異変を嗅ぎつけた。

しかし血の気の多い若手冒険者たちが壁となり、彼らが立ち入るのを許さない。

その頃、礼拝堂では第三世代の亡骸を運搬する作業が始まっていた。

「うっへぇ、気持ち悪ぃなぁ……これ、俺らが運ぶのか？」

「マンキャシー商店が報酬は出してくれるそうだぞ」

「でもよお、触って病気になんねえのか？　手じゃなくて、もっとうまい運び方があるだろ」

輪切りにされた赤子の頭部を囲んで、冒険者たちが顔をしかめている。

そこに黒く長い髪を揺らしながら、ローブを纏った男が近づいた。

「ならば私が魔法で運ぼう。安心しろ、報酬を独り占めするつもりはない」

「うっひょう、さっすがクロスウェルさんだ！　人ができてる！」

フラムは初めて見る顔だが、おそらくは腕の立つSランク冒険者なのだろう。

「リーチさん、あれを運び出してどこに持っていくんですか？」

フラムとしては、処分して教会から出してもらえればよかったのだが。

彼女の正面に立つリーチは、どこか力ない笑みを浮かべて言った。

「マンキャシー商店が持つ施設に運んで、調べてみようと思いまして。オリジンコアを使った怪物の弱点がわかれば、フラムさんたちの戦いのお役に立てるでしょうから」

「大した施設を持っているんだな、さすが王国一の商会と言ったところか」

壁にもたれ、腕を組むガディオが言う。

「そんな大げさなものじゃないってー。どうせあそこでしょ？　商品開発に使ってるトコ」

ウェルシーはリーチの背後から近づくと、彼の頬に人差し指をぐりぐりと突き刺す。

「人前でやめるんだ。そんなだから、いつまでも子供だと言われるんだ。取材はもういいのか？」

「大きなお世話でーす。取材は部下に任せてるの。これでも編集長もやってるんだから。えっへん！」

胸を張るウェルシーに、リーチは大きくため息をつく。

まあ、部下に任せたというよりは、自分はもう存分に取材を満喫した、というところだろう。

先ほどまで彼女は、投写魔法であるバーンプロジェクションを使って現場をとにかく撮影しまくり、修道女ややってきた冒険者、果てには教会騎士にまで取材していたのだから。

「あはは……本当にウェルシーさんって、すごい体力ありますよね」

「ええ、子供の頃からずっとこんな様子で、手のかかる妹です」

「兄さんはインドアすぎるんだよお。その分だけ、私がアクティブに動いてるんだからー」

再びため息をつくリーチ。

だがフラムには、そのやり取りが仲のいい兄妹のそれにしか見えなかった。

そんなとき、外から新たな馬車が近づいてくる音が聞こえた。

先ほどから次々と冒険者やマンキャシー商店のスタッフが来ているので、フラムは特に気にしなかったが――勢いよく礼拝堂の扉が開かれ、その来訪者は彼女にタックルするように抱きついた。

「おっとと……！」

ふわりと舞う銀色の髪に、香る甘い匂い。

「ミルキット!?　どうしてここに来たの？」

フラムがそう問うと、ミルキットは顔を上げ、上目遣いで瞳を潤ませながら主張する。

「王都で、人がたくさん死んだと聞きました。そしたら、いてもたってもいられなくて……」

「そっか……心配してくれたんだね。ありがとう、ミルキット」

涙を拭うように、その頬に手を当てぬくもりを感じるフラム。

主の温かい手のひらのぬくもりに、ミルキットは気持ちよさそうに胸に顔を埋め、目を細める。

至福のひとときに、フラムの荒《すさ》んだ心が嘘のように癒えていく。

そんな二人のやり取りを、ズボンを替えたスロウは、少し離れた場所で訝《いぶか》しげに眺めていた。

なぜか冒険者についてきたイーラも、彼に並んで似たような表情をしている。

「あの二人、どんな関係……」

「気にするだけ無駄よ」

きっぱりと言い切られ、スロウは「はあ……」と困惑するしかなかった。

一方で、二人の世界に浸るフラムとミルキットは、割と近い距離からジト目で睨まれていた。

しかしその距離でも、なお気づかない彼女たちにしびれを切らし、ついにエターナはぼやく。

「まずは連れてきたわたしに対する感謝が必要だと思う」

「はっ!? ありがとうございますエターナさんっ！ そうだ、ミルキット一人じゃ無理ですよね！」

「あたしもいるよー！」

エターナと手を繋ぐインクは、元気に声をあげた。

「まあ、フラムとミルキットのアレは今に始まった話じゃないから」

「うちの名物だよねー」

「エターナさん、インクさん、記者である私にその辺を詳しく聞かせてもらえますかっ！」

「エターナさんたちだって似たようなことやってるじゃないですかぁ！」

フラムの主張に、エターナとインクは『あの人は何言ってるの？』という顔で取り合わない。

自覚がない分、こちらの二人もなかなかに罪深いかもしれない。

「ところでご主人様、この服の破れ方……やはり襲われたんですね？」

ミルキットは、フラムの服の胸元に開いた穴に指を突っ込みながら問いかけた。

こそばゆい感触に、フラムの頬が微かに赤く染まる。

「う、うん。ルークと、巨大な赤ん坊にね。ガディオさんはどうだったんですか？ 中央区を見に行ってたんで、大通りの騒動に巻き込まれたんじゃ」

「ああ、暴走する馬車を止めていた。そこでルークを見つけたが、逃げられてしまったんだ」

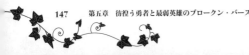

「大通りで暴れたあと、私の前に現れたってことですか」

「とはいえ、フラムに会いに行ったとは考えにくい。おそらくは、その第三世代と呼ばれた存在を確認するために、教会に向かったはず」

「第三世代、か。聞いてる限りじゃ、第一世代のあたしや第二世代の子たちとは全然違うんだね」

「兵器としての性能を重視した、という印象を受けるな。とはいえルークがここを訪れたということは、完全ではなく、不確定要素が残っている未完成品なのだろう」

「マザーは教会騎士に施設を襲撃され、これ以上研究を進めることはできないはずです。私たちがネクロマンシーの施設にいる時点で、すでにここまでは完成していたんでしょうね」

だからこそ、マザーはネクトたち第二世代への興味を失いつつあった。

それでもミュートやフウィス、ルークは、おそらくマザーへの忠誠を誓っている。

「せめてあと数日だけでも猶予《ゆうよ》があれば……」

「まったくだよ、せっかちだよね教会も。してやられたって感じ」

「うんうん……って、その声はもしかして……!?」

フラムは慌てて振り返った。

「やあ、フラムお姉さん」

「ネクトっ!?　何でいつも唐突に現れるかなあ！」

そこには、生意気な笑みを浮かべる少年——否、少女が立っていた。

フラムは驚きながらも、こころなしか嬉しそうである。

「ネクト……ではこの子供がチルドレンの一人なんですか⁉」

リーチが声をあげると、周囲の冒険者たちが一気に殺気立つ。

この場に集まった者には、教会に関する事情はある程度だが説明してある。

もちろんチルドレンという少年少女が事態を引き起こしていることも。

「あ、あの、待ってください！　確かにこの子はチルドレンですけど、私たちの味方なんです！」

「俺も保証しよう、この子供は敵ではない。少なくとも今はな」

さすがにガディオが言うと、彼らも従わざるを得ない。

なおも疑念は抱きながらも、しぶしぶ剣を収める冒険者たち。

「も、申しわけありません。僕としたことが、取り乱してしまいました」

頭を下げるリーチ。

そんな彼の脛《すね》を、ウェルシーがキレ気味に「うっかり兄め！」とげしげし蹴っていた。

「ごめんねえ、お姉さんたち騒がせちゃって。とはいえ、教会騎士団に見つかるから正面から入るわけにもいかなくってさ、今回だけは許してよ」

「そこに関して俺は何も思っていない。だがミルキットにぐらいは頭を下げておけ」

「……い、いえ、私は問題ありません。ぜんぜん、平気です」

そう言いながら、フラムの後ろに隠れて震えるミルキット。

信頼できる相手だと頭で理解していても、体がトラウマを忘れてくれないようだ。

「あー……その件については本当にごめん」

「ご主人様とわかりあった人ですから、私もちゃんと、その、頑張って、慣れます」

「にしても、ネクトが素直に謝るって珍しいよね。んふふ、ちょっと変わったんじゃない？」

「インクにだけは言われたくないな。と、まあ雑談はこれぐらいにして、本題に――」

気を取り直し、表情を引き締めるネクト。

そんな彼に、ガディオが割り込むように問いかけた。

「先ほど、大通りの喧騒の中で、人混みに紛れたお前とオティーリエを見た」

「オティーリエさんが⁉」

「ああ、あれ見られてたんだ。てか、顔はちゃんと隠してなかった？」

「見知った相手なら、仕草と気配でわかることもある。あれは何をしていたんだ」

「あれはルークを止めようとしてただけ。でも遅かったよ、情報を受けてからじゃ間に合わない」

ネクトは悲しそうに言った。

同じように、インクもうなだれると、エターナは彼女の頭を軽く撫でる。

「ちょっと待ってよ、何でオティーリエさんが一緒にいるの？　確か――」

「教会騎士団に吸収される直前に、軍を抜けている。そのあと、教会と敵対する組織にスカウトされた――というところか。今のお前は、そこに身を寄せているのだな」

「おじさん、大正解」

素直に感心するネクトだったが、おじさんと呼ばれたガディオはやはり複雑な表情だ。

「うっひょおー！　秘密組織ですか！　新聞記者としての血が騒ぎますねぇ！　その組織のリーダー

は誰なんですか？　教えて下さい！　教えられないなら尾行させてください！」

急に発作のように興奮しだすウェルシー。

そんな彼女をいつもなら止めるリーチだったが——彼は顎に手を当て、ネクトに聞く。

「枢機卿サトゥーキ、ではないですか？」

「ははは、言えないなあ、それは。言ったら秘密にならないじゃないか」

おどけてみせるネクトだが、ずばり図星だったし、特にそれを隠すつもりもないようである。

「んでさ、今度こそ本題なんだけど。僕にその化物の死体、少しでいいから分けてくれないかな」

「無理」

即答するエターナに、がくっと崩れるネクト。

「相変わらずやりにくいおばあさんだなあ」

「デキルダケ、ザンギャクニ、コロス」

「落ち着いて、エターナ！　あとネクトも挑発しないでよぉ！」

「あっははははは、リアクションが面白くてさ、ついね。まあ悪いようにはしないよ、僕たちは教会に敵対する集まりだ。オティーリエがいる時点でわかるだろうけど、君たちの味方でもある」

「枢機卿のサトゥーキは信用できんがな」

「そこは僕もおじさんに賛成かな。でも、チルドレンの暴走を止めたがってるのは本気みたいだよ」

フラムもエターナやガディオ同様に、サトゥーキのことはいまいち信用できない。

あのときに考えた頭痛のことも含めて、どうにも手のひらの上で踊らされている気がするのだ。

だが、ネクトを信用したいのもまた本音なわけで——フラムはミルキットを抱きしめる力を軽く強めながら、「うーん」となって考え込む。

「……わかった。持っていっていいよ、ネクト」

「フラム、本気？」

「本気です、エターナさん。その手の解析なら、サトゥーキのほうが技術は上でしょうから」

「それはそうだけど……」

「ありがとね、お姉さん。んじゃ、渦巻いてる肉片と、コアの破片をいくつか貰っていくね」

必要最低限のパーツだけを集めると、ネクトは早々に〝接続〟で礼拝堂から去ろうとする。

そんな彼に、フラムは聞きたいことがまだまだあった。

「ネクト、そこにいるスロウって人のことなんだけど、何か知らない？」

彼女の問いは、知らない人間には何のことかさっぱりわからないものだったが——ネクトには心当たりがあったのか、スロウの顔を見た途端に「ああ」と声をあげた。

「一応、常に見張りはつけてるって言ってたかな」

「えっ？」

「本気で危なくなったら助けに入るってこと。今回はフラムお姉さんが適任だったから、手出しはしなかったんだと思う。たぶん、そのうちに迎えでも来ると思うよ、必要だからさ。じゃーね」

「待った！　それってどういう——」

「今は答えられない」

「わかった。じゃあさ、チルドレンのことなんだけどっ！」

「……あいつらが、何？」

「どうするつもりなの？　あんなに人を殺して、たとえ人の体に戻れたとしても……」

ネクトは無表情に、感情を殺してこう答える。

「助けるよ、何があっても」

「でもそれはっ！」

「接続《コネクション》しろ」

「あ、ネクトっ！」

フラムから逃げるように、ネクトは消えてしまった。

俯くフラムだが、すぐに首を振って胸のもやもやを振り払い、スロウのほうを見る。

「ルークが最初に狙ったのは、やっぱり私じゃなくてスロウだったんだね……」

「教会騎士のリシェルも、ギルドではなくスロウの命を狙ったわけだな」

「スロウ君、あなた何者なの？」

イーラに聞かれても、スロウ自身だってさっぱりわからない。

彼が首を横に振ると、ますます深まる謎に、何人かが『うーん』と同時にうなった。

◇◇◇

結局、スロウの出自はウェルシーが調べることになり、フラムたちは家に戻ることにした。

ひとまず家にたどり着くまでは、とガディオも西区に同行する。

「キリルちゃんはさらわれたまま、か……」

沈む夕日を見上げながら、フラムは悔しげにつぶやく。

「話は聞きました。惜しかったですね、ご主人様。でも次はきっと助けられます！」

「まあ、そもそもチルドレンがキリルをさらう理由がわからないけど。インクはわかる？」

「んーん、ぜんぜん。勇者とあたしたちに関連なんて無いはずだけど」

「人質にでも使うつもりか、それともチルドレンの研究と接点があるのか――」

ガディオはため息まじりにそう言った。

さらにフラムの表情は曇り、ミルキットはきゅっと握る手の力を強めて、彼女を励ました。

「キリルもそうだが、ライナスも今日は姿を見せなかったな。一度ぐらいは会いたいのだが」

「サトゥーキの組織といい、王都で暗躍する人間が多すぎて困る」

「はい、気が抜けませんね。キリルちゃん、今ごろどうしてるんだろ……」

不安げにキリルの身を案じるフラムを、ミルキットは揺れる瞳で不安げに見つめていた。

◇◇◇

フラムの自宅前で、一行は解散した。

我が家に戻り、ひとまず一息つくフラムたち。

イーラは、ガディオが家まで送っていくとのことだ。

その後、スロウの家まで彼の母親を迎えに行き、二人はガディオの家に泊める予定らしい。

それを聞いたイーラがなぜか目を輝かせていたが、彼女がどんな厚かましい頼みごとをしたかなど
――家でくつろぐフラムにとっては、心底どうでもいいことである。

夕食は家であるもので簡単に。

全員で分担して手早く作り、さっと食べて、風呂に入って明日に備えて早めにベッドに入る。

「灯り消すよー」

「はい、どうぞ」

同じ布団に入るフラムとミルキットは、互いの体温を感じて心の安らぎを得る。

すでに目を閉じていたフラムは、そんな暗闇の中で、ふと視線を感じた。

目を開くと、ミルキットがじっとこちらを見つめている。

「あの……」

視線が合うと、彼女はおずおずと口を開いた。

「どうしたの?」

フラムは、母が子を諭《さと》すように優しく微笑み問いかけた。

「キリルさん、って……ご主人様の、何なんですか?」

葛藤を繰り返した末、ミルキットは胸に渦巻く暗い疑念を、そのまま言葉にした。

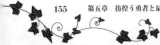

それは彼女にとって、聞くことすら憚《はばか》られ、抱くことすら忌避する感情である。

しかし、だからと言って、無かったことにできるほど生っちょろいものでもない。

だが一方で、フラムにとっては『何だそんなことか』と笑ってしまうほど些細《ささい》な質問だった。

「友達だよ」

キリルとの関係を表す言葉として、他にふさわしいものをフラムは知らない。

「友達……」

ミルキットは鸚鵡《おうむ》返しで反芻《はんすう》した。

「ちょうど故郷が似たような田舎で、急に英雄扱いされて戸惑うところもそっくりで、好物が甘いケーキってところも同じだったから、すぐに意気投合したの」

「今も、そう思ってますか？」

「もちろん。わだかまりを溶かして無くして、またケーキを食べにいけたらなって思ってるよ」

明るく言い放つフラムの笑顔は、ミルキットには眩しすぎた。

彼女は邪念も抱かずに、自分を虐げたこともある友人に対して、こうもまっすぐに気持ちを向けているというのに——自分は。

自己嫌悪する。それでもやはり、生まれてしまうのだ。

間違っていると理解していても、湧いてきてしまうものは仕方ない。

「……私は、友達ではないのですよね」

「うーん、それは違うかなあ」

「その違いは、何なのでしょうか」

ミルキットは、フラムの寵愛《ちょうあい》を受けているだけで十分すぎるほど幸せなのだ。

その理由を問うなどとは、贅沢《ぜいたく》にも程がある。

しかしその贅沢を求めてしまうほど、フラムはミルキットに甘露《かんろ》を与え、溺れさせてきた。

一方でその自覚がないフラムは、なぜミルキットがそのようなことを聞くのかを考えていた。

主の友人であるキリルのことが気になる、それはまあわかる。

しかし彼女の聞き方は、キリルとの関係というよりは、キリルと自分の扱いの違いについて疑問を
——あるいは不安や不満のような感情を抱いているように思える。

はて、彼女の望みを満たすためには、どう答えれば正解なのやら。

「例えばだけど、私はキリルちゃんと同じベッドで寝たことはないし、抱き合ったこともないし、こうして手を繋いで歩いたこともないよ」

そう言ってフラムは布団の中でミルキットの手を握った。

ミルキットとなら当たり前にやってきたことが、普通ではない自覚をフラムは持っている。

キリルどころか、人生で誰に対しても抱いたことのない感情を、ミルキットに向けているのだ。

「本当に私だけ、ですか?」

「うん。私がここまで触れ合ってるのは、ミルキットだけだよ。だからまあ、何ていうかな……順位付けするものじゃないとは思うけど、近さでいうとミルキットのほうが上だと思う」

ミルキットの指がぴくりと動く。

そして、フラムは彼女が『ミルキットのほうが上』という言葉に対して反応したことに気づく。

（もしかしてミルキット……キリルちゃんに嫉妬、してる？）

それに気づいた途端、フラムの胸がきゅっと締め付けられた。

（ちょっと話をしただけで妬くなんて、どれだけ私のことを慕ってるの？　ああもう、何でミルキットはこうもかわいいかな……もうっ！）

そして湧き上がる興奮に、冷静さを欠きそうになる。

「私、怖いんです。ご主人様はとても魅力的で、強くて、色んな人に慕われていて」

しかしあくまで、ミルキットは真剣だ。

一般人にとっては当たり前でも、奴隷にとってその感情は禁忌《きんき》なのだから。

「もちろんご主人様が私を特別扱いしてくれているのは知っていますし、信じています。ですが……周囲に人がたくさんいるご主人様と違って、私には、ご主人様しかいませんから」

「んー、困ったなあ。その不安を取り除くために、私は何をしたらいいんだろ」

「困らせてしまい申し訳ありません」

「ああ、いいのいいの。要するに、ミルキットは真っ直ぐに私を見てくれるのに、私のほうは色んな方向に気移りしてるってことだもんね。うう一ん……むー……」

天井を見上げ、首をメトロノームのように左右に振りながら、フラムは唸る。

その動きが五往復ほどしたところで、首を傾けたままぴたりと止まった。

そして何かを思いついたのか、ミルキットの目をしっかりと見つめて言い放つ。

「好きだよ」

真っ直ぐな言葉に胸打たれ、暗闇の中でも透き通る瞳が、ぱちりと見開かれた。

「これ以上に気の利いた言葉は、今の私じゃ思い付かないや。あとは行動で示していくしかないね」

「……い、いえ。十分ですっ、十分に……気持ちは、伝わりましたから。ごめんなさいご主人様、変なことを聞いてしまって」

「いいよお、そういうのを聞いてくれるようになったことが、素直に嬉しいから」

言いながら、フラムは繋いだ手を一旦離し、今度は指を絡め合った。

何気なく、不意にそんなことをするから、ミルキットの胸は止まりそうなほど激しく跳ねる。

こんなことをしても、ご主人様はきっと平然としているんだろうな——と思いながら、彼女がフラムの方を見ると、

「……っ」

照れ顔のご主人様と、目が合った。

フラムはさすがに恥ずかしかったようで、誤魔化すように視線を逸らす。

澄まし顔を想像していたものだから、それもまた不意打ちで。

平然となんてしていなかった。

ミルキットの不安を解消するために、フラムなりに冒険をしたのだ。

そのこそばゆさに、ミルキットも無性に恥ずかしくなって、目線を外す。

お互いにそっぽを向きながら、それでも絶対に手は離さなかった。

◇◇◇

エターナの部屋のベッドで、横になるインク。

部屋の主はわずかな灯りが手元を照らす中で読書中だった。

「ねえ、エターナ」

「インク、まだ起きてたの？」

すっかり寝ている思っていたインクに不意に呼ばれ、少し驚いた様子でベッドを見るエターナ。

インクは天井に顔を向けたまま、ぼんやりとつぶやいた。

「フラムとミルキットって、どんな関係なんだろうね」

どうも彼女には、二人の部屋でのやり取りが聞こえていたらしい。

エターナは何となくそれを察したのか、目を細め、呆れた表情で本に視線を戻しながら答えた。

「さあ、わたしにもわからない」

会話はそこで途切れ、静かに夜は更けていった。

08 愚者

ネクトは中央区教会から第三世代チルドレンの一部を回収し、サトゥーキの部下に渡した。

それから彼は数時間、ガラス越しに、自らの〝兄妹〟とも呼べるその存在の破片が、研究者たちに囲まれ解析される姿をじっと眺めている。

「あんな化物でも、やっぱり思うところはありますのね」

外から任務を終えて戻ってきたオティーリエが、彼に声をかけた。

「おかえり。別にあんたが思ってるようなことじゃないよ。ただ、僕たちが目指した先に生まれたものが、あんな意志すら無いただの肉の塊なんだと思うとさ、僕たちがマザーに愛情を求めるのは、すごく不毛で無駄なことなんじゃないかな、って。そう考えてただけ」

それでも子供は、親の愛情を求めずにはいられない。

人は基本的にそういう生き物で、人と人との関係は祝福であると同時に、呪いでもあった。

「愛は見返りを求めるものではない。ですが見返りのない愛ほど、悲劇的なものはありませんわ」

「実感が篭もってるねえ」

「私の愛には見返りがありますもの。だからこそ、その悲しさが理解できるのです」

「アンリエットはあんたを愛していると？」

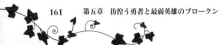

「でなければ、私は今、ここにいませんわ」

相変わらずアンリエットに対して妄信的なオティーリエだが、ネクトはそれを羨ましく思う。

「僕もあんたぐらいマザーのことを信じられたら、もうちょっと楽になれたのかな」

「それはどうだろうな。命を賭けて貫いた人の気持ちってのは、存外に強いんもんだぞ」

ネクトの真横の壁から、ぬるっと無精髭の生えた男の顔が出てくる。

「うわっ、チャタニ!? いきなり壁から出てこないでよっ！」

「いつも転移で人を驚かせるお前が言えたことか？」

「でしたら、普通に歩いて近づいてきたらどうかしら」

「壁を抜けたほうが便利だし。俺がどうしてそんなヤラセ番組みたいなことしなきゃなんねえんだよ」

「ヤラセ？　相変わらずわけのわからないことを言う男だ」

「あー……そうか、番組なんて概念が無いのか。普通に日本語が通じるから、つい同じ感覚で話してしまうんだよなあ。はぁ、いまだに信じられないわ、このファンタジー世界が元日本ってことが」

茶谷はネクトの隣に並ぶと、ポケットからタバコを取り出して口に咥えた。

無論、彼には実体が無いので、ただそういう風に見せているだけだが。

「それ、以前も言ってましたわね。わたくしにも到底信じられませんわ」

「学習装置ってのが残ってたから言葉が同じなんだっけ？　箱の中に入れられたＡＩ《疑似人格》？　ってやつと会話して、言語が習得できる装置、なんだよね。実在するの？」

「俺も義務教育を受けてた頃は、学習装置はよく使ったよ。佐藤《さとう》が言うには、オリジン教以前に広まった宗教が、残ってたそれを海の底に沈めたらしいが」

彼らの信じる神の神秘性を高めるために、〝文字〟という文明をこの世界に与えた証拠を抹消し、神の御業だと主張したかったようだが――その宗教も、人間同士の戦争の中で滅びてしまった。

「それでもあれは、俺の本体やオリジンと同じように〝時を止める金属〟で作られてんだ。学校で使うために、他の装置より頑丈だしな。海底からサルベージすれば、今でも問題なく動くだろうさ」

オティーリエもネクトも、その話はすでに一度聞いたが、未だに半分も理解できていない。

だがそういった装置の存在を、茶谷自身が証明しているのだから、信じるしかなかった。

「戦いが終わったら、佐藤はサルベージ計画を実行に移すつもりらしい」

「そのサトーという呼び方、何とかなりませんの」

オティーリエの苦言に、茶谷は悪ガキっぽく笑いながら言った。

「だってサトゥーキって名前、絶対に佐藤が由来だろ。日本で一番多い名字だぞ？」

「ニホンという国のことも知りませんが、サトゥーキ様はよく怒りませんわね」

「何だか知らんが、佐藤は俺に感謝してるらしいからな。大抵のことは許してくれるぞ」

むしろ感謝すべきは、サトゥーキに遺跡から発掘してもらった茶谷のほうなのだが。

「……おっと、解析班が俺を呼んでるらしい」

茶谷はガラスの向こうで手招きをする研究者たちを見て言った。

そしてそのまま壁をすり抜け、室内へと移動する。

「正直、サトゥーキのことも含めて、僕は彼らのことをまだ信用できてない」

ネクトは茶谷の背中を見ながら、そうつぶやいた。

「理解できないことがあまりに多すぎる。チルドレンのことだけを考えたいっていうのに」

「あんな胡散臭《うさんくさ》い連中を信用しろってほうが無茶ですわ。あの男の本体である金属の箱――有機コンピュータが、フラムの故郷の近くに埋まってたなんて、偶然が過ぎますもの」

「うん……お姉さんの言う通り、偶然なんかじゃないのかもしれないね」

ネクトは目を伏せて、サトゥーキに見せられたとある物を思い出す。

◇◇◇

サトゥーキはそれを語るとき、まるで夢を抱く少年のように目を輝かせていた。

『リヴァーサルコアは、とある少女の尊い犠牲によって生まれた産物だ』

彼が茶谷に向ける〝感謝〟とは、その夢を思い出させてくれたことなのかもしれない。

『オリジンに支配された世界を人の手に取り戻したい。魔力を持たぬ太古の人類も、そして遥かなる時を経て再誕した現在の人類も、同一の願いを抱いているのだ。浪漫《ロマン》があるとは思わんかね？』

だがネクトは彼の言葉よりも、ガラスケースで眠る捻じれた死体が気になって仕方ない。

『彼女はそんな願いを抱き、自らの意思で、〝反転する力〟を受け入れた。そう、オリジンの真逆――負のエネルギーを生み出す逆時計回りの力を身に受けて、このような姿で命を落としたのだ』

サトゥーキはケースの前に立つと、実に誇らしげに、その死体の名前を告げた。

『命を賭して世界を救おうとしたその英雄の名は――〝フラム〟という』

◇◇◇

ネクトは天井を見上げ、大きくため息をついた。

その様子を見て、オティーリエはネクトが何を思い出しているのかを察した。

「あの死体が本当にフラムのものだと、そう思っていますのね」

「関係はあると思う。人の想いや執念が奇跡を起こす――フラムお姉さんを見てると、そういうのを信じてみたくなるんだ。厄介な人だよねえ、本当に。夢なんて抱かないほうが楽なのにさ」

すでにネクト以外のチルドレンたちは過ちを犯した。

それでも彼女が諦めないのは、フラムに出会ったせいだというのだから、皮肉なものである。

ネクトは一人苦笑いを浮かべ、「はぁ」とため息をつくと、近くの扉が開いた。

「こんな場所にいたのか。捜したぞ、オティーリエ」

サトゥーキはオティーリエに近づくと、一枚の紙を手渡す。

「新たな仕事だ、フォイエ・マンキャシーを確保してほしい」

「リーチ・マンキャシーの妻ですわね。今回の件には無関係だと思っていましたが……」

書類を見るうちに、彼女の表情は険しくなっていく。

だが、どうやらネクトには関係ない話のようだ。

残る理由も無いので、彼女は話し込む二人の横を通って、与えられた部屋へと戻っていった。

◇◇◇

暗闇に包まれた夜が終わり、日の出が近づく中、まだ〝今日の手紙〟は届いていなかった。

フラムは送り主の正体を暴くために、家の玄関で待機している。

戦いの疲れもあってか、自然とあくびが出てしまう。

全身を包むけだるい眠気に、瞼《まぶた》の上から目を揉《も》んで耐えようとするフラム。

「おつかれさま」

そんな彼女の顔を覗き込み、ねぎらうエターナ。

「あれ、起きるにはまだ早いですよ」

日付が変わってからしばらくは、エターナが見張りをしていた。

あれからまだ二時間ほどしか経っていないはずだ。

「あんな時間じゃ寝るに寝れない。それにフラムは消耗してる、わたしは余裕。だから交代」

本来、エターナはその役割を全て自分が引き受けるつもりだった。

だが、キリルを助けられなかったことに責任を感じたフラムが許してくれなかったのだ。

つまりこの二時間は、エターナなりの最大の譲歩。

ここから先は、どんなにフラムが拒んでも強引に交代するのだと、心に決めていた。

「私だけが休むわけには……ガディオさんも寝ずにスロウたちを守ってるでしょうし」

「あれは体力オバケ、比べちゃダメ。それにフラムはわたしたちの切り札だから、休むのも役目」

実際、フラム自身も疲れは感じていた。

今からいつも起きる時間までぐっすり寝たところで、完全にそれが取れることはないだろう。

「それとも眠れない？」

「そうですね。沢山の死に顔を見たあとですから。慣れてきたとはいえ、辛いものは辛いです」

「気分転換が足りてないのかもしれない」

「そうもいきませんよ、こんな状況じゃ。いつどこで襲ってくるかわからないんですから」

「じゃあ時間あたりの密度を求めるしかない」

「どうやったらいいんです？」

フラムがそう聞き返すと、自分から言い出したくせにエターナは悩む仕草を見せる。

何も考えていなかったらしい。

「むー……ミルキットともっと仲良くなる、とか」

そしてひねり出した答えがそれだった。

フラムはガクッと肩を落とす。

そして苦笑いしながら、自信満々に言った。

「そんなの、放っておいてもそのうちなってると思います。あの子と、私なら」

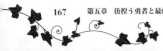

今度はエターナが呆れる番である。

「はぁ……言い切れるあたりはさすが。でもよくわからない。二人は恋人同士ではなさそう」

「あはは、女同士ですからね。確かにずっと一緒にいたいとは思いますけど」

「……ふむ」

「その納得したような反応は何なんです？」

「まあ、気にしないで放っておいてもいいのかなと思った」

二人の関係は遠巻きに見守るぐらいでちょうどいい、改めてそう認識するエターナ。

「気分転換に関してはそのうち考えるとして、休んだ方がいいのは事実。代わるから早く寝て」

「そう……ですね。わかりました、それじゃあお願いします」

エターナは「任された」とぐっと親指を立てた。

フラムは二階に上がると、寝室に入って大きく息を吐き出す。

何だかんだ言って、『また寝られる』と喜んでいる自分がいた。

ベッドに近づいたフラムは、まだ寝ているミルキットの顔を覗き込む。

かわいらしい寝顔に表情が緩む。

隣に並ぶのが忍びなくなるほど、人形のように整った目鼻立ちだ。

こうやって観察していると改めて思う。彼女はもっと幸せになるべき人間なのだ、と。

「私にはもったいないぐらい」

言いながら、頬にかかった髪の毛を優しく払う。

指に当たる肌の感触は絹のようになめらかで、ずっと触っていたいぐらいだ。

すると、ミルキットは「ん……」と声を出し、薄っすらと目を開いた。

首を曲げると、視線がフラムの姿を捉える。

「あ、ごめん起こしちゃったかな」

「いえ……眠りが浅くて、何度も起きてましたから。やっぱり、ご主人様がいないとダメみたいです」

彼女は寝ぼけ眼で、フラムの服の裾に手を伸ばし、ふにゃりと笑って言った。

いつもとは違う気が抜けた笑顔も、これはこれでかわいらしい。

うちの相棒はこんなにかわいいぞー！　と街中を叫んで回りたい気分である。

「んじゃ、隣にお邪魔しまーす」

フラムが彼女の隣に潜り込む。

ベッドの中は、すでにミルキットの体温で温まっていた。

主が隣に来ると、彼女はすぐにその腕にしがみついて、脚を絡める。

「ご主人様ぁ……」

甘える猫のように肩に頬を当てると、そのまますぐに眠りに落ちた。

起きたというより、夢でも見ている状態だったのかもしれない。

「あ、明日の朝には忘れてそうな気がする……覚えてて恥ずかしがってるのも見たいけど」

しかし、エターナの言うとおりだ。

たったこれだけのやり取りで、嫌な記憶なんてどこかに飛んでいってしまった。

しかし、肉体の疲れはまだまだ残っているのか、五分もしないうちにフラムは熟睡《じゅくすい》していた。

◇◇◇

陽がのぼり、王都が明るく照らされる。

未だ手紙は届かず、そのまま夜が明けてしまった。

見張られているのを察知して避けているのかもしれない――と考えはじめたとき、エターナは玄関に近づいてくる足音を聞いた。

地面を叩く足音は軽い。体格はそう大きくないようである。

そいつはポストを開くと、中に何かを入れてすぐさま立ち去ろうとする。

エターナは玄関から飛び出す。

少年は誰かが出てくると思わなかったのだろう、驚いた様子で足を止めた。

「……聞きたいことがある」

エターナが肩を掴み威圧すると、少年は明らかに怯えた表情で彼女を見上げた。

「な、何？　僕は何もしてないよっ」

「ポストに入れた手紙、あれは君が書いたもの？」

「違うよっ！　昨日、女の子に頼まれたんだ。ポストに入れるだけでいいから、って」

少年は目に涙を浮かべながら、そう語った。

エターナは試しにスキャンもかけてみたが、ステータスに異常が生じている様子もない。

本当に、ただの通りすがりの男の子のようだ。

「わかった、信じる。もう帰っていい」

解放されると、少年は全速力で駆けていった。

「女の子……教会が子供を使った可能性も考えられるけど、一番有力なのは……」

エターナはひとまず、手紙を開いて中身を読むことにした。

「残り二日。蒔《ま》かれた種は全部で三つ、残る彼らも綺麗な花を咲かせるだろう。だがそれに惑わされてはならない、真に望むものは未だ地中深く埋まったまま……相変わらずポエムっぽい」

呆れたようにそう言うと、手紙を畳んで封筒に戻し、家に入った。

◇◇◇

起床後、フラムたちは四人全員でギルドへと向かった。

今の王都はどこも危険な状態、ならば冒険者の多いギルドが安全だろうという判断である。

(手紙を渡したのは女の子、か……)

歩きながら、フラムは先ほどエターナから聞いた話を思い出す。

もしも手紙の差出人が、フラムの想像通りの人物だとすると、ますます混沌《こんとん》は深まる。

（フウィスやミュートは、王都の人間の殺戮が目的だと言っていた。でも本当にそれだけなの？　目的を暴くのは重要だけど、それが一つだけと考えると、逆に真実から遠のく気がする……だってチルドレンはただの兵器じゃなくて、人並みに悩んで苦しむ、生きた子供でもあるんだから）

　フラムが先頭になってギルドに入る。

「おはよー」

　フラムは軽く手を挙げて、カウンターで気だるげに頬杖をついたイーラに挨拶をした。

　彼女のほうも慣れた様子で「おはよ」と投げやりに返事をする。

　あまり面識のないミルキットたちは、軽く会釈をするぐらいだった。

「スロウは？」

「いるわよ、奥で書類整理中」

「そっか。昨日はガディオさんちに泊まったの？」

「ええ、スロウは母親と一緒に泊まったみたいね」

「ああ、やっぱりそうだよね。あはは、それはよかった」

「何がよかったってのよ！　てか別に、私は一緒に泊まりたかったわけじゃないわよ⁉」

「そんな必死に誤魔化さなくてもいいのに。ガディオさんと一緒にいたほうが安心だもんねえ」

「くっ、何だか悪意を感じるわ。いつか仕返ししてやるぅ……」

　悔しげに親指を噛むイーラ。

　彼女とフラムの会話が落ち着いたところを見計らって、エターナが紹介所を見ながら言った。

「こんな朝っぱらから、やけに冒険者が多い」

フラムもそちらに視線を向ける。

下は十代から上は四十代まで、しっかりと装備を身につけた冒険者が十名ほど座っていた。

朝から賑《にぎ》わっている光景を見ると、デインがいた頃を思い出す。

「マスターが集めたのよ、ギルドが狙われたときの護衛にってね。もちろん報酬はギルド持ち」

「ガディオさん、ただでさえ忙しそうなのに、そんなことまで手配してくれたんだ」

あれだけの人数がいれば、何があってもスロウを逃がすことぐらいはできるだろう。

「ところで集めた本人はどこに行った？」

「出払ってるわ、また死体が見つかったとかで。すぐに帰ってくると思うわよ」

外が暗く、人も少ない間は大人しかったが、朝になるとすぐに動き出したようだ。

「噂をしてたら帰ってきたみたいね」

数人の冒険者とともに、ガディオがギルドに戻ってくる。

フラムが駆け寄ってくると、彼はふっと表情を緩めた。

「おはようございます。現場はどうでしたか？」

首を振るガディオ。

彼に付き添った冒険者たちは、みな一様に顔色が悪い。

「ひどい有様だった。もはや何人分の死体が散らばっているのかも、わからないぐらいにな」

「昨日あんなことがあったのに、よく出歩くわよねえ」

イーラの言葉は心ないようにも思えるが、少なからずフラムたちも同じように考えていた。

「現場付近には軍の施設がある。今は教会騎士団が使っているが、何かが起きればすぐに守ってくれる――そう思っていたんだろうな。実際は、死体の片付けすらやらなかったわけだが」

「あれだけ街中を歩き回ってるのに、どうして何もしないんでしょうか……」

ミルキットの戸惑いに、イーラは変わらぬ様子でこう返す。

「何もしたくないからじゃないのぉ？」

「おそらくその通り。教会騎士団は王国を守るための存在ではない、とわたしは思う」

「でも、王都を守るために冒険者を配置しようとしても、教会騎士団が邪魔をする……」

フラムは右手を強く握り、憤りをあらわにした。

ガディオに集められた冒険者たちも同様だ。

現在、ここにいるのは西区のギルドに所属するあらくれ者だけではないが、そんな彼らですらも、自らの庭である王都を好き放題に荒らされた怒りを隠せない。

「ミュートたちをおびき出すための方法とかあればいいんだけどね……あたしには思いつかないや」

「現状、そのための最善の方法は、より多くの人間を一箇所に集めること」

「エターナさん、でもそれは……」

「わかってる、フラム。いくらギルドの協力があっても、リスクが大きすぎる」

もし冒険者たちが集まったところに、ミュートが能力を使えば――彼らのステータスは、集まった人間のうち最も高い値に統一され、無差別に人々を殺す殺戮兵器の群れが完成する。

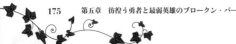

重たい空気が漂う中、それを吹き飛ばすように、勢いよく扉が開いた。

「おはよーございまーす！　っておや、みなさんお揃いなんですねー」

ウェルシーが手をあげて、元気にギルドに入ってくる。

彼女は紹介所で待機する冒険者を含めてぐるりと見回すと、「はて」と首をかしげた。

「もしかして、ここには情報が回らないように細工されてます？」

「ウェルシー、情報とは何のことだ」

「昨日の事件の犯人とされる四人を王国が手配して、広場に似顔絵と一緒に貼り出したんですよー。多額の懸賞金をかけるからって、王都の住民も集まってて、ぼちぼち冒険者も嗅ぎつけて……あ、やっぱりその顔を見る限り、ギルドに伝わらないように情報統制されてたみたいですね」

ウェルシーも、現場を見たときに〝冒険者の少なさ〟という違和感を覚えてはいたのだ。

この手の話題に真っ先に食いつくのは、本来ならば彼らのはずなのに。

その話を聞いて、ガディオ、フラム、エターナは言葉も発さずに、すぐさまギルドを出た。

すると外に出た途端、三人の頭上からぼとぼとと、人の頭部ほどの大きさをした物体が落ちてくる。

いや――それはそのまま、切り取られた人の頭だった。

「……クケ？」

前方の建物、その屋根の上に立つ怪物は、その役目を終えると、すぐさま姿を消す。

「スキャンッ！」

動揺するフラムだが、相手が逃げる前にすかさず敵の情報を収集する。

Ｃｈｉｍａｉｒａ・Ｗｅｒｅｗｏｌｆ
属性：土
筋力：６５１９
魔力：６１６３
体力：６１２１
敏捷：６７８４
感覚：６５１１

人狼の体に鳥の頭、熊の腕――ちぐはぐ継《つ》ぎ接《は》ぎの体を持つ、教会の兵器。

「あれが、完成したキマイラ……！」

その能力の高さに戦慄《せんりつ》するフラム。

一方でガディオは、落ちてきた三人分の生首を、悔しそうに見つめていた。

「ガディオ、その人たちは……」

「情報集めを頼んでいた古い友人だ。手練《てだれ》の冒険者だったんだがな」

誰もが恐怖に歪んだ顔をして事切れている。

彼らが生きていたのなら、広場の情報はもっと早くギルドに伝わっていたはずだ。

「キマイラ……俺が必ず……！」

ガディオは、血が滴るほど強く拳を握る。

「ガディオさん、あいつを追いますか？」

「……いや、今は広場に向かうほうが先決だ」

もしここでキマイラを追えば、教会の思う壺《つぼ》だ。

悔しさを噛み殺し、ギルドに残る冒険者に遺体の弔いを頼むと、三人は走りだす。

先頭を行くガディオは他の二人に配慮せずに、全力疾走で駆け抜けた。

フラムは必死に前へ進み、その背中に喰らいつく。

エターナは魔法で犬の形をした乗り物を作ると、その背中に乗ってガディオと並走する。

道中、ドォン――と大きな爆発音が王都全体に響き渡った。

すでに新たな惨劇は幕を開けている。

フラムは煙の上がる北の空を、忌々《いまいま》しげに睨みつけた。

09 激発

誰もいない場所で、どこにも居場所がない、と膝を抱えて泣いていた。

そんなキリルに、足音が近づいてくる。

顔を上げ、そこに立つのは敵か味方か。

彼女はその答えを知っているのに、しかし敵と呼ぶべき存在は、彼女を敵として扱わない。

昨日、気絶したあと、キリルは気づけば人気のない小屋の中にいた。

特に縛られたりもせず、隣にはミュートが座っていた。

明らかに怯えた様子のキリルに対し、彼女はぽつぽつと語りだす。

チルドレンのこと。オリジンのこと。そして、自分たちがどういう存在なのかということを。

キリルはそのとき、あの旅の本当の目的が魔王討伐などではなかったことに気づいた。

最初から最後まで、彼女はオリジンに操られる道化に過ぎなかったのだ。

正体を知ったことで、あの肉の渦に対する恐怖はほんの少しだけは薄れたが、それでも容赦なく人を殺すミュートに対して抱く感情は変わらない。

彼女もそれを知った上で、しかしキリルに何もしようとはしなかった。

夜が明けるとミュートは、

「これが最後。一番大きな仕事。行ってくる」
そう告げて、小屋を出ていった。
どうして――キリルは、ミュートにそう問いかけるのが怖かった。
キリルは中途半端で、痛くて、けれど壊れない、そんな境界線上にいるから。
破滅か再生か――いっそどちらかに傾くことができる強さがほしい。
キリルは、どちら側の人間になることもできなかった。
だから、化物だとか、力だとか、そんなこと関係なしに恐れているのだ。
完全に割り切って、ただ自分の信じた道だけを真っ直ぐに進むミュートのことを。
「だけど……だったらどうして、ミュートは私に手を差し伸べたんだろう……」
オリジンにそう命じられたから？　いや違う、ミュートたちは己の意思で動いている。
だったら彼女はキリルに何を求めて、何を期待したというのか――
疑問の答えは出ないまま、目的を果たしたミュートは小屋に戻ってくる。
「キリル、一緒に逃げる」
彼女は、キリルに手を差し伸べた。
キリルは迷いに淀んだ瞳で、理由や思考を放棄して、その手を握る。
拒んだところで、きっとミュートは彼女が動くまで待ち続けるだろうから。
理由はわからないが、そうするはずだという根拠のない自信だけはあった。
立ち上がり、外に出て、二人で駆け出す。

「どこに行くの？」

彼女は答えない。

どこか寂しげな表情を浮かべて走り続けるだけだ。

背後——王城前の広場からは、怒号と悲鳴が聞こえてくる。

「いつまでやるの？」

無性に怖くなって、キリルはさっきより大きめの声で問いかける。

やはり彼女は答えない。

混乱に満ちたノイズが遠ざかり、小さくなっていく。

あるいは死者が増え、単純に人数が減って音量が下がったのだろうか。

「どうして、ここまでやるの？」

三度問いかけると、ようやくミュートは足を止めた。

「……キリル」

そして、振り返らぬまま答えた。

「私、どうしてキリル、連れてったか、わかる？」

「わからないよ、何も。裏切られたから憎んで、もう居場所がないから、覚えてもらうために傷を刻む。それは理解できないこともない。だけど……こんなに人を殺すなんて、どうかしてる」

それはミュートとはあまりに遠い価値観ではあったが、彼女は満足げに頷いた。

「そう、だから」

「だから？」

「私、死ぬ。マザーのため、死ぬ。自分の証のため、死ぬ。けど、残るのは、化物の私。人の私、どこにもいない。覚えてくれる誰か、欲しい。化物、望めない。でも欲しい。人間じみた、感傷」

「……そんなものに巻き込まれても迷惑だよ」

「ごめん。でも、キリル、逃げない。優しく、強い。だから、よかった」

逃げなかったのは、他に行き場所がなかったからだ。

そんな臆病さを優しさと評されても、素直には喜べない。

しかしキリル自身がどう考えているかなど、些細な問題だ。

結果として、彼女はミュートに最後までついてきてくれて、〝救い〟を与えたのだから。

「見返り、何も、無い。私、空っぽ。でも、何か、あげたい。だから、見せた」

そう言葉を続けるミュートに、キリルは強く歯を食いしばった。

生きる道筋を示すために、あの人殺しを見せてきたと言われても、嬉しくもなんともない。

「そんなの、ただの言い訳だよ！」

「私たち、それしか、できない。人じゃない、人を殺すために生まれた、それが、私たち」

「だとしてもっ！」

「マザー、感謝、してる。私たち、力ある。声、聞こえる。でも……世界、とても、狭い」

螺旋の子供たち《スパイラルチルドレン》は、ずっと地下の箱庭で暮らしてきた。

五人の子供は、閉じられた世界の中で、決められたレールの上だけを歩いてきたのだ。

しかしミュートにとって、その身に宿る人ならざる者の力は、誇りでもあった。

だからこそ、第一世代であるインクを失敗作だと、姉として扱ってこなかったわけだが――彼女が普通の人間として生活するようになったことで、状況は変わった。

強い力がある。すなわちそれは、彼女たちが引き返せないことを示している。

第二世代は完成形ではない、やがて第三世代以降に取って代わられる存在。

マザーもいつか、そちらに興味が移って、第二世代を捨てるだろう。

そうなったとき、彼女たちに居場所などないのだ――インクと違って。

さらには教会からも見捨てられ、教会騎士に命を狙われた。

彼らは囁く。『脚本通りに死ね、それが役目だ』、と。

パパ《オリジン》の子供たちとしての役目を考えれば、大人しく殺されるのが正しいのだろう。

しかし――人としての意思を残したミュートたちは、中途半端に人を捨てられなかった。

自分たちを育ててくれたマザーに恩返しをしたいと思った。

誰かに、どんな形でもいいから、自分たちの存在を覚えていて欲しいと思った。

兵器として、人として、どちらか片方ではなく、両方の意味で。

「キリル、違う。色々、できる。救える、守れる、他もたくさん」

「そんなの過大評価だよ。私は勇者なんかじゃない、私なんかに、何もできるはずが――」

ミュートはキリルの手を両手で包み込んで、自らの胸に当て、優しく笑った。

「生きてる。心臓、脈、打つ。それだけで、可能性、ある」

そこに——生命の鼓動を刻む心臓は、存在しない。

だがキリルは、相手の顔を初めてしっかりと見つめて、ようやく理解した。

化物と人間だから価値観が違って通じ合えない、なんてことはキリルの思い込みに過ぎなかった。

同じように悩んで、同じように苦しんで、だったら二人の違いは——

「なのに、どうして、自分、したいこと、しない？」

——未来の有無ぐらいのものだ。

「私、もう、おしまい。でも、キリル、違う」

初めて、ミュートの言葉がキリルに染みた。

ミュートは——袋小路に迷い込んだ者として、まだ道を選べるキリルを正そうとしていたのだ。

確かに、贅沢なことだ。

周囲に流されて、期待に応えられないからって、ただそれだけで何もかも投げ出すなんて。

目の前には、その選択すらもうできない八歳の少女がいるというのに。

「私は——」

だけど、他人が苦しい人生を送ったからと言って、それが他者の心を動かすとは限らない。

楽な道を選んだ人間がいたからといって、責められるべきではないのだ。

けれどキリルは、彼女なりに一つの答えを出そうとしていた。

だがそのとき——

「危ないッ！」

キリルは遠くから迫る殺気を感じ、とっさにミュートの体を押し倒した。

二人の頭上を、ビュオォッ！　と風を纏った矢が通過する。

「っ……キリル、今のは」

「ライナスだ……逃げようっ！」

「いい、私、戦う」

「でもっ！」

「わかってた。騒ぎ、大きい。私、逃げられない。だから、これが、最後」

「そんな――最初からこのつもりでっ⁉」

これだけの騒動を起こせば、ミュートの存在が忘れられることはないだろう。

キリルに伝えたいだけのことも伝えた。

ならば――死を恐れる必要など、もうない。

ミュートはポケットに手をいれると、そこにある固く冷たい球体を指先で確認した。

「キリルちゃん、退いてくれッ！」

いつの間にか真上にまで接近していたライナスが、そう言って複数本の矢を放つ。

キリルはミュートの体を抱えると、その場から飛び退いて攻撃を回避した。

「キリル、離す。それは、だめ。私、人殺し、敵、化物。キリルの道、私、邪魔」

「それでも私はっ、私はぁ……っ！」

わかっている、ミュートが罪人で人殺しだということぐらい。

ちょっと心を揺さぶられたからって、庇って仲間と対立するなんて馬鹿げている。

馬鹿げているが――今さら、自分の心を動かしておいて〝助けるな〟だなんて都合が良すぎる。

「化物でも、それ以外に道が無くっても、無駄死にする姿を眺めているだけなんてできないッ！」

「おい待てキリルちゃん、何でそいつを庇うんだよ！」

困惑するライナスは、なおも追跡を続ける。

いくら勇者とはいえ、同条件ならば、スピードに特化したライナスには敵わない。

幅の狭い路地では逃げ道もなく、じわじわと差は詰められていく。

剣を抜くかどうか迷うキリルに対し、

「いい。もう、終わり。私、十分」

ミュートはキリルの手を掴み、必死で呼びかけ、止めようとした。

それでも、それでもどこかにご都合主義の一手は無いのかと、キリルは彼女を諦めない。

「ジャッジメント」

そんな二人の前から、巨大な光の剣が迫る。

薄暗い通りを明るく照らすその魔法は、容赦なくキリルの眼前に迫り――体を傾け回避したが、肩を掠め、軽い火傷を負わせた。

痛みに腕から力が抜ける。

その隙を見て、ミュートは自らの意思でキリルを突き飛ばし、地面に転がった。

「セイクリッドランス」

前方で待機していた〝仮面を被った女性〟が手をかざすと、天空に光の槍が浮かび上がる。

彼女が手を振り下ろすと、槍は地上を這うミュート目掛けて、高速で射出された。

「ミュートッ！」

「あ……がっ……！」

魔法は脚に直撃し、彼女の脚を焼いた。

しかし火傷した部分はすぐに捻れ――剥き出しになった筋肉が、螺旋を描く。

「マリアちゃん、さすがに今のは危ないぞ。キリルちゃんも巻き込まれる！」

「ああでもしないと止められないと思いました」

「そりゃそうだが……」

どうやら、仮面の女はマリアらしい。

マリアが望んだのは、『一日だけ二人で過ごすこと』。

約束が果たされた今日は、隠れ家から出て、キリルとチルドレンの捜索を始めたのである。

王城前広場に人が集まっていることに気づいたのは、その矢先のことだった。

広場に向かった二人は、民衆や冒険者を触りながら走っていく、ローブ姿の子供を発見し、彼女が触れた者の様子がおかしなことに気づいた。

そして、ミュートが騒ぎの元凶であると判断したライナスが、矢を放ったというわけだ。

「マリア！　あなたは……！」

仮面の女の正体を知ったキリルは、躊躇《ちゅうちょ》なく剣を抜き、彼女を睨んだ。

敵意を向けるキリルに、ライナスは戸惑いを隠せない。

「お、おいキリルちゃん、待てって！　俺らは敵じゃないだろ⁉」

「この人は……私にコアを与えて利用しようとしたんだ！　私を操ろうとした！」

「何を言ってんだよ、まさかそこのミュートってやつに何かされて……」

「違いますよ、ライナスさん」

マリアは落ち着いた様子で告げる。

「事実です。わたくしは、自分の望みを叶えるために、キリルさんを化物に変えようとしました」

「……そんな、馬鹿な。何でそんな大事なこと話してくれなかったんだよ！」

「だって……わたくしの汚い部分を見たら、ライナスさんに嫌われますから」

ライナスは己の甘さを嘆いた。

マリアは自分のことを信じてくれていると思っていたのに。

（何が『愛してる』だよ。俺はまだ、マリアちゃんの心に、これっぽっちも触れてなかった……！）

黙り込むマリアに寄り添っていれば、必ず自分を信じてくれるはずだと思っていた。

それが今の彼女に必要な優しさと温もりなのだ、と。

「キリルさんだけではありません。ジーンさんにも、同じ目的でコアを渡したんですよ」

「だからジーンのやつ、あそこまで……」

マリアを罵倒していたジーンのことを思い出す。

それこそが、彼が憤っていた理由だったのだ。

「でも、待ってくれよ。だからってキリルちゃんがその子を庇う必要はないはずだろ⁉」

それぐらい、キリルだってわかっている。

ミュートは殺されても仕方ないほどの罪を重ねてきた、それを彼女自身も自覚している。

「だけど――」

だからといって、マリアにミュートの罪を裁く権利などあるだろうか。

「やっぱり、あなただけは信用できない！　はあぁぁぁぁあぁッ！」

キリルはマリアに向かって突っ込んだ。

マリアは――表情こそ見えないものの、落ち着いた様子で小さな光の剣を無数に作り出し、明らかな殺意をもって、彼女に放とうとする。

その冷静さは、まるで最初からこうなると予想していたようだ。

「キリル……っ」

ミュートは苦しげに唇を噛み、駆け出した。

そして剣同士で火花を散らす二人の横を抜けて、逃げ出そうとする。

「何がどうなってんだよ……くそッ！」

マリアもキリルも、そしてあのミュートという少女も、ライナスには何もわからない。

だがはっきりしていることがある。

ここで――ミュートを逃がすわけにはいかないということだ。

苦悩の末、ライナスはミュートの行方を追うことを選んだ。

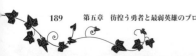

「マリアちゃんもキリルちゃんも、あとで戻ってきたら全部話してもらうからなッ！」

彼の声は、剣と魔法がぶつかり合う音にかき消された。

◇◇◇

フラムたちはようやく広場に到着し、その地獄のような光景を前に立ち尽くした。

広場には足の踏み場もないほど大量の死体が転がり、むせ返るほどの血の臭いが充満している。

その死体の上で、なおも逃げ惑う人々を殺し続ける、無表情な人間たちの姿があった。

暴れる彼らの年齢や性別、装備は様々で、冒険者らしく武器を持って戦う者もいれば、普段着のまま、拳で罪なき人の頭を叩き潰す者もいた。

「ひどい……」

この惨状には、フラムだけでなく、エターナも顔をしかめる。

「冒険者や一般市民がごちゃまぜ。一見してバラバラに見えるけど――」

そう言って彼女はスキャンを発動する。

オージス・クリアーデ
属性：光

筋力：4871
魔力：4219
体力：5783
敏捷：5236
感覚：4091

一人目。

オージス・クリアーデ
属性：光

二人目。

オージス・クリアーデ

三人目――

四人目も、五人目も、六人目も、全員が同じ名前、同じ属性で同じステータスをしている。

「遅かった……もうミュートの能力は発動してる！」

言わずとも明らかだったたが、フラムは嘆かずにはいられなかった。

この場に立つ数十人は、全員がSランク冒険者級の能力をもっているのだから。

一人がSランク並みの能力を持っていれば、繋げた全員が同じステータスを持つ。

筋力の高い冒険者と魔力の高い冒険者を繋げれば、その両方を備えた人間が生まれる。

冒険者も一般人も老若男女問わず、例外なく、全員が、Sランクになるのである。

「教会騎士はいないようだな」

ガディオは周囲を見回すも、教会関係者としては下っ端の修道女や神父がちらほらいるばかり。

今頃、どこか高い場所から、国民が死んでいく光景をワイン片手にでも眺めているのだろうか。

「フラム、連中がこっちに気づいた」

「はい……わかってます、痛いぐらいに」

勇んでみたものの、押し寄せる津波のような殺気に、フラムは心臓を鷲掴《わしづか》みにされた気分だ。

背中を冷や汗が伝う。魂喰いを握った手のひらが湿り気を帯びて滑る。

立ちはだかる数十人全員が、自分よりも遥かに高いステータスを持っている。

勝敗を考える前に、脳裏によぎったのは〝生きて帰れるのかどうか〟という疑念だ。
口の中が乾く。呼吸が荒くなる。
どうあがいても自分では敵わない脅威を前に、彼女は恐怖する。
「まだ生存者はいる、彼らが逃げる時間を稼ぐぞ」
そう言って、ガディオは背中の剣を抜き、敵に突っ込んでいった。
しかし彼も〝勝つ〟とは言わない。
エターナも意識を集中させ、魔法発動の準備を始める。
その表情は、いつになく緊張していた
一方でフラムは――こういうときに考えるのは、いつだってミルキットのことだ。
恐怖を押し殺すには、帰る場所のことをひたすらに想うしかない。
改めて魂喰いを握りなおし、そして――
「……はいッ！」
震える声でそう返事をすると、精一杯の勇気を振り絞り、一歩を踏み出した。

10 滅私

ミュートの能力は、〝共感《シンパシー》〟。

体格、性別、年齢——全てを無視して、繋げた人間の人格やステータスを混ぜ合わせるのだ。

ゆえにフラムたちの前に立ちはだかる人間たちは全て、正真正銘Sランク級の力を持った人間たち。

うち十人ほどがフラムの方を向くと、ほぼ同時に手を天にかざし、魔法を発動させる。

無数の光の剣が浮き上がり、周囲を白く照らした。

マリアもよく使用している〝ジャッジメント〟だ。

聖女並みの威力を秘めた輝刃が——手を前に振りかざすと同時に、一斉に放たれる。

「アイシクルブレード！」

「っ、反転《リヴァーサル》しろっ！」

「おおぉおおおおおおおおッ！」

誰かが誰かを守る余裕など無い。

エターナはジャッジメントと同じ大きさの氷の剣を五本浮かべ、光の剣を迎撃。

フラムは自分に迫る魔法を一つ反射するので精一杯だった。

そしてガディオは、あえて前に突っ込み、下をくぐり抜け、魔法の使い手に肉薄する。

エターナの氷の剣は光の剣と衝突し、相殺される。

その際に生じた水蒸気によって、あたりは白いモヤに包まれた。

フラムが反射した光の剣は、敵のうちの一人に命中し、腕を焼いて動きを鈍らせる。

そして残りの、誰にも命中しなかったものは地面に着弾――地面を大きくえぐり取った。

「ふんッ！」

ガディオが振り下ろした一撃を、三十代ほどのエプロンを着た女性が身軽に避けた。

外見にそぐわぬ素早い動きに彼は戸惑うが、すぐさま追撃を仕掛ける。

すると両側から別の人間――髭を生やした中年の男性と、ピンクのスカートを揺らす十歳にも満たぬ子供が彼を強襲する。

「ちぃっ！」

男性の拳をギリギリで避けると、その風圧でガディオの頬に傷が刻まれた。

女の子の攻撃は大剣の腹で受け止め――

ガゴォンッ！　と強烈な重さに、ガディオの巨体が押し返され後退する。

踏ん張って倒れはしなかったが、すぐさま背後から別の男性がガディオに迫った。

「ガディオさんが、ただの女の子に押されてる……⁉」

その驚異的な力を前に、フラムは唖然とする。

「フラム、そっちに行った！」

「了解ですっ！」

フラムの前方からも、軽装ではあるが冒険者らしき風貌《ふうぼう》をした男が接近する。

繰り出される短剣による鋭い刺突。

体を捻り避け、その手首を掴もうと腕を伸ばすが、相手のほうが動きは速い。

すぐに彼は手を引き、次の攻撃を繰り出す。

的確に急所を狙ってくる相手に、フラムは大剣ではなくガントレットで払い除け、対応した。

「っ、く、はっ、あ……！」

今のところはどうにかしのげているが、この距離ではいつまでも相手のペースのままだ。

フラムは脇腹に向けて放たれた狙いの甘い攻撃を、あえて受けた。

突き刺さる刃、鈍い痛みに彼女は顔を歪める。

だが、短剣が肉に沈んだことで、相手の動きは鈍る。

そこで相手の腹を足裏で蹴りつけ――よろめき後退した相手を前に、すかさず魂喰いを抜く。

握力を強め、片手で振り上げた瞬間、彼女は背後から強い衝撃を感じた。

「あ、があぁぁぁああっ！」

何かが突き刺さり、貫通する。

思わず叫んでしまうほどの〝熱〟が脳に流入し、肉の焼ける不快な臭いが鼻をつく。

別の敵がフラムの後ろに回り、光の剣を放っていたのだ。

幸いにも刺さったのは左腕だったが、彼女は前方によろめく。

そのちょうどいい高さの顔面に、男の膝が叩き込まれる。

「っぶ、が……っ！」

鼻血を噴き出しながらのけぞるフラム。その顎下を狙って突き出される短剣。

彼女は自らの動きに逆らうことなく、そののけぞる勢いを利用してバク転を試みた。

銀色の刃はフラムの急所を捉えることなく、胸部の上を通り過ぎ空を切る。

彼女の両腕が、死体と血でぬめる地面についた。

光の剣が突き刺さった左肩に、思うように力が入らない。

しかし背後からは、先ほどの光の剣を放った老婆が、素早い動きで迫っている。

「つあぁぁぁぁあッ！　リヴァーサルッ！」

叫び、気合で腕に力を込め、同時に重力を反転。

フラムの体は、反転した重力によりふわりと宙を舞った。

不安定で無防備な彼女を狙った老婆の殴打は、先ほどまで彼女のいた場所を空振る。

その頭上を通り過ぎ、背後に着地したフラムは、

「ごめんなさいっ！」

再び魂喰いを握り、水平に振って罪なき老婆の首を狙う。

彼女はそれを、振り向くことなく回転しながら飛び避けた。

しかし剣先はその頸動脈をえぐり取り、バチュッ！　と吹き飛ぶ肉片。噴き出す血。

あの出血量なら長くは持たないはず――と、短剣を構える男性のほうに意識を集中するフラム。

しかし、老婆が自らの手のひらを傷口にかざすと、淡い光の粒子が傷を塞いでいく。

「回復魔法まで使うの⁉」

　確かに光属性魔法だが――つまり一撃で致命傷を与えなければ、敵は減らないということ。

　復活した老婆は、短剣を持った男とともに再度フラムに攻撃を仕掛けた。

　一方でエターナは、氷で作られた狼――〝フェンリル〟に乗り、可能な限り敵と距離を取りながら魔法での攻撃を繰り返していた。

「アクアプレッシャー」

　かざした手のひらの周囲から、直径二メートルほど水塊が射出され、接近する敵を押し返す。

　この敵の数を前に〝勝つこと〟は不可能であることを彼女だって知っている。

　この混乱の中、まずはまともな人間が逃げる時間を稼ぐこと、それこそが第一の目的だった。

「アクアゴレム、ゴー」

　さらにエターナは、五メートルほどの水の巨人を作り出し、相手にけしかける。

　ゴーレムの耐久性は高く、時間稼ぎとしては十分な働きができるはず。

　だが、他の冒険者と戦っていた敵が突如手を止め、一斉にゴーレムに向けて光球を放った。

　水でできた体は為す術もなく、高熱で蒸発する。

「どいつもこいつも洒落にならない」

　愚痴りながらも、動きを止めずに逃げ回るエターナ。

　そんな彼女の前方から女性が迫る。

　女性は拳を突き出すが、フェンリルが変形し、シーソーのようにエターナを高く放り投げた。

さらにフェンリルは砕けると、女の口と鼻に張り付き凍らせ、呼吸を封じた。

「まずは一人、ざまあみろ」

窒息死を確認し、微かに口元に笑みを浮かべるエターナ。

しかし空中を舞う彼女の二の腕を、どこからともなく飛んできた光の剣が掠めた。

「づぅっ……」

彼女が纏う、水着のようなタイツに血がにじむ。

さらに別の方向からも、今度は無数の光の機雷が放たれ、空中で身動きを封じられてしまった。

「フェアリーオンアイス」

エターナは空中で手を振り払い、幅一メートルほどの氷のレールを作り出す。

同時に足裏にはブレードを生成し、レールの上を滑りながら華麗に魔法を回避した。

レールが途切れれば別のレールを作り出し、そちらに飛び移る。

途中でスピンも交えながら敵を翻弄《ほんろう》し、さらに合間を見ては鋭く尖った水の槍を射出する。

彼女のその様は、まるで妖精が踊っているようであった。

そのとき、しびれを切らした妙齢の女性が、地獄の上に作り出されたステージ上を舞う彼女に直接危害を加えようと飛びかかる。

「演者以外は立入禁止」

エターナがパチンと指を鳴らすと――突如、氷のレールが砕け散った。

そして鋭い破片が、彼女に飛びかかる不届き者に向けて殺到する。

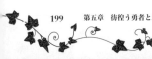

相手は慌てて光の膜を張り防ごうとしたが、その程度で〝永遠の魔女〟の氷は止まらない。

シールドを貫通した氷片が、彼女の体にいくつも突き刺さり、力を失い地面に落ちていく。

「これでふたり――」

その死を確信し口角を上げるエターナ。

だが直後、地上の数人が天に手をかざすと、光の粒子が墜落する女性に集まり、傷を塞いだ。

「……冗談きつい」

女性は何事もなかったかのように着地し、再びエターナに飛びかかろうとする。

彼女は地上に降りると、再びフェンリルを作り出し、その背中に乗って移動を開始した。

エターナの視線の先には、五人の敵に囲まれながら戦い続けるガディオの姿があった。

「岩刃《タイタン》――槌崩斬《ブレイド》オォォォォォォォッ！」

戦士の咆哮《ほうこう》が空気を震わせる。

彼は全力でプラーナを生成し、その手に握る二階建ての家屋より巨大な〝岩の剣〟をぶん回した。

ゴオォオオオッ！　――触れたものは、ただそれだけで肉片と化す必殺の一撃。

彼を囲んでいた敵のうち二人が避けきれず、吹き飛んだ。

しかし残り三人は高く飛び上がって避け、無傷である。

うち一人の男が、自らの武器――両手斧を手に、大きな隙のできたガディオに斬りかかった。

共振《シンパシー》により強引にSランク級のステータスを与えられた人間は、元の肉体が弱ければ弱いほど、全力を出すたびに、骨が折れたり、筋肉が断裂して体が壊れていく。

また、適した武器を持たず、素手で戦っている者も多い。

ミュートの力で繋がれた冒険者の中に拳法の使い手がいたため、それでも十分な戦闘力を発揮できるが、やはり最大の脅威は、高ステータスの元となったSランクの冒険者だ。

フラムが相手にしている短剣の男、そしてガディオが向き合っている斧の男。

装備によるステータス上昇もあるのだろう、集団の中にあっても動きが明らかに鋭い。

彼らを倒すことができれば、三人分ほどは戦力を削ることができるのだが――

ガディオは柄を握り、刃の腹を手首で支えながら、振り下ろされた斧を受け止めた。

体重の乗せられたその一撃は、筋力の差があるとはいえ、完全に押さえ込むのは難しい。

ザザ……と後ずさるガディオの鉄靴《ソールレット》が地面をえぐる。

男の攻撃を止めている間にも、他の敵の攻撃が止まるわけではない。

放たれた光の剣が鎧に直撃――が、彼の纏う漆黒の鎧はレジェンド品質ではあるが素材は一級品。

それしきで破壊されることはない。

「ふンッ！」

両腕にプラーナを満たし、斧を押し返す。

よろめく相手を狙い、追撃を繰り出すガディオ。

漆黒の刃が地面を叩くと、彼の前方空間に存在する物体が扇形に吹き飛んだ。

だが相手はそれを読んでいたかのように、横に飛んで避け、着地と同時にまた飛び込んでくる。

「やはり速い――！」

あれだけ大きな斧を使っているのだ、彼も筋力特化のパワーファイターだったはず。

しかし共振《シンパシー》によって他の冒険者の敏捷を手に入れたのだ。

その身軽な動きを仕留めるのは、ガディオの力量をもってしても容易なことではなかった。

斧を剣で受け止め、その間にいつの間にか増えた周囲の敵が攻撃を仕掛ける——意志なき人形らしからぬチームプレイに、じわじわと彼も追い込まれていく。

共振《シンパシー》に巻き込まれず、民衆を逃がすために立ち向かっていた冒険者たちも一人、また一人と倒れ、フラムたちの負担は増える一方だ。

「っく、はっ、あぁぁっ！」

いつの間にか増えた一人を含め、同時に三人を相手にするフラム。

短剣の切り傷が無数に刻まれ、シャツはもうボロボロだった。

だが、致命傷さえ防げば死ぬことはない——それを利用して、フラムは時間稼ぎに徹する。

しかし、それも限界が近づいていた。

「こ、はっ——」

老婆の拳がフラムの腹にめり込み、口から透明の飛沫が舞った。

肩を入れて押し込まれた殴撃は彼女の体を持ち上げ、吹き飛ばす。

さらに中年の男が浮いた彼女を追うように跳躍すると、高い位置からその腹に掌底を打ち込む。

「ぶ、ぇ……っ！」

地面に叩き付けられ、バウンドするフラムの肉体。

内臓が破壊されたのか、口から赤い鮮血が吐き出された。

すぐに治癒はされたが、頭部への衝撃と痛みに一瞬だけ意識が霞《かす》む。

もやがかった視界に見えるのは、三人が作り出した無数の光の矢だった。

避けなければ――そう思い体を動かすフラムだが、

「ぁ……あ……っ」

物陰に縮こまり、怯える女の子を見つけてしまう。

見捨てるわけにはいかない。フラムは立ち上がり、放たれる矢の雨と向き合う。

こんな量を防ぎ切れるわけがない。だが迷っている暇はないのだ。

素早く剣を十字に振り、プラーナの盾を展開する。

「うおぉぉおおおおおおおッ！」

最初の数発程度なら耐えられた。

しかし次第に盾は形を失い、貫通した矢がフラムの頬を掠める。

さらに盾を生成することは不可能な状況――とっさに彼女は怯える少女を抱きしめ、庇った。

「ぐっ……が、あああぁぁぁ……！」

絶え間なく降り注ぐ殺意の雨が、突き刺し貫き焼き尽くす。

数え切れない数の光の矢がフラムの背中に命中し、内臓すらも焼いて、耐え難い苦痛を与える。

装備により痛みが軽減されていなければ、とっくに意識を失っていただろう。

「あっ……あ、は、ひ……か、ひゅっ……」

酸素がうまく取り込めない。息を吸っても吸っても苦しい。噛みしめる唇に血が滲む。

フラムの腕の中で怯える少女は、目を見開いて自分を守る彼女の姿を凝視していた。

そして矢が打ち止めになった瞬間――

「逃げてぇっ！」

フラムは少女を解放し、彼女は一目散に駆けていく。

フラムはすぐさま背後を振り向き、眼前まで迫る三人と向き合った。

しかし、迎撃しようにも力が入らず、手足が震える。

魂喰いを地面に突き刺し、杖にしなければ立っていることもままならない。

このままでは、三人の渾身の一撃を受けて、頭も心臓も吹き飛ばされるだろう。

彼女は諦めたように目を閉じ、拳と短剣が急所を穿つ直前――コツン、と爪先で地面を弾いた。

「……反転《リヴァーサル》しろ」

ガゴォッ！　と足元を揺らす地鳴りとともに、三人の敵の体がぐらりと傾く。

フラムの魔力は前方約五メートル、深さ約二メートルの地面に、根を張るように満たされていた。

そして範囲内の地面――その表と裏をぐるりと入れ替えたのだ。

轟音《ごうおん》とともに動き始めるそれの上から、左右の二人はギリギリで飛び退いた。

しかし、中央にいた、短剣を手にした男は間に合わない。

巻き込まれ、下敷きになり、バチュッ！　という音だけを残して、地中で圧死する。

「私も、これで、一人……ッ！」

地面から剣を引き抜き、構えるフラム。

その額には汗が浮かび、肩はしきりに上下する。

先ほどの攻撃を避けた二人に加え、さらに他の三人がこちらに向かっている。

「まだまだぁッ！」

自分に言い聞かせるように叫び、フラムは前進した。

◇◇◇

「はっ、はっ、はっ」

路地を駆け抜けるミュート。

しかし彼女の逃避行は、そう長くは続かなかった。

ライナスが動きを予測し放つ、的確な一射――それはミュートのふくらはぎを貫いた。

少女は「あうっ！」と悲痛な声を上げ、バランスを崩し転ぶ。

傷口はすぐさま渦巻き、矢は吐き出されるように落ちた。

痛みも一緒に消えたのだろうか、また立ち上がると、ミュートは駆け出す。

接近するライナスは、エピック装備の弓を収納すると、両腰の短剣のうち一本を右手に握る。

そして走っていた屋根の上から下り、ミュートの前に立ちはだかった。

「鬼ごっこはここまでだ、お嬢ちゃん」

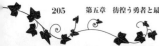

「私、まだ、死なない」

「君が他人を殺してないんなら、その望みも受け入れてもよかったんだがな」

ライナスは前進し、ミュートに接近する。

彼女は相手に〝共振《シンパシー》〟を発動しようと手を伸ばした。

しかし瞬時に彼は目の前から姿を消し、背後に現れ、素早く首に短剣を突き刺し引き抜いた。

「あ……」

損傷した動脈より大量の血液を噴き出すミュート。

彼女は傷口を押さえると、よろめきながら、それでもライナスから逃げようと前へ進む。

「厄介だな、その体」

ミュートの傷は、すでに塞がっている。

「首を切ってもダメなのかよ、楽に逝かせてやるつもりだったんだが」

「いや……死ぬ、いや……！」

「恨むなら君をそんな体にしたマザーとやらを恨むんだな、普通の人生を奪ったのはあいつだ」

「ちが、う……マザー、おか、さん……恩、返す」

「……すまん、そりゃそうだよな。生まれてからずっと一緒にいたんだ、情だってあるだろう」

ライナスはミュートの人間らしい一面を否定はしない。

フラムから、チルドレンが一種の被害者であることも聞いているのだから。

それでも、ここで生かしたまま逃がすほど——甘い男でもなかった。

「今度はコアとやらを貫く、恨むなよ」

「私……私……」

短剣を構えるライナス。

するとミュートはポケットに手を入れ、黒い水晶を取り出した。

「それはオリジンコア……か？　何をするつもりだ？」

「死ぬ、いや。生きたい、でも……」

それを胸に近づけ、逡巡するミュート。

「私、願い、叶える」

言葉とともに決意を固める。

そして水晶を今度こそ胸に当てると――ずず、と体内に入り込んでいった。

直後、ミュートの体が痙攣し、異変が生じる。

「あ、あがっ、が、がっ……！」

体をのけぞらせ、目を剥き、口の端から涎《よだれ》を垂れ流す。

瞳から止めどなく血の涙が流れ出し、彼女の顔色はみるみるうちに赤黒く変色する。

「お、おいあんたっ！」

「さよ、なら……みん、な……」

手足の指先から順番に、爪が落ち、皮が剥がれ、血が噴き出し、終いには体全体が捻れ始める。

赤い纎維《せんい》を束ねた筋肉質が剥き出しになり、ミュートは異形の姿に変貌していった。

「何だよ……何をしたんだよッ！」

「まざー……ふうぃす……るーく……ねくと……いん、く……」

危険を察したライナスは、急いで弓を構えると、風の魔力を込めてそれを放つ。

「ゲイルショット！」

周囲の大気が渦巻き、轟音が響くほど強烈な攻撃。

しかしそれを、彼女は片手で受け止めた。

「そんな簡単に止められちまうのかよ⁉」

風の刃がその腕を切り裂こうとするも、傷一つ入らない。

やがて全身のねじれは頭部にまで及び、最後に彼女は――

「きり、る……」

涙を流し、友達になれたかもしれない少女の名を呼び、意識を手放した。

顔面の皮が剥がれ、その下からは――やはり手足と同じように、赤い繊維質の肉が現れる。

そして全身を捻れたそれに包まれた彼女は、完全なる人外に成り果てた。

その対価として、王都に傷跡を刻むには十分すぎる、膨大な〝力〟を得て。

「オ……オオォォ……オオオォォォオオオオ――！」

ミュートだったものに、口と呼ばれる器官はない。

どこからともなく〝声〟を発し、響かせる。

その甲高い咆哮は、自らの生誕を喜んでいるように聞こえた。

11 叫己

異形と化したミュートは吼《ほ》える。

甲高いその音を聞いていると、ライナスの視界がぐらりと歪んだ。

『接続を』『一つに』『あなたは私、私はあなた』『抗うな』『貴様の罪は、生命である』

『捧げろ』『捧げろ』『捧げろ』

『あるべき場所に――』

意識が緩んだ瞬間、耳障りなノイズが脳を埋め尽くすように流れ込んでくる。

「がッ……あああぁぁぁあッ！」

ライナスは頭を押さえ膝をつくと、苦しみ叫んだ。

（まずい……何だこりゃ、俺が、持って行かれるッ！）

自分が、自分以外の何かの一部として、引きずり込まれていく。

それは間違いなく目の前で音を響かせるそれの力だ。

抗う。いや――『抗え』と自分に言い聞かせ、ライナスは踏ん張る。

それでも、彼ほどの強固な意志をもってしても、化物の意思のほうが勝っている。

「マリア……ちゃん……！」

最愛の人のことを思い浮かべる。

すると途端に、脳内を埋め尽くし、意識をかき消そうとする雑音が弱まった。

「ぐ、お……おおぉぉおおおおおッ！」

短剣を腰から引き抜くと、ミュートに突っ込んでいくライナス。

近づくにつれて彼女の放つ力は強くなる。

だが、少なくともマリアのことを考えている間は、彼の意思が押し負けることはなかった。

「おおぉおおおらあああああッ！」

自分の存在を誇示《こじ》するように猛《たけ》り、ミュートに刃を突き立てる。

ドッ――しかしその切っ先は、捻れた赤い筋に沈むことなく、その表面で止まった。

ライナスの持つ短剣は、品質レジェンド、なおかつ材質も貴重な金属を使用した一級品である。

彼の技量と合わされば、モンスターの分厚い鱗《うろこ》をバターのように切断できるほどの切れ味だ。

ミュートの肌はそれを容易く受け止める。

手のひらに伝わる感触は柔らかいのだが、なぜかそこから先に進まない。

しかし攻撃が命中した瞬間に、ミュートの叫びは止まり、脳への侵食も収まった。

顔らしき部位が、ライナスのほうを向く。

「オォ……オ？」

彼女は首を傾げるような仕草を見せた。まるで初めて、彼の存在に気づいたかのようだ。

そしてミュートが手をかざすと――何かが日光を遮り、ただでさえ暗い路地が影で埋め尽くされる。

とっさに上を向いたライナスは、そこに浮かぶ巨大な岩塊《がんかい》を見た。

「おいおい……正気かよ、町のど真ん中だぞ⁉」

ライナスはミュートに背中を向けて、全力で距離を取った。

「イカれてやがる……！　あんなもん防げるわけがねえっ！」

「オォォー……」

ミュートは再び不思議な声を発した。

すると彼女とライナスのちょうど中央あたりで風が渦巻く。

それは次第に強さを増すと、まるで彼を引き寄せるように向かい風が吹き荒れた。

ライナスは腕で顔を庇いながらもその場で踏みとどまる。

だがジリジリと踵が地面を擦り、近づいていく。

そうこうしている間にも、空中に浮き上がった岩は落下し、地上に近づきつつあった。

「風魔法まで同時に……希少属性か⁉　くそっ、それなら俺だって――ソニックレイド！」

ライナスは全身に風を纏い、空を切って前進する。

強襲《レイド》の名の通り、本来は急加速し、相手との距離を詰めるために使う魔法だ。

それを逃げるために使うのは屈辱的だったが、生きるためなのだから仕方ない。

ガゴオォオンッ――落ちてくる岩が、道の両側にある民家を押し潰す。

その真下に彼の姿はなかったが、無数の破片が背後より迫った。

破片とはいえ、人間に当たれば致命傷になるほどの大きさだ。

ライナスは高く跳躍すると、別の屋根の上に登ることで事なきを得る。

彼は高い場所から潰れた建物の数々を見て、「ふぅ……ひでえ有様だ」とつぶやいた。

しかし、これほど被害が大きければミュートも巻き込まれているはず。

もちろんあれが自滅するとは思えないが、辺りを見回してもあの異形は見当たらなかった。

ライナスが意識を集中させても、その気配は感じられない。

「ォ――――」

そのとき、ライナスの鼓膜をあの声がくすぐった。

ぞくりと全身に鳥肌が立つ。声が、あまりに近すぎる。

首を軽く傾けると、視界の端に、蠢く赤い渦が映り込んだ。

「うおおぉおおおッ！」

声をあげ、振り向くと同時に短剣を振る。

たとえSランクの冒険者だったとしても、気づかれずライナスに接近することは難しい。

だというのに――この化物は、完全に気配を殺して、彼の背後にぴたりと張り付いてみせたのだ。

「……オ？」

振り向きざまに放たれた渾身の一撃を、ミュートは捻れた腕で軽く受け止めた。

……というより、偶然手に当たったが、まったく通用しなかったといった様子である。

彼女に防御しようという意志は感じられない。

ライナスは無駄だと理解しながらも、さらにもう一本の短剣も抜き、怒涛の連撃を仕掛けた。

「フッ、ハアァッ！」

３０００を越える筋力と、８０００を越える圧倒的な敏捷から放たれる鋭く素早い攻撃は、普通の人間なら――いや、強力なモンスターですら、すでに細切れになっているほどの威力である。

それが、目の前の敵には一切通用しない。

心が折れかけ、ライナスの攻勢が微かに緩む。

その瞬間、ミュートは彼の胸に手を伸ばすと、軽く押した。

「が、はっ――」

まるで巨大な雄牛の体当たりを受けたような衝撃が、ライナスを襲う。

そして彼の体は、体が散り散りになるほどの速度で吹き飛ばされた。

風魔法で減速することもできず、為す術もなく一直線に民家の壁に叩き付けられる。

その体は民家の壁を突き破り、それでも止まらずさらにもう一度貫通して、道に投げ出された。

激突する直前、朦朧《もうろう》とする意識の中で、空気のクッションで体を包んだため、致命傷は免れた。

だが全身が、特に胸が痛む――おそらく肋骨《ろっこつ》が折れているのだろう。

呼吸はできるので、肺に穴が開いたわけではなさそうだ。

それでも彼の動きを鈍らせるには十分すぎる苦痛である。

「ざ……けんな。んだよ、それ……」

歴戦の勇士である彼がそう愚痴るしかないほど、圧倒的な力だった。

両腕で体を起こし、ガクガクと膝を震わせながらライナスは立ち上がる。

そして周囲の異様な光景を目撃した。

「人が死んで……いや、そうじゃない、気絶してるのか？」

何十人もの人々が、目を開いたまま倒れている。

胸は上下しており生きてはいるが――通りに存在する人間は全て、同じ状態で意識を失っていた。

「何なんだよ、何をしやがったんだよあいつは！」

激昂《げっこう》するライナスは、ミュートを捜し、両手に短剣を握りしめて視線を彷徨わせる。

ヒュオ――そのとき、ライナスは足元に冷ややかな風を感じた。

ダンッ、と強く地面を蹴りその場から飛び退く。

すると直後、彼の立っていた場所が凍りついた。

空中でその様子を見下ろしながら、「ちっ」と舌打ちをする。

そして着地。息を吐きだす。だが気を休めている暇はない。

ズドドドドドッ――今度は上空から無数の火の玉が降り注いだ。

そのうちいくつかを短剣で打ち落とすと、横に飛び込むように転がり残りを避ける。

流れ弾に当たり、倒れていた数人の体が燃えたが、まるで死体のように無反応だ。

ライナスは立ち上がると、止まることなく疾走した。

まだミュートの姿は見えないが、攻撃は的確に彼を狙っている。

どこからか、見ているはずなのだ。

再び足元が凍りつく。

同じように飛び退くと、今度は着地した場所がぐにゃりと歪み、黒い沼に足が沈んだ。

「闇属性魔法だとぉっ⁉」

肌を蝕み、焼けるような感触――すぐさま風で体を浮き上がらせるライナス。

そこに次は、彼の体の大きさほどある岩の弾丸が強襲した。

「ぐ、あっ……！」

短剣を十字に交わらせ防御する。直撃は免れたが、衝撃までは殺せない。

ライナスは吹き飛ばされ、その先には――地面からせり出す、鋭い岩の槍が待ち受けていた。

このままでは突き刺さって即死である。

「ぬおぉぉおおおおおおッ！」

空中で必死に体を捻ると、短剣を投擲《とうてき》する。

衝突と同時に宿した魔法が発動し、空気が爆ぜた。

さらにもう一本も投げ、岩を完全に破壊。

どうにか無事に地面に足を着くと、今度は前方から炎の槍が迫る。

退避しようと後ろを振り向くと、そちらには光の剣が並んでいた。

そして上空には巨大な岩、さらに足首を無数の黒い手が掴んでいる。

「六属性全部使いやがって……ジーンのやつ以上じゃねえか……ッ！」

ジーンが聞いたら怒りそうな言葉である。

だが実際、四属性を操る彼以上にミュートは魔法を使いこなしていた。

二個目のコアによって手にした力なのか、はたまた別の理由で得た能力なのか。

その理由を考える時間は、今のライナスには無さそうだ。

左右は建物に塞がれ、上下と前後は魔法で埋められている。

今度こそ逃げ場はない——そう思われたが、

「俺のしぶとさを舐《な》めてもらっちゃ困る」

まだ口元に笑みを浮かべる程度の余裕はあるらしい。

いや、余裕というよりは、強がりと言うべきなのか。

「ソニック——レイドォッ！」

そして前から迫る炎の槍を見つめ、自らその中に突っ込んでいった。

ライナスが風を纏うと、足を掴んでいた黒い手が吹き飛ばされる。

加速を始めた彼の体は、普通の人間では制御不能なスピードで滑空する。

走っているというよりは、射出されたと言った方が正しい。

だというのにライナスは、人の限界を超えた速度の中で、舞うように炎の隙間を通り抜けた。

ブチッ、と脚の何かが切れるような感触があったが、今は脳内麻薬で痛みを感じない。

炎の槍を突破した彼は跳躍。屋根の上に飛び移り、背後から迫る光の剣をも回避。

直後、空から落ちてきた岩が地面を叩き潰した。

無論、それはもはやライナスには関係のない話である。

そして予想通り、屋根の上に移った彼の頭上からも魔法が降り注ぐ。

「今度は氷の雨かよッ！」

弓を呼び出し構えると、素早く矢をつがえて放った。

射出されたそれは途中で砕け、破片が落下する氷の一つ一つと、真正面からぶつかりあう。

的確に全ての攻撃が相殺されると、氷片が幻想的に輝き雪のように舞い落ちた。

「はぁ、はぁ……こんなもんで、俺を倒せると思ってんじゃねえぞ！」

そう言って、自分を奮いたたせるライナス。

すると、そんな彼の前にミュートが姿を現す。

二十メートルほど離れた場所で足を止める彼女を前に、ライナスは二射目を構える。

一方でミュートは天に手をかざす。

「いいのかよ、そんな豪勢に大規模魔法を連発して。この調子じゃ、そのうち魔力切れを起こすはず。そしたら、俺の勝ちは決まったようなもんだ。そうだろ？」

大規模な魔法を連続で使えばいつか魔力は尽きる、それは事実である。

避けて避けて避けまくり、ガス欠を起こしたら、ゆっくりととどめを刺す方法を考えればいい。

そのときまではひたすらに耐え続ける――ライナスはそう考えていたのだが。

「オオォォォオオ……」

ライナスの警告など無視するように、ミュートは魔法を行使する。

空に浮き上がる、巨大な水の球体。

次にその横に、炎の球体が浮かび上がった。

さらに隣に、岩の塊が作り出された。

続けて渦巻く風が、煌《きら》めく光が、深い闇が――ライナス一人を殺すためだけに、生成された。

「……冗談、だろ？」

さすがに彼も、これには唖然とするしかなかった。

魔力の枯渇など関係ないと言わんばかりの、大魔法の大盤振る舞い。

ミュートはゆっくりと手をおろし、指先をライナスに向けた。

六つの衛星が動き出す――

「ちくしょう。俺は、絶対に、死なねえからなぁぁあああああッ！」

迫る圧倒的な暴力を前に、彼は無駄だと知りながらも、弓を引いた。

◇◇◇

キリルの剣とマリアの光の剣が火花を散らす。

鍔《つば》迫《ぜ》り合いをしながら、キリルは相手の仮面を睨みつけた。

「いいのですか、わたくしなんかと戦っていて」

「あなたは私の敵だ」

「確かに正しい。ですが、ミュートさんを放っておけば犠牲者は増え続けます。勇者として――」

「そんなのは関係ないっ！」

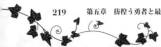

キリルは力ずくでマリアを突き飛ばすと、大きく剣を振り下ろした。

マリアは光の剣を握り、応戦する。

しかし、いくらオリジンコアで強化されているとはいえ、彼女は剣術の素人。

あっさりと打ち落とされると、キリルの二の太刀が彼女の胸元を裂いた。

マリアは、よろめきながらも傷口に手をかざし、魔法で治癒する。

間髪容れず繰り出される斬撃を、白いローブをはためかせながらバックステップで回避。

そこでマリアが手をかざすと、キリルの眼前でまばゆい光が爆ぜた。

目潰しを喰らいよろめく彼女に、さらに光の剣をけしかける。

もっとも、殺す気はない。

ゆえに致命傷は避け、狙う部位には気を使ったが――その魔法が、キリルを貫くことはない。

光の中で彼女が纏った白い鎧が、魔法を弾いたのである。

それは、王国に現存する最上位のエピック装備であった。

魔王討伐のためキリルに与えられたその防具は、並大抵の攻撃では傷一つ付かない。

「関係ないと言いながら、勇者であるあなたに与えられた装備に頼っているではないですか」

「詭弁《きべん》なんてどうでもいい。化物になるって知ってたのに、何で私にコアを渡したんだ！」

再び二人は剣同士での打ち合いを繰り広げる。

さすがに近接戦闘のみでは分が悪いと判断したのか、マリアは光魔法による遠距離攻撃を交えながら、キリルの剣戟をいなした。

「決まっています。あなたを、わたくしと同じ化物にするため、ですよ」

「何のために⁉」

怒りに任せて振るわれた剣を、体を傾け避ける。

そして不敵に笑ってマリアは言った。

「オリジン様とともに、この世界に存在する生きとし生けるものを全て殺すためです」

「なっ……どうしてそんなことをっ……」

予想外の答えに戸惑うキリル。

剣にも迷いが生じ、激しさを増したマリアの攻勢に押されていく。

「いや、そもそも、どうやってそんなことを！」

「どうせそのうち知ることになるでしょうから、教えてあげます」

まるで彼女の未来を知っているかのようなマリアの物言い。

キリルは気に食わなかったが、疑問を晴らすためにマリアの言葉に耳を傾ける。

「オリジン様は、魔王の住む城の地下に封印されているんです」

「封印……神様、なのに？」

「オリジン様は平和を望みます。この世から自分以外の他者を全て消し去ることで。争う相手がいなければ世界は平和になりますから。だから、昔の人たちに封印されてしまったんです」

〝昔の人たち〟という言い方はいささか雑だが、わかりやすくもある。

実際は星の意思によって生み出された、オリジンに対しての耐性を持つ人間と魔族なのだが――そこまで詳しく説明したところで、無駄に複雑になるだけだろう。

「じゃあ私は、そんなものを解き放つために、勇者になったってこと？」

「そういうことになります」

きっぱりとマリアは言い切り、キリルは失望する。

何のために、今日まで苦しんできたのか。何のために、今日まで背負ってきたのか。

〝勇者〟という突如押し付けられた重責を、彼女は一度だって歓迎したことはなかった。

田舎で平和に暮らし続けたい――ただそれだけが叶えば十分だったのに。

なのに、救うどころか、世界を滅ぼすための手伝いをしていたなんて。

「そんな……そんなことって……！」

「ですが誰かさんのせいでフラムさんが離脱。パーティは崩壊。計画は頓挫《とんざ》してしまいました」

そう言って、マリアはため息をつく。

その〝誰かさん〟とは、言うまでもなくジーンのことである。

「まさか、それでも強引に私を封印まで連れて行くために、あのコアを渡したってこと……？」

「ご明察です」

あのときはまだ、オリジンは第一プランを実行するつもりでいた。

人数が減っても、コアさえ使えば魔王を打倒するのは可能だと、そう計算したのである。

しかし実際はそううまくいかず、キリルはコアを使わず、そしてマリアはエキドナの謀略にはめられ、ライナスも彼女を追ってしまい、今度こそ完全に計画は破綻《はたん》してしまった。

「マリアはどうしてそんなことをっ！」

「結局はそこに戻るんですね」

マリアは少し呆れた様子で言った。

彼女の望みがオリジン以外の生物を滅ぼすことだというのなら、もはや理由などどうでもいい。

だがそれはマリアの論理である。

自分たちを殺そうというのに、その理由すら話そうとしない。

そのようなこと、巻き込まれた側のキリルが看過《かんか》できるはずがなかった。

もっとも、聞いたところで納得するわけがない――そう理解しているからこそ、マリアは話そうとしなかったのだが……そこまで聞きたいと言うのなら、話すしかないだろう。

「わたくしの故郷は、魔族の襲撃を受けて全滅しました」

彼女はそれを――ある日突然、青い肌の彼らが襲ってきたことを、はっきりと覚えている。

あの日まで、世界は幸せな場所で、とても輝いて見えていた。

心優しい家族や友達、村人に囲まれ、不自由はあったが不満を抱いたことなどなかった。

しかし魔族はそんなマリアたちに襲いかかり、無差別に虐殺を始めたのである。

「家族は一人残さず殺されました。魔族の魔法で窒息し、溶かされ、さらには空から降り注ぐ石に押しつぶされて。わたくしは家族がただの肉片になるその様を、目の前で見せつけられたのです」

それは彼女が、魔族に対して憎悪を抱くには十分すぎる出来事だった。

「奇跡的に生き残ったわたくしは、教会に拾われ、才能を見いだされ、聖女として育てられました」

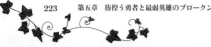

少なくとも救出された時点では、生存者はマリア一人ということになっていたらしい。

それが余計に彼女の神秘性を高め、聖女としての価値を向上させた。

「だったら、魔族はともかくとして、人間を殺す必要なんてないはず！」

「その通りです。わたくしは命の恩人である教会に感謝していましたし、その教えを重んじ、聖女として人間を愛し、心から慈しんでいました……」

優しく温かな声で語るマリアだったが、彼女の纏う空気が急激に変わる。

「二年前までは」

突如、言葉から感情が失せる。

その豹変ぶりに、キリルは底知れない恐怖を感じた。

「私は教会が魔族と繋がっていることを知ってしまいました。そして、わたくしの故郷を魔族が襲撃するよう命じたのは、わたくしを育てた教会だったことも」

語るマリアの心に、昏《くら》い炎が灯る。

家族を奪われた怒り、自分を騙してきた憎しみ、大事な人に裏切られた悲しみ。

他にも無数の感情が重なり合って、どす黒く、どんな光でも照らしきれない闇を作り出した。

仮面を伝う血の涙が、彼女の胸の内を表現しているようだった。

キリルは気圧され、さらに後ずさる。

「国民の反魔族感情を煽り、異教徒を排除し、才能のある子供を連れ帰り、研究の材料となる人間を拉致する。それは教会にとって、実行する以外の選択肢がないほど、利点だらけの作戦でした」

セーラの故郷が滅ぼされたのも、まったく同じ理由によるものである。

「救ってくれた張本人も、育ててくれた人も、優しくしてくれた教皇も、みなそれを知っていました。知った上で、わたくしの家族を殺しておいて、まるで本物の家族のように接していたのです」

真実を知った瞬間、マリアの教会が過ごした優しい記憶は全て、無価値となった。

赤と黒で塗りつぶされ、それが、新たな彼女を構成する要素と成り代わったのである。

「あぁ、反吐《へど》が出る、何て気持ち悪いのかしら。憎たらしい、憎たらしい、憎たらしいッ！　こんなことが、こんなおぞましい生物がこの世に存在することが許されてなるものですか！」

「マリア……」

「わたくしは認めませんわ。彼らに育てられたわたくしも含めてっ、魔族も人も全て、この世から消えるべきなのですッ！」

過去の優しい思い出も、現在の聖女として過ごす日々も、未来を描いた夢も、全てが汚された。

足場が崩れ落ち、深い深い、底のない泥沼の中に沈んでいく。

落ちた時点で、もう誰も——彼女を救い出すことなどできない場所へ。

「だから……滅ぼそうと」

「ふ、ふふふ……わかっていただけましたか？　考えようによっては、道化という意味では、わたくしとキリルさんは似ているのかもしれませんわね」

「そう、かもしれない」

「ですが、この際だからはっきりと言っておきますわ。わたくし——」

苦しげな表情を浮かべるキリルに向かって、マリアは感情の篭もっていない声で言い放つ。

「あなたのことが、大嫌いです」

それは彼女らしからぬ――しかし間違いなく彼女の本心だった。

「ジーンさんにそそのかされたとはいえ、フラムさんを裏切り傷つける姿は、ひどく醜かった」

大事な人に裏切られる痛みを知る彼女は、その様を見ているだけで胸が痛んだ。

立場上、フラムに手を差し伸べることはできなかったが、それでも救いたいと何度思ったことか。

「そ、そんなこと……言われなくても」

「ええ、自覚はあるのでしょう苦しんでもいるのでしょう。だけどあなたは、結局のところ何もしていない。まるで被害者のような面をして、みっともなく逃げ惑っているだけです。やろうと思えば、奴隷となったフラムさんの居場所を探すことぐらいできたでしょうに！」

「そんなことは、言われなくてもぉッ！」

キリルはそう繰り返し、怒りに任せて剣を振り下ろした。

マリアの握っていた光の剣は叩き落とされ消えるが、すぐさま新たな剣を作り出す。

他者から指摘される過ちというものは、往々にして、誰よりも本人が一番自覚しているものである。

だからこそ、ただでさえ苦しんでいることを繰り返し指摘されて、人は憤るのだ。

「だから何？　だったら何だって言うんだ！　今はそんなこと関係ないっ！」

キリルは感情に任せてまくし立てる。

「第一、被害者ぶってるのはそっちのほうだよ。裏切られた、辛かった、そいつらが憎い！　それはよくわかるよ？　でもだからって、人間を滅ぼすとか魔族を滅ぼすとか勝手に周囲を巻き込まないでよ！　復讐したいなら、他人に迷惑をかけずに自分の身内だけで処理したらいい！」

「フラムさんを傷つけたあなたが、個人的な感傷で殺人鬼を庇ったあなたが、何を偉そうに！」

「私が何だろうと、マリアを糾弾《きゅうだん》する権利がなくなるわけじゃない！　だいたい、そんな神様の封印を解くとか人を滅ぼすとか言っておいて、じゃあ何でライナスさんと一緒に行動してるんだ！　中途半端な覚悟のくせに簡単に人を殺すとか言うなあああああぁッ！」

「それはっ――」

言葉に詰まるマリア。

その隙に、キリルは前に踏み込み、鋭い一刀を放つ。

肩口から斜めに深く斬りつけられたマリアは、苦しげにうめいた。

すぐさま回復魔法で傷は癒やしたものの、キリルの攻勢は続いている。

「わたくしだって、あの人ともっと早く出会えていればと！」

「それを中途半端だって言ってるんだあぁぁぁっ！」

それは先ほどのキリル同様、〝言われなくても〟マリア自身も自覚していることだった。

中途半端だ、オリジンの封印を解くことと、ライナスと添い遂げることは両立し得ないというのに。

だから、図星だからこそ、マリアは憤る。

「責任逃ればかりしているあなたに、覚悟を語る資格などありませんッ！」

反論の言葉が見つからないから、結局は相手の粗を指摘するしかない。

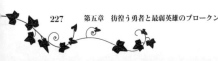

そんな風に感情論をぶつけ合って、互いに納得のいく答えなど出るはずもない。

はっきりとしている事実は、キリルにとってマリアは敵だということだけ。

つまり、剣を交え、どちらかが倒れる以外に、決着をつける方法など無いのである。

と、そのとき――ドオォォオオオンッ！　と、王都にけたたましい爆発音が轟いた。

二人は同時に手を止め、まばゆい閃光を放つその方角を見つめる。

「ライナスさんっ⁉」

キリルの脇を抜け、駆け出すマリア。

「しまっ――」

慌てて反応するキリルだが、すでに彼女の背中は離れつつある。

追おうと思えばそうできただろう。

だが、醜き復讐者ではなく、ライナスのことを想い走る彼女を、止める気にはならなかった。

その後ろ姿を見送り、手のひらを見つめ、つぶやく。

「ミュート……」

キリルはその罪を知っている。

ならば、戦う力を持つ者として、彼女を止めるためにキリルも参戦すべきなのかもしれない。

しかし――マリアと協力して戦い、ミュートを傷つけて――そんなことできるだろうか。

何もできず、行き場所もなく。

また一人ぼっちで、キリルはその場に立ち尽くすしかなかった。

12 贖罪

広場の中央で、互いに背中を預け、苦しげな表情を浮かべるガディオ、エターナ、そしてフラム。

一般人の避難は完了した、残る生者はすでに三人のみ。

一方で共振した化物はずらり並び、フラムたちを取り囲む。

未だ撃破数は二桁に満たず、体力は削られ、順調に追い詰められつつあった。

しかし避難が完了し、こうして固まって戦えるようになったことで、生存率は上がったと言える。

ドンッ、ズウゥン――地面が揺れ、どこからか爆発音が響いていた。

「……あれ、もしかして、ライナスさんですかね」

「だと、いいがな」

他のチルドレンの実力がネクトと同程度ならば、必ず勝てる。

ガディオはそう確信した上での判断だった。

「でも苦戦してる」

「他人を繋げて思い通りに操るのが能力だと思ってたのに、あの爆発は……」

自分たちを取り囲む敵よりも、さらに強力な力が爆ぜている。

しかし彼を助けに向かえるほど、三人にも余裕があるわけではない。

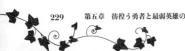

「構えろ、また仕掛けて来るぞ！」

取り囲む敵が一斉に手を天にかざした。

無数の光が浮かび上がり、空を埋め尽くす。

そして天蓋《てんがい》が落下するように、それは三人目掛けて降り注いだ。

「フラム、合わせて」

「はいっ！」

エターナはフラムの魂喰いに手をかざし、その刃に氷を纏わせた。

どんどん重さを増すそれを、フラムはプラーナの満ちた両腕で支える。

一方でガディオは、土魔法で作り出した岩で大剣を覆った。

「岩刃《タイタン》――」

「氷刃《ヨトゥン》――」

巨人の剣を構える戦士が二人。

彼女らは迫り来る光の雨に、己のリミッターを外して立ち向かう。

『轟気斬《グランシェーカ》アアァアァァァアァッ！』

低音と高音の咆哮がユニゾンする。

ゴオォォオゥ――ズドドドドォッ！

剣風と、放出されたプラーナにより、広場に嵐が巻き起こった。

天を埋め尽くしていた魔法は衝撃波を受け、その場で爆ぜる。

地表では死体や石畳が巻き上げられ、地面に叩きつけられ砕けた刃も巻き込み、それらが凶器となって敵に襲いかかった。

ガディオは「ふぅ」と軽く息を吐く。

だがフラムの両腕は過度な負荷に耐えきれず、筋肉が断裂する激痛を感じていた。

「ぐ……ぅ……」

「フラム、大丈夫？」

「まだ……いけ、ます！」

千切れただけならば、放っておけば治癒する。

あとは心さえ折れなければ、敗北はまだまだ遠い。

しかし先ほど放った攻撃は、紛れもなく、彼女に出せる最大出力だった。

あれを受けてもなお無傷だったりした日には——

次第に晴れていく視界。

その先に五体満足の敵が立っているかどうか、それを確かめようとフラムは前方を凝視する。

すると、舞い上がる砂埃《すなぼこり》を切り裂きながら、突如目の前に男が現れた。

彼はフラムの脳天目掛けて拳を振るう。

あまりに突然の出来事で、彼女には両手で顔を庇うことぐらいしかできなかった。

「アイスシールド！」

直撃する寸前、エターナの声が響き渡る。

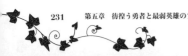

氷の盾がフラムの前に生成され、攻撃を防いだ。

だが飛びかかった男の拳は盾に突き刺さり、一撃で打ち砕く。

「自信なくす」

落ち込むエターナだが、フラムを守るという目的は達した。

氷の破片が舞い散る中、ガディオはフラムの背後から、男に気穿槍《プラーナスティング》を放つ。

確実に心臓を狙って放たれた、鋭く細いプラーナの矢。

それを彼は拳で握りつぶした。

もちろん手はぐちゃぐちゃに破壊されたが、潰されたのは片腕のみ。

そしてすぐさま別の仲間が魔法による治癒を行い、腕は元に戻っていく。

「させないっ！」

その再生が完全に終わる前に——フラムは治癒途中の体に鞭を打ち、魂喰いで男の心臓を貫いた。

ずるりと引き抜くと、男は顔面から地面に落ちる。

直後、彼女の肩を、砂埃の向こうから射出された光線が焼いた。
・・・火傷程度ならほとんど痛みを感じることはない。
だが反応して目を凝らすと、さらに複数人が次の魔法の発動準備を済ませているのが見えた。

「いくらなんでも無尽蔵すぎる……こんなのキリがない……っ！」

歯ぎしりするフラムをあざ笑うように——カッ、と王都の空がまばゆい光に白く照らされた。

そして少し遅れて、ドォォオオオオンッ！　という鼓膜を破るほどの爆発音が轟く。

「あの方角は、まさかミュートが⁉」

今まで聞こえてきたものとは比べ物にならない轟音だった。

あんなものを喰らえば、いくらライナスでもひとたまりもないはずだ。

エターナとガディオがアイコンタクトを交わすと、互いに頷く。

そして彼女は氷の魔法で巨大な狼を作り出し、フラムの襟を咥え、ひょいっと背中に乗せた。

「うひゃんっ⁉」

フラムが声をあげている間にも、待機していた敵は複数の光線を放っていたが、

「アイスシールド」

前後を逆にした氷の盾で、受け止める。

盾全体は、まるで鏡のように周囲の景色を反射していた。

つまり、そこに光が当たれば――拡散し、跳ね返るのである。

戻ってきた光線に相手が怯《ひる》んでいる間に、エターナはフラムを戦線から離脱させた。

「ライナスが危うい、助太刀して欲しい」

「でも、エターナさんとガディオさんがッ！」

戦闘を続ける二人に手を伸ばすフラム。

しかし、彼女の意思に反してその体はどんどん遠く離れていく。

「心配するな、お前がミュートを倒せばいいだけだ」

共振を使った本人を倒せば、広場の人々も活動を停止する……かもしれない。

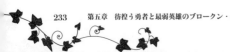

どのみち、正攻法で広場の敵を殲滅《せんめつ》するのは無理な話だ。

フラムは唇を噛むと、二人に背中を向けた。

「待っててください、絶対にやり遂げてみせますから……！」

◇◇◇

瓦礫《がれき》に埋まったライナスは、どうにか外に這い出すと、目の前に広がる光景を見て唖然とした。

王国最大の人口を誇る都市のど真ん中に、百メートル規模のクレーターができているのだ。

そこにあったはずの民家は、跡形もなく消え去っている。

何百人が犠牲になったのか、考えるだけで嫌気がさすほどである。

そんな常軌を逸した魔法から彼が逃げ切れたのは、幸運と呼ぶ他なかった。

経緯はよく覚えていない。

とにかく脇目も振らずに力を振り絞って走り抜けた、ただそれだけ。

それでようやく、ギリギリ逃げることができた。

ライナスは手を開き、閉じる。

再び開き、その上で魔法による風を吹かせる。

「体の機能は問題なし……骨は何本か逝ってるが、動けるならまだ戦える」

もっとも――戦えたところで、あの化物をどう相手すればいいのか、まったく思いついていないのだが。

「オー……オー……オー……」

どこからともなく聞こえてくる、ミュートの鳴き声。

まだ距離はあるが、ライナスはすぐさま、音とは逆の方向を目指して駆け出した。

短剣による攻撃が通用しないとなると、やはり弓で仕留めるしかない。

それも並大抵ではない、最大限の威力を込めた一射を。

声が聞こえなくなるまで移動すると、ライナスは高い塔の上に立ち、弓に三本の矢をつがえる。

そして目を見開き、地上を歩いているはずのミュートを捜した。

弦を引く腕に力が篭もり、血管が浮かび上がる。

ヒュオォ――魔力が注がれた矢じりの周囲を、風が巡る。

「来い……来い……！」

ライナスは祈るようにつぶやいた。

すると今にも崩れそうな民家の陰から、螺旋の怪物が姿を現す。

「今だッ！」

刹那、彼の右手が弦を解き放ち、三本の矢が射出された。

軌道はぶれることなく、一本の矢のように寄り添ったまま、ミュートへ一直線に飛んでいく。

「オ……」

道半ば、ミュートはその存在に気づいた。

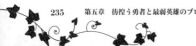

手をかざし、正面から叩き潰すと言わんばかりに、鋭い光の刃を放ち迎撃する。

バヂバヂバヂバヂィッ！

雷光を迸《ほとばし》らせ、ライナスの矢とミュートの魔法はぶつかりあった。

彼はさらに弓を構え、ダメ押しの第二射を放った。

「ふっ！」

「オオォオ――」

一方でミュートは、何もせずにそれを見上げている。

バヂッ――後続の矢が合流すると、相殺しあっていた二つの力に異変が生じる。

ライナスのほうが、押し始めたのだ。

「まだまだ行くぜぇっ！」

さらに五本目、六本目と追い打ちをかけると、完全に彼の力のほうが勝る。

光は空中で打ち消され、地上のミュートの眉間に着弾した。

「いけええぇぇぇぇぇッ！」

頼むから効いてくれ――そんな望みを乗せ、ライナスは叫ぶ。

ミュートは額のあたりで震える矢を、手のひらで握りしめた。

渦巻く風の力、そして強烈な矢の威力に、彼女の腕が震えだす。

一方で矢も時間経過と共に一本ずつ破壊されており、力比べの様相を呈している。

ブチッ――剥き出しになった、束ねられた筋のうちのいくつかが断裂する。

ライナスの攻撃が、彼女の体に初めての傷をつける。

「オ……オォ……」

心なしか、その声は戸惑っているようにも聞こえた。

さらに傷は広がり、ブチブチと筋は切れ――ついに、最後に残った一本が、手を吹き飛ばす。

「オオォォォォオォォッ！」

頭は貫けなかったが、ダメージは与えたはずだ。

手首から赤い血が噴き出すと、ミュートは体をのけぞらせ、特別高い音を響かせる。

「よっしゃあ！　見たか、これが俺の力だ！」

ガッツポーズをしてまで喜ぶライナス。

「オォォォオ、ォォオオオオ……ッ！」

しかしミュートの傷跡は瞬時に治る。

そして、全身の筋繊維がさらに捻れ、体が赤みを増す。

それを見て、ライナスは直感的に察した。

「怒らせた……のか？」

つぶやいた直後、ダァンッ！　と地面を揺らし、ミュートがライナス目掛けて跳躍する。

その速度は、彼の放った矢より速い。

一息の間に距離を詰め、握り拳を振り上げた。

「オォォオオオオオオッ！」

「やっべぇ！」

ライナスは塔から飛び降りる。

ミュートのパンチを受けたその建物は、粉々に砕け散った。

落下しながら彼は肝を冷やす。

だがライナスが着地する前に、ミュートはその真横に移動し、右腕に手の甲を叩き付けた。

「は――」

文字通り、目にも留まらぬ動き。

避ける暇すらなかった。

パァンッ！

裏拳が直撃した腕は消滅し、肉体はその余剰の衝撃で地表に向けて吹き飛ばされる。

防御すらできず、ライナスは地面に叩き付けられ、バウンドしながら転がった。

全身がバラバラになりそうなほどの痛みが走る。

実際、地面に衝突したときに右足がひしゃげ、ありえない方向に曲がっていた。

「ぁ……は、は……ぉ……」

意識が朦朧とし、半開きの口が意味のない言葉を吐き出す。

早く逃げろ、早く逃げろ、早く逃げろ――ライナスは自分にそう言い聞かせたが、体は動かない。

（俺……そうか、死ぬのか……）

ミュートにトドメを刺されても、このまま放っておいても、どちらにしても。

仮に誰かに救われて一命を取り留めても、どうせミュートに殺されるだろう。

（それなりに、強くなったつもりだったんだがなぁ。あんまりだろ、あんなのがいるなんてよお）

どんなに上を目指しても、越えられない相手というのは存在する。

それは才能だとか、人間の壁だとか、努力や時間だけじゃどうにもならない要因が絡んでいて。

だったらもう、諦めるしかないと――そう割り切って、ライナスは意識を手放そうとした。

「ライナスさん、今すぐ助けますから……フルリカバーッ！」

現れた聖女の手から光が放たれ、彼の体を包み込む。

とりあえずは止血が終わり、時間はかかるが、やがて腕と足も再生していくだろう。

痛みが薄れ、ライナスの意識が少しだけ現世に戻ってくる。

「マリア、ちゃ……ん」

「よかった、まだ意識はあるのですね」

「だめ、だ……に、げ……」

「え？」

彼には見えていた。

その背後から迫る、ミュートの姿が。

「オォォオオオオ――」

甲高い声が響き、振り向くマリア。

すぐさま手をかざし光魔法で迎撃しようとするが――間に合わない。

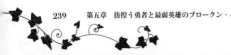

このままでは、彼女もろとも、手負いのライナスも殺されてしまう。

せめてマリアだけでも助けようと、彼はその体を吹き飛ばすための風魔法を発動しようとした。

しかしそのとき、どこからともなく少女の声が響く――

「氷刃《ヨトゥン》ッ、轟気嵐《グランディザスタ》ァァァァァァァッ！」

乗ってきた氷狼が、刃へと姿を変え魂喰いを包み込む。

それが地面に叩き付けられると、プラーナの暴風とともに、砕けた氷片がミュートを襲った。

その程度では彼女の体に傷を与えることはできなかったが、足止めぐらいはできる。

「オォォォ！」

不機嫌そうに叫び、彼女は突然現れたフラムに敵意を向けた。

「とりあえず突っ込んでみたけど……あれが、ミュートなの？　それに、仮面を被ってるのはもしかしてマリアさん？　どういう状況なんですか、これって！」

ボロボロになった町並みを含めて、状況が飲み込めないフラムは戸惑う。

だがマリアの仮面を濡らす血の涙に、その奥で蠢く何か――それには見覚えがあった。

「今は、敵対するつもりはありませんわ」

フラムの視線に気づいてか、彼女は先手を打ってそう言った。

「……わかりました」

フラムとて、今はそれどころではない。

マリアにその意思がないのなら、協力してミュートに立ち向かうまでだ。

「ォォォオオオオオオ！」

地面を踏み潰し、瓦礫を砕きながら彼女は両手を投げ出して走り出す。

魂喰いを構えて待ち受けるフラムは、その距離が近づくと腰を落とし――

「あれっ？」

いきなり、ミュートが視界から姿を消した。

「後ろですっ！」

マリアの声を聞いて前に飛び込む。

「づ、あぁっ……！」

だが掠めただけの指先に、フラムの背中は骨ごとえぐられた。

遅れてゴォウッ！　と風圧が大地を薙ぎ、フラムの体は地面の上を転がる。

「セイクリッドランス・スパイラル！」

マリアはミュートに向け、光の槍を放つ。

それはオリジンの力によりドリルのように回転を始め、ミュートを貫こうとする。

「オ――」

危険を察したミュートは、初めてそれを自らの意思で避ける。

彼女はマリアを標的に定めると、接近するべく前傾姿勢をとった。

そんなミュートに向けて、再生し立ち上がったフラムが騎士剣術《キャバリエアーツ》を繰り出す。

「てぇえやあぁぁぁっ！」

すでに戦闘で消耗している彼女に、体力的な余裕はあまりない。

ゆえに放つのは、消耗の少ない気剣斬《プラーナシェーカー》に、多めに魔力を込めたもの。

それに『反転の力ならダメージを与えられるかもしれない』と淡い期待を乗せて、射出する。

ミュートは『避けるまでもない』と判断したのか、プラーナの刃を甘んじて受け――ザシュッ、と
フラムの斬撃は、その胸に傷を刻み込んだ。

「オ……オォ……？」

血が流れるそこに触れ、首をかしげるミュート。

「効い……た？」

「今、彼女の肉体は、そのほとんどがオリジンに支配されています」

「体の中にコアの気配が二つある……だから、私の反転の魔力が普通よりもよく効いてるの？」

「勝機はあります、やりましょうフラムさん」

「はいっ！」

再び剣を振り上げるフラム。

マリアは魔法での援護射撃を行うため、その後ろに陣取った。

「オオォ……オオォォオオオッ！」

ミュートは痛みに戸惑い、怒り、頭上に巨大な火球を作り出した。

「まだ私の魔力は残ってる――だったら！」

「フラムさんっ、突っ込むなんて無茶ですわ！」

戸惑うマリアをよそに、フラムは自ら迫る炎に向かっていく。

そして紅の球体を前に飛び上がると、両腕で剣を振り下ろした。

「跳ね返れ《リヴァーサル》ッ！」

黒い刃が紅炎の正球形を歪ませ、バヂィッ！　という音とともに火球は向きを変えた。

フラムの力の分だけ、それは速度を増してミュートに迫る。

反射されるのは想定外だったのか、防御すらできずに、彼女は真正面から直撃を食らった。

ドオォォオオオンッ！　――そして、炸裂《さくれつ》。

爆炎と黒煙は上空高くまで上がり、ミュートごとその周辺を焼き尽くす。

「反転……ここまで成長してるなんて」

装備によるものとはいえ、マリアにとってもそれは想定外だった。

しかし、戦闘はまだ終わっていない。
・・・この程度でミュートが倒れるはずがないのだ。
「オォ――――オォォオオオッ！」

ひときわ大きな声が聞こえたかと思うと、ゴォッ！　と炎の中から彼女は姿を現した。

そのまま一直線にフラムに接近。

「さっきので無傷なのっ⁉」

やはり反転の魔力を込めた攻撃でなければ、まともに傷は負わせられないようだ。

叩きつけられる拳を、フラムは刃の腹で受け止める。

しかしライナスですら防ぎきれないほどなのだ、フラムの筋力で押さえ込めるはずもなく――

「きゃあああぁっ！」

吹き飛ばされ、

「うっ、ぐ……ぶ、え……」

地面に叩きつけられ、何度も地面で跳ね、

「がっ、は……は……あぅ……」

壁にぶち当たり、ようやく止まる。

頭への衝撃で意識が薄れ、ぐったりと、なかなか起き上がれないフラム。

そこに追い打ちとして氷と石の槍を放とうとするミュート。

「やらせません、ジャッジメント！」

そこに光の槍を飛ばし、マリアは魔法を全て破壊する。

「ォオオ……！」

苛立たしげな声をあげるミュート。

「セイクリッドチェーン！」

そんな彼女に、高熱を発する光の鎖が巻き付く。

「ジャッジメント！」

さらに上空から降り注ぐ光の剣が取り囲み、檻のように逃げ道を塞ぐ。

「セイクリッドランス・スパイラル！」

そして身動きを封じたところで、螺旋の槍をけしかけトドメを刺しにかかる。

「オォォォオオオオッ！」

ミュートは窮屈そうに体をよじり、天を仰ぎ叫ぶ。

すると体の内側から闇が溢れ――マリアの放った光魔法を飲み込み、消し去った。

戒《いまし》めより解き放たれたミュートは地面を蹴ると、たった一歩で拳の間合いまで肉薄。

右ストレートでマリアの顔面を狙う。

「やらせ、ねえっ！」

腕だけは再生したライナスは、弓でマリアの足元を狙った。

着弾点で矢は爆ぜ、風を放ち、彼女の体を吹き飛ばす。

空を切ったミュートの拳は、その風圧だけで地形を変えるほどの威力だった。

まともに喰らっていれば、マリアの肉体は消し飛んでいただろう。

「う……今のは、ライナスさんが……？」

立ち上がるマリアに、すぐさまミュートの次撃が迫る。

意趣返しのつもりなのか、今度は光の鎖でマリアの体を縛り付け――拳を振り上げる。

「今度は私の番ッ、てえやあああぁっ！」

次は起き上がったフラムが反転の魔力を注いだ気穿槍《プラーナスティング》で妨害を試みる。

それはオリジンの皮膜を突破し、握りしめた拳を貫いた。

しかしミュートの腕はなおも止まらない。

弱々しくもマリアの頬を殴打する。

「あああぁぁぁっ！」

それでも彼女の体は浮き上がり、すっ飛ぶと、遠くの壁に衝突した。

「マリアさんっ！」

名前を叫ぶフラムだが、ミュートはそんな彼女に接近する。

そして手前で飛び上がると、避けられても殺せるよう、拳を地面に叩きつけた。

地面に大穴が開き、瓦礫を巻き込んだ暴風が巻き起こる。

フラムは全身を削る石の破片から、魂喰いを盾にして心臓と頭部を守った。

だがそれ以外の部分は穴だらけだ、立つことすらままならず膝をつく。

すかさずミュートは魔法を発動。

浮かび上がるのは、火、水、土、風、光、闇——六属性の結晶体だ。

そのどれもが鋭く尖っており、キリルの鎧ですら貫けるほどの威力を秘めていた。

「オ、オ、オォ……ッ」

彼女は嬉しそうに鳴き、手を前にかざす。

それを合図に、結晶たちはフラムに降り注ぐ。

為す術もなく見上げる彼女は——

「ブレェエエイブッ！」

そんな、友の声を聞いた。

それは勇者にしか使えない魔法。〝勇気〟がなければ効果を発揮しない、特別な力。

ブレイブで身体能力を上昇させた彼女は、フラムに向け飛び込むと――覆いかぶさり、庇った。

「あぐ、ぅ……！」

繰り返すが、ミュートの魔法は、キリルの鎧ですら貫く。

放たれた結晶のうち、透明に澄んだ水属性が腹部を穿った。

それは次第に、流れ出した血で赤く濁っていったが――キリルは笑っている。

「間に……合、った……」

見た瞬間に、体が動いていた。

友達が殺し合うなんて、そんな悲しい光景、見たくなかったから。

だから、痛いけど、苦しいけど、自然とキリルの表情には笑みが浮かんでいた。

やっと、〝自分のやるべきこと〟を見つけられた幸せに。

「キリル、ちゃん……？」

ごぷ、と血を吐き出す友を前に、フラムは目を見開き驚愕《きょうがく》する。

「オ……オオォ……オオォォォオオオオオッ！」

そしてミュートもまた、取り乱したように慟哭《どうこく》を響かせるのだった。

13 救済

マリアはライナスを追って、キリルの前から姿を消した。

一人取り残されたキリルは、まるで暗闇の中に突き落とされたような気分だった。

遠くで誰かが戦う音が聞こえる。

それに交じって、悲鳴や苦悶の声も――きっと何人もの人間が命を落としているんだろう。

怖かった。

人が死ぬのはとても怖い。自分が傷つくのもとても怖い。

怖い、怖い、怖い。

それはたぶん、誰もが当たり前に抱く、ごく普通の感情だ。

キリルは、特別なんかじゃない。

魔王を倒すとか、世界を救うとか、そんなことのために使命感で立ち上がれる英雄じゃない。

ごく普通の、あまりに重すぎる〝勇者〟という力と役目を押し付けられただけの、ちっぽけな少女。

「私には何ができるんだろう」

何もできないと決めつけるのは簡単だ、言い訳にもなる。

だから彼女はそれを選ぶ。

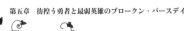

自分は何もできない、だから何もしない、それは仕方のないことだから。

何度だって繰り返す。

だって、怖い。

田舎で畑を耕すだけの日常――その外側にある世界の全てが、怖い。

「私、は……」

普通以上なんてできない。世界を救うなんてもってのほか。自分の周りのことだけで精一杯。

けど、ここで立ち止まっていたら、それすら満たせなくなる。

「……ミュートを、どうにか、しないと」

彼女を止めようとするライナスやマリアの行動は正しい。

キリルにだってそれはわかっている。

でも、死んで欲しくはない。

償うにしても、もっと別の方法が……ある？　いや、無いかもしれない。

ううん、きっと無い。

無いけれど――このもやもやとした気持ちを放置したままにはしておけない。

キリルは音の鳴る方へ歩きだす。

近づくにつれ、地面の揺れは大きくなり、建物の被害が深刻化していく。

嫌な予感がする。

自然とキリルは走り出し、表情には焦りが浮かんだ。

そして――景色が開けた。

キリルが見たものは、人の皮を剥ぎ捻《ねじ》ったような化物と、それに立ち向かうフラムの姿。

瓦礫の上で対峙《たいじ》する友の手には、背丈ほどの大きさをした剣が握られていた。

「フラム……」

戦う力を持たないはずだった彼女が、奴隷として売られたはずの彼女が、なぜ――

困惑するキリルだが、それ以上に、フラムを襲う化物の正体に思い当たり背筋が凍る。

倒れているライナスとマリア。破壊しつくされた町。そして姿の見えないミュート。

「あれは……あの、化物は……！」

化物は赤い拳を地面に叩きつけた。

その風圧で飛ばされた瓦礫に体を貫かれ、フラムが膝をつく。

そんな彼女にとどめを刺すべく、魔法で作り出された刃が化物の――いや、ミュートの周囲に浮かび上がった。

「……私は……私はぁッ！」

気づけば、キリルは走り出していた。

難しいことはわからない。

この状況も、これまでの旅も、誰が悪で善なのかも、何も、何も。

魔王討伐の旅も茶番だった。教会は悪人だった。フラムは生きていた。

嘘と真実が交ざり合う。絶望と希望が混濁する。

たぶん、最初から、考えようとすること自体が、間違っていたんだ。

勝手に体が動いたことが、全ての答え。

特別じゃないキリルがやるべきことは、やりたいことは、世界を守ることなんかじゃない。

ただ――大事な友達を守りたい。

たったそれだけの、シンプルな答えだったのだ。

（これじゃ、間に合わない。だったら！）

届かないなんて、止められないなんて、そんなのは間違っている。

友達と友達が殺し合うなんて、そんなのは嫌だ、見たくない。

動機が身勝手だ。勇者らしくない。

しかし、勇者の力に必要なのは、使命感でも義務感でもない。

自分の望みを貫き通す、〝勇気の力〟だ――

「ブレェエエェイブッ！」

キリルの体から圧が放たれ、周囲の瓦礫を吹き飛ばす。

今までは自信がなくて、勇気が足りなくて、思うように使えなかった。

だけど、今の彼女になら扱うことができる。

世界のためではなく、友を救うために駆ける彼女にならば。

キリル・スウィーチカ
属性：勇者
筋力：15760
魔力：16512
体力：16924
敏捷：18263
感覚：13092

勇気《ブレイブ》がキリルを強くする――それは言葉通りの意味だ。

その魔法を使った瞬間に、彼女のステータスは、精神状態に応じて最大三倍にまで跳ね上がる。

それこそが、勇者が勇者である所以である。

放たれた魔法がフラムに迫る。

その光景が、今のキリルにはスローモーションに見えていた。

自分の体のことなど顧《かえり》みず、飛び込み、フラムに覆いかぶさる。

ドスッ――と、背中に鈍い感触が走る。

それはキリルの中身を破壊しながら体内に埋まり、そして貫通した先端が腹部から突き出た。

言うまでもなく、致命傷である。

体全体が、痛みなどを超越して、焼けるように熱い。

呼吸に血の匂いが混じり、何かがこみ上げてくる。

それでも、救えたのだ――と、キリルは安堵《あんど》した。

「まに……あ、った……」

「キリル、ちゃん……？」

彼女の声は震えている。

自分が傷ついたことを、悲しんでくれているのだろうか。

今でもまだ、友達だと思ってくれているだろうか。

「オ……オオォ……オオォォォオオオオオオッ！」

ミュートも悲しげに哭いている。

キリルはその声を聞いて、彼女には間違いなくミュートの意思が残っているのだと知った。

同時に、だからこそ終わらせなければならないのだ――と、そう決意を強固なものとする。

刺し貫かれ、今にも倒れそうな体。

それを気持ちだけで支えて、両足を踏みしめ、呼び出した剣を右手で握る。

（できるかどうかなんて考えない）

ミュートへの恩返しだと思うならばなおさらに、足踏みなど不要である。

（やるしかないんだ。結果はどうであれ、何もしなければ後悔しか残らない）

右手を通じて魔力を剣へ。白銀の刃がまばゆい光を放つ。

（ああ、きっとミュートも、そう願ったからこそ私を――――！）

振り向きざまに、斬撃は放たれる。

「ブレイドォォォオオッ！」

こみ上げる血と共に、吼えるキリル。

光輝は弧を描き、空を切り裂きながらミュートに迫る。

「ォ――――」

魔法を放った直後、ミュートも隙だらけだ。

いくらオリジンコアの力で、肉体そのものが鋼の鎧以上に頑丈になったとしても、勇者による全力の一撃を防ぎきれるものではない。

ザシュウゥッ――――キリルの斬撃は異形の肉体を斜めに裂き、開いた傷口から大量の血が噴き出す。

フラムは、キリルに聞きたいこと、言いたいことが山ほどあった。

だが今は、傷の奥に見えた、漆黒の水晶を砕くことだけを考える。

「ぉぉおおおおおおッ！」

確実な止めを――――その強い意思が、彼女を前へ前へと導いた。

螺旋により傷が塞がれるその前に、フラムは黒の重大剣をそのコアに叩きつける。

「ォォオオオ……」

するとミュートは右腕でそれを防ぎ、斬撃の軌道を逸らした。

しかし代償として腕は吹き飛ぶ。

続けざまに、コアを狙った刺突を放とうとするフラム。

だが今度はミュートのほうが速い——残る左腕を握り、顔面に向けて叩きつける。

フラムは魂喰いを消し身軽になった体でバックステップ、ミュートの拳は眼前で空振る。

ゴオォッ！　と吹き荒れる風が、軽くフラムの体勢をよろめかせた。

すかさずミュートは前に出て、乱暴に腕を薙ぎ払った。

避けるのは簡単だ、だがフラムはそうしない。

先程ミュートがそうしたように、自ら左手を前に突き出し、犠牲覚悟で攻撃の向きを逸らす。

振り払われる腕に触れた瞬間、フラムの左手はバチン！　と肉が弾け、ねじ曲がる。

「ふ、ぐうぅっ！」

だがただの痛みなら、歯を食いしばればいいだけだ。犠牲は無いに等しい。

「うわぁぁぁぁああああぁッ！」

残った右腕で魂喰いを握ると、刃の先を、塞がる寸前の傷に突き刺す。

そしてカチリとコアに触れたのなら、あとは魔力を流し込むだけだ。

「反転《リヴァーサル》しろッ！」

発動宣言と同時に剣に反転の魔力が満ち——パキン、と体内のコアが一つ破壊される。

まだあと一つ残っているからか、それだけで絶命することはない。

「オォォォオオッ、オオォォオオオオオッ！」

しかし苦痛は生じるのか、ミュートは左手で顔を覆うと、体を震わせながら叫ぶ。

全身の筋が、一本一本が生きているようにぐにゃりとうねる。

心臓と等しい働きをする物体を半分失ったのだ、苦しくないわけがない。

さらにフラムは剣を振り上げる。

今度こそ、完全に息の根を止めるために。

「待って、フラムッ！」

キリルは残る力を振り絞って叫んだ。

「立ち上がってはいけませんわ、キリルさん！」

マリアは彼女に駆け寄ると、胴体に開いた穴に治癒魔法をかける。

次第に傷口は塞がり始めたが、一瞬で完治するようなものではない。

特に潰れた内臓に関しては、まだ戻るまでに時間がかかるだろうが――キリルは口から血を流しながらも、ゆっくりと足を前に進め、フラムに近づいた。

「キリルちゃん、どうして……」

「一緒にいたの。ただそれだけ、だけど……ミュートは、居場所のない私に……っ、ぐ……」

苦しげに胸を押さえるキリルを、フラムは慌てて支えた。

「たくさん、人を殺して、体もこんなになっちゃって、もう、どうしようもないのかも、しれないけど……でも、まだ……何か方法があるんじゃないか、って……」

「キリルちゃん……だけど、こんな状態で生き残ったって、そっちのほうが……」

「わかってる。これはただの、私のわがままだって。それでも、このまま死んで終わりだなんて、私は嫌だから。そうしたいって、思っちゃったから、さ……」

そのとき、苦しんでいたミュートのうめき声が、ぴたりと止まった。

「ミュート？」

キリルが不安げに話しかけると、彼女は小さく、

「キリ、る……」

その名を呼んだ。

ミュートの顔は、半分だけ人間の状態に戻っている。

「良かった……元に……戻ったん、だ」

キリルは目に涙を浮かべながら、柔らかく微笑む。

フラムは複雑な心境で、しかし口を挟まず彼女を支え続けた。

「ミュートは、きっと……私ならあなたを止められるって、わかってたんだよね」

しゃがみこみ、横たわるミュートの顔を覗き込むキリル。

フラムは彼女を止めることはできなかった。

きっと立場が逆だったら、自分だってそうしたはずだから。

「ううん、それどころか、本当は……殺されることを望んでたのかもしれない。けど、私は……」

「……れ……て」

「えっ？」

「離れ……て」

その手が光に包まれる。

込められた熱量は、人間の肉体を蒸発させるのに十分すぎるほどだ。

そしてそれを、暴走するオリジンの意思がキリルに向けられる。

「キリルちゃんっ！」

今度はフラムが庇う番だ。

しかし仮に、それを代わりに受け止めたとしても、おそらく喰らった瞬間に命を落とすだろう。

それでも、彼女は躊躇などしなかった。

そして光が、フラムの背中に触れようとした瞬間――

「接続《コネクション》しろッ！」

ミュートの腕が地面に引き寄せられ、照準が狂う。

光は明後日の方向に放たれ、空の彼方へと消えていった。

「ふぅ……ありがとう、ネクト」

窮地を救ってくれた彼女に、フラムは素直に感謝した。

「いいや、むしろ遅すぎたよ。ミュートがあんなことになってるのに、たどり着いた頃には戦いが終わったあとだったなんてさ。ああ、まったく嫌になるよね、本当に」

悲しげに青い髪をかきあげるネクト。

フラムは彼の衣服が一部破れていることに気づいていた。

足止めを受けていたのだろう。そしてネクトの表情からして、その相手は――

「ネ……クト……」

ミュートはうつろな瞳で、少し嬉しそうに家族の名前を呼んだ。

「ごめん、ね……」

「まったくだよ。制御できない力なんて使うもんじゃない」

彼女の言葉は先ほどよりはっきりしている。

攻撃を防がれたことで、一時的にオリジンの影響が弱まっているのだろうか。

「キリル、も……ごめ、ん」

「オリジンってやつのせいなんだから、ミュートは謝らなくていいよ」

「それを……選んだの、は……私。お願い。わたし……はやく、殺し……て……」

「ミュート……私と一緒にいたのは、そのためだったの？」

無言でこくりと頷くミュート。

それは矛盾した願いであった。

人ならざる力はミュートにとっての誇りである一方で――〝普通〟との隔絶の象徴でもある。

憎しみとまでは行かずとも、『これさえなければ』と思うこともあったのだろう。

だから殺戮して、自分の存在価値を示すのと同時に、誰かに止めてもらうことも望んでいた。

「嫌だよ。私は友達を救いたいだけで、殺したいとは思わない」

「私、が……友達？」

「そう、ミュートは私の友達。だから、止めはするけど、殺しはしない」

どれだけ酷い光景を見せられようとも、それがキリルがたどり着いた結論だった。

一方でミュートは、喜ぶべきか嘆くべきか、わからなくなっていた。

選択の末にキリルが自分を殺してくれればいいと思っていたのは事実だ。

だが、あれだけのことをした自分を、それでも友達と呼んでくれたことが嬉しい。

「これでミュートもわかったかな。この世界には、思った以上に甘い奴らが生きてるって」

ニヤニヤと笑いながら、微笑むミュートのそばでしゃがむネクト。

「居場所ならある。そして、僕らが助かる方法もね」

「ネクト……いや、いい。私、必要、ない。ここで、終わる」

ミュートは迷いながらもそう答えたが、キリルはネクトの言葉を聞いて希望を瞳に宿す。

「ミュートを助ける方法が、あるの？」

「だから僕は彼女を迎えに来たんだ」

「ネクト、それ本当なの？　ミュートの体は、コアの同時使用でこんな状態なのに……」

「フラムお姉さん、それぐらい僕だってわかってるよ。それでも、助ける方法はあるんだ」

その会話を聞き、ゆっくりと、わずかに首を横に振るミュート。

「できない。私、死ぬべき」

「死なせない」

「そうしないと、いけない。私、生きて、いられない。そういう、こと、した」

これはミュートの、盛大な自殺だ。

しかも、後戻りできないよう、徹底的に自分を追い詰めて実行した、用意周到なものである。

それをわかっているからこそ、フラムは彼女を殺そうとするし、ネクトは彼女を救いたがる。

「今なら、私、私として、死ねる」

目を閉じ、両手を投げ出すミュート。

「みんな、看取《みと》ってくれる。フラム・アプリコット、お願い。私に、とっては、それが――」

彼女が次の言葉を口にしようとした瞬間、

「そんなものが幸せなわけがないだろっ！」

ネクトは感情をあらわにして声を荒らげた。

認めるわけにはいかない。

同じ〝第二世代〟として生きてきた者として、そんな幸せだけは。

「インクはフラムお姉さんたちと一緒に笑ってた。幸せそうに、普通の人間みたいに暮らしてたんだ！　だったら僕たちだって、そういう幸せを手に入れたっていいはずじゃないか！」

それは本来、誰しもが持っている権利だ。

少し道を踏み外しただけで失ってしまう、儚《はかな》いものではあるが。

「私はミュートに生きていてほしい。ミュートは、完全に納得してこの終わり方を選んだわけじゃない。追い詰められて、どうしようもなくなって、そうするしかなくなっただけ。生きてさえいれば、本当に自分がやりたいことを、見つけられるはずだから」

続けて、キリルもミュートを説得する。

さらに畳み掛けるように、ネクトは強く強く、想いを込めて言葉をぶつけた。

「大体さ、看取られて死んで、幸せになろうなんてふざけないでよ。そんなので誰が納得するんだよ！　一人だけ満足しておいて、残された奴のことはどうでもいいって言うのかい？」

「それは……」

ネクトは膝をつくと、ミュートに顔を近づけ、目に涙を浮かべながら言う。

「僕は嫌だ。死んで幸せなんて認めない。まだ引き返せる、救われてもいい。じゃなきゃ、辛いじゃないか。ミュートの未来は、僕の未来でもあるんだ。自分一人の問題だと思わないでよ！」

きっとミュートだって、自分の死で悲しむ人間の存在ぐらいはわかっていたはずだ。

それでも、ルークやフウィスと共に〝身勝手に死ぬ覚悟〟を決められたからこそ、行動を起こした。

本当ならそのまま、誰と語らうこともなく、感情のまま突き進むはずだったのに。

揺らぐ。

揺らいではいけないのに、ぶつけられる感情を前に、心が動き出す。

「ミュート。全部を投げ出すには、まだ早いと思う。こうして心配してくれる人もいるんだから」

「お願いだから、僕の手を握ってくれよ。やっと僕たちは、誰にも縛られず、自分自身の意思で生きられる方法を見つけたんだ。だってのに、残るのが僕だけじゃ意味ないじゃないか……！」

ネクトらしくもなく弱さをさらけ出して、それだけ本気なのだと心を示す。

困ったミュートは、まるで助けを求めるようにフラムに視線を向けた。

おそらくネクトだって、生き残った先に待つものが苦難の日々であることは理解している。

それでも助けたいと思うか、終わらせたいと思うかが、〝家族〟と〝他人〟の違いなのだろう。

交わされた約束と、立場の違いと――フラムはミュートとまともに言葉も交わしていないのだ。

また、中央広場のほうからも戦いの音は響いて来ることはなく、すでにミュートの共振《シンパシー》は効力が消えている。

殺さずとも戦いはすでに終わっており、フラムは果たすべき役目を果たした。

ならば、ここで選ぶべきは、ネクトやキリルのほうだ。

フラムは剣を収め、ゆっくりと首を横に振った。

これでミュートは、死ぬための手段を失ったのである。

「……それでも、私」

なおも死ぬことを諦められないミュート。

ネクトは大きくため息をつくと、強引にその手を握った。

「っ……だとしても、連れて行くよ。僕はもう、そう決めたんだから」

ネクトの意思もまた固く――彼女はミュートの手を取ると、最後にフラムとキリルに一瞥《いちべつ》して、早々に「接続《コネクション》しろ」と消えてしまった。

「あ……行っちゃっ、た。でも、ミュートは……あれっ」

二人がいなくなったことで緊張の糸が切れたのか、キリルはふらりとバランスを崩す。

フラムは彼女を抱きかかえるように支えた。

「ありがと。ごめんね、頭がふらふらして……」

「仕方ないよ、あれだけ出血してたんだから」

「うん……その、フラム……ミュートは、あの子が助けてくれるんだよね？」

キリルはフラムにそう尋ねるも、彼女の表情はやはり暗いままだ。

マリアやライナスは、込み入った事情を察してか、無言でその様子を傍観していた。

「オリジンは、どこまでも人の命を弄ぶ。どこまでも――人の尊厳を、踏みにじる」

フラムはこれまで、嫌というほど、オリジンコアに弄ばれた人々の末路を見てきた。

オーガや、研究所で犠牲になった人々。

インクやデインの部下、デイン本人だってそうだった。

「救いを求める人間に偽りの希望を与えて、それを奈落の底まで叩き落とす」

言うまでもなく蘇った死者たちも含まれていて、ダフィズなんてその被害者の筆頭だ。

そしてチルドレンたちもまた、オリジンと、その力を求める者の欲望に翻弄されている。

「ごめん、キリルちゃん。私には断言できない。ネクトがどんな方法を使ったとしても、取り返しが付かないほどオリジンに侵された人間を救うには、方法なんて一つしか……」

そう思いたくはない。

だが現実が、それ以外の選択肢を消してしまうのだ。

「でも、可能性は、ある……絶望的でも、奇跡は……だって、フラムは、私を……」

フラムの言葉を聞くうち、キリルの目が虚ろになっていく。

「今も、嫌わずに……いて……くれ……」

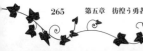

わずかな希望に浸ったまま、彼女はそのまま瞳を閉じて、ぐったりと動かなくなった。

「キリル……ちゃん？」

呼びかけても反応はない、気絶しているようである。

「あれだけの傷を負ったんです、魔法で癒やしても体力の消耗までは戻りませんから」

マリアがそう説明した。

また、ようやく手足が回復したライナスは、よろよろとこちらに近づいてきている。

彼も同じように、傷は癒えたが体力の消耗は戻っていないのだろう。

「あ……れ……？」

そして――フラムもまた、その限界を迎えた一人であった。

ミュートとの決着に至るまで、相当な無理を重ねてきたのだ。

広場での戦闘では複数回手足を失い、臓器を損傷し、騎士剣術《キャバリエアーツ》の大技だって何度も連発している。

加えて魔力も失われているのだから、むしろここまでよくもったほうだ。

「……ぁ」

完全に体から力が抜け、キリルもろとも地面に倒れ込む。

慌ててマリアとライナスが駆け寄り声をかけたが、意識を取り戻すことはなかった。

◇◇◇

広場で暴れていた人間たちも、ミュートの敗北によって活動を停止し――どうにか生き残ったエターナはその場でへたり込んだ。

まだ歩く余裕のあるガディオが、彼女に歩み寄る。

彼が篭手を外し、手を差し出すと、エターナは握って立ち上がり、軽くハイタッチを交わした。

パチン、と小気味のいい音が広場に響く。

戦いはひとまず終わったようだ。

全てが解決したわけではないが――どうか今だけは、英雄たちにしばしの休息を。

14 別離

処置室から出てきたネクトは、浮かない表情で大きく息を吐いた。

「説得には失敗したようだな」

部屋の前に立っていたサトゥーキが彼女に声をかける。

「……強引に連れてきたからね」

「だが君が言い出したことだぞ、手術を受けるかどうかは彼らの意思に委ねる、とな」

「わかってるよ！　このまま死んで終わりにするつもりはないから」

オリジンコアの同時使用による反動は、ミュートの体を今も蝕んでいる。

リヴァーサルコアのおかげで外見だけはほぼ元に戻っているが、彼女を生かしたいのなら、元から体内にあったコアも摘出して、人間の心臓を移植する以外に選択肢は無かった。

「もう一度、説得してみる」

「もしよければ――」

サトゥーキが、処置室に戻ろうとするネクトを呼び止める。

「私が説得してみてもいいが」

突拍子もないその提案を、ネクトは鼻で笑った。

「はっ、面識もないあんたがどうやってミュートを説得するって言うんだい？」

「下手に繋がりが強いからこそ、互いに冷静になれていないのかもしれないぞ」

「それは……無い、とは言い切れないけど」

ミュートは少なからず、死に場所を奪ってここに連れてきたネクトに怒っているようだ。

一旦、他者に説得を委ねてみてもいいかもしれないが――その相手がサトゥーキでいいのか。

だがオティーリエは出払っているし、他に任せられる人間はいそうにない。

「……じゃあ、一回だけ頼むよ。信用はしないけど」

「ああ、期待しないで待っていてくれたまえ」

処置室に入っていく彼の背中を、ネクトは置かれた椅子にぽふんと腰掛け見送った。

それから五分――彼女が落ち着きなく毛先をいじっていると、サトゥーキが戻ってきた。

いつもよりさらに胡散臭い笑みを、顔に貼り付けて。

「説得は――」

もったいぶって間を置いて、彼はなぜだか満足げに言い放った。

「成功したよ」

「な……」

絶句するネクト。

彼女があれだけ時間をかけて説得しても、まったくうまくいかなかったのに。

それを五分で終わらせるなど――真っ先にネクトが浮かべた言葉は、『信用できない』だった。

ネクトはサトゥーキの横を抜けて、処置室にいるミュートの元へ向かう。

するとと彼女は、なぜか穏やかな表情でネクトを迎えた。

「ミュート！　どうして急に心変わりしたんだい？　サトゥーキに何か言われて――」

「私、自分の意思。生きたい、そう思った」

ミュートの瞳には先ほどまでと違い、確かに希望の光が宿っている。

一刻も早い処置が必要ということで、ネクトは部屋を出ることになったが――退室すると、すぐさま外で待っていたサトゥーキに近づき、背伸びをして、その胸ぐらを掴む。

「あんた、ミュートに何を言ったんだ？」

「説得したのだよ、命の尊さを説いてね」

「……っ！」

「なぜ苛立つ。君の望みは叶うんだぞ？　手術が成功すれば彼女は普通の人間に戻れるんだ」

「それはそうだけど……」

そう、ネクトにとってのデメリットは一切無いのだ。

むしろ説得してくれたサトゥーキに感謝してもいいぐらいだが――そうできないのは、やはりこの男が信用できないからに他ならない。

「オリジンコアに人生を翻弄された君たちが、幸せな第二の人生を歩めるよう祈っているよ」

彼は乱れた襟を正しながら、廊下の向こうへと去っていく。

処置室の扉、その上に取り付けられた赤いランプが点灯したのは、そのすぐ後だった。

ネクトは不安げにその灯りを見上げると、椅子に座り、祈るように両手を握った。

◇◇◇

「ん……んん……」

フラムの瞼が震え、ゆっくりと瞳が開く。

「ご主人様っ！」

それはフラムにとって、今――というか、いつでも一番に見たい顔だった。

「ミルキット……ここは……？」

「ギルドの医務室です、キリルさんと一緒にライナスさんが運んでくれたんですよ」

「ライナスさん……ああ、そっか、私……」

次第に意識と記憶がはっきりとしてくる。

ミュートとの戦いを終えて、そのまま気絶してしまったらしい。

「エターナさんと、ガディオさんは、無事？」

「はいっ、今は他の方々と一緒に話し合いをされています」

フラムは「そっか」と安堵すると、ほっと息を吐き出した。

「あぁ……本当に……本当に、目を覚ましてよかったです……」

ミルキットは主のお腹に抱きつくと、顔を埋めた。

その体温を肌で感じ、フラムが生きていることを実感する。

「このまま、二度と起きなかったら……どうしようかと……心配で、心配でぇっ……！」

「ごめんね、いつも心配かけちゃって」

フラムは彼女の頭に手を置くと、柔らかな髪の感触を楽しむように撫でた。

部屋の中は、ランプで照らされているが、暗く感じる。

どうやら外はとっくに夜になっているようで、かなり長時間眠っていたようだ。

ミルキットはその間ずっと、ここで手を握り、目を覚ますのを待っていてくれたのだろう。

「ありがとね、ミルキット」

「お礼を言われるようなことは、何も……私は、本当に、何も……」

「それでも、ありがと」

フラムはミルキットに対して、どこまでも優しい。

それを感じるたびに、ミルキットの胸はきゅっと締め付けられ、体が熱くなるのだ。

言葉だけでも大変なのに、抱きしめられて、甘い匂いを嗅いだりすると、もう止まらなくなる。

頭の中がフラムでいっぱいになって、多幸感に包まれて、とにかく一緒にいたい、どんなときだって離れたくない――そんな想いが膨れ上がっていく。

「そういえば、キリルちゃんは？」

熱を帯びたミルキットの思考回路が、ふっと冷静さを取り戻す。

甘えている場合ではない、伝えなくてはならないことが、いくつもあるのだから。

「向かいのカーテンの中で寝ています。戦いでの消耗と、これまでの疲れと、あと……ブレイブ？　という魔法の反動で意識を失っていますが、傷は癒えているのでそのうち目を覚ますそうです」

「そっか、良かった……」

完全に無傷とはいえなかったが、フラムはほっと一安心である。

起きたら言葉を交わして、わだかまりを溶かして――大丈夫、きっとすぐに元通りになるはずだ。

しかし、まだ戦いは終わっていない。

ルークとフウィス、そしてマザーが残っている。

体は重いが、いつまでも一人だけ寝ているわけにはいかないのだ。

フラムがベッドから降りようとすると、ミルキットは手を添えてその体を支えた。

そして二人は寄り添い医務室を出る。

ギルドには、冒険者たち以外に、ガディオ、エターナ、インク、イーラ、スロウの姿があった。

「やっと目を覚ましたのね、そのままぽっくり逝くかと思って心配したわよ」

真っ先に声をかけたのはイーラである。

社交辞令というわけではなく、表情からも普通に心配してくれているようで――

「心配してくれたんだ、意外」

フラムは思わずそんなことを口走ってしまった。

「あぁ？　人が珍しく気遣ってやってんのに何よその反応は！」

そしてすぐにいつものようにキレるイーラ。

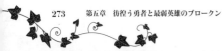

こちらのほうが彼女らしくて安心感がある……と言ったらまた怒らせてしまうのだろう。

「ごめんごめん、あまりに見慣れない表情だったからつい。ありがとねイーラ」

彼女は「ふんっ」と腕を組んでそっぽを向く。

二人のやり取りが途切れると、次にエターナとガディオが話しかけてきた。

「おはようフラム」

「思ったよりも早い目覚めだったな」

「そうですかね、随分と寝ちゃった気がしますけど」

「あれだけ大技を連発していたんだ、疲労も相当だったはずだ」

「ガディオみたいな体力馬鹿と比較しちゃいけない」

ナチュラルに毒を吐くエターナ。

ガディオは顎に手を当てて「バカ……？」と微妙に気にしている様子だった。

だがやはり、自分以上に大暴れしていたガディオがピンピンしているところを見ると、フラムはふがいなさを感じずにはいられない。

オリジンと戦うにはまだ力が足りない、と改めて痛感する。

次にフラムは、エターナの隣に座るインクに視線を向けた。

「インク、ミュートのことだけど……」

「あたしは、生きてたらいいな、ぐらいしか言えないかな、不謹慎かもしれないけど」

「……ううん。家族なら、そう思うよね、やっぱり」

ネクトに委ねた自分の選択は間違っていなかった——ひとまずはそう思うしかなさそうだ。

「あれ、そういえばライナスさんは……」

ギルドを見回しても、一緒に戦っていたはずの彼の姿が見えない——と思いきや、紹介所の隅の方で、俯いている姿を発見した。

「マリアが書き置きを残していなくなった」

エターナがそう説明する。

「そうですか……だからライナスさんはあんなに落ち込んでるんですね」

マリアはライナスとフラムたちをギルドに運び、治療や処置を済ませたあとに姿を消してしまった。

ライナスにすら何も言わずに、一枚の手紙だけを残して。

そこには、自分を信じ、助けてくれた彼へのお礼と謝罪、そして——フラムの言葉を聞いて、自分もまた取り返しのつかない場所にいることを思い出した、と記してあった。

顔を上げたライナスは、フラムのほうを見て言う。

「何となく、こうなるんじゃないかとは思ってたんだ」

心が通じ合っているようで、まだ一番深い場所まで踏み込ませてくれない——そんなもどかしさが、二人を隔《へだ》てる壁として、ずっと立ちはだかっていたのだ。

「大事なことは何も話してくれなかった。俺が本気でマリアちゃんだけを優先して、王都から連れ出してたら良かったのかもしれないが……ああ、結局は俺の不甲斐なさなんだろうな」

ライナスは全てを受け入れる覚悟をしているつもりだった。

だが彼の覚悟ではまだ、マリアが全てを委ねられる安心感を与えるには至っていなかったのだ。

「意味深なこと言ってるけど、マリアがどうしていなくなったのか、わたしたちは知らない」

「ライナスさん、エターナさんたちにはあのこと話してないんですか？」

「……まだ、何も。フラムちゃんが話すなら別に俺は構わない」

「わかりました……なら私から」

本来なら自分が言うべきことなのだと、ライナスだって理解している。

しかし胸が詰まって、思うように言葉にできない。

無理に説明しようとしても、きっと余計なノイズを加えて話をややこしくしてしまうだろう。

「実はマリアさん、オリジンコアを体内に取り込んでしまってたみたいなんです」

「マリアが……」

「それで、顔が例の渦の状態になっていて、それを仮面で隠していました」

フラムは仮面の向こうをはっきりと見たわけではないが、察しはつく。

もう何度も何度も、あのおぞましい姿と対面してきたのだから。

それを聞いたガディオは、驚くというよりは、何か納得したように「ふむ」と相づちを打った。

「考えてみれば当たり前のことかもしれないな。彼女は聖女と呼ばれるほど、教会とは繋がりの強い人間だったんだ。旅に同行したのも、キリルやフラムを監視するためだったのかもしれん」

「それでミュートと戦ってたってことは、今も教会と繋がってる？」

「詳しいことは、俺にもわかんねえよ。ただ……マリアちゃんは、地下牢に捕まってた。だから今の教会と繋がってるってわけじゃねえんだ。でも、キリルちゃんやジーンにもコアを渡して、仲間に引き込もうとしてたらしい。だがキリルちゃんは、あの姿になったマリアちゃんを見て怖がって、コアを使う前に逃げちまった」

「それでキリルちゃん、王都を逃げ回ってたんだ……」

その話を聞いていたミルキットが、何かを思いついたらしく口を開く。

「つまり、マリアさんにとって、顔が渦巻いた状態になるのは予想外だった、ということですか？」

「そういうことになるんだろうな」

「他人に渡すほどコアの制御に自信があった、だからこそ自分にも使った。でも……マリア自身も裏切られて、化物にされた？」

「俺たちの旅は頓挫した。それと同時にマリアもお役御免になり、チルドレン同様に切り捨てられたということか」

しかしライナスは不安げな表情で両手を合わせ、握り、マリアの無事を祈った。

「マリアちゃんも悪いのは間違いない。だから、空気を読めてないってのもわかってる。でも……俺は、どうにかして、彼女を助けてやりたいと思ってる」

それを聞いた人間は、みな口を閉ざした。

コアの恐ろしさはよく知っている、あれを使った人間はほぼ助からない。

しかし一方で、ライナスの気持ちもよくわかる。

彼がマリアに惚れ込んでいたことは、パーティにいた全員が知っていたことだ。

沈黙を破ったのは、ガディオだった。

「これから俺たちが戦うのはチルドレンだ。マリアと敵対するわけではない。彼女がオリジンに関連する人間である以上、いずれはそうなる可能性はあるが――時間はまだある」

「……ありがとう」

ライナスは絞り出したような声で、礼を告げた。

そして唇を噛み、何かを考え込むように再びうなだれる。

マリアの件については、ライナスに任せるしかない。

フラムたちの前にだって、対処すべき問題は山積みになっているのだから。

「こんばんはー！　ウェルシー・マンキャシー、無事に戻ってまいりましたー！」

今朝同様、勢いよくドアを開いてギルドに入ってくるウェルシー。

彼女の明るい声は、漂う淀んだ空気を晴らすにはうってつけだった。

「みんな大慌てで王都から逃げ出してて、ここまで来るのも一苦労だったよー」

「ウェルシーさん！」

「おや、フラムちゃん目を覚ましたんだー？」

「いつまでも寝てるわけにはいきませんから。ところで、逃げ出すってどういうことですか？」

「あんな出来事があった直後だからねー。我先に王都を出ようと、門のあたりはそりゃもう大騒ぎ。しかも教会騎士団が門の封鎖を始めたものだから、騒ぎはさらに大きくなってさー」

「奴らは王都の人間を全滅させるつもりか？　今はどうなっている」

「それがですね、教会騎士団から裏切り者が出て、封鎖してる騎士たちをバッタバッタと薙ぎ払っていっちゃったらしいんですよ。最後は副団長全員とヒューグ団長まで出てきて取り押さえられたらしいんですが、それで閉鎖は解除されたんだとか」

副団長総出の上、団長まで出てきたとあっては、それは騒動どころか大事件だ。

「私が寝てる間にそんなことが……」

「例のごとく情報統制されてるんで、たぶん世間には出回らない話だと思うんですが」

「その裏切り者っていうのは、誰だったんですか？」

ミルキットが聞くと、ウェルシーはなぜか不敵に「ふっふっふー」と笑うと、近くにあった白い紙を両手で取って、バーンプロジェクションで裏切り者の顔を描いた。

「この顔って……」

「アンリエット・バッセンハイムとヘルマン・ザヴニュ」

「元王国軍の二人か！」

ガディオは珍しく嬉しそうに言った。

「騎士団の拷問《ごうもん》で廃人同然の状態になってるって噂だったんですけどー、どうもそれは演技で、今日みたいな日が来るのを虎視眈々《こしたんたん》と狙ってたみたいですねー」

廃人になってもおかしくはない仕打ちを受けたのは事実だ。

しかしあの二人はそれでも心を折ることはなく、軍人としての役目を果たす瞬間を待ち続けた。

門の封鎖を諦めざるを得なかったということは、騎士団はかなりの損害を受けたのだろう。

「オティーリエさんが泣いて喜びそうな話だなぁ」

「ですがあの人だと、泣くだけで済むとは思えませんね……」

「言われてみれば……」

フラムが思い浮かべたのは、アンリエットの使用済みシーツを吸いながら恍惚とする姿。

あそこから逆算すると、全身から色んな液体を噴き出しながら悶絶し、気絶しそうではある。

「だが心配事もあるな。そこまで見事に裏切れば、騎士団もさらに二人を痛めつけるだろうからな」

「承知の上での行動だった、ってことでしょうね」

「そのおかげで逃げられる人が増えたんだから、すごいよねぇ」

インクは足をぷらぷらさせながら、素直な感想を述べた。

「まあ、そんな混乱の中にあっても、私の仕事はきっちりこなしてきたわけだけどもー」

「スロウの父親がわかったのか？」

「ええ、教会に狙われてることからいくつかの可能性を考えて、逆算して、うちの会社の資料を引っ張り出したら――こんな素敵な、世には発表できなかった記事が出てきたんですよ」

古い新聞を、ひらひらと見せびらかすウェルシー。

「それで僕の父親は誰だったんですか？」

「ヴァシアス・カロウル」

ウェルシーはさらっと言った。

「え、それって……」

それはミルキットですら驚いてしまうほどの大物の名前。

当事者であるスロウは、手を震わせながら大声をあげた。

「せ、せ、先代王じゃないですかっ⁉」

しかし一方で、ガディオとライナスはさほど驚いていないようだ。

王都で活動していた二人は、その〝逸話〟を聞いたことがあるのだろう。

「あの人、息子に王位を渡したあとに隠居してたんだけど、遊び人だったって有名でね。お忍びで酒場に行って女の子にちょっかい出してたらしくて」

「俺も聞いたことあるな、手を出された女の子は一人や二人じゃ済まないって」

ライナスの言葉に、フラムは頬を引きつらせた。

「王族なのに、そんなのでいいんですか……？」

「子供ができないように気をつけてたとは思うんだけど……まあ、事故は起きちゃうよねー」

「僕、事故で生まれたんですか？」

「そりゃもう大事故だよ」

容赦ないウェルシーに、「事故って……」と繰り返し、スロウはがっくりと肩を落とす。

「ベテラン記者に聞いてみたら、当時の証拠もばーっちり残ってたし」

「世には発表できなかったっていうのは……」

「そりゃあもちろん、圧力よね」

「じゃあ僕は、本当に……王族ってことなんですか？」

「まあ庶子《しょし》な上に、認知もしてないらしいから、証明は難しいけどね。でも君のお母さん、お金ぐらいは貰ったんじゃなーい？」

「お金……まさか、あのおじさんが……」

「おじさんって？」

フラムが尋ねると、スロウは過去に思いを馳《は》せ、語った。

「小さい頃から僕にプレゼントを贈ってくれるおじさんがいたんです。顔は見たことないんだけど、一度だけ姿を見たことがあって。コート着て帽子を深く被ってて、すごくかっこよかった……」

「十中八九、それが王族の関係者だろうねー」

口止め料か、あるいはそれで責任を取ったつもりなのか。

先代王はすでに死んでいるため、確認のしようはない。

「庶子とはいえ、王位継承権を持つ、まともな人間が王都に存在している……教会としては真っ先に消しておきたいところだろうな」

「でもガディオさん、チルドレンがスロウを狙ったのはどうしてなんでしょう」

「今日の一件といい、教会は俺たちとチルドレンをぶつけようとしている節がある」

「わたしたちも邪魔だから、潰しあいをさせようという魂胆」

「つまり……偽情報に騙されていた、と？　しかし教会も、そこまでしてスロウの存在を警戒する必要があるんでしょうか。いきなりスロウが王様になる、と言っても誰も納得しないでしょうし」

それは事実だけど、もう少し手心を——と何気に心にダメージを負うスロウ。

「確かに、俺もそこは疑問ではある。命を賭けて争奪戦を繰り広げるほどなのか、とな。しかしネクトの言葉を信じるのなら、サトゥーキはスロウに利用価値を見出しているらしい」

「英雄と呼ばれるわたしたちと面識があるのも、都合がいいのかもしれない」

「エターナさん、どういうことです？」

「王都を襲う悲劇。絶望の中に颯爽と現れ、チルドレンを倒した英雄たち。彼らは新たな王と共に、教会に支配された国を取り戻す。すると民衆の支持は一気に集まる。ちょろい」

少し不満げにエターナが言う。

「それって、私たちがサトゥーキに協力すること前提の話ですよね」

「すでにネクトの首根っこを掴まれている。戦力的にも、協力せざるを得ない流れになっている」

「むむ……何だか釈然《しゃくぜん》としませんが、現状、心強い味方ではありますよね。だったら、私たちに任せっきりにせずに、スロウを自分の近くに置いたほうが安心な気もしますが」

サトゥーキは基本的にフラムたちにも協力的なようだ。

しかしその行動を一つずつたどっていくと、動機が不明な部分が多い。

考えれば考えるほどに、次々と疑問が湧いて出てくる。

「ルークやフウィスをおびき寄せるため……だったりして」

「えっ、僕って餌なんですか？」

「インクってば、まさかそんな。そんなこと……うーん……ありそうだなぁ……」

「ありそうなんですか!?」

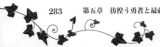

ある意味で、それはチルドレンの行方を捜すフラムたちのためではあるのだが。

本気でサトゥーキがそう思っているのなら、やはり心から信頼はできそうにない。

「明日以降の連中の動きは読めんが、どちらにしろこの街が危険であることに間違いはない」

「王都のみなさんが家を捨てて逃げ出すぐらいですからねー。私みたいな記者や冒険者、あとはよっぽどの命知らずぐらいしか残りませんよ」

教会の真意を知らぬ一般市民すら、一目散に逃げだすこの状況。

どんなにギルドに戦力を結集しても、そこすらも安全とは言えないだろう。

「そこで、フラムが目を覚ます前に話し合っていたんだが――ミルキットとインク、ケレイナ、ハロムの四人を王都から脱出させようと思っている」

「へっ？　ミルキット、を……？」

考えてみればそれは自然なことなのに、フラムは戸惑いを隠せないでいた。

一緒にいることが当たり前すぎて、王都の外に逃がすという発想がまったく無かったのだ。

だが教会がミルキットを人質に取れば、フラムは完全に身動きが取れなくなる。

だったら、危険な王都に置いておくより、外の安全な場所のほうが安心だろう。

わかっている、わかっているのだが――無性に寂しくてしょうがない。

フラムは不安げにミルキットを見つめた。

すると彼女は穏やかに微笑み、主の手を握る。

ミルキットだって寂しいのは同じだ。

けれどすでに、『仕方のないことですから』とそれを受け入れているようだった。

それでも一緒にいたい――フラムはそう言いたくなる気持ちをぐっと抑える。

「急な話だが、今夜のうちに逃がすつもりだ。門の封鎖が一時的に解除された話はウェルシーから先ほど聞いたばかりだが、また明日にでも再開しないとも限らないからな」

「……教会に勘付かれないといいんですが」

「すでにたくさんの人間が王都から避難してる。そのどさくさに紛れさせれば、少なくとも外に出るまでは気づかれずにやれるはず」

「ちなみに脱出の手配は兄さんに頼んであるから大丈夫だよー」

ウェルシーは得意気に言った。

「確かにリーチさんなら……大丈夫、ですね」

すでに状況は整っている。

どのみち、フラムが何を言おうと止めることはできそうになかった。

◇◇◇

ほどなくして、馬車が到着した。

見送りのために外に出ると、脱出を手配したリーチが馬車から降りてくる。

「急な頼みで申し訳ない」

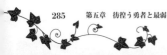

そう言ってガディオは彼に頭を下げた。

「いえいえ、大したことではありませんから頭を上げてください。戦いのほうではまったく役に立てませんから、こういった形で助力できてむしろ嬉しいぐらいです」

笑いながらそう言うリーチだったが、フラムはその表情に違和感を覚える。

「あの、リーチさん」

「はい、どうしましたかフラムさん」

「……顔色、悪くないですか？」

「そうかも、しれません。私もあまり、死体には慣れていませんので」

「ああ、そっか……そうですよね」

数え切れないほどの人が死んだ。

瓦礫の下にまだ埋まったままの死体だってある。

そんな状況で、元気な方がおかしいぐらいなのだ。

フラムはため息をつくと、馬車に乗り込む準備を進めるミルキットのほうを見た。

彼女の持つ手荷物を御者が受け取り、荷台に積み込む。

それが終わると、ふいに彼女はフラムのほうを見た。

二人の視線が絡み合う。

するとミルキットは主のそばに駆け寄り、両手でその手を包み込んだ。

ほんの数日の別れなのに、名残惜しくて中々手が離せない。

一方で、インクとエターナも肩を寄せ合って並び、暗い表情でぽつりぽつりと言葉を交わしていた。

「大丈夫、なのかな」

心配事は数え切れないほどある。

エターナ抜きで王都を出ることも。

ここからの戦いを彼女が無事に生き残れるのかも。

そして……ネクトやルーク、フウィスが残るこの街から、自分だけが出て行くことも。

「心配ない。わたしは死なないし、チルドレンたちも……相応の決着はつける」

珍しく真剣な表情をしたエターナは、インクの頭を撫でた。

「うん、信じてるから」

「了解、信じられた。それにしても……」

しかし彼女のシリアスは長続きしない。

口元ににやりと笑みを浮かべると、

「インクが寂しがってくれてわたしは嬉しい、愛されてる」

と、茶化すように言った。

インクは手探りでエターナの頬に手を当てると、思いっきりつまむ。

「いひゃい」

「デリカシーの無いエターナが悪い」

「真面目はどうにも性に合わない。悲しんで別れるより」

「笑って別れた方がいいけど。あたしとしては、少しぐらいエターナにも寂しがってほしかったな」

そんな素直な言葉に、エターナは少し驚いた様子である。

強がれないほど、インクは落ち込んでいる。

ずっと一人で隠居してきたエターナにとっては、ここまで誰かに懐かれるというのは初めての経験で——いつになく自分の気持ちが高揚《こうよう》しているのがわかった。

わたしは「わたしもフラムたちのこと言えない」と小さくつぶやくと、再びインクに笑いかけた。

「わかった、じゃあわたしも寂しい」

「じゃあって……ああもう、そういうところなんだからねっ！」

「これは本気。すぐに再会できるように必死で頑張る」

その声に込められた想いが、インクの心の奥にまで染み込んでいく。

さっきまで怒っていたはずなのに、急にしおらしくなり、言葉に詰まった。

不意打ちは卑怯だ、何を言えばいいのかわからなくなる。

「わたしはこういうとき嘘をつかない。少なくとも、インク相手には」

「……うん」

インクはそう言って、頷くことしかできなかった。

そしてエターナの手に導かれて、馬車に乗り込む。

そのときちょうど、ガディオはすでに中にいたケレイナとハロムと会話をしていた。

「ガディオ……」

「心配するな、まだ死ぬつもりはない」

その言い方に、ケレイナはさらなる不安を覚える。

本当に死ぬ気がないのなら、〝まだ〟などという言葉は使わないはずなのだ。

「パパっ」

ハロムも、初めての旅がやはり不安なようだ。

そんな彼女の気持ちを理解してなのか、ガディオはその呼び方を拒絶しなかった。

優しく微笑み、まるで本当の父親のように、大きな手で頭を撫でる。

するとハロムは気持ちよさそうに目を細め、安堵した。

「なあ、ちょっとこっちに来てくれないかい？」

「どうしたんだ」

ガディオは言われた通り、ケレイナに近づく。

すると彼女はその胸ぐらを掴み、顔を引き寄せた。

二人の唇が軽く触れる。

「な――――」

「死なないとか言ってるけど……見てたら不安になってきたよ。あたしの唇を奪ったんだ、簡単に逝ったら許さないからね」

「強引に奪っておいてよく言う」

「つべこべ言わないいっ！」

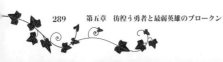

ケレイナの顔は真っ赤になっている。

そして二人は笑って離れた。

そんなやり取りを見たハロムは、顔を赤くして「おー」と何やら感心した様子だ。

出発の時間が迫る中――ずっと手を繋いでいたフラムは、ミルキットの体を抱き寄せた。

「ご主人様ったら……何日か経てばまた会えるんですから」

「ミルキットがそうやって割り切ってるのが、何かやだ」

「だって、足手まといになるのは嫌じゃないですか」

フラムは何度も『ミルキットを足手まといだと思ったことなど無い』と言ってきた。

守りたい人がいるからこそ、ここまで戦ってこられたのだから。

しかし、今回は今までとは違い、王都には安全地帯がない。

フラムのわがままで、ミルキットを危険にさらすわけにはいかないのだ。

「みなさん準備が終わったみたいです」

「やだ、まだミルキット分が足りてない」

「私だって……ご主人様分、全然、足りてないです。でも、そうも言ってられません」

二人は体を離すと、名残惜しそうに距離を取り、やがて繋いでいた手も解けた。

体に残る温かさが、余計に寂しさを膨張させる。

フラムに背中を向け、馬車に向かうミルキット。

彼女は荷台に足をかけ――

「……ご主人様っ！」

その場で振り返ると、フラムに駆け寄って抱きつき、頬に唇を押し付けた。

「あ……っ」

突然の出来事に、うまく頭が働かない。

顔を真っ赤にしたミルキットは、走ってフラムから離れると、今度こそ馬車に乗り込む。

「し、閉めてくださいっ！」

御者が言われたとおりに、荷台の扉を閉める。

ミルキットはなぜ自分がそんなことをしたいと思ったのか、よくわからなかった。

その行為の意味は知っているが、しかしなぜフラムに対して——と。

少し間を置いて、何が起きたのかを理解したフラムの顔は、みるみる赤らんでいった。

今までも抱き合ったり、一緒に寝たりはしてきたが、それとは意味が違うような気がして。

そして四人の乗った馬車が走り出す。

遠く離れて見えなくなるまで、フラムたちはその場に立ち、小さくなるその姿を眺めていた。

◇◇◇

ギルドに戻ったフラムは、大きく深呼吸をした。

（平常心だ、フラム。あれがどういう意味かは……戻ってきたら、聞けばいいんだから）

そう自分に言い聞かせると、熱で浮かされた頭が少しだけ冷静さを取り戻す。

そしてエターナに茶化される前に、ガディオに気になっていたことを尋ねた。

「ガディオさん、スロウは逃がさなくてよかったんですか？」

「さすがにそれはサトゥーキが許さんだろう」

「ということは僕、このまま王様になっちゃうんでしょうか！」

「スロウ君が王様……結婚……玉の輿……」

スロウだけでなく、残ったイーラの様子も何だかおかしい。

誰も指摘しなかったが、そもそもイーラはここに残る必要があるのか謎である。

「新たな王と王妃の誕生ですか。そのときはぜひ独占インタビューを申し込みたいですねー」

「ウェルシーさんも、残ってて大丈夫なんです？」

「こんな大スクープが期待できそうなときに逃げるジャーナリストがいてたまるかって話よ。兄さんも義姉さんも王都を出たんだし、今の私を止める人間は誰もいないっ！」

ウェルシー曰く、同じ新聞社の記者たちも結構な数が王都に残っているそうだ。

また、『王都を守る』と意気込む冒険者たちも、それなりの人数が避難を拒んだようだった。

「フォイエさんも避難してたんですね」

「兄さんってば過保護だからねー、屋敷の使用人も一緒に私の知らないうちに逃がしたみたい」

「賢明な判断。命あっての物種、ウェルシーも逃げるべきだった」

「あははー、エターナさんの言う通りではあるんですがー。ま、逃げ足には自信があるので」

いざとなったら一人で逃げる、と言いたいらしい。

だが、その〝いざ〟は、果たして逃げられるような状況なのだろうか。

「残ってしまった人間は仕方ない。わたしたちは、ひとまず明日の作戦を立てるべき」

「明日……あの手紙によると、ついに最終日ですね。そういえば今日の分って何だったんでしょう」

「フラムちゃんが目を覚ます前にエターナが言ってたな。確か、種が三つとかいうやつだったか」

ライナスの言う三つの種――それはチルドレンたちのことではないか、とフラムは考えていた。

しかし蒔かれた種という言い回しが気になってならない。

あの手紙を書いたのが〝彼女〟だとするならば、果たしてそんな書き方をするだろうか。

「種……植物……もっと広い意味だと、成長するもの……」

「フラムが戦った、巨大な赤子のことではないか？」

「確かにあれなら、朝のうちは小さい子供だったそうですから、種っぽいですね！」

「最終的に教会に献上するための研究。つまりマザーはあれを量産することも考えていたはず」

「種は三つ――つまりすでに、王都に三体の第三世代がばらまかれたというわけか。いや、あの文面から考えるに、フラムが倒した分を含めて合計で三体と考えるべきだろうな」

「うぇえ、あんなのがあと二体もいるんですか」

実際に動いているところを目撃したスロウは、露骨に嫌そうな顔をした。

フラムも内心では彼と同じ気分だった。

しかも今回は、以前戦ったときよりも経過している時間が長い。

おそらく、さらに大きく成長しているはずである。

「でもよお、それって差出人が書いた内容を信じたらって前提だよな。信用できんのか？」

「私は……信用していいんじゃないかと思います」

「つまりフラムちゃんは、あの手紙の差出人に心当たりがある、と？」

「リーチさんにあの手紙を見せたとき、紙やインクの材質は大聖堂や王城でないと手に入らないものと言っていました。それと、あの文体は女性のものだとも」

「わたしにはエキドナかアンリエットぐらいしか浮かばない」

「アンリエット元閣下は騎士団の監視下にありますから、手紙を出すのは無理じゃないですかねー」

「私は手紙の差出人は……ミュートだったんじゃないか、って思ってます」

それを聞いたエターナたちは意外そうな顔をした。

「なぜ事件の張本人がそんなことを？」

「そうだよフラムちゃん、それこそ俺たちに知らせるメリットが無い」

「兵器としては、そうかもしれません。だけどあの子たちはオリジンコアを宿した兵器であると同時に、年相応の子供でもありました。だからマザーへの恩を報いようとするし、一方で自分たちがやっていることが間違っていることも、心のどこかで理解してたと思います」

それは同じ環境で育ったネクトからも感じられることだ。

「つまり人としてのミュートは、俺たちに止めてもらおうとしていたと？」

「それもまた、彼女の一面なんでしょう。キリルちゃんのことにしたってそうです。私たちはミュートがキリルちゃんをさらったと思っていました。でも実際のところ、キリルちゃんはミュートを止めようとすると同時に、助けようともしていた……」

それはフラムたちの知らぬ間に、キリルとミュートの間に心の交流があったことの証左《しょうさ》だ。

人の心を持たぬ化物ならば、そのような対話は不可能なはずである。

「人間って、そういう生き物じゃないですか。必ずしも一つの顔だけを持っているわけではないんです。大きさは違えど、悪もあれば、善だってある。死を目前にして、そういう、自分のあらゆる面をさらけ出しながら、あの子たちは……この世界に生きた証を残そうとしているんだと思います」

「だからあの手紙は信用できると──フラムはそう言いたいんだな」

唇を噛みながら、フラムは首を縦に振った。

「ま、正直俺は、オリジンに関してもチルドレンに関しても知ったばっかりの素人だ。フラムちゃんが信用できるってんなら、その手紙を前提にして作戦を立ててもいいんじゃねえの」

エターナはライナスの意見に頷くと、明日の具体的な動きについて提案をはじめた。

フラムたちが倒すべき相手は、ルーク、フウィス、第三世代の赤子が二体とマザーの五人。

対するこちらの戦力はフラム、エターナ、ガディオ、ライナスの四人。

マザーを差し引けば一対一の状況は作れるが──

「ルークとフウィスがコアの同時使用をしてくるのならば、一人での相手は厳しいな」

ミュートを倒すのにも、あれだけの戦力を投入してやっとである。

「第三世代ってやつはどうなんだ？　俺らでも一人でやれそうなのか、フラムちゃん」

「私はコアを破壊できるから倒せましたけど……でも、第二世代よりは、個々の戦闘能力や知能では劣ると思います。特に罠や搦《から》め手には弱いんじゃないかと」

「なら、わたしとライナスで戦ったほうがよさそう」

「だな。んじゃ、俺とエターナは王都で第三世代を捜して叩くってことで」

その役目を与えられたライナスは、何となく上機嫌に見えた。

「残るは俺とフラムか……どちらか一方がギルドに残ったほうがいいと思うが」

「ガディオさん、それなら私が残ります」

「スロウを狙いにチルドレンが襲撃を仕掛ける可能性が高いぞ」

「だから余計に、です。第三世代と交戦する前、ルークと戦ったって言ったじゃないですか。あのとき、私は彼を撃退したんですけど――撤退するとき、すっごく悔しそうにしてたんですよね」

教会に走りながら振り返ったとき、フラムを睨み、何か強い言葉を吐き捨てた姿も見ている。

「人としての願い……心残り、か」

「はい、それを果たすためにルークは私を狙うんじゃないかと」

「そのために、どうせ狙われるであろうギルドに残る、と言ったわけだな。わかった。ならば俺は、残るフウィスとマザーの捜索に全力を尽くそう」

役割の振り分けが終わると、敵が動き出す時間まで休憩を取ることになった。

「しっかし、こんだけ働いて報酬無しってのは寂しいもんだねえ。ギルドから何か出ねえの？」

「その気になれば王に仕える騎士にでもなれるんじゃないか」

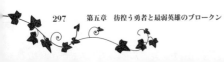

「サトゥーキの下に付くってことじゃねえか、笑えねえって」

ライナスとガディオは、紹介所のテーブルに座り、軽く食事をとるつもりのようだ。

「第三世代を配置する場所……チルドレンたちの目的を考えれば……」

エターナは彼らから少し離れた場所に座り、作戦の詳細を練っている。

フラムもどちらかに交ざろうかと思ったが、まだ少々体が重い。

長時間眠っていたと言っても、完全に回復したわけではなさそうだ。

「休むことも大事だよね」

そう自分に言い聞かせ、先ほどまで寝ていた場所で仮眠を取ることにした。

◇◇◇

医務室にあるベッドは三つ。

そのうちの一つは、現在キリルが使っている。

フラムは仮眠の前に彼女の顔を覗き込み、安らかに眠る表情を見てふっと頬を緩めた。

ブレイブの反動で眠るキリルは、まだしばらくは目を覚ましそうにない。

「おやすみ、キリルちゃん」

もちろん返事はないが、フラムは満足げに隣のベッドに潜り込んだ。

最近はずっとミルキットと一緒に寝ていたから、一人でベッドを使うのは久々だ。

広くて、冷たくて――無性に寂しく感じる。

今頃ミルキットは、近郊の村で休んでいるのだろうか。

窓から見える夜空を、同じように見上げているのだろうか。

「おやすみ、ミルキット」

空に向かってそう言うと、自分の女々しさに、フラムは思わず笑ってしまう。

奴隷として売られてから今日まで、『ミルキットを守るため』と自分に言い聞かせ戦ってきた。

彼女がいなければフラムはただの女の子で、ここまで生き残ることもできなかっただろう。

実際、その根っこの弱さは、キリルと大して変わらない。

誰と出会い、誰とともに歩くのか。

その違いだけで、明暗ははっきりと分かれる。

ミルキット不在の今、フラムは自分の心がくじけやしないかと、不安で仕方なかった。

だからフラムは、改めて明日以降の〝戦う理由〟を設定する。

早くこの戦いを終えれば、その分だけ早くミルキットに再会できる。

それをモチベーションにして、折れそうな心を支えることに決めたのだ。

「……うーん。でもそれはさすがに、私ちょっと、ミルキットのこと好きすぎやしないかな。でも、あの子だって、さっきは私のほっぺに……キス……を……」

ふいにその感触を思い出し、一気に赤面するフラム。

そのまま無性に恥ずかしくなって、ぼふっと枕に顔を埋めた。

「ふぉおおおおっ！　何なのこれぇっ！　思い出しただけで心臓がどきどきするぅ！」

さらに足をバタバタさせて、暗闇の中で一人騒ぐフラム。

しかし隣でキリルが寝ていることを思い出し、ぴたりと動きを止める。

「落ち着け私、浮かれてる場合じゃないぞ。キスの理由はミルキットに聞けばわかる。私の気持ちも、きっと、そのときに。そのためには戦って、勝って、生き残らなくちゃ……うん、頑張ろう」

と言ってみても、荒ぶる鼓動は収まってくれない。

それでもフラムは、少しでも体力を取り戻そうと、再度天井を見上げて目を閉じた。

◇◇◇

ミルキットたちを乗せた馬車は、ようやく門を抜けて王都からの脱出に成功した。

街で暮らす数万人が一気に移動しているのだ。空が暗くなったこの時間でも、まだ門の周辺は込み合っており、外に出るのに時間がかかってしまった。

いざ出られても、街道は馬車や徒歩で近隣の村を目指す人々でごった返している。

そんな喧騒を嫌ってか、いつの間にかミルキットたちの馬車は街道を外れていた。

「おお……おおおー……！　この馬車、すごく揺れるねぇ」

ガタンッッと軽く体が浮かぶほどの揺れに、インクは楽しそうに笑った。

「お母さん……」

ハロムは母――ケレイナの服に、不安そうにしがみつく。

「怖がることはないさ、あたしたちは安全な場所を目指してんだからね。そうだろう、リーチさん」

「もちろんです。実はこの先で、僕の知人と落ち合うことになってるんですよ」

そう話すリーチは、御者の隣に座っている。

ミルキットはそんな彼の背中を、不審そうに見つめた。

リーチを訝しんでいるのはミルキットだけでなく、ケレイナもだ。

彼女はミルキットの耳に顔を近づけると、リーチに聞こえないように囁いた。

「本当に大丈夫なのかい、あの男。あたしもリーチ・マンキャシーは信用できる男だって聞いてるけど、どうにも今日のあいつの様子はおかしいよ」

「私も同じことを考えてました。知り合いと合流するにしても、こんな場所を指定するでしょうか」

馬車の揺れはさらに激しくなり、ついにすれ違う人の姿すら見えなくなってしまった。

ミルキットたちの不安がピークに達したとき――御者が鞭を振るい、馬が止まる。

リーチは彼女らのほうを振り返ると、覇気のない笑みを浮かべ、告げる。

「みなさん降りていただけますか。ここが目的地です」

罪悪感に満ちたその表情を見て――あるいは声を聞いて、彼の指示に従う者はいないだろう。

しかしここに来た時点ですでに選択の余地などなかった。

リーチの肩の向こう、馬車の正面に立つ白い鎧の集団が見えていたからだ。

「あんた、裏切ったのかい⁉」

「リーチさんどうしてっ！」

「僕にはどうしようもなかった……フォイエを殺すといわれて、逆らえるはずがないんですよ！」

リーチの妻、フォイエ・マンキャシーは、数日前から教会に捕らわれていた。

もちろんリーチも防ぐための策は打っていたが、数と武力、そして権力の前に敗北したのだ。

彼にとって妻は、法を犯してでも救いたい最愛の存在である。

プライドをなげうって、負け犬よりもずっとみじめな思いをしてでも、救いたかったのだろう。

「だからずっと、そんな悲しそうな声をしてたんだね」

「ママ……やだ、あの人たちこわい……」

しがみつくハロムを、ケレイナは自らの胸に抱き寄せた。

「降りてください。殺しはしないと、そう聞いていますから」

ミルキットは震える瞳でケレイナのほうを見た。

今は従うしかない――彼女がそう頷くと、ミルキットは立ち上がり、インクを連れて外に出る。

外を照らすのは、馬車に取り付けられたランプだけだ。

並んだ四つの白い鎧が淡く灯りを反射する。

その中央には一人だけ、他の騎士とは異なる恰好をした男性が立っていた。

彼はワンピースのように上下が繋がった、だぼっとした服を着ている。

服は腰に巻かれた帯でずり落ちないように固定されているようだ。

髪は黒く、長く、それを後頭部あたりで一つに結んでいる。

髭もそれなりに伸びており、彼は右手で顎髭をしきりに触っていた。

身に着けている武装は一つ——腰に下げた、細く長い反りのある鞘に収められた剣のみだ。

「南無三、じーざす、おーまいがっ……こういうとき、昔の人はそんなことを言っとったらしい」

男は前に踏み出し、ミルキットたちに接近する。

「しかしどうじゃ、今でもそういう言葉を使うやつはおる。積み重ねられた歴史の中で、数え切れんほど言葉の変遷はあったろうにのう。不思議なもんだとは思わんか？」

「茶番に付き合うつもりはないよ。あたしらを人質にするんなら、早く連れ去ればいいじゃないか」

「くかかっ！　ケレイナ・ヤンドーラ……元Aランク冒険者か。引退しても度胸は健在か」

「そういうあんたは、教会騎士団の副団長、ジャック・マーレイだね」

「いかにも」

ケレイナが自分を知っていたことが嬉しかったのか、ジャックは歯を見せて笑った。

「儂はな、別におぬしらを人質にしたいとは思っとらん。むしろやり口があまりにちっぽけで、汚くて、反吐が出る。それでもヒューグのやつは念には念をと、下衆に下衆を重ねようとする。おりじん様のために、と言い訳を重ねてなあ。ありゃあ、あいつ自身の趣味だろうに」

「あんた自身がどう感じてようが、結果が変わらないんなら一緒でしょう」

「確かに、儂もあやつとの間に火種を作りたいとは思っとらんからな。おぬしらが諦め、従うというのなら話が早くてありがたいのう。それじゃあお嬢ちゃんたちはこっちに——」

言われた通りケレイナはジャックに近づく。

そして懐に忍ばせた短刀を握り、彼にとびかかろうと両脚に力を入れた。

ジャックは放たれた殺気に即座に反応し鞘より刀を抜くと、地面に突き立てる。

「正義執行《じゃすてぃすあーっ》――石抱《いしだき》」

「ぐうぅっ⁉」

ケレイナは見えない圧力に押しつぶされ、足を止めた。

「か……かひゅ、は……っ！」

彼女の後ろで、同等の〝重み〟に押しつぶされるハロム。

その幼い体にはあまりに負担が大きく、彼女は地面に横たわったまま白目を剥いた。

「う、あぁ……重い……が、あ……っ！」

「これは……魔法……なの……？」

ミルキットやインク、それどころかリーチや馬までも同様に、ジャックの放った力に立つことすらままならず、崩れ落ちて苦悶の表情を浮かべている。

「ハロ……ム……！　てめえぇぇええええッ！」

「さすがAランクじゃのう、儂のじゃすてぃすあーつを受けても折れんとは」

ジャックの背後では、教会騎士たちまでとばっちりを受け、鎧姿のまま口から泡を吹いている。

「もっとも、おぬしが抵抗せずに従えば、無傷で箱舟に招待したのだがのう」

「あんたらの……言葉を……信用するわけ、ないでしょうが……ッ！」

地面に足をめり込ませながら、前に進み続けるケレイナ。

一方でジャックは、彼女を見て「ほうほう」と嬉しそうに髭を撫でている。

「儂はのう、おぬしのような強い女が好きじゃ。信じる何かのために、無謀と知りながらも前に進む姿を見ておると――へし折り、塗り替えたくなってしまう」

「んなことになる前に、舌ァ噛んで死ぬ覚悟ぐらいできてるわよッ！」

「だったらなおさらに踏みにじり、折りたくなるのう！」

「……はあ。教会騎士ってこんなやつばっかりなのかしら。嫌になりますわね」

「おぬしは……」

茂みの向こうから、赤いツインテールを揺らし姿を現すオティーリエ。

彼女は不意を打つでもなく、心底呆れた顔でジャックを眺めた。

「オティーリエ、さん……？」

苦しげに名前を呼ぶミルキットに、彼女は優しく微笑みかける。

「……なるほどのう、やはりか。ならば、もはや団長の趣味に従う必要もなかろうて」

ジャックは地面から刀を引き抜き、くるりと回して鞘に収める。

すると〝石抱〟の力場は消失し、騎士も含めた全員が重力から解放された。

ケレイナはすぐさま最も影響の大きかったハロムに駆け寄ると、その小さな体を抱き上げる。

「ハロム、大丈夫かい？　ハロムッ！」

母の必死の呼びかけに娘が「マ……マ……？」と反応すると、ケレイナは涙を流し喜んだ。

「随分とあっさり手を引きますのね、ジャック・マーレイ」

ミルキットとインクが支えあいながら立ち上がる様子を見て、オティーリエは言った。

「団長は憂いておったよ。どこから情報が漏れているのか、と。その原因がはっきりとした今、こそこそせこせこと、家の隅を走り回る黒い虫のように暗躍して意味があると思うか？」

「思いませんわね。あなた方のやり方は、ほとんどあの人に見透かされていますもの」

「枢機卿サトゥーキが寝返った――否、本性を現したとなれば、それも仕方あるまいよ。おぬしがここにやってきたということは、あの女もとうに解放されたのであろう？」

「ええ、フォイエ・マンキャシーはわたくしが救出しましたわ」

「フォイエが……無事……？」

馬車に寄りかかり、呼吸を整えていたリーチは、涙を浮かべ歓喜した。

「よかった……よかったぁ……教会に捕らわれたからには、もう、助からないと……」

そんな彼の姿を見て、「はぁ」と大きくため息をつくオティーリエ。

「犠牲者は零ではっぴぃえんどというわけじゃなあ。これを乱すのは、儂の趣味ではないのう」

「まるでわたくしに勝てるかのような言い草ですわね」

「うむ、勝てるぞ。おぬし程度なら」

目を見開き、瞬きもせずにオティーリエを凝視するジャック。

対するオティーリエは悔しそうに歯をギリッと鳴らした。

「だが今日は、儂も興が乗らん。このまま帰るが、構わんよなあ？」

まるで『背後から襲ってくれても構わんぞ』と煽るように、芝居がかった声でジャックは言った。

(ステータスでは大差はありませんのに、この自信――オリジンコアでも使いそうな雰囲気ですわ。気に食わない男ですが、正義執行《ジャスティスアーツ》の底も知れませんし、大人しく見送るしかありませんわね)

オティーリエに課された役目は、人質として連れ去られようとした四人の確保。

それさえ果たせたのならば、彼女の勝利である。

ジャックはよろめく騎士たちを引き連れて、茂みの向こうへと消えていく。

と、その姿が見えなくなる直前に彼は足を止めると、振り返り、オティーリエを見た。

「意外じゃのう、本当に大人しく逃がすとは。アンリエットの惨状を知らぬのか？」

「当然、知ってますわよ。お姉様のことですもの。この世界の誰よりも、何よりも、わたくしはお姉様のことをよく知っていますし、知っていなければならないのです」

「であれば、なぜ儂を斬ろうとせん」

オティーリエは手にした剣の柄を、強く握りしめる。

「お姉様がわたくしに、その役目を期待していないからですわ。ですが、もしあなた方を殺すべき時が来たのなら――」

暗闇の中で、彼女は体内の血の巡りを活性化させ、瞳を赤く染めた。

「突き刺し、切り開き、穿ち、抉《えぐ》り、貫《つらぬ》き、また裂いて、裂いて、裂いて、花開くように肉を咲かせて！　お姉様という最も偉大で崇高な命を穢《けが》し傷つけた許しがたい罪を、最大限の痛みと苦しみで償わせてみせますわ！　ですがもちろん、それだけで足りるわけもありませんので、もっと、もっと、もっと――筆舌に尽くしがたく盛大に壮絶な処刑を用意するつもりですから、是非に！　是非に楽し

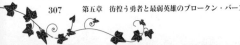

みにしておいてくださいませ！　……と、騎士団のみなさんにお伝えください」

狂乱の末、オティーリエはにっこりと微笑むと、ジャックもまた愉しそうに笑った。

「ああ、伝えておこう。儂らも、血肉を散らし刃を交えるそのときを、楽しみにしておるぞ」

そう言い残し、今度こそ彼はオティーリエたちの前から姿を消した。

「まったく、あんなトチ狂った連中と何度も戦わせるなんて、戦いが終わったらもう二度とサトゥーキとは関わりませんわ」

ジャックの気配が消えると、彼女は体から力を抜いてそうつぶやいた。

「オティーリエさん……ありがとうございます、助かりました」

「間に合ってよかったですわ。骨が折れたりはしていませんわね？」

「あたしはへーきだよ、まだ体がちょっと痛いけど」

「私も大丈夫です。ケレイナさんとハロムちゃんはどうですか？」

「ハロムは気絶してるだけだ、体は……問題なさそうだね」

娘の無事を確かめたケレイナだが、その表情は浮かない。

「リーチ・マンキャシーはどうかしら」

「……」

「体に問題はなさそうね。馬もしばらく経てば意識を取り戻すでしょうし、あなたは予定通り、使用人たちのいる村へ避難するといいですわ。奥さんもそこにいるはずですから」

「……ありがとう、ございます」

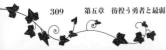

リーチは俯いたまま、オティーリエに感謝を述べる。

「ありがとう、ございます。妻を、助けてくださり、ありがとうございます……！」

何度もそう繰り返し、涙のしずくで地面を濡らす。

「わたくしへの感謝より先に、謝らなくてはいけない相手がいるのではなくて？」

「……そう、だ。そうだ、真っ先に、そうしなければ……ああ、申し訳ない。謝っても許されないと思いますがっ。ミルキットさん、インクさん、ケレイナさん、ハロムさん……この度は本当に……申し訳なかった！　本当に、本当に……僕は、バカです……バカで、どうしようもない男です……！」

地面に額を擦りつけながら土下座をするリーチ。

いいですよ、と止めようとしたミルキットだが――結局は何も言えなかった。

自分の過ちを誰よりも理解しているのはリーチ自身だ。

それでも、妻の命と正しさを天秤《てんびん》にかけて、妻のほうを選ぶしかなかった。

そんな彼を、誰が責められるというのだろうか。

そして同時に、そんな彼を、彼自身以外の誰が許せるというのか。

「さて、やることもやったところで、わたくしがみなさんを案内いたしますわ。王都に戻ることになりますが、外よりも安全な場所ですので安心してくださいませ。さあ、ついてきてください」

ジャックが消えたのとは逆の方向へと歩きだすオティーリエ。

人質はもういないが、一時とはいえ裏切ったリーチを、例の施設へ連れていくことはできない。

土下座を続ける彼を置いて、ミルキットたち四人はオティーリエの後を追った。

15 群体

翌朝――ライナスはガディオたちの目を盗んで、まだ外が暗いうちに王都に繰り出した。

事情さえ説明すれば誰もライナスを止めようとはしなかっただろうが、何より彼自身に、チルドレンを止める以外の目的があることを後ろめたく思う気持ちがあるのだろう。

「マリアちゃん、絶対に見つけてみせるからな！」

彼女の残した手紙を握りしめ、そう誓うライナス。

どんなにマリアが差し伸べた手を拒んだとしても、彼は彼女を諦めるつもりなどなかった。

街にはもはや教会騎士の姿もなく、死に場所を定めたか、あるいはこの街を捨てられなかった命知らずの姿がちらほらと見えるだけである。

人が減れば減るほど、気配でマリアを見つけ出せる確率はあがる。

ライナスは普段とは違う、静まり返った王都の街並みを、神経を張り巡らせながら歩いた。

壁に手を当て、西区特有の荒んだ路地を進んでいると、指先がぬちゃりと生ぬるく濡れる。

「……げ、何だこりゃ」

付着したのはやけに粘度の高い血液だった。

続いて壁に視線を向けると、そこには小さな人型の何かが叩きつけられ、へばりついている。

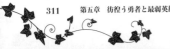

それが手のひらサイズの赤子だと気づくのに、そう時間は必要なかった。

「いちいち悪趣味だよな。人を不愉快にする競技でもやってんのか？　クソッ！」

怒りに任せて拳で壁を叩いたライナスは、その手で弓を握りしめ、前進する。

いつ、どこから第三世代の化物が現れても対処できるように、彼は意識を研ぎ澄ました。

そして広い通りに出ると――中年の男性と鉢合わせる。

教会騎士ではなく、家を捨てられずに王都に残ることを選んだうちの一人のようだ。

「何だ、人間か。おっさん、ここから逃げたほうがいい。近くに例の化物がいる」

「わかってる……わかってるよ、私もそのつもりだったんだ……！」

男性の顔は真っ青で、全身にびっしょりと汗を浮かべている。

呼吸も歩く、しきりに血まみれの手で首をかきむしっていた。

だが体に傷を負っている様子はなく、その血は男性のものではないらしい。

「なのに、ちくしょう、私だって頑張ったんだ！　できる限りはやったってのに、どうして……！」

「落ち着けって。もしかして、そこの路地でちっこい化物をつぶしたの、あんたか？」

「そうだ！　あいつら、気づいたら家の中にいて、家内と息子が……私だって助けたかったんだよ！　でももう、気づいたときには手遅れで、私も逃げたんだが……ああ、ダメだったんだよぉ！」

「まだあんたは生きてる。嫁さんと子供は残念だったが、あんただけでも――」

「もう遅い……う、ぷ……おぞ、おぞい……ん、うえ、お、ごぉおおおおっ！」

「お、おい！　大丈夫か⁉」

男性はしゃがみこみ口を手で押さえると、その指と指の間から透明の粘液が溢れだした。

駆け寄ろうとしたライナスは、そこで足を止める。

よく見れば、指の間から出ているのは粘液だけではない。

じたばたと動く小さな頭や手足が、無数に彼の体の中から飛び出そうとしている。

「キィ、キィ、キィ」

そいつらはまるで虫のように鳴きながら、べちゃりとこの世に産み落とされた。

「どういうこった……何であんたの体の中からそんなもんが出てくるんだよぉォッ！」

「に、逃げた、か……おごっ、しに、たぐ……ごおぉっ、ぶごぉぉおおっ！」

口だけでなく、鼻や耳、さらには眼球を押し出して眼孔からも溢れ出す小人たち。

ついには皮膚を突き破り、全身を穴だらけにして体内から噴き出した。

男の体内は、最初に一体に入り込まれた時点で、卵嚢《らんのう》と化していたのだ。

広がるあまりにグロテスクな光景と、強烈な生臭さ。

仕事上、死体には慣れているライナスですら、吐き気を催すほどの悪夢のような光景だった。

「ぐっ……でかい赤ちゃんって聞いてたが、あの個体だけだったってことかよ……！」

ライナスに迫る第三世代の赤子たち。

群れはいつの間にか彼を取り囲んでおり、その数は男性の体から出てきた総数よりも遥かに多い。

他にも見えないだけで犠牲者が複数おり、全てがライナスの周囲に結集しているようだ。

溝や民家、屋根の上、石畳の隙間から、次々と這い出てくる小さな赤子。

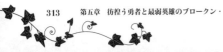

それはかつてインクが吐き出した眼球を思わせる光景――すなわち〝増殖〟の能力。

「小さい体に〝コア〟とやらがあるとは思えねえ。本体だ。それさえ叩けば、一網打尽にできる！」

冷静に状況を判断したライナスは、弓を引き、素早く矢を放った。

◇◇◇

フラムが目を覚ましたときには、すでにライナスの姿はギルドになかった。

彼がマリアを捜そうとする予感はしていたので、ガディオやエターナも落ち着いたものだ。

「ライナスがいなくても、やることは変わらない」

「あいつも、自分の役目を全て放り投げる男ではないからな。自由にやらせて構わん」

旅のときの信頼があるからこそ、なのだろう。

フラムもそこに関しては心配していないが、単純に複数の敵に遭遇していないかが心配だった。

「朝っぱら辛気臭い顔しないの。はい朝ごはん」

「あ、ありがとう、イーラ」

イーラはギルドに備蓄してあったパンを、他の面々にも手渡していく。

特に味はついていないバゲットだったが、腹に入れておくだけでも力にはなる。

フラムが座ってそれをかじっていると、ガディオは彼女に封筒を差し出した。

「今日の分だ、ご丁寧にギルドの前に置かれていたぞ」

ガディオに手渡された手紙を見て、首をかしげるフラム。

「ミュートはもういないのに？」

もしかして自分の予想が外れていたのだろうか――そんな不安を胸に封筒を開く。

そして手紙を開いた瞬間、フラムの不安は一瞬にして消し飛んだ。

「……うわあ」

「読めたものではないな」

「どうしようもなく文字が汚い」

ひどい言われようだった。

だが実際に、読むのも困難なほど汚かったのだから仕方ない。

それでも一応、フラムは解読を試みる。

「のこり一日。たねはおおきくなって、花がさく。マザーはかならずやりとげる。そしておれも、おまえと決着をつける。まっていろ」

「種から花のくだりだけ頑張って以前の手紙を真似しようとしてるけど、すぐに力尽きてる」

「昨夜は気配を感じなかった、何らかの力を使って運んだんだろう」

「差出人はルークだと思います、私と決着をつけたがっているようですから。ミュートがいなくなったから、あとを引き継いだんでしょう。それにしてもこの文字……」

乱雑なその文字をフラムは指先でなぞる。

「同じ環境で育ってきたのに、ここまで差が出るものなんですかね。考えすぎかもしれませんが」

「八歳の文字と考えれば、年相応の範疇《はんちゅう》ではあるな」

ハロムの成長を見守ってきたガディオが言うのだから、間違いはないだろう。

だがもしその違いすらもマザーが意図的に作り出したものだとしたら――

そんなことを考えずにはいられなかった。

(今から殺しあう相手に感傷的になったって、辛いだけなのにな……)

だからといって、フラムの意思は揺るがない。

最終的にはネクトが止めに入るだろうが、それでも戦うときは殺す覚悟を胸に宿す。

でなければ、死ぬのはこちらなのだから。

「もしこれがルークからの手紙なら、フラムを狙うという話の信憑性《しんぴょうせい》は増したわけだ」

「ええ、予定通り私はここに残りますね」

そしてガディオは中央区へ、エターナは東区へ向かうべく、ギルドから出ようとした。

ドォンッ！　と大きな爆発音が鳴り響いたのは、そのときのことである。

「ライナスだな」

「わたしたちも、うかうかしていられない」

複数人で協力して一体を叩くという作戦もエターナの頭に浮かんだが、東の空を見て諦めた。

そちらでも煙が上がっていたからだ。

彼女はすぐさま魔法で作った狼に飛び乗り、東を目指す。

ガディオもエターナとは別の方向を目指して駆け出した。

残されたフラムは、ギルドから出てすぐの場所で大きく深呼吸をすると、

「さて、ルークはいつ現れるのかな」

魂喰いを抜き、少年の襲撃を待った。

16 回転

遠くから地鳴りのような音が響いてくるたび、フラムの焦燥は膨らむ。

しかし動いてはならない、ここでスロウやイーラを守ることも彼女の役目なのだから。

「僕としては、オリジンが実在したこともなかなかの驚きでした。神話に出てくる神様なんて、大体が人間の空想上の存在じゃないですか。しかもそれが僕たち人間を滅ぼそうとしてるんですから」

「考えてみれば、神話に出てくる神様なんて容赦なく人間を殺してるものねえ」

魂喰いを握る手には、緊張から汗がにじんでいた。

コアを二つ使用したミュートは、周囲の人間を吸い上げて自分のものに変える能力を手にした。

もしもルークが二つ目のコアを使ったら、〝回転〟の力はどのように進化するのか。

「それよりスロウ君、問題はあなたが王族だったってことよ。どうするの、今のままじゃ本当に王様になっちゃいそうな流れだけど」

「実感がない、っていうのがまず第一ですね。でもお金持ちにはなれますよね！」

「それは間違いないわね。王城には金銀財宝がいっぱい蓄えてあるって噂よ……うふふ」

「興味深いですねそれは。母に贅沢をさせられそうです……じゅるり」

フラムにだって、強くなったという実感はある。

装備だけではなく、騎士剣術《キャバリエアーツ》も以前に比べればかなり使いこなせるようになっているはずだ。

だが、やはり、まだ足りない。

もっと強い力を――そう望む先に待つものはおそらく、チルドレンと同じ、人を捨てた存在。

再生能力は便利だが、使うたびに、自分が人間離れした何かになっていくような気がするのだ。

「そういえば、スロウ君のお母さんは今どうしてるの？」

「実は昨日、一旦、家に戻ったあと、知り合いに連れられて外に逃げたみたいで。むしろ僕の居場所がわからずに心配かけてるかもしれませんね」

「まあでも、王家の血を引いてるのはスロウ君だけだものね」

「はい、さすがに教会が母を狙ったりはしないと思いたいです。もちろん僕も嫌ですけど」

フラムが戦うのは、オリジンを打倒した先にある、平穏な日々を得るため。

もしそこにたどり着けたとしても、人間らしさを失ってしまえば――

「心配いらないわよぉ、そこのフラムが身を犠牲にして守ってくれるんだから！」

「あのー……」

見るに見かねたフラムは、目を細めて二人を見た。

「何よフラム、寝ぼけた飼い犬みたいな顔して」

「まさか敵が迫ってるとか⁉」

「いや、そうじゃなくて、何で中で待っててくれないのかなーって」

フラムは困り果てている。

イーラとスロウは、なぜか入り口の前にある階段に腰掛け、二人で並んで駄弁《だべ》っていた。

「フラムさんが外にいて、僕たちが中にいたら、不安じゃないですか」

「そうそう、いきなり敵が屋内に突っ込んでくるかもしれないじゃない」

「そのために中には冒険者さんたちが待機してるんだから、安全な場所で待っててくれない？」

建物の外から攻撃されるのが怖い、という気持ちはわかる。

だが、ルークがフラムとの決着を望んでいる以上、彼は真正面から仕掛けてくると読んでいた。

つまりフラムの読みが正しければ、屋内のほうが圧倒的に安全なのだ。

「それが嫌なんですよ、僕。もしルークってやつがギルドに攻め込んできて、冒険者さんたちが守ってくれたとして……絶対に誰か死ぬじゃないですか」

「それは……そうかもしれないけど」

「僕のせいで目の前で誰かが死ぬとか、辛すぎて耐えられません。だからフラムさんの近くにいたほうが、僕としては安心なんです」

「別にいいじゃない。どこにいようが、危険なことに変わりは無いんだから」

「それもそうなんだけどぉ……」

あまりの開き直りっぷりに頭を抱えるフラム。

「それに、もしあんたが勝ったとしても、私たちを守るために戦ってるのに、知らないうちに終わってたらもやっとするでしょ？」

「……何かいい話っぽくまとめようとしてるけど、本当に危ないいんだからね？」

彼らと話していると、フラムの緊張感が薄れていきそうで困る。

その間にも、ライナス、エターナと第三世代との戦いは激化していく。

人間、あるいはそれに似た存在の中身がぶちまけられているのか、風に嫌な臭いが混ざりだした。

フラムも深呼吸で気持ちを切り替え、今度こそ本気でイーラとスロウに告げる。

「二人とも、中に入って。今度は本気だから」

先ほどまでとは違う――声に宿った迫力に、二人は首を縦に振ることしかできない。

そして、そそくさと屋内へと逃げていった。

する数秒もしないうちに、前方の屋根から金髪の少年が飛び降りてきた。

彼はポケットに手を突っ込んで、フラムのほうに歩み寄ってくる。

ある程度の距離まで近づくと、ルークは「よぉ」と手を挙げて彼女に挨拶をした。

「俺からの果たし状、ちゃんと読んでくれたか？」

「あれ、果たし状だったんだ。字が汚くて読めなかった」

「くっ、フウィスと同じようなこと言いやがって。仕方ねえだろ、ミュートと違って手紙なんざ書くのは初めてだったんだよ！　初めてにしてはよくできましたって褒めとけよそこは！」

「褒めないでしょ……こんなに早く来るなら、あんなものを送る必要なんてなかったのに」

「そうはいかねえだろ」

ルークは寂しげに目を細めて言った。

「それがミュートにとっての〝証〟なら、最後までやり遂げるのが俺の役目だ」

「まだ死んでないけどね」

「らしいな。ネクトのやつ、余計なことしやがる。せっかくあいつは死に場所を見つけたってのによお。なあフラム、あんたはどう思う？　本当に俺らを人間に戻す方法があると思うか？」

「今の状態なら、できるかもね。何ならこのまま、ネクトが来るのを待ってみる？」

「はっ――やなこった」

ポケットから黒い水晶を取り出し、フラムに見せつけるルーク。

「もう俺らは後戻りできねえ場所にいる。甘いんだよ、ネクトは。本気で生き残れると思ってんのか？　生き残って何をするってんだ？　人を殺す以外に能がない、人の姿をした人でなしの化物が、ただの人間になって何をしようってんだよ！　だったら派手に死んだほうがずっと俺たちらしい！」

自分らしさなんて、しょせんは後付けにすぎない。

彼らは投げやりになっているだけだ――そうフラムは感じる。

しかし、一体誰ならば、どんな言葉を使えば、それを止めることができるだろう。

もはやどちらかが死ぬまでの戦いを避けられないというのなら、ここまでの会話はきっと、ルークに残ったわずかな未練をそぎ落とすための、感情的な行為に過ぎない。

それは果たしてフラムの優しさだったのだろうか。

罪を重ね、死を覚悟した、オリジンコアの怪物に過ぎない彼らに、優しさなど必要だったのか。

わからない。

人とは多面的な生き物だ。

ネクトやミュート、フウィスも、ルークも、きっとガディオやエターナ、ミルキットだってそう。

フラムとて例外ではなく、胸の内では情など交えず殺すべきだという冷酷さと、どうか死んでほしくないという甘さとが同居して、『死ぬのならせめて人間らしく』、『ネクトがそう望むなら積極的には殺さない』――そんな中途半端な結論を導き出している。

きっと誰もが十割納得する答えなど、どこにも存在しないのだ。

それでもあがいて、模索して、少しでも自分が納得できる答えを探す――

「だから、俺も派手に逝かせてもらうぜ。しっかり見届けろよ、俺の命の――!」

「待って」

いいところで止められ、がくっと転びそうになるルーク。

「んだよ、せっかくかっこいいシーンだってのに!」

かっこいいところだからこそ、まだかっこよくさせるわけにはいかなかったのだ。

フラムには、たとえ半端な想いでも、彼に伝えなければならないことがあったから。

「インクのことだけど、一応、王都の外に逃がしてあるから」

「別にあんなやつのことは……」

「とか言いながら、心配してるんじゃない？　八年も一緒に暮らしてたんだから」

「あいつは、パパの声も聞けない出来損ないだ。俺らとは違う」

「それはチルドレンとしての感情でしょ。人としてはどうなの？」

「……今から殺しあおうってのに、嫌なやつだな、お前」

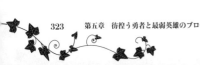

心底呆れながらルークは言った。

「敵同士だしね」

我ながら馬鹿げたことをしている、と苦笑するフラム。

「チッ……ああそうかい、インクは外に逃げてくれたのか。そりゃあ安心だな！」

どうせ死ぬのだ、ここでひねくれたって仕方ない。

ルークは本音をむき出しにして、インクの不在に歓喜する。

「本音を言えばな、今から俺が意識を失って大暴れして、巻き込んで殺しちまいやしないか心配だったさ。そりゃそうだよなあ、いくら落ちこぼれとはいえ、八年も一緒だったんだ、八年も姉弟やってたんだ！　情だって湧くさ！　殺したくねえとも思うさ！　でもいないってんなら——思う存分、完全に俺が俺じゃなくなるぐらい、ぶっ飛んじまっても問題はねえよなぁ！」

気を取り直して、ルークは二つ目のオリジンコアを胸にあてた。

黒い水晶は服を貫通して、ずぶずぶと体内へと沈んでいく。

「オリジンコア・二重駆動《ダブルドライブ》ッ！」

その行為に彼が叫ぶような名前はついていないが、そうあることもまた彼の望みなのだろう。

「お……おおぉぉお、ごっ、があぁぁッ！　ぐっ、ぎぃあぁぁぁぁぁあああッ！」

体内で二つのオリジンの力が共振し、存在を代償に、限界を超越した力を与える。

「あがあぁぁぁぁあああああぁッ！　おっ、おぉお、おあぁぁぁぁぁぁぁァァァッ！」

苦悶の表情を浮かべながら叫ぶルーク。

その首には血管が浮かび、顔は異常なまでに赤く変色している。

ぐるりと指先が捻れる。

同時に皮が裂け、肉が剥き出しになる。

さらに手、肘、肩へと――螺旋は全身へと広がり、肉体を完全なる人外へと導く。

「おごぉぉぉおおおおああああああああああっ！」

産声は激しく壮絶に。

肉体だけに留まらず、ルークの周囲では風までもが近づけないほど激しく渦巻いていた。

そしてついに捻れは頭部にまで達し、中身が剥き出しになる。

そこには人間らしい頭蓋骨など無い。

赤い筋繊維の束が捻れながら、辛うじて頭のようなパーツを形作る。

その頃には、ルークという人格はすでに消え失せていた。

「オ……」

口のない顔のどこからか、声が響いた。

高く、澄んだ、聞いているだけで正気が削がれるような、異形の音色。

「オォォォォオオオオオオオオ！」

ルークだったものが声を響かせる。

「来る――」

螺旋の気配を感じ、身構えるフラム。

すると――

「……いっぎ⁉」

フラムは右足に、鋭い痛みを感じた。

触れられたわけでもなく、ルークは力を飛ばした様子もなかったのに、右足が捻じれている。

残った左足でその場から飛び退くと、次は左腕が回り始めた。

それは次第に加速し、終いには血を飛び散らせながら高速回転を始め、千切れて飛んだ。

さらに左足で跳ねて後退すると、回転はようやく止まった。

だが――今度はミシ、という鈍い音が、耳の奥のほうから聞こえてくる。

「まさ、か……！」

首を傾けていないのに視界が動く。

ルークは動くことすらなく、フラムの頭部の上半分だけを回し、破壊しようとしていた。

17 喪失

「づ、ああぁぁぁぁああああああッ！」

フラムは吼え、強く地面を蹴り後ろに飛んだ。

それは痛みというよりは、自分の頭蓋が破壊されることに対しての恐怖に耐えるための行動だった。

しかし左足だけでの移動には限界がある。

バランスを崩し、彼女の体は地面を転がった。

だが移動したおかげで回転は収まる。

どうやらルークの力は対象を指定するのではなく、場所を指定して発動しているようだ。

つまり、常に移動を続けていれば、今の右足や左腕のように、完全にねじ切られることはない。

それでも——すでに再生されてはいるが、頭蓋骨、ひいては脳に直接物理的なダメージを与えられるのは、想像を絶する嫌悪感である。

横たわるフラムの口からは吐瀉物《としゃぶつ》が吐き出され、さらにむせて咳《せ》き込んだ。

もう二度と味わいたくない、けれどルークは攻撃の手を緩めてくれそうにない。

「オ……オオォ……」

そのうめき声はミュートよりは少し低い。

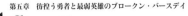

彼は特に動きは見せずに、首を少し傾けた状態でゆっくりとフラムに歩み寄った。

そして足裏がぺたりと地面を叩くたびに、発せられる力が周辺に異変を巻き起こす。

ガッ、ガガガッ、ガリッ――

フラムの耳に聞こえてくる、何かが砕け擦れ合う音。

聞こえてくるのは横たわる地面から。

傾き、割れて、刃のように形を変えると、ザザザと砂をかき混ぜながら回転をはじめる。

フラムはようやく再生した腕で体を押し出し、転がりながら逃げ出した。

そして、範囲外まで脱出した瞬間――

「ぐ、が……ッ!?」

ゴリュッ、と鈍い音と共に腰がぐにゃりと捻れる。

内臓が潰れ、血液が食道をせり上がり、口から吐き出された。

予兆もなかったのに、なぜ――地面に倒れ這いずるフラムは、予想外の攻撃に混乱する。

「オォォ……オオォオ……ッ」

ルークの声は心なしか嬉しそうだった。

全身の筋が脈打ち、その隙間からじわりと赤い体液が滲《し》み出る。

「予測、して……設置していた……!?」

意識は全てオリジンに奪われていても、知能は健在ということか。

フラムはさらに転がり続け、不可視の罠が設置された領域から脱出。

再生により、フラムの体のねじれは少しずつ解消されていく。
それに連動して、麻痺した下半身の感覚も戻っていった。
だが完治を待っている暇はない。
両手で這いずり、ルークから離れようともがくフラム。
だがやはり、両足で移動する彼との距離はなかなか離れない。
ミシッ……とまたフラムの耳に、内側からの——頭蓋骨が変形する音が聞こえてきた。
「ぎ、いぃぃぃ……ッ！」
苦悶の声をあげるフラムは、自らの頭に右手を押し付け、反転の魔力を流し込む。
バチイィッ！　と体内に流れ込んだ回転の力とぶつかり合い、激しく爆ぜた。
「あっ、ぎゃあぁぁぁあぁッ！」
フラムはのけぞると、その場でのたうち回った。
とんだ自滅である。
右眼球が破裂し視界が塞がれ、さらに顔の右半分がケロイド状に焼けただれる。
一部は完全に頭蓋骨が露出していたが、脳までダメージが及ばなかったのが幸いか。
「あ……あがっ、が……っ！」
彼女はそれでも前進を続けた。火傷した右手が前に伸びる。
透明の汁に塗れた手のひらが地面を叩き、フラムの体を前方へ引きずった。
次は左腕を前に、血まみれの爪先を石畳の溝に引っ掛け、力を入れる。

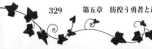

ゴ、ガガッ、ガガガガッ――――また地面の回転が始まる。
今度はフラムの真下、胴体をかき混ぜられる位置だ。

まだ速度は緩やかだが、服が巻き込まれてうまく前に進めない。

「オオォオ、オオォッ」

ルークの声はどこか嬉しそうである。

フラムは悩み、そして――――地面に当たった胴体に、反転の魔力を注ぎ込んだ。

「リヴァ……ァ、サルッ！」

バチンッ！

再び力同士がぶつかり合い、生じた火花が、瞬間的にあたりをまばゆく照らした。

そして衝撃で宙を舞うフラムの胴体。

内臓や砕けた肋骨を撒き散らしながら、それでも『心臓さえ無事なら死にやしない』と割り切って、彼女は強引に渦から脱出する。

エンチャントで痛みが軽減されているとは言え、ここまでの重傷だと意識まで吹っ飛びそうだ。

腹をフォークでかき混ぜられるような苦痛の中、フラムは空中で魂喰いを抜く。

それはルークが初めて見せた、攻撃動作に対しての反応であった。

彼は拳を斜め上に突き出す。

すると竜巻のような螺旋の力が、彼女へ向かって一直線に射出された。

「つありゃあああぁぁぁぁっ！」

言葉に意味など必要はない。

ただ意識を繋ぎとめ、体を動かすだけの気合さえ入れられれば、発音なんてどうでもよかった。

そして魂喰いを、迫る螺旋に向かって突き出す。

バヂバヂバヂッ！

ぶつかりあった力は拮抗する。

以前の戦いのとき、ルークの回転の力は、フラムの反転の前にあっさりと破れてしまった。

しかし二個目のコアを使用することで力は跳ね上がり、互角以上にせり合っている。

もっとも、ルークは命を捨ててまで力を得たというのに、それでようやく同等とは、あまりの相性の悪さに笑ってしまいそうなものだが――あいにく、今の彼にはその口がない。

「オォォォオオオオッ！」

代わりに咆哮する。

そしてさらなる回転の力を螺旋に込め、フラムに向かって放った。

「くぅ、押し……負けるッ!?　きゃあああっ！」

ついぞ力比べに敗北した彼女の体は、後方に吹き飛ばされる。

ルークは足元の空気を回転させ、気流を作り上げ宙に浮き上がった。

そして加速し、フラムに追撃を試みる。

接近する赤い化物を見て、彼女の口角がにやりと吊り上がった。

「反転《リヴァーサル》――しろッ！」

瞬間、吹き飛ばされるフラムの移動方向が反転し、猛スピードでルークに迫った。

急な方向転換により、ガクンッとフラムの体に大きな力がかかり、背中あたりからバキッと鈍い音がしたが、これまでの痛みに比べれば大したことはない。

「ふっ！」

空中ですれ違う二人の体。

フラムが振り下ろした刃は、ルークの右腕を切断した。

「オ、オォォオッ！」

苦しげな声が周囲に響く。

傷口はすぐに捻れ、出血は治まった。

しかしルークは怒りを感じさせる動きで振り向き、着地したフラムに力を行使する。

「あっ、ぐぅ……！」

走り出そうとした彼女の胸に、鋭い痛みが走る。

ルークは――その心臓を、直接捻り潰そうとしたのだ。

フラムはすぐさま走り出し、その場を脱す。

その後もルークは、繰り返し頭や胸といった急所を狙って力を放ったが、背中を向けて全力疾走で逃げるフラムをうまく捉えることができない。

一方でフラムは、そうしてルークの力を避けながら、どうやらイーラやスロウ、そしてキリルのいるギルドから離れようとしているようである。

その後、ある程度距離を取ると角を曲がり、建物の陰に姿を隠した。

罠の設置も、視認できて初めて成立するもの、そう読んだ上での行動である。

ルークは彼女を捜す——などというまどろっこしい方法は使わない。

空中で両手を広げる彼は、

「オオォォォォォォォォ——」

まるで歌うように、澄んだ声を響かせた。

そのとき、建物の陰で肩を上下させるフラムは、血で汚れた自分の服を見て苦笑いを浮かべる。

まだ戦いは始まったばかりだというのに、ひどい有様である。

「すうぅ……ふうぅ……」

深呼吸をして、気持ちと、バクバクと脈打つ心臓を落ち着ける。

しかし痛みは消えても、気持ち悪さは残り続ける。

特に内臓への損傷は非常に後味が悪く、今でも断続的に吐き気がせり上がってきていた。

「……にしても、急に静かになったなあ。さっきまであれだけやりたい放題だったのに」

フラムがそうつぶやくと——ガゴオォォオオオンッ！　と腹の底から揺れるような重い音が轟き、
彼女のすぐ右側にある建物が、粉々に砕け散った。

いや、砕けたというよりは、巻き込まれたと言うべきだろうか。

「何、今の……」

通り過ぎていったのは、巨大で尖った岩の塊だ。

それが高速で回転しながら直進し、その軌道上にある建物を片っ端から破壊している。

ガゴオォンッ！　とまた別の場所の建物が壊れる。

次に狙われたのは、フラムの左側。

つまり三射目は、中央――すなわちフラムの真後ろから迫ってくる。

「まずいっ！」

音で接近に気づいた彼女はすぐさま走りだし、それでも逃げ切れないと悟ると、前に飛び込んだ。

ゴガァァァァッ！

先ほどまで立っていた場所は、遮蔽物《しゃへいぶつ》として使っていた民家ごと抉り取られ、深い溝だけが残る。

そして開けた景色の向こうには、全身の赤い繊維を蠢かせるルークの姿があった。

瓦礫の上に立つ彼は、近くにあった石造住宅の壁に手を当てた。

その建物に回転の力を加えると、住宅は土台からボゴォッ！　と剥がれ、その場で回りはじめる。

やがて回転速度が上がると、それは直径四メートルほどの尖った石のドリルと化した。

ルークは地面に倒れたフラムにその先端を向けると――

「オォォォオオオオ！」

咆哮、そして射出。

バシュッ、ズガガガガガガッ！

家屋がまるごと、巨大な削岩機となってフラムに迫る。

彼女は立ち上がって走り出し、そしてまた倒れ込むように前に飛び込んだ。

そのまま、飛び散る瓦礫から頭を守って伏せていると、今度はぺたりぺたりと足音が近づいてくる。

彼女が慌てて立ち上がると、またもや足が捻じれ、千切れる。

バランスを崩すフラムの背中に向けて、接近したルークは腕を振り上げた。

もちろんその手に、螺旋を纏わせて。

片足を失いながらも、もう片足で踏ん張り、振り向きざまに黒い刃を振るうフラム。

バヂッ！　バヂッ！　バヂィィッ！

反転と回転がぶつかり合うたびに火花が散り、二人のいる路地を明るく照らす。

フラムは必死で、一撃でいいから胸のコアへ剣よ届けと祈りながら、素早い連撃を放った。

しかし、拳と大剣——ルークは先の攻撃で右手を失っているが、力が同等ならば、勝るのは一撃一撃が素早い前者である。

少しずつ彼女は押されていき、後退していく。

さらにルークは、失われた右腕で殴りかかってくるような動作を見せた。

もちろんフェイク——だがフラムの体は反射的にのけぞり、その攻撃を回避する。

フォンッ！　と見えない力が前髪を掠めた。

回転の力で右腕を模したのだ。

もっとも、それは腕というよりは、触れただけで肉体をえぐる凶器そのものだが。

（ぐっ——離れないと！）

腕を切り落とした程度では意味がない。

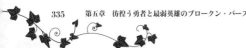

それが確かめられただけでも、この打ち合いには意味があった。

剣を振り下ろし、力同士がぶつかりあった衝撃を利用してフラムは後退する。

そして下がった先には、罠が待っていた。

「が、あ……しまっ――――！」

右脚が脛のあたりでねじれ、骨を砕きながらぐるりとひっくり返る。

彼女は歯を食いしばり両脚で着地、さらに距離を取ろうとしたが、片足が潰れれば動きも鈍る。

「オォォ……！」

ルークは声を上げて前進し、腰を落としてフラムの懐に飛び込んだ。

そこから繰り出される、不可視の右腕によるアッパーカット。

その指先が――フラムの下顎に触れる。

（まずい、逃げ切れないっ！）

瞬間、彼女の全身を悪寒が駆け巡った。

螺旋の指はぷつりと皮を破り、ぞぶりと下顎の柔らかい肉を裂き、舌の裏から口腔内へ侵入する。

首をのけぞらせても、結果はさほど変わらなかった。

「げ、ぴゅっ」

指が口蓋にまで到達、さらには鼻の内側をえぐりながらなおも進行。

フラムの口から、意識せずとも奇妙な音が漏れる。

そして両眼球を奥から引き抜くと、最後は頭蓋の内部、前頭前野の一部を掻き出すように破壊した。

彼女の顔は引き剥がされ、宙を舞い、地面に落ちる。
要するに――フラムは、頭部の前半分を喪失したのである。
視覚を喪失した彼女の世界は、完全なる暗闇に包まれた。
それは幸福なことだったのかもしれない。
少なくとも、今の自分の有様を見ずに済んだのだから。
鼻を啜《すす》ると、じゅぶっと血が逆流した。
辛うじて残った舌の根っこでは、ひたすらに鉄の味と匂いだけを感じる。
「カ……ア……ァ……」
痛い。
痛い。
痛い。
苦しい、嫌だ、助けて。
「ア……アァ、ア……」
しかし人という生き物は――前頭葉が壊れた程度では死にはしない。
もっと奥深くにある、脳幹を傷つけて初めて死は成立する。
だが脳をえぐられれば、当然フラムの身には変化が生じる。
前頭葉が司る、理性と本能のバランスの崩壊だ。
あるいは人格や感情の変質とでも言うべきか。

再生までのわずかな間ではあるが――フラムの心は完全に〝ぶっ壊れ〟ていた。

「オオォォォォオオッ」

ルークは脳幹を潰すべく、今度は実体のある左腕を前に伸ばした。

フラムの現状を分析し、相手が反撃できないと読んだ上での、大胆な攻撃である。

一方でフラムは、まるで何かを探すように両手を前に伸ばした。

そして――パァンッ！　と、火薬が発破したような音が鳴る。

同時に、ルークの眉間に何かが突き刺さり、彼は軽くのけぞった。

「オォ……オオォ……」

フラムは銃など持っていないはず――ルークは戸惑う。

しかし彼女は続けて、それを放った。

パパパァンッ――今度は三連続で、彼の肩にまた何かが突き刺さる。

「オオォォォ……」

「アアアァァァ……ッ！」

唸りをあげる異形二人。

追い詰められているはずは明らかにフラムのほうなのに、ルークは及び腰だ。

そんな彼に向けて、音を頼りに場所を探り当て、彼女は指先を向ける。

すでに左手は親指以外が存在していなかった。

だが再生途中である、じきにまた装填される。

だから次に発砲するのは、右の指。

魔力が手の先に流れる。

〝反転〟すれば、固着したものは、弾ける。

〝反転〟すれば、内側にあるものは、外側へ解放される。

そう──理性を喪失したフラムは、自らの肉体を武器として利用したのだ。

指の骨はそのまま放つ。肉は氷結させ補強する。

そして反転の魔力を帯びた肉の弾丸は、オリジンの力を貫いて、絶体絶命の状況を覆《くつがえ》す。

まさにフラムが待ち望んだ、起死回生の一手であった。

「アアァァ、アアア……！」

──正気に戻った彼女がどう思うかは、別として。

18 憐憫

「アァァァァァァァッ！」

未だ再生途中の口から吐き出される、フラムの咆哮。

そして打ち出される指弾《しだん》。

「オオォォォォオオオ！」

ルークは苛立たしげに声をあげると、手のひらを前にかざし、空間を回転させ迎撃する。

空中で反転と螺旋はぶつかり合い、相殺。

その間に、彼は一気にフラムに接近する。

彼女の視界は未だ戻らず。

暗闇の中で、音だけを頼りにフラムは再生した左の指を放つ。

それはルークの頬をえぐり、肩を貫き、喉に突き刺さる。

しかし彼はそれをあえて受け止めてまで、一気にフラムの至近距離に踏み込んだ。

「オォオォオッ！」

そして回転を纏う左腕を、顔のど真ん中に一直線に突き出す。

「アァァァァァ――」

指のない左腕を前に突き出し、真正面から受け止めるフラム。

バヂィッ！　と力が爆ぜ、互いの腕が弾かれる。

だがルークは無傷、一方でフラムの手首は千切れ飛ぶ。

すぐさま体勢を立て直したルークは、再び螺旋の拳による一撃で頭を狙った。

それを今度は右腕でガード、弾け飛び散るフラムの血肉。

もはや受け止めるための手は残っていない。

「ウォォォオオオオオオ！」

防ぐ術がないのなら、ただ攻めるのみ。

死の恐怖から来るためらいは、今のフラムには存在しない。

あえて前に踏み込んだ彼女は、手首から先が無い左腕を、ルークの右脇腹に叩きつける。

だが腕が触れる直前――ガゴッ、グチャッ、とフラムの腕が回転をはじめた。

その動きを読んだ上で、ルークは螺旋の罠を設置していたのだ。

これでは攻撃は届かない、そう思われたが――

「アアァァァァアアアッ！」

絶叫、そして破裂音。

フラムは魔力を肘に集中させ、内と外を反転させる。

肘関節が爆ぜ、その衝撃で左上腕が弾丸――否、砲弾のように打ち出される。

「オ……オォッ!?」

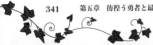

それはルークの設置した罠ごと力場を貫き、脇腹にめり込んだ。

肘から上を喪失したフラムの傷口からは、大量の血液が流れ出る。

だが人間性をも喪失した彼女にとってみれば、それは些細なことらしい。

さらに右腕を前に突き出し、その肘に魔力を溜め込んだところで――

「……あ」

――脳の再生が完了する。

正気を取り戻した彼女は、自分の腕を見て、自分が何をしようとしたのか、何をしていたのかを思い出して――ひるむルークに背中を向け、全力で駆け出した。

せっかくの勝機だ、あそこで右腕を放っていればさらに大きなダメージを与えられただろう。

しかしそれ以上に、フラムは自分がやったことを許容できなかった。

人殺しだってやった。自分の体を犠牲にして戦うこともあった。

いくら呪いのせいとはいえ、人間離れしすぎだと自嘲《じちょう》することは数え切れないほどあった。

だが今のは――自らの意思で体の一部を攻撃に転用するなど、そんなことは――

「あーあ……はは、やだなあ……やだなぁ、ほんと、もう……っ！」

ぐじゅぐじゅと再生し、元の形に戻ろうとする左腕を見て、フラムの目に涙が浮かぶ。

何が嫌かって、一度認識してしまうと、もう元には戻れないことだ。

騎士剣術《キャバリエアーツ》とも反転《リヴァーサル》の魔法とも違う、小回りがきき予備動作も少ない射撃武器。

それは予備動作の大きい大剣を使うフラムにとって、戦闘の幅を広げる優秀な戦術であった。

そう、だからこそ――その発想が生まれた時点で、フラムは使わざるを得ないのだ。

自分の体を射出して武器にするという人間離れした手段を、選択肢の一つとして。

「今さらだけど、そりゃそうだけどぉっ！」

フラムは再生が完了した腕で壁を叩くと、うなだれ地面を見つめた。

浮かんだ涙で視界がにじむ。

それは年相応の少女らしさだ。

彼女が勝手に設けたボーダーラインで、何度も言うが〝今さら〟ではある。

自分がまともな人間でないことぐらい、とっくにわかりきっていたことなのだから。

「けどやっぱり、自分の意思で体を切り離して武器にするのは意味が違うって……」

ああ、これも〝慣れ〟なのだろうか。

使っているうちに〝どうってことない〟と割り切れてしまうのだろうか。

だがそんな自分が、戦いを終えて普通の生活に戻るとして――まともに、生きていけるだろうか。

終わりの見えない戦いの、その先を考えたって仕方ないことはわかってる。

けれど、フラムが苦境を乗り越えてこられたのは、未来で待っている希望があるからだ。

誰にも命を狙われない、幸福なる日々があるからこそ、そこに向かって走り続けられる。

光が失せれば足は止まる。

だが仮に、そうしなければ生き残れないのだとしたら？

「死んだら、全部終わりだ。綺麗に戦っても、生き残れなきゃ意味はない」

フラムはそう自分に言い聞かせる。

許容しろ、喜べ、お前はまた一つ、オリジンの喉元に喰らいつく術を手に入れたのだ、と。

なおも少女らしい苦悩は胸の中でどろどろと渦巻いているが、

「……うだうだ言ってたってしょうがないよね。とにかく今は」

割り切る。

戦うしか、ない。

ゴオオォォォォ——遠くから地響きが近づいてくる。

またあの岩のドリルを作り出し、姿の見えぬフラムに向かって射出しているのだろう。

ガゴオォオンッ！

背後の民家が崩れ、回転する巨岩がフラムを強襲する。

彼女はそれを反転すら使わずに飛び越えると、空中で標的の位置を確認し、抜刀した。

「はあああぁぁぁぁあッ！」

魂喰いを振り下ろし、気剣斬《プラーナシェーカー》を射出。

ルークはそんな彼女の行動を読んでいたように、突き出した拳から螺旋の弾丸を飛ばす。

ぶつかり合い、衝撃波が周囲に広がる。

フラムは吹きすさぶ風の中、着地と同時に大剣の刃を地面に叩きつける。

気剣嵐《プラーナストーム》——反転の魔力を帯びた力の奔流が扇形に広がっていく。

しかし範囲は広いが距離は短く、ルークまでは届かない。

フラムだってそれは理解していた。

彼女の目的は攻撃ではなく――設置されているであろう罠の探知。

バヂッ、バヂバチッ！

反転の魔力と反応しあい、その位置が視覚化される。

場所さえわかれば恐るるに足らず、フラムはルークに向かって駆け出した。

「オォォォオオ――」

突き出される拳。振るわれる剣。

射出された螺旋は気剣斬《ブラーナシェーカー》で相殺。

応酬を繰り返すうちに、二人の距離は縮まっていく。

そしてフラムはルークの目前で跳躍すると、両腕で鉄塊を振り下ろした。

フォンッ！　――剣は空を斬る。

横に飛び避けたルークは、すぐさま彼女に左腕を振るう。

螺旋の拳は切り上げられた刃とぶつかり合い、弾けた。

反動で互いに軽くよろめく。

ひるんだフラムの頭部が罠に接触、頭蓋骨がめきりと歪んだ。

彼女はとっさに腰を落とし前進、すかさずルークは不可視の右腕で薙ぎ払うように迎撃する。

高く飛び、宙返りしながら彼の背後を取るフラム。

着地、そして振り向きざまに放たれた斬撃を、ルークもまた振り向きながら左腕で受け止める。

腕と刃は接触――するかと思いきや、魂喰いは粒子になってその場で消えた。

フラムの手の甲に紋章が浮かび上がる。

素手になり身軽になった彼女は、無防備なルークの腹部に手刀を突き立てた。

もちろん彼の体を守る力場に触れれば指は吹き飛ぶ、だから触れる直前で止め――

「ぶっ放せ《リヴァーサル》ェッ！」

ズドドドドォッ！

五指全てを射出し、叩き込んだ。

走る痛みに、歪む表情。

だがゼロ距離からの連続射撃に、ルークは腹を押さえながらよろめき後ずさる。

「オ……オォ……ッ！」

彼は苦しげにうめいたが、すぐに右腕をフラムの頬に伸ばし、反撃に出た。

彼女はそれを反射的に左腕で防ごうとするも――それは腕で受け止められるものではない。

「爆ぜろ《リヴァーサル》ぉッ！」

フラムは、腕が螺旋に削り取られる直前に、魔力を満たし、自ら炸裂させた。

弾丸としての射出ではなく、衝撃を生み出すことが目的の発破である。

二人は互いに吹き飛ばされ、再び距離が離れる。

いち早く体勢を立て直したルークは、両腕を前にかざして螺旋の弾丸を連発。

フラムは転がりながらそれを避け、その間に右手の指の再生が完了する。

そして魂喰いを抜き、刃でザリザリと地面を削りながら、ルークに接近する。

低い姿勢から、脇腹を狙い斬り上げ――しかしルークが設置した罠で、手首がぐにゃりと捻れる。

「ぐっ、またッ⁉」

今度は逆にルークが怯むフラムに迫り、螺旋の右腕を向ける。

フラムは足裏に魔力を伝達、反転《リヴァーサル》を発動。

ルークの足元の地面を、ぐるりと裏返した。

傾くルークの体。

しかし彼は脚部に回転する力場を纏わせ、地面を砕き潰しその場に踏ん張る。

だが隙は生じた。

「どうせ再生するんならぁぁぁあああッ！」

フラムは捻れた右腕を向け、手首から上を細切れにして射出する。

骨片と氷結した肉片が、数十発の弾丸となってルークの異形の肉体を撃ち抜く。

それを受けるたびに彼の体は小刻みに震え、「ォ、オォ」と苦しげな声を漏らした。

全てを撃ち切ったところで、今度は再生したばかりの左手で抜刀し、切っ先を突き刺す。

「もらったあぁッ！」

ルークは腕で防ごうとしたが間に合わない。

黒き刃と体内の黒き水晶が、かちりと接触する。

「反転《リヴァーサル》しろぉッ！」

流し込まれる反転の魔力。

オリジンの螺旋は逆回転をはじめ、〝負のエネルギー〟の生成を開始。

水晶はそれに耐えきれず自壊し、パキリと真っ二つに砕けた。

「オ、オオオオオォォ！　オ……オォ……！」

魂喰いが引き抜かれると、赤い筋を束ねたような肉体が、一部解ける。

フラムに向けられようとした左腕もその動きを止め、ぶらんと垂れ下がった。

勝負あり——そう確信したフラム。

そして顔の半分ほどが、人間だった頃のルークのものに戻ると——

「まだ終わりじゃねえぜえぇぇぇえええッ！」

彼は嬉しそうに笑い、叫んだ。

「うそっ⁉」

ボロボロの体を強引に使い、こちらに飛びかかってくるルーク。

彼の目的はフラムに勝利すること。

それはオリジンからもたらされたものでも、マザーから命じられたものでもない。

ルーク自身が、個人として抱いた望みである。

「回れよ俺の腕ぇぇぇぇえッ！」

力場を纏うのではなく、ルークの左腕そのものが回転をはじめる。

無論、コア二つのときに比べれば威力は劣るが、人の体を破壊するには十分すぎるパワーだ。

ルークの拳は、不意をつき無防備なフラムの左肩に命中。

魂喰いを握る腕が千切れ、地面に落ちる。

「その心臓、もらったあぁ！」

唸る拳が胸部に迫る。

「やらせるもんかあぁぁぁあッ！」

再生途中の左手で、ルークの手を受け止めるフラム。

手のひらの中で少年の腕は回転を続け、少女は反転の魔力で必死にそれを止める。

お互いに皮と肉が削れ、骨がむき出しになっても、どちらも一歩も退かない。

「感じる、感じるぜフラム！　誰に命じられるわけでもなく、与えられるわけでもなく、勝ちたいって思いに燃えたぎるこの魂！　これが命なんだな⁉　これが人として生きるってことなんだな⁉　こりゃあいい！　あとは勝負に勝てりゃあ、未練なく地獄に逝けそうだッ！」

「意地と意地のぶつけ合いに喜びを感じるんなら、殺し合いである必要なんてなかった！」

「だが俺らはそうもいかねえ、八年前で運命は決まっちまった！　それを選べねえ場所に拾われちまった！　わかってんだろ、あんたは！　だからこうして殺し合いに付き合ってくれたんだろ⁉」

全ての命を使い尽くすように、ルークの回転はさらに加速する。

フラムの骨は削られ、その痛みに彼女は顔をしかめた。

「く……そんなもの――割り切ってるだけだよ！　私だってできるもんなら、やれるもんなら、こんな間違ったやり方で満足して死んでほしくないと思ってる！　罪も罰も全部消える、都合のいい奇跡がこの世界にあるっていうんならさあ！　でも無いの！　そんなご都合主義はどこにも！」

「そうだ、ねえんだよ！　なのにネクトの野郎は生きろって言いやがる。後にも先にも行けねえ俺たちに、人として生き続けろって！　ここで終わるのが俺らにとっての最善だってのによお！」

フラムはそれが理想論だとわかっていても、ネクトの気持ちがよくわかるのだ。

死こそが〝最善〟、そんな答えを認めたくない――家族ならそう考えて当然なのだから。

だが〝最悪〟と自覚した上での死ならば、ネクトは納得したのだろうか。

もし生き残ったとして、先に続く〝最悪〟の人生に納得して生きられるだろうか。

ああ、そんなものは誰にもわからない。

正しい選択なんて、未来の是非なんて、今を生きるフラムたちには、何も――

だから最終的には、互いに感情をぶつけ合わせるしかないのだ。

「だから俺に勝たせてくれよフラム、最高のハッピーエンドにするためによぉおおおおッ！」

「そんな幸せなんてえぇぇぇえええぇッ！」

回転はさらに力を増し、フラムの手は形を歪めなら螺旋に巻き込まれていく。

しかし肉を失い骨だけになっても、意地でルークの拳を受け止め続ける。

力は完全に拮抗し、いつまでも終わらない攻防のように見えた。

だがルークはすでにコアを一つ破壊され、体の半分以上が崩壊した状態である。

心が折れずとも、肉体が先に限界を迎えてしまった。

回転の力は反転の力に押さえ込まれ、ルークの腕から力が抜けて、ずるりとぶら下がる。

「あーあ……やっぱこうなるのかよ。へへっ、仕方ねえか。こんなに未練タラタラじゃなあ」

フラムは前のめりに倒れる彼の体を、優しく抱きとめた。

もはやルークに戦意は無い、敗北を認めたのである。

「ミュートを迎えに来たとき、ネクトは誰かとの戦いを終えたあとだった」

「ああ……俺とフウィスだよ。性懲《しょうこ》りもなく助けようとしやがるあいつを止めようとしたんだ」

「ネクトは何て言ってたの？」

「自分だけが助かりたいわけじゃない。一人じゃ無理でも、全員ならやり直せるはずだ。僕も一緒に背負うから、ってな。あの野郎、そんなバカみたいなこと言ってやがった」

犯した過ちは消えない。

そんなこと、ネクトだってわかっていたのだ。

だから一人ではなく、チルドレン全員で生き残ることで、彼女は未来を繋ごうとした。

「そんで俺もさ、少しだけ希望ってやつを抱いちまったわけよ。もうどうしようもないってわかってたはずなのに、本当に、全員が生き残ってりゃどうにかなるんじゃないかって」

「だったら、ネクトについていけば――」

ルークは力なく首を振る。

「まだ普通にやり直せるやつがいるのに、何で道連れにしなくちゃならねえんだよ」

ネクトがルークを家族として救おうとしたように――ルークもまた、ネクトを救いたかった。

「人殺しの、罪だけじゃねえ。俺らは……ネクトを引きずり込んだ罪も背負って生きなくちゃなんねえんだろ？　そんなもん御免だぜ。みじめだし、何よりかっこ悪《わり》ぃ。だったら、一人で勝手に人間にでも何にでもなっちまえばいいじゃねえか。俺らみたいなバカは放っておいていいんだ」

フラムはそれ以上、何も言えなかった。

ネクトとルークが同じ想いを胸に、違う道を選んだ以上、もはや他人が踏み込める領域ではない。

静かに目を細め、その体が溶け、意識が薄れていく様子を優しく見守る。

先日戦ったサティルスは、あくまで複数のコアを持つ個体を繋ぎ合わせただけだ。

しかしチルドレンの二重駆動《ダブルドライブ》は違う。

体内に取り込んだ二つのコアが、コア同士で新たな螺旋を作り出し、大きな力を引き出した。

幼少期から、心臓の代わりにオリジンコアを宿してきた彼らだからこそできる芸当だろう。

それだけに、肉体にかかる負荷も尋常ではない。

ミュートも放っておけばじきに衰弱死する状態だったろうし、ルークも同様である。

「本当に……あいつも、バカだ。もうちょい、早ければ……間に合って……ああ……でも……フウィス、は……まざー……に……」

体から力が抜け、意識を失うルーク。

そろそろ頃合いだろう、と思っていたフラムは、背後に気配を感じて振り返った。

「オティーリエさん？」

てっきりネクトが来るだろうと思っていたフラムは、その予想外の人物に驚く。

「代理ですわ。あちらはあちらで忙しいようですので」

オティーリエはフラムに歩み寄ると、ルークの体を引き取った。

「あの……オティーリエさんは今、サトゥーキやネクトと一緒にいるんですよね」

「ええ、裏でこそこそ動かせてもらっていますわ。あの子のことも……」

「あの子？」

「……いいえ、何でも。ひとまず、あなたたちの味方なのは間違いありませんわ」

思わず口を滑らせそうになったオティーリエは、露骨に話を逸らした。

フラムを動揺させないため、今はミルキットのことは黙っておくべきだろう、という判断である。

「あの、どういう方法か知りませんけど、この状態のミュートやルークを本当に助けられるんですか？　私たちがインクを助けたときとは事情が違うと思うんですが」

「わたくしは研究の詳しい内容までは知りませんが、絶対に不可能であれば、最初から引き受けようとはしないいんじゃないかしら」

「可能性はゼロじゃない——その程度の成功率なんですね」

無言で肯定し、オティーリエは目を伏せた。

インクの手術だって、成功したのはきっと奇跡だったのだ。

それが何度も続くようなことは、たぶん、ありえない。

それをわかった上で、死にたがるチルドレンたちを引き渡すのは、とても残酷なことに思えた。

しかし家族であるネクトがそう望むのならば、託すしかない。

「ルークのこと、よろしくお願いします」

「変なことを言いますのね、さっきまで殺し合っていたばかりだというのに」

「自分でも半端だなって思います。殺すって言い切れるほどの決断力が無いんでしょうね」

「そこは〝優しさ〟と言うべきだと思いますわよ」

オティーリエはそう微笑むと、ルークを連れてどこかへと向かった。

フラムは大きく息を吐き出し、見晴らしのよくなったあたりの景色を見渡す。

意識して離れていたおかげか、ギルドの建物は無傷である。

戦いの音はまだ聞こえてくるが、ボロボロの今のフラムでは足手まといになるだけ。

最低限の自分の役目を果たすため、彼女はギルドへと戻っていった。

◇◇◇

ルークは柔らかい何かに乗せられる感覚で、意識を取り戻した。

（まだ死んでねえのかよ、しぶとすぎるだろ、俺）

しかし頭はぼんやりとしていて、手足を動かすことすらできない。

かろうじて薄っすらと目を開けると、女性がこちらを覗き込んでいるのが見えた。

「あら、目を覚ましましたのね。安心しましたわ、あのまま死んだら申し訳が立ちませんもの」

ルークは口をぱくぱくと動かすが、声は出ない。

「ここはどこ？　サトゥーキ様の持っている施設ですわ。あなたはここで、手術を受けますのよ」

それを聞いて、彼は首を微かに横に振る。

「嫌、ですか。一応、手術を受けるかどうかは本人の意思に委ねるそうですから、あなたが拒絶するのなら勝手にはできませんわね。ちなみにミュートさんは受け入れたそうですわよ」

ルークは驚いたのか、口を半開きにしてオティーリエを凝視する。

その視線を受けて、彼女はバツが悪そうにため息を吐いた。

「……すでに手術は完了して、今は経過観察中ですわ。ん？　えっと……成功したのか、って聞いてらっしゃるのかしら。さあ、わたくしにはわかりかねますわね。ですが、生きてはいるようですわ」

肝心なところをぼかすオティーリエに、不信感を抱くルーク。

「それでもあなたは拒みますの？」

そんなタイミングで聞かれても、彼が首を縦に振るはずがなかった。

「そうですわよね。ここまでのことをしたんですもの、そう簡単に生きることを選んだりはしませんわ。ですが――こういう動機でしたら、いかがかしら」

オティーリエはルークの耳元に口を近づけると、ぼそりと囁く。

そして顔を離すと、彼女はどこか悲しげな表情で彼を見つめた。

一方でルークは、オティーリエをありったけの軽蔑をかき集めて睨みつける。

（悪魔が……そんなこと聞かされたら、俺らが断れるわけねえじゃねえか）

ミュートも同じ状況である。

それを聞かされて、断るわけにはいかなかったのだ。

「そう睨まないでくださいませ。決めたのはサトゥーキ様なのですから」

オティーリエはあくまで、忙しい彼に代わってその役目を果たしただけである。

もちろん、きっちりと別料金は払ってもらうつもりだが。

「わたくしも、こういうやり方は好きではありませんわ」

一方で、そういうやり方を選ばなければ、事が前に進まないという事実もある。

だがオティーリエは、大人に翻弄される子供たちに、憐憫《れんびん》の情を抱かずにはいられなかった。

19 隠家

「ガディオさーん、お待ちしてましたよぉー！」

ガディオが中央区の公園に到着すると、ウェルシーが手を振りながら駆け寄ってきた。

今朝、実はギルドにいなかった彼女だが、ガディオに頼まれて早朝から調べ物をしていたのだ。

もちろん夜に一人で行動させるわけにはいかないので、護衛の冒険者も数人付いている。

「無茶をさせてしまったな」

「ええ、そりゃあもう、無茶も無茶ですよぉー。でもこれ、ちゃーんと見つけてきましたから」

そう言って彼女が取り出したのは、新聞であった。

だが紙の状態から見てもかなり古く、ウェルシーの新聞社が作ったものですらない。

「本当に残っていたのか、大したものだな。報酬はあとでいくらでも払おう」

「お金より、ギルドでうちの新聞と契約してくれたほうが嬉しいですね。まあ、それはさておき――王都の正しい歴史を残しておくってのは兄さんの趣味でもありますからねー。わざわざ倉庫を作って、そこに過去の新聞や書物を保管してあるんですよ。あ、もちろん教会には内緒ですけど」

そこにはオリジン教にとって都合の悪い記事も眠っているだろう。

オリジンコア以外にも、彼らは今の地位を得るために、幾度となく手を汚してきたのだから。

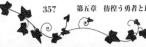

「ですがガディオさん、今さらマザーの母親についてどうするつもりなんです？」

ガディオが受け取った新聞には、『中央区にて大規模火災』という見出しの記事が掲載されていた。

「本名はマイク・スミシー。だが奴はマザーを名乗り、わざわざ女装をして行動していた。その言動から、母親という存在に何らかのコンプレックスを抱いていると推察できる」

「チルドレンなんて研究を立ち上げたのも、自分をマザーと呼ばせたのも、それが理由ですかね。だとすると、かなり歪んだ家族観を持ってそうですよねー」

実際、マザーはネクトたちを依存させ、半ば支配するような育て方をしていた。

「おそらくはな。そして今、マザーは教会に切り捨てられて追い詰められている。こういうとき、人間は落ち着いているつもりでも、自分の深層心理に導かれて動くものだ」

ウェルシーはそれを聞いて、「ほうほう」と興味深そうに頷く。

「それでマザーはここに帰ってくるはずだ、と。でもガディオさん、最初から場所の目星は付いてましたよね。中央区と、西区と、東区のそれぞれ特定区域――そう指定したじゃないですか。私が調べなくても、そこにマザーの暮らしてた家があったことを知ってたんじゃないですか？」

話しながら、すでにガディオとウェルシーは、並びながら中央区のとある場所に向け歩いていた。

「予想を外せば命にかかわる。どうしても確証が欲しくてな」

「よろしければ、その予想にたどり着いた理由を聞かせていただきたいんですが」

「フラムの言葉を聞いて、ふいに気づいたんだ」

昨日、フラムは例の手紙の差出人がミュートだと推察した上で、こう語っていた。

「人は多くの顔を持つ生き物だ。ミュートは、王都の人間を虐殺し兵器としての価値を示し、一方で人間としてそれを止めさせるために手紙を送り、またキリルを保護してもいる」

「それが今回の話とどう絡んでくるんです？」

「その二つはあくまで、チルドレン自身の欲求に過ぎない。まだ彼らには、優先度の高い〝マザーへの恩返し〟という目的が残っているはずだろう」

「そういえば……現状、あの子たちは好き放題に暴れてるようにしか見えませんもんね」

「タイムリミットが迫る中、すでに彼らは、その目的を果たすために行動を起こしていると考えるのが自然だ。そう考え、被害が出た地点を地図に書き込んでみたんだが——」

「言ってた場所だけが、ぽっかり空いていた、と」

つまりチルドレンの行動は、全てがマザーのいる場所から気を逸らすための陽動だった。

しかし規模が大きすぎたため、それを陽動だと思う人間は誰もいなかった。

というより本人たちも死ぬ気で戦っていたのだから、そのつもりはまったく無かったのだろう。

「マザーの母親の名前はスザンナ・スミシー。火事に巻き込まれて死亡。焼けた住宅地は現在、倉庫街に……うわっとと⁉」

急に地面がぐらりと揺れて、転びそうになるウェルシー。

震源は東区にあるらしく、そちらに視線を向けると、巨大な氷の塊が地面に突き刺さっていた。

「あれ、エターナさん……ですかねー？」

「だろうな、かなり派手にやっているようだ」

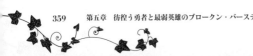

ウェルシーがその様子を観察していると、そそり立つ氷の山を、肌色の何かが登っている。

その数は数えきれないほど大量で、やがて全体を包み込んでしまった。

目を凝らして、それが何なのか確認しようとしたところで――

「あまり見ないほうがいい」

ガディオがそれを止めた。

「この先、赤子をまともに見られなくなるぞ」

「へ？　あー……もしかして、あれって……」

氷の表面で蠢く小さな点の正体を察したウェルシーは、二度とそれを見ようとはしなかった。

「そ、それで、倉庫街なんですけど、ここって意外と人の出入りが多いんですよ」

王都から人がいなくなったのは昨日のこと。

それまでは、ごく普通に多くの人たちがここを歩いていたはずだ。

「そんな状態の中、ただでさえ目立つ姿をしてるマザーが隠れるのは難しくないですかね」

「都合よく使われていない倉庫がここにはあるはずだ」

「使われていない……あっ、そっか、フランソワーズ商店の！」

それはサティルス・フランソワーズが社長を務めていた会社の名だ。

だが当のサティルスはシェオルで消滅したし、ウェルシーの新聞により教会との違法薬物のやり取りも白日のもとにさらされ、今は営業停止中である。

「さすがですね、ガディオさん。そこまで考えていたとは。でしたら早速、手分けして――」

「いや、ここから先は俺一人でいい。ウェルシーは少しでも安全な場所に身を潜めるんだ」

ちょうど倉庫街の入り口に差し掛かったところで、ガディオはウェルシーにそう告げた。

「戦いはともかく、ガッツと観察力はありますから、捜すのに役立つと思いますよー？」

「倉庫街がマザーの隠れ家だとすれば、残りのチルドレンが俺を放ってはおかないだろう。フウィスとの戦いになったとき、お前を守る余裕があるとは思えん」

「ああ……そう、ですね。スクープを最前線で見られないのは残念ですが、仕方ありません」

後ろ髪を引かれる思いだが、死ねば元も子もない。

ウェルシーは未練を振り払い、仲間の待つ会社へと戻っていった。

◇◇◇

ガディオはフランソワーズ商会が所有する倉庫の前で立ち止まった。

「……ふっ。そろそろ顔ぐらい見せたらどうなんだ、ネクト」

彼は不意に背後を振り返ると、建物の陰に向かってそう呼びかけた。

すると、不満げに頬を膨らまして、ふてくされたようにネクトが顔を出す。

「ちぇっ、やっぱ気づかれてたか」

「気配の消し方が甘いんだ。ライナスあたりに鍛えてもらうといい」

「やだよ、あんな軽薄そうな男。でさ、ここにマザーが隠れてるの？」

ネクトの問いかけに答えたのは、ガディオではなかった。

「そうだよ。だから僕がここにいるんだ」

緑髪の少年は、ネクトと違い堂々とガディオの前に姿を現した。

「マザーは僕が守るって決めたんだぁ。誰が相手だとしてもぉ、絶対にね」

フウィスは殺気をむき出しにして、二人と向き合った。

ガディオはすぐさま剣を抜いて構えたが、ネクトが彼とフウィスの間に割って入る。

「戦う前に、フウィスと話がしたいんだ」

「僕に話すことなんてないよぉ。昨日、一度話して、わかりあえないってわかったじゃないかぁ」

「あのときとは状況が違うんだよ。ミュートは手術を受けることを決めた。オリジンコアの代わりに心臓を手に入れて、普通の人間になったんだ！」

その事実は、フウィスを動揺させるには十分だった。

それを悟られまいと黙り込むが、揺らいだ殺気までは隠しきれない。

「ルークも最初は拒むだろうけど、ミュートのことを知れば受け入れてくれるはずだよ。そうなれば残るはフウィス、君だけだ。君さえ生き延びることを望んでくれればっ！」

畳み掛けるように説得するネクト。

だがその瞬間――フウィスの発する気配が、また別の形に変わる。

殺気とは違うが、少なくとも彼が抱いているのはポジティブな感情ではない。

ガディオは構えるまではいかずとも、すぐに動けるよう、両脚に力を入れた。

「ネクトぉ。僕、昨日からずっと考えてたんだけどねぇ？」

ねっとりと、ネクトを責め立てるように喋るフウィス。

「君が語る未来にはぁ——どこにも、マザーがいないんだよ。どうしてかなぁ？」

二人の間にある最も大きな溝は、マザーに対する愛着だ。

自らの性別すら偽られていたネクトは、彼を捨てて生きることに決めた。

一方でフウィスは今もマザーを慕い、マザーに依存し、マザーのために命を捨てようとしている。

「マザーは僕たちを育ててくれた、世界で一番大切なお母さんなんだよぉ？」

「違う。マザーは僕たちから未来を……そして本当の親を奪ったんだ！」

「マザーがいなかったら、僕たちは生まれてくることすらなく死んでいたのに？」

「だから違うんだ！　マザーさえ——教会さえいなければ、もっとまともに生きられたんだよ！」

「まともって何？　普通なら幸せなの？　今の僕たちは不幸だったの？　違うよ、ぜんぜん違う。僕は今、ここでマザーに命を捧げられることを、心から幸せだと思ってるんだよぉ？」

「それ以外の幸せを知る権利を、僕たちは奪われていたんだよっ！」

「でも僕はこれしか知らない。だったら、知ってる中で最善を選ぶしかないじゃないかぁっ！」

フウィスはオリジンコアを高く掲げ、恍惚とした表情を浮かべる。

そしてそれを胸に近づけた。

（止める——いや、僕の能力じゃ間に合わないっ！）

ネクトが今から動いたところで、フウィスのコア使用のほうが速い。

だから、間に合ったのは、ガディオがそれよりも先に動きはじめていたからだ——

素早く虚空を切り裂く黒刃は、その視線の先にあるフウィスの腕を切断する。

彼の動きが止まったところで、ネクトはすかさず接続《コネクション》を発動し、背後に転移。

足をかけ、腕を掴み、地面に押し付けるように取り押さえた。

「それしか知らないんなら、一緒に知ればいいじゃないか！　僕たちには、必ずこの選択よりも幸せな道があるはずなんだ。それを探すためには、全員が生き残る必要があるんだよっ！」

ネクトなら、止めをさすこともできただろう。

だがなおも説得を続ける健気な彼女を前に、フウィスは——「あは」と歪んだ笑みを浮かべた。

「ネクト、逃げろッ！」

「遅いよぉ。歪め《ディストーション》」

「っ!?　接続《コネクション》しろっ！」

フウィスの言葉通り、能力の発動は彼のほうがコンマ一秒早い。

ヴウゥン——聞き慣れない音とともに景色がマーブル模様に歪み、フウィスを取り押さえていたネクトの腕が巻き込まれて消滅する。

ネクトは直後に転移し、フウィスから離れたものの、腕だけでなく胴体、脚、顔の一部も、まるでネズミにかじられたようにえぐられ、消えていた。

「おおぉぉおおおおッ！」

ガディオはすかさず気剣斬《プラーナシェーカー》をフウィスに放つが、

「歪曲《ディストーション》しろ」

彼が手をかざすだけで、その一撃は泡のように消されてしまう。

「フウィスにこんな力があったなんて……」

ネクトの傷からじわりと血がにじみ、流れる。

やがてその部位は渦巻き塞がれるのだが、そのたびにパパ《オリジン》の声は耳障りになった。

「まさか、この少年――！」

螺旋の子供たち《スパイラル・チルドレン》は素《す》の状態であれば、戦闘能力においてガディオたち英雄に若干劣る。

加えて、フウィスの能力である〝歪曲《ディストーション》〟は、ルークの回転《ロタジオン》に比べて変則的な攻撃を可能にする一方で、出力は劣るものであった。

しかし今の彼は違う。

ガディオが殺すつもりで放った斬撃を、片手で、一瞬にして消してしまったのだ。

「うまくいかないなぁ。予定ではぁ、今のでネクトを殺してるつもりだったんだけど」

「フウィス……どうしても、僕の手を取るつもりはないんだね」

「うん、だってこんなにマザーの近くにいられるんだもん。パパの声がよく聞こえるんだもん！僕、ぜんぜん寂しくないよ。間違いなく今が、生まれてから一番幸せな瞬間なんだぁ！」

フウィスは両手を広げると、くるくる回りながら、「あははは っ」と無邪気に笑った。

「だからその幸せが、マザーに作られたものだっていうのに……！」

「やめておけネクト、話すだけ無駄だ」

「だけどっ！」

「俺も彼が正気なら、止めようとは思わない。だが今は違う、話が通じる相手ではない」

「どういうこと？」

「コアを胸に宿すお前なら、落ち着いてフウィスを観察すればわかるはずだ」

ガディオに言われるがまま、ハイになってはしゃぐフウィスを見つめるネクト。

するとその目は、驚愕に見開かれた。

「まさか、そんな……馬鹿なことが……」

ネクトは震える唇で、ようやく気づいたその真実を言葉にした。

「フウィスは……すでに、二個目のコアを使用している⁉」

チルドレンの中で誰よりもマザーに依存し、オリジンを崇拝《すうはい》していたフウィス。

彼はもはやミュートやルークとは異なる次元へと到達していた。

それはある意味で、〝第二世代〟の完成形ともいえる存在だろう。

「わかってくれた？　じゃあネクト、僕が本当の幸せってやつを君に教えてあげるぅ！」

切断された右腕の傷口から、ずるりと赤い繊維の束が吐き出され、新たな腕が生まれる。

そして開かれた手のひらから、濁流のように歪曲の力場が吐き出された。

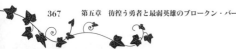

20 賭命

フウィスの放つ歪曲《わいきょく》の力は、時間、次元、重力、距離——その場に存在するあらゆる要素を歪め、かき混ぜることで、触れた物質を全て消滅させる。

ヴウゥン——耳の奥を震わすような低い音が、その合図だ。

目視はできないが、触れる直前に避けなければ、たとえ人体であっても削り取られてしまう。

「すごい、すごいよ！　これが二重駆動《ダブルドライブ》！　この力があれば僕は誰にも負けない！」

ガディオとネクトは、その力が〝弾丸のように射出されるもの〟と考え、それぞれ横に飛んだ。

だがフウィスが腕の向きを変えると、地面をえぐる力場はぐにゃりと曲がり、ガディオを追尾した。

（認識を変える必要があるな。あれは剣……いや、鞭のようなものなのか）

背後から追ってくるその歪みから、ガディオは走って必死に逃げる。

その間、フリーになったネクトは倉庫内の荷物を、接続の力でフウィスに放つ。

しかしフウィスは左手を振り払い、薄く広い歪曲の場で軽々と防いだ。

「ネクト、君ならわかるよね？　僕たちの間にある圧倒的な差が！」

「ああ、わかるさ。そんなでたらめな力が長続きしないってことだって！」

「長続きってどれぐらい？　十分かなぁ、二十分かなぁ、それとも三十分？　ふふふっ、それだけ戦えば、もうとっくに二人は死んでるよねぇ？」

左手で作られた歪曲の盾が、ネクトを狙い射出される。

彼女は転移し回避するも、力場はその背後にあった建物に触れた瞬間に拡散し――まるで溶けるように、巨大な倉庫をまるまる一つ、その場から消した。

戦慄するネクト。一方、ガディオを追う歪曲の鞭はさらに勢いを増している。

「おじさん、後ろにっ！」

その力場がガディオの背中に触れる直前、彼の足元から岩がせり出し、体を高く浮かばせる。

「重そうな鎧を着てるくせに意外と速いなぁ。じゃあ、こっちでどう⁉」

フウィスは両手を天にかざすと、歪曲する力場を球形に作り上げた。

なおも膨らむそれは、大きな風船のようにも見える。

実際、重さなどないのか、フウィスは軽々とガディオに向かってそれを投げつけた。

だがその動きの軽さとは裏腹に、触れた物体全てを消し去る力を持っている。

「おじさんは空中じゃ避けられない……だったら僕の力で！」

ネクトはガディオを援護すべく、そこらにある建物を浮かべて球体にぶつけたが、ただただ呑み込まれるように消え続けるだけで、効果は無かった。

一方で危機が迫るガディオは、剣を片手で振りかざすと、力を込め腕に血管を浮き上がらせる。

（圧倒的な力だが……それだけに、試すにはちょうどいい）

プラーナとは、人の生命エネルギーを力へと変換したもの。

その中でも、再生可能なリソースだからこそ、〝体力〟を消耗するものが主流となった。

しかし、ガディオはこう考える。

取り返しのつかない物にこそ、莫大な熱量が宿るのではないか、と。

コアの同時使用にしてもそう。自らを犠牲とすることで限界を超えた力を得ることができる。

（探せ、必ずあるはずだ。探せ、本能など無視しろ。探せ、何を犠牲にしても構わない）

彼は意識を集中させた。

イメージするのは、己の体内へと伸びる二本の腕。

体力からプラーナを練り上げるときよりもさらに鮮明に、強く存在させ、そして奥を目指す。

鳴り響くアラームに耳を塞ぎ、落ちてくる隔壁を砕きながら前に進む。

それだけ厳重な守りの奥にあるもの――人を人たらしめる〝根源的概念〟にふれるために。

そしてたどり着く。

大事に大事に膜に包まれた、人の命の源泉に。

手をのばす。指先が膜を破る。ぷつりと、血液のように温かい何かが流れ出す――

「ぐ、う……っ！」

苦しげにガディオはうめく。だが同時に痛みが愛おしい、痛みは力の証明だから。

ガディオは溢れ出した〝赤〟を手ですくい、それをプラーナへと変えていく。

――人には限界がある。

どれだけ鍛えようと、どれだけ決意を重ねようと、普通の人間には届かない境地がある。

相手は人を捨てた怪物。ならばあれに勝てるだけの力があればいいのか？

違う。

ガディオが目指す先は、今、目の前に立ちはだかる壁のさらに向こう——ほくそ笑む白衣の女と、それを囲むキマイラなる異形である。

復讐を果たすのならば、この程度で。

こいつ程度で、苦戦してはいられない。

「がっ、ぐ……おッ、おぉおおおおおおおおああぁぁぁあああああッ！」

腕の血管が鎧の内側でブチブチと千切れる。

体内でも切れてはいけない何かが切れて、視界がレッドアウトし、血の涙が頬を濡らした。

脳内で頭のアラームが鳴り響く。〝それは使ってはならない力だ〟とうるさく喚《わめ》く。

だが禁忌だからこそ、到達してはならない境地だからこそ、彼は手を出したのだ。

「があぁぁぁぁぁぁぁああああああああッ！」

迫る力場に、振るわれる黒の剣。

叩き込まれた鉄塊は、本来ならば刃を削られ終わっていたはずだ。

だが——歪み、形を変えたのは、フウィスが放った力場のほうである。

さらに刃に満ちたプラーナが、血管を張り巡らすように球体全体に広がっていく。

気脈砕《プラーナバルサー》——それは、プラーナの導爆線である。

ガディオが「フゥン！」とさらに力を込めると、風船の外側がバーストし、歪曲の力場を包み込む

その〝表面〟を引きちぎるように破壊する。

それにより紙一重の安定性を失ったエネルギーは、さらに巨大な爆発を引き起こす。

「ぬおぉぉぉぉおおおおおおおおおおッ！」

ガディオはその爆発にさえも干渉し、力の流れを強引にフウィスへと向けた。

爆炎、爆風、衝撃、歪曲、プラーナ――崩壊した混沌が、地上で見上げる少年を飲み込む。

「う……何、今の……あんなことが普通の人間にできるの……？」

立ち込める熱に顔をしかめるネクトは、着地したガディオを畏怖《いふ》の眼差しで見つめた。

（いいや、できるはずがない。あの人はただの人間だよ？　選ばれたわけでも、希少属性持ちでもない。なのに僕たち以上の力を振るうなんて、何かを……命でも犠牲にしなくちゃ無理だ！）

彼女は血を流す彼を前に、そう確信する。

命を削るフウィスに、命を削って対抗するガディオ。

そうまでして勝利を得ることに、何の意味があるというのか、ネクトには理解できなかった。

「う……ぁ……あぁ……」

すると、煙が立ち込める爆心地から、苦しげなうめき声が聞こえてくる。

ネクトはいつでも仕掛けられるよう、飛ばしやすそうな瓦礫や建物に目星を付けた。

「痛い……なあ……ははは。ただの人間のくせに、ここまでやるなんてねぇ……」

フウィスの体は焼けただれ、まるで腐ったグールのような有様だった。

だが全身が瞬時に赤い繊維と化してギュルッと螺旋を描くと、次の瞬間には元の姿に戻っている。

「ふぅ……無傷、か。賭命・騎士剣術《キャバリエアーツ・サクリファイス》——ぶっつけ本番の割には、上手くやったつもりだったんだがな」

「無傷じゃないよ。とぉっても痛かった。こんなに痛かったのははじめて。すごいねぇ、おじさん」

「お前に褒められてもな、倒せなければ意味はない」

激痛を感じているはずのガディオだが、その戦意は揺らがず。

再び大剣を構え、フウィスと向き合う。

「正直、舐めてたかもねぇ。パパの力も持ってない雑魚なんて、簡単にひねりつぶせると思ってたよ。でも違った。このままじゃ、ママが危ない。だからぁ——ちょっとだけ、本気を出すね」

フウィスはガクンと急激にのけぞると、頭が地面に当たる直前でぴたりと止まった。

そして彼の胴体が、真ん中から大きく開く。

オリジンコアの影響を受け捻じれた内臓を見せつけ、そこから無数の赤い筋を吐き出した。

その筋は絡まり、束ねられ、大輪の花を象《かたど》る。

「歪曲《ディストーション》しろ、全て《オールレンジ》！」

どういう攻撃が来るかは、ネクトやガディオには予測不可能だ。

だが大技が来るときには、得てして相応の隙ができるもの。

「接続《コネクション》しろッ！」

「はあぁぁぁぁああッ！」

今がそのときだと判断した二人は、全力でフウィスを潰しにかかった。

倉庫そのものが空から降り注ぎ、命を削り作り出した刃が少年の首を狙う。

どちらも渾身の一撃ではあるが——ヴゥン——音がした次の瞬間、その形が歪んだ。

さらに速度や向きも不規則になり、どの攻撃もことごとく、フウィスから外れていく。

「これ、は……」

ガディオは困惑の中、そう言葉を発したが、それが己の耳に届いたのは数秒後のことだった。

「何が、歪んだの？　どこまで変わったの⁉」

確認しようと首を回すネクトだが、その動きは不自然にカクカクしている。

フウィスはのけぞったまま、不気味に歯茎をむき出しにして笑う。

彼が放った力場は、物質を消滅させるほどの威力はないものの、広範囲に及んでいた。

歪ませたものは、光、音、時間、距離。

だから見える景色は歪むし、自分の声ですら届かないことがあるし、ゆっくりしか進めない場所と、異様に早く進める場所が存在する。

要するにこの内側にいる限り、フウィス以外は自由に体を動かすことはできないのだ。

「段階《フェイズ》、破局《セカンド》」

そうして身動きを取れなくしたところで、力を花にじっくりと溜め込む。

そして同じ範囲内に、より強い力場を展開する。

今度は紛れもなく、これまで使ってきたのと同じ、触れた瞬間に消え去る強烈な力である。

迫る歪曲の波に、しかし自らの脚で逃げることはできない。

動けるのは唯一、接続による転移が可能なネクトだけであった。

「……接続《コネクション》、しろっ！」

しかしただ一度の転移にすら、数秒の時間を要する。

なぜか今のネクトは、頭もぼんやりとしていた。

おそらくフウィスの能力により、思考の巡り、その速度すら歪まされているのだろう。

それでもガディオの隣に移動すると、目の前に波が迫る中、二人で転移する。

とにかく力場の外へ――

「もう倉庫街の端っこだっていうのに、ここもまだ⁉」

一度の転移では、完全に逃げ切ることはできなかった。

「もう一度いけるか？」

すぐさま頷くネクト。

このあたりはフウィスの近くに比べて、力の分布がまばらだ。

先ほどよりはスピーディーに能力を発動すると、今度こそ逃げ切ることに成功した。

「ふうぅ……まっずいなあ、これ」

壁にもたれ、大きく息を吐き出すネクト。

ガディオは口元の血を手の甲で拭い、険しい表情を浮かべた。

「この程度逃げたところで、奴はすぐに追ってくるだろう」

「ならまた逃げる？」

「巻き込まれる人間を増やすわけにはいかん。ここで倒すしかない」

「倒すといってもどうやるの？　今のところ、僕たちは手も足も出てないみたいだけど」

「俺とお前で、力を合わせるしかないだろうな」

ネクトは思わず、噴き出すように笑った。

「何だその反応は」

「だって『力を合わせる』ってフレーズがさ、何だか味方同士みたいだと思って」

「まだ敵でいるつもりだったのか？　生憎だが、俺の中ではすでに戦友扱いだぞ」

「ははっ、そんなので僕が喜ぶほど単純だと思ってる？」

などと言いながら、ネクトの顔は微妙に赤くなっていたが、彼女は全力でごまかそうとしていた。

まあ、そこに触れるほどガディオは外道ではないし、そんな暇も無い。

「言っておくが、これは真剣な話だからな。奴が使う歪曲《ディストーション》。あれは必ずしも無敵ではない。高エネルギー体をぶつければ、破壊することも可能だ」

「おじさんがやってたあれね。あんなことして、体は大丈夫なの？」

「安心しろ、今さら惜しむような命でもない」

「……あんまそういうことしてると、フラムお姉さんが悲しむよ」

「知っている。だが俺は、もうそういう生き方しかできん。過去でも変えない限りな」

「嫌な覚悟だなあ。別に説得しようとは思わないけど」

そう言いながらも、ネクトは寂しげだ。

少なからずガディオにも借りがある、そう思っているからだろう。

「で、おじさんはどうするつもりなの？」

それでも今は、彼に頼らなければネクトの命も危うい。

ガディオが語るその〝作戦〟に、耳を傾けた。

内心では『何て馬鹿げてるんだ』と半ば呆れながら。

◇◇◇

フウィスの活動時間にはまだ余裕があった。

もしガディオとネクトが時間稼ぎのために逃げ回るようなことがあれば、彼は生きている人間たちを皆殺しにして、お前たちのせいだと笑ってやるつもりだった。

だが、倉庫街から少し離れた場所で――二人は再びフウィスの前に現れる。

それも不意打ちなど仕掛けずに、真正面から、仲良く横に並んで。

「頼んだぞ、ネクト！」

ガディオは魔法で剣に岩の刃を纏わせる。

「潰れても知らないからね。接続《コネクション》しろ！」

ネクトは、辛うじて無事な建物を浮かび上がらせる。

「出てきたかと思えば、性懲りもなくそれなんだねぇ。だったら僕もまた――え!?」

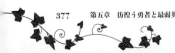

ネクトが狙った先はフウィスではない。

浮遊した建物は、ガディオ目掛けて落下を始めたのである。

「仲間割れ？　ここで？　そっかぁ、ネクトってば僕の幸せをわかってくれたんだねぇ！」

「それだけは断じて違うからねっ！」

ビシッとフウィスを指差して否定するネクト。

彼女の宣言通り、建物にガディオが押しつぶされることはなかった。

代わりに、砕けた瓦礫たちは彼の持つ剣に張り付いていく。

次々と、次々と、周囲の建築物全てが一箇所に集結するように。

「うわぁ……ははは、あははっ、すごいこと考えるねぇ、ネクト」

そそり立つ刃を見上げて、思わず感嘆の声をあげるフウィス。

「僕の案だと思わないでよ。こんな無茶なこと、絶対にやりたくないんだから」

もはや実行したネクトですら、呆れるしかない有様だった。

「ふううぅぅぅぅ――――」

その〝塔〟を腕だけで支えるなど、本来人間には不可能である。

それを目の前でやってのけている男を見ると、もはやため息しか出ないのも当然だ。

『長期戦では勝てない。出し惜しみせずに、全ての力を一度に集中させるんだ』

確かにガディオの言う通り、ちまちま戦っていてもフウィスの守りを突破するのは難しい。

『お前の接続の能力で、俺の剣を補強する』

だから、それ以外に勝つ方法がない——というのは、本当なのだろう。

だが、はいそうですかと頷けるほど、現実的な作戦ではなかった。

『ばっかじゃないの⁉　そんなことできるわけないじゃん！』

『できる』『できない！』『できる』『だからできないってば！』

『俺ができると言っているんだ。お前は手伝ってくれるだけでいい』

ガディオは頑として譲らず、気乗りしないネクトは付き合うしかなかったのである。

「それにしても、実際に見ると本当に、どうしようもないぐらい馬鹿げてるよ」

そんな嘆きめいたネクトの声すら、もはやガディオには届いていなかった。

「ふううぅ……はぁぁ……ふううぅ……」

呼吸を整える。

賭命《キャバリエ》・騎士剣術《アーツ・サクリファイス》もまだ完全ではないのだろう。

より効率のいい方法を戦いの中で模索していくうちに、彼はより強い力を手に入れる。

数秒前までは支えるだけで精一杯だったが、次の瞬間には軽く傾けられている。

それができれば、傾けたまま止め、力を貯めて、振り下ろすことも可能だろう。

眼前に現れた巨塔を見上げるフウィスは、「あは」と笑うと、右手を挙げた。

そして左手を手首に添えて、開いた手のひらに力を込める。

「僕、野蛮な戦いとか嫌いだったけどさぁ。今ならルークの気持ち、少しだけわかる気がするよぉ
……ふふっ、歪曲《ディストーション》・断裂《ソード》」

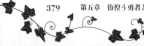

ガディオに負けじと、空間を捻じ曲げる何かが、天に向かって伸びていく。

準備段階でフウィスが攻撃してきたのなら、ネクトが守る予定だった。

だが、フウィスは乗ったのだ。

男の子らしく、ガディオが挑んだその一騎打ちに。

「先手はおじさんに譲るよ。さぁ、どこからでも好きなように斬りかかってきなよぉ」

ハイになり、うっとりと頬を赤く染め、フウィスはそう誘った。

「ぐ、お、おおぉっぉおおお――――」

食いしばった口の端から血が流れ、白目は全て赤く染まる。

腕の筋肉は限界まで膨張し、千切れる寸前で小刻みに震えながら、剣を前へと傾けた。

ズオォォォオオオ――――ただ動くだけで空気がかき混ぜられ、低い場所を浮かぶ雲が割れる。

「ウウォォオオオオオアアアアアアッ！」

咆哮がビリビリと空気を震わせ、ついに刃はフウィスに向かって振り下ろされた。

「消えちゃえぇっ！」

フウィスは自らの〝剣〟で、その一刀を受け止めた。

ヒュゴォォォオオオオオッ！

「うわあぁぁぁあっ⁉」

ただぶつかっただけで、地上にいるネクトは吹き飛ばされてしまった。

彼女は地面のくぼみに指をかけてしがみつき、二人の戦いを見届ける。

「く、は……あっは、受け止めるんだぁ、本当にぃ！　歪まないで止まっちゃったぁ！」

二本の剣は、互角にせめぎ合った。

フウィスの歪曲は、ガディオの剣の圧倒的質量を呑み込みきれなかったのだ。

「ふぐぉぉああああああっ！」

ガディオが吼えると、フウィスが押される。

かかとが地面にめり込んで、腕が曲がる。

「でもさぁ……それって、一度っきりだよねぇ？」

しかしフウィスの表情にはまだ余裕がある――彼は剣を傾け、力を横へと受け流した。

ズザザザザッ！　と表面を削りながら、フウィスの刃の表面を滑り落ちていくガディオの剣。

「まずい、あのまま地面に叩きつけられたら、もう持ち上げられない！」

だが持ち上げる以上に、その速度を腕の力だけで止めるほうが困難だ。

だが――

「グガァァァァァアアアアアアッ！」

ガディオはそれを、己の命を削りに削り、やってのける。

「マジでやっちゃうの……」

ネクトが唖然とする眼の前で剣の落下は止まる。

続けてガディオは体を捻って振りかぶると、真横に一振り。

フウィスはその上から叩き潰すように、空間の歪みを叩きつける。

そこでガディオは再び咆哮。

フウィスに押しつぶされた刃を、力ずくで持ち上げ、振り払った。

「あっははぁ！　すごいねぇ、人間って。生身でも、こんなことできちゃうんだぁ！」

打ち合ううちに、フウィスの中に芽生える人間《ガディオ》へのちょっとした憧憬《しょうけい》。

それは二重駆動《ダブルドライブ》への彼の適性を、ほんの少しだけ弱めた。

「あ――」

再度剣がぶつかり合う直前、フウィスの刃がぐにゃりと曲がる。

「グゥォォオオオオオオオッ！」

強度の落ちた剣は、ガディオが放つ質量に押しつぶされ、バチンッ！　と弾けるように消えた。

頭上からそれが落ちてくる様は、まるで空でも落ちてきたようだった。

見とれそうになるが、とっさにフウィスは両腕をクロスさせ、防御態勢を取る。

「歪曲《ディストーション》しろっ！」

ズドォンッ！　と叩きつけられた一撃。

フウィスは直撃こそ免れたものの、自ら包む球形の力場ごと、地面に埋まる。

「フウゥウゥウンッ！」

ガディオは剣を再び持ち上げ――叩き潰す。

「ぐうぅっ……！」

フウィスは、完全に追い詰められていた。

もはや決着の瞬間が近いのは明らかである。

「フウィスっ、お願いだから降参してくれないかな。僕はフウィスに死んでほしくないんだ！」

「わかったよぉ、戦うのやめるぅ……って言って、この人が止めてくれるのかな――っ！」

もう一撃、容赦なくくだされる鉄槌。

「フウゥ……はあぁ……さすがにわかるさ。お前に、そのつもりがないことぐらいなぁッ！」

「あはははっ、そうだよねぇ。だって僕は、マザーのために命を捧げたいんだものぉ」

ズドオォンッ！　と振り下ろされる一撃が、大きく大地を揺らす。

「フウィス……おじさん……」

別に誰かが悪いわけではなく、これは最初からそういう戦いだったというだけのこと。

どちらか一方が死ぬまで終わらない――そう、決まっていたのだ。

フウィスの作る防壁は、追い詰められてもなお堅く。

今のガディオでさえも、打ち破るのは容易ではない。

だが彼は少しずつ、その命を削るやり方に慣れつつあった。

これなら、もう一段階引き出してもいい――その感覚を、実行に移す。

腕を通し、柄を伝い、天を切り裂く刃全体にプラーナを流す。

気を纏った剣は、蜃気楼《しんきろう》のように揺らいで見えた。

「はは。本当に、人間ってすごいなぁ……」

見上げるフウィスは、半ば諦めの境地であった。

少なくとも彼の中で、オリジンは以前ほど絶対的な存在ではなくなった。

別に人間をやめなくても、人はこの領域まで達することができるのだから――

「づぅあぁぁぁぁあああああああああぁッ！」

質量、遠心力、速度、プラーナ――あらゆる要素が威力だけに特化されたその斬撃。

――地裂破砕撃《ガイアブレイカー》。

大地は砕け、岩の破片が天地無用と舞い上がる。

巻き起こる嵐に、必死にしがみつくネクトも吹き飛ばされた。

無論、フウィスを守る歪みも薄氷のように割れ――無防備な彼は頭から押しつぶされた。

砂埃が晴れるのを待つまでもなく、その決着は明らかである。

「は……あ、ぐっ……かはっ」

彼はその手で苦しげに胸を押さえ、口から大量の血を吐き出す。

落ちた剣は力を失い、刃を補強していた建物の破片が大量に地面に転がった。

「いたた……フウィス……フウィスはっ⁉」

誰もが満身創痍《まんしんそうい》だったが、いち早くネクトが活動を再開し、フウィスを探す。

砂埃の中に突っ込み、まとわりつく砂礫を振り払いながら、手で探ると――

ぬちゃり、と。生ぬるく湿った何かが指先に触れた。

「あ……」

顔を近づけると、そこには潰れたフウィスの眼球が、地面にへばりついていた。

「フウィス……あぁぁ……フウィスうぅぅっ！」

死体を前に嘆くネクト。

「ネクト……君って……そんな感じだったっけぇ……」

そんな彼女の悲しみに、フウィスは半笑いで答えた。

「あ……え、生きて……あの中で、生きてた……の？」

砂埃が晴れると、そこには到底生きているとは言えない、潰れたフウィスの体があった。

その肉体と繋がっているコアは、元々彼の心臓だった一つだけ。

奇跡的と喜ぶべきかはさておき、まだ自我を残したフウィスがそこにいるのだ。

「生きちゃってたねぇ。あぁ、痛いな……苦しいな……死ねたほうが楽だったかも……」

「……ネクト、どうする」

脚を引きずりながら近づいてきたガディオが、ネクトに問いかけた。

「もちろん、連れて行くよ。生きてさえいるなら方法はある」

「やだよぉ、こんな僕が人間としてうまく生きていけると思う？」

「俺は、お前がこのまま生きていくべきだとは思わないが――」

そう前置きした上で、ガディオはフウィスに語る。

「誰だってそうだろう。普通の人間だって、そううまく生きていけるものではない」

「へぇ……おじさんもそうなの？」

「当たり前だ。うまくやれる人間は、復讐に命を捧げようなどとは思わんからな」

「そっかぁ。思ってたほど、人間って、特別じゃないのかなぁ……なりたくはないけど」

「それでも連れてくよ、それが僕の望みだから。じゃあ――おじさん、一人で大丈夫？」

「ああ、まだやることが残っているからな。歩く余力ぐらいは残っているさ」

「わかった、それじゃあまたね、おじさん。接続《コネクション》しろ」

ネクトの顔が醜く渦巻き、慎重に抱えたフウィスの体とともにその場から消える。

「いつまでおじさんなんだろうな、俺は」

ガディオはため息交じりにそう言った。

周辺は激しい戦闘で廃墟のような有様だったが、数カ所は無事な倉庫があった。

フウィスもさすがに、マザーの隠れている倉庫を巻き込まないようにはしていたのだろう。

体はボロボロで、痛覚が戻り全身が焼けたように熱いが、まだ止まるわけにはいかない。

胸に手を当てると、体に宿る命の灯火が、確実に小さくなっているのを感じた。

彼はその事実に少しの恐怖を覚える。

だが、エキドナの顔を思い出し、復讐の炎でそれをかき消すと、マザーを捜すため歩きだした。

21 生誕

赤子はエターナの作り出した水に包まれ、身動きが取れない状態だった。

その体は半分ほどが潰れており、傷口からは血と一緒に小さな赤子が這い出ようとしている。

今は、それを水圧でどうにか押さえ込んでいた。

戦闘の舞台となった公園には、息絶えた小人が数え切れないほど倒れている。

周囲には濃密な血の匂いが満ち、立っているだけで肌に染み込んでしまいそうなほどだ。

エターナは、とにかく早く終わらせて、この気持ちの悪い光景から一刻も早く離れたかった。

そしてその願いが――ようやく叶いそうだ。

「これで、おしまい」

口から体内に侵入した水が、食道を破り肉に穿孔《せんこう》し、ずるりとコアを引きずり出す。

赤子は水中でがくんと震えたかと思うと、そのまま動かなくなった。

傷口から出てこようとしていた小人も活動を停止する。

「……ふぅ、思ったより苦戦した」

ダメージを与えれば与えるほど硬化し、さらに吐き出すミニチュアの数は増える。

確実に追い詰めているはずなのに、なぜか自分のほうが追い詰められている――戦っている間は、ずっとそんな気分だった。

右肩と右太ももに深めの裂傷が、他の部位にも細かい傷が多数ある。

自らが生成した水によって消毒は済ませたが、全身がじくじくと痛む。

「別の場所から音が聞こえない、もしかして私が最後？」

少しむっとしながら、エターナは西の方角を向いた。

何箇所から煙が立ちのぼっているが、それは残り香のようなものだ。

敗北の可能性は考えていなかった。

全員の勝利を確信し、エターナはまず、ガディオのいる中央区へ向かった。

◇◇◇

「今度こそ、もらったぁッ！」

放たれた矢が、正面から胸に命中し、周囲の肉もろともコアをぶち抜く。

すると巨大な赤子も、ライナスに迫りつつあった小人の大群も、ぴたりと動きを止めた。

彼はあまり範囲攻撃が得意ではない。

ゆえに、ひたすらに増殖を繰り返すこの敵とは、非常に相性が悪かった。

結果的に彼は開き直って、本体だけに集中することで、どうにか勝利を掴み取る。

果たしてそれが正解だったのかは、今はまだわからないが――ほぼ無傷で勝利できたということは、間違いではなかったのだろう。

「ふー……しっかしこの光景は、見てると精神的にもクるものがあるな」

しかし体力的には、かなり消耗している。

傷は無いが、少し休まなければ連戦は厳しいだろう。

「音がしないってことは、戦いは終わったのか」

ほど近いギルドのあたりで、誰かが激しく戦っていたことには気づいている。

だが敵の援軍が無かったということは、フラムが勝利したのだろう。

「まずはフラムちゃんと合流して、そのあとでマザーの探索か。やっぱハードだな……」

そう言って髪をかきあげると、ライナスは歩いてギルドへと向かった。

◇◇◇

戦闘を終えたガディオは、倉庫に足を踏み入れる。

体が重くてしょうがなかったが、マザーを逃がしては意味がないのだ。

中は暗く、天井が高く面積も広い。

荷物も多く放置してあるので、隠れるにはうってつけの場所である。

ガディオは迷わず倉庫の中心まで移動すると、目を閉じ、感覚を研ぎ澄ます。

マザーに気配を殺す技能があれば、その〝探知〟をやり過ごせたかもしれない。

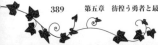

だが彼は子供たちと違い、ただの研究者だ。

だからこそ、子供たちに守られながら、ここに身を潜めるしかなかったのである。

ガディオはすぐさま首を落として殺すつもりで、剣を握ったままマザーに歩み寄る。

だが箱の向こうに隠れた彼に到達する前に――ぐちゃっ、と湿っぽい音が鳴った。

「ぐっ……ふ、ぐぅぅう……！」

少し遅れて、野太いうめき声も聞こえてくる。

「おおぉっ、おごっ、ご、ぷ……いぎいいぃいぃっ！」

ガディオがそこで見たものは――自らの腹にナイフを突き刺す、女装した大男の姿だった。

マザーはガディオを見上げると、口から血を吐き出しながら、歯をむき出しにして笑う。

「マイク・スミシー、貴様、何をした？」

ガディオには、それがただの自殺には見えなかった。

「うふっ、うふふっ……ぶごっ……お、ご……ふ、ぶ……ふふっ、んっふふあははははははぁっ！」

狂気に満ちた笑い声が、倉庫に響き渡る。

腹を切った人間のものとは思えないほど、その音には力がこもっていた。

心の底から、自らの死を後悔せず、恐れることもなく、全力で歓喜しているように。

「何をしたと聞いている！」

ガディオは石の床に横たわるマザーの顔のすぐそばに、大剣を突き刺した。

脅しのつもりだったが、効果が無さそうだ。

しかしマザーは笑いながらも、素直にガディオの疑問に答える。

「てい・おう・せっ・かぁい♪」

彼は声に色を付けて、聞いているだけで吐き気がするほど不愉快に喉を震わせ、そう告げた。

「〝帝王切開〟……だと？」

「かあい、そう……な、あの、ごぶ……っ。で、れも、うみ……落とす。つよい、子だもの……ね。すこ、し……はやく……て、も……おっ、づよ、ぐぅ……いぎ、て……ぐれ……るっ……」

事を成した彼は、実に幸せそうであった。

痛みすらも勲章なのか、身を焼き尽くす熱は快楽に変換され、喘《あえ》ぎ声にも似た苦悶を吐き出す。

体をよじるたび、絞るように傷口からは血液が流れ出した。

「チル、ドレン……たった……ひと、りの……わた、しの……愛し……い、こど、も。りそう……の、わ、たしで、ママ、で……わたしは、いる。さら、なる……たかみ、へ……み……ち、び……」

マザーの表情から少しずつ力が失われていく。

声もか細くなり、血色も蒼白になり――彼は言いたいことだけ言って、身勝手に息絶えた。

「くっ、まさかこんな呆気ない終わり方が……いや、待てよ」

ガディオは、マザーの亡骸から倉庫の奥へ向かって、血まみれの何かを引きずったような形跡が残っていることに気づいた。

「帝王切開……この男は何かを産み落としたのか。それがチルドレンの完成形なのか？」

ガディオは〝それ〟を追って、走り出す。

あの異形の赤子が第三世代とするのなら、マザーが産んだのは第四世代と呼ぶべきか。

彼が自らの腹で育てたそれは、その製造方法から第三世代と異なり量産に向いていない。

およそ、教会に正式採用されるつもりがあるとは思えない代物である。

「気配は感じられない。血痕《けっこん》も壁で途切れている。どこに潜んでいるんだ？」

だがこれをマザーがチルドレン以上の切り札だと定義したのなら、コアを二つ使用した彼ら以上の力を持っているはずなのだ。

ガディオに見つけられたことで、未完成で産み落としたのなら、未完成のまま破壊しなければ。

彼は周囲に置かれた荷物を薙ぎ払ったが、這いずった形跡は残っていない。

次に、血痕が途切れた壁に剣を振り下ろし、破壊する。

すると――その跡は、外に向かってまっすぐ延びていた。

「障害物を壊すことなく通り抜けている……一方で血は付着していたはずだ」

第四世代がどのような存在なのか想像もできないが、実在するのは確かである。

ガディオは剣を握ったまま、追跡を続けた。

◇◇◇

施設に連れてこられたフウィスは、回復魔法による治療の後、すぐに処置室へと運ばれた。

例のごとく、またサトゥーキが説得して手術を受けることを承諾させたようだが、ミュートのときよりは少し手こずったようである。

ネクトが処置室の前で、祈るように手術が終わるのを待っていると、チャタニが彼の前に現れる。

「歩いてくると何だか不気味だね」

「普通にしたらしたで文句を言われるのか、困ったもんだ」

「で、僕に何か用事でも？」

「サトゥーキがようやくミュート・アンデシタンドへの面会許可を出した。今から出入り自由――」

チャタニが言い終えるより先に、ネクトは接続《コネクション》で転移する。

「話ぐらいちゃんと聞けっての……はぁ」

取り残された彼は、右手で顔を覆いため息をつく。

「どの時代に来たって、権力者ってのは変わらねえもんだなあ」

「それは誰のことを言っているのかね」

茶谷のぼやきに、いつの間にか近づいていたサトゥーキが口を挟む。

「いきなり出てくるのは俺の専売特許だぞ、佐藤」

うんざりといった様子で振り返る茶谷に、サトゥーキは意地悪そうな笑みを浮かべた。

「浮かれているのだろうな、私も。最近はたまに子供のような真似をしたくなる」

「チルドレンへの所業もそのうちの一つってわけか」

悪態をついて吐き捨てるように茶谷は言う。

「所業とは随分な言われようだな。別に彼らを助ける必要などなかった。無事に手術を終えてしまえば、彼らは今後教会と戦う武器にすらならない。ただのお荷物なのだからな」

「だったら何であんな真似したんだ」

「君たちを真似たのだよ。ドクターチャタニ、そしてフラム君。二人は私に夢を与えてくれた」

手を広げながら、サトゥーキは胡散臭く、しかし本気でそう言った。

「そんなつもりはない。俺はいつだってオリジンという現実に立ち向かっている」

「その現実が心震わす夢物語ではないか。もし私が、フラム君の故郷の近くで君を発掘しなければ、私は別の方法でこの国を取り戻そうとしただろう。その場合、手を組むとしたら……そうだな、エキドナあたりか。彼女は欲望に素直だから、自由に研究できる場所や金を用意してやれば御しやすい。そして魔族領に攻め込み、占領し、オリジンを制御しようとしたかもしれない」

だがそうなれば、彼はフラムと敵対していただろう。

人為的にオリジンを制御する術があれば、反転の力は必要ないのだから。

「今の私よりよっぽど邪悪な所業だろう、それは」

「起きなかった未来と比較してマシって言われてもなあ、俺には今の世界しか見えねえよ」

「ふむ……ところでドクターチャタニ。オティーリエにも言われたが、本当に私がやっているのはそこまで悪辣《あくらつ》な所業なのか？　これでも良かれと思ってやっているつもりなのだが」

「繰り返すが、俺は今のあんたしか見ていない」

そう言い切られ、サトゥーキは心なしか落ち込んだようにも見えた。

「救いとは、観測者によって形が変わるものだ。誰かの望みが叶うとき、それは同時に誰かの夢が破れる瞬間でもある。私はあの子供たちは、そういう天秤の上にいると思っている」

「だから選別するのかよ」

「いいや、選ぶのは彼らだ。だが私は、比較的マシな選択肢を彼らに与えたと思っているよ」

◇◇◇

転移してきたネクトの姿を見て、ミュートは儚げに微笑んだ。

「ミュート、手術は成功したんだねっ！　良かった、これで生き延びられる……！」

心底嬉しそうに、ミュートの頬に手を当てるネクト。

「あれ、インクもいつの間にかここに来てたんだ」

無言でミュートの手を握り俯いていたインクは、少しだけ顔をあげた。

「何だい、その情けない顔は。ミュートが助かったんだよ？　もっと嬉しそうにしなよ」

手術を終えたばかりの彼女の体には、まだ人間を辞めたときの傷跡が残っているが、体はほぼ元通りに戻っている。

「フラムお姉さんには感謝しないと。あれのおかげで、ミュートの体が治ったんだから」

異形と化した部位は、リヴァーサルコアでオリジンの力を取り除くことで、元の形に戻った。

体内のオリジンコアも除去され、サトゥーキが用意した囚人の心臓が移植されている。

今やミュートの体は、インクと同じ人間の肉体なのだ。

「ルークの手術も終わったそうだから、もうじきここに来るはずだよ。フウィスもそうだ。これでみんな普通の人間になって、そして――インクみたいに、幸せになれる。そうだよね？」

「……」

「インク、さっきから何なの？　ミュートが無事だったのが嬉しくないわけ？」

「違う、けど……」

「はぁ……わかってるよ、僕だって。きっと生き延びたって、未来は前途多難だ。けど、どんなことがあってもさ、きっと四人で……ううん、五人全員揃ってれば、乗り越えられると思うんだ」

「それは……」

「……まったく、こんなときまで不出来な姉だなあ」

冴えない表情を見せるインクに、心底呆れるネクト。

「ネクト」

そんな彼女を、ミュートはか細い声で呼んだ。

「どうしたの、ミュート。まだ体は動かないみたいだから、してほしいことがあったら言ってよ」

「ネクト」

「ミュート、名前が呼びたいだけとか言ったら怒るからね。いや……今は許してあげるけど」

そう言いながらも、ネクトはミュートと言葉を交わせるこの瞬間が楽しくてしょうがなかった。

何度でもいいから名前を呼んでほしい。

生き残ったのだ、と――その実感を得るために。

「ねえ、ネクト……」

「だから、それだけじゃ何もわかんないって。はっきり言ってよ」

ミュートは弱々しく息を吐き出すと、今にも消え入りそうな声で、ようやくネクトに告げる。

「……ごめん、ね」

そしてその瞳から透明の雫《しずく》が溢れると、彼女はゆっくりと瞳を閉じた。

「ミュート？」

ネクトは体を揺らすが、反応は無い。

「ふ……ぅ、く……」

インクは握るその手を額に押し付けて、肩を震わせる。

「ねえ、ミュート。寝ちゃったの？　困るよ、まだ何をしたいのか聞いてないのに……」

すでに薄々わかってはいたが、呼びかけずにはいられなかった。

「う、ううぅ……ミュートぉ……」

眼球のない彼女は涙を流せないが、胸は計り知れないほどの悲しみに満ちている。

「ミュート……ミュートっ！　返事をしてよっ！　おかしいよ、手術は成功したんじゃなかったの？

人間の体に戻って、僕たち、普通の兄妹として生きていけるんじゃなかったの⁉」

手のひらごしに、妹の体から体温が失われていくのを感じる。

「ネクト、もう、ミュートは……」

「黙れよぉおおおっ！　何で⁉　どうして⁉　誰か教えてよっ、どうしてこんなことになったのか、

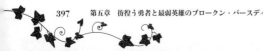

誰かっ！　サトゥーキッ！　チャタニぃいいいいッ！」

悲しみはやがて怒りへと変わり、それをぶつける相手をネクトは探す。

その呼び声に応えたのは、サトゥーキでも茶谷でもなく――

「ネクト。お前がそんなに取り乱してるとこ、初めて見たよ。意外と兄妹想いだったんだな」

扉を開き入ってきた、ルークだった。

手術を終え、人の心臓を手に入れた彼の顔色は、死人のように蒼白である。

彼はおぼつかない足取りでミュートが眠るベッドに近づくと、縁に腰掛け、その白い髪に触れた。

「ルーク……これはどういうことなんだい？　全部うまくいったはずだよねえ⁉」

すがるようなネクトの言葉に、ルークはゆっくりと首を振った。

ネクトの表情が絶望に染まる。

「うまく……いってない？　失敗、した？　じゃあ僕は……サトゥーキに、騙されて……」

失意に唇を震わせる彼女を見て、ルークは「はっ」と笑った。

「何がおかしいんだよ、ルーク。見ればわかる、君だってもう長くないんだろう⁉」

「ああ、そうだな。考えてもみろよ、俺らはもっと早くに死ぬはずだった。たくさん人を殺した化物として歴史に名を刻んで。気休め程度に人間らしいこともしてみたがよお、付け焼き刃じゃうまくいかねえ。やっぱ、残るのは人殺しの化物だって事実だけだ。まあ、別にそれでも構わねえけど」

「だから――最初から失敗するとわかって、死ぬことを受け入れたのか？」

「いーや、違う」

「じゃあどうしてッ！」

声を荒らげるネクトだが、ルークはあくまで優しく、安らかな笑みで彼女に語りかける。

「お前の手術を成功させるのに、犠牲が必要だって言われたんだよ」

「は……？」

唖然とするネクトとは正反対に、ルークは歯を見せて笑った。

「にっひひ、悪くはねえよな、そういう死に様も。ただ死んで終わるより、命そのものが意味を持って終わるってのは、俺が想像してたハッピーエンドよりも遥かにハッピーだ」

「ふざけるなあぁぁぁああッ！」

ネクトはルークに掴みかかる。

彼に当たっても仕方ないと理解していても、そうせずにはいられなかった。

「ネクト……」

「こんなやり方ないよ！　僕を助けるため？　じゃあ僕は、みんなを殺すためにここに連れてきたっていうのかい？　助からないって最初からわかってたのに、僕は、自分のために家族の命をっ！」

「言ったらお前、絶対に納得しなかったろ」

「当たり前じゃないかっ！　僕は……一人じゃダメなんだ。みんなと一緒じゃなきゃ、意味が無いんだよ……！　そのために、そのためにぃ……ぅ、うぅぅ……！」

ネクトの体から力が抜け、彼女は涙を流しながら膝から崩れ落ちた。

解放されたルークは、ゆっくりと虚ろな瞳で天井を見上げる。

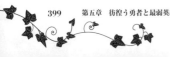

「ミュートもよお、延命処置っての？　それを受けてまで、苦しくて痛いのにさっきまで生き続けて、データ収集に協力したそうだ。どうだ、立派な死に様だろ。しっかり胸に刻んどけよ」

「ミュートは……優しい妹だった。今も、ほら……俺らを置いていかずに、向こうで待ってやがる」

「ああ、優しい子だったもんね」

「ルーク、何を言って――」

彼の目を見たネクトは、もはやその命が風前の灯であることを即座に察した。

穏やかに、静かに、苦しまず――ルークはミュートのもとに逝こうとしている。

「そこは幸せか……？　俺たち、地獄に落ちるんじゃ……ない、のか……？　そ、っか。俺たち、今度は……普通の家族に、なれるんだな……そりゃあいい。すっげえ、いいよ――」

ルークはここにはない空に向かって手をのばす。

するとネクトはその手を掴んで、必死に彼に呼びかけた。

「待ってよ、言いたいことだけ言って勝手に逝かないでよっ！　僕を置いていかないでよぉっ！」

「ああ……悪くはねえ……〝普通〟ってやつ……俺も、本当は、今の命で……」

ふっと体から力が抜け、ネクトの胸に倒れ込むルーク。

彼はもう、息をしていなかった。

「ルーク……ッ、あああぁあっ……うあぁぁぁああああああっ！」

彼の頭を掻き抱いて、喉から声を絞り出すように叫ぶネクト。

「どうしてそんなに、幸せそうに死ねるの……？　あたしにはわかんないよ……」

インクは、ルークの感情をその声で感じ取っていた。

いつもやんちゃで乱暴だった彼の、あんなに穏やかな声を聞いたのは初めてだった。

「うぅ……どいつも、こいつも、身勝手で……っ！　う、く……っ、わかってるよ。僕だって人のことは言えないって！　けど、けどさぁ！　残された僕はどうしたらいいんだよぉぉおおおっ！」

無力感に満ちた嘆きが、施設に響き渡る。

どれだけ二人が満足して逝こうが、遺された想いは、まだ幼い少女が背負うにはあまりに重すぎた。

◇◇◇

ガディオとマザーとの遭遇から十時間以上が経過し――フラムたちは疲れ果てた体で産み落とされた〝第四世代〟を血眼になって捜したが、終《つい》ぞ見つかることはなかった。

エターナ、ライナス、冒険者たち、さらには新聞社の記者までも動員したのだが、途中からは血痕どころか、その形跡すら見当たらなくなってしまったのだ。

捜索に参加した面々は、一度ギルドに集まり情報を整理することにした。

「完成してないにしても、野に放たれちゃったんですよね」

カウンターの椅子に腰掛けたフラムは、ため息交じりにそう言った。

「あの手紙が事実なら、まだ数時間の猶予はあるはず」

「逆に言えば、数時間内に見つけられなければ、あれは完成する……ということらしいが」

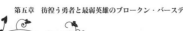

あまりに未知が多すぎて、ガディオも断言はできない。

「あのマザーってやつの腹ん中で育ってたんなら、これ以上はデカくならないんじゃねえの？」

「そんなものを守るために、命を賭けて戦ってたんでしょうか」

マザーの悲願を成就《じょうじゅ》させることが目的なら、成否は関係ないのかもしれない。

だがフラムは、これで終わりだとは到底思えなかった。

「話を聞いてる限りじゃ、マザーってやつは相当気持ち悪い男みたいだけど、頭がいいのは確かなんでしょう？　だったら、腹を割いてまで逃がしたのには必ず意味があるわよ」

イーラは、ガディオの包帯を替えながらそう話す。

回復魔法の使い手はここにはいない。

傷の手当ては、あるもので最低限しかできないのだ。

「未完成っていうんですし、そのあたりで死んでたりしませんかね」

スロウの言葉は、フラムたちの願望を代弁したものでもあった。

これだけ捜しても見つからないのだ、すでに溶けて消えているかもしれない。

「だとしても、死体を確認しないとわたしは安心できない」

「私もです。今度は西区を中心に捜してみようと思います」

まだ疲れは残っていたが、そんな素振りを見せずにフラムはギルドを出た。

「ちょっと見ない間にタフになったなあ、フラムちゃん。俺も負けてらんねえわ」

ライナスも、フラムのあとを追うように外に向かう。

エターナとガディオもまた、傷の治療が終わるとすぐさま第四世代チルドレンの捜索に出た。

残されたイーラとスロウは、感心した様子で彼らの後ろ姿を見送る。

「さすが英雄ですよね」

「あれだけらしいことしといて、フラムは認めないのよね」

「使命感であんな化物と戦ってるんですから、周囲から見たら英雄以外の何者でもないですよ」

「人間離れした超人みたいに思われるのが嫌なんでしょうね」

「違うんですか？」

「違うわよ。私はフラムぐらいしか知らないけど、そんなに立派な人間じゃないでしょう、あの子」

「僕は助けられた側なので……でも、話してると年相応って感じはしますよね」

人並みに落ち込んで、人並みに意地汚い部分もある。

それがフラムの長所でもあり、短所でもあり――イーラが彼女を嫌いになれない理由でもあった。

◇◇◇

フラムたちは王都を駆けずり回って、マザーの産み落とした〝何か〟を捜し続ける。

しかしその正体を把握することすらできず、無情にも時は過ぎ去っていった。

ライナスは高い場所から町を余すところなく見回したが、どこにも見つからない。

彼は自分の探索技術に自信を持っている。だからこそ、自惚《うぬぼ》れ抜きで断言する。

——異常だ。

すでに王都にはいない、あるいは死んで溶けているのではないか。

その確信を固めていく。

やがて日は暮れ、暗幕が空を覆う。

その間に一度だけ四人はまたギルドで顔を合わせ、情報交換を交わした。

だが実のある情報はない。町の様子にも変化はなし。騎士たちも見当たらず。

時計の針は回る。

それがどのような存在か理解していれば、彼らなら止められたのだろう。

しかし現状、それを知るのは同じ研究者であるエキドナぐらいのものだ。

無常にも、残酷にも、最後の一日が終わる。

『ハッピーバースデートゥーユー』

——空が、笑った。

◇◇◇

四人は三度ギルドに集合する。日付は変更された。カウントゼロ、つまり誕生日である。

mラム、ラiナス、エorナ、ガディn。

四人ではない彼《スロウ》は右手を広げて鳥の形を作ると、それを床に叩きつけながら言った。

「見ておかあさん、僕がんばって鳥さん作ったんだよ！　ぶうぅぅぅん、ぶうぅぅぅぅぅんっ！」

それは何度も墜落して、首の骨を折って死にたくても死ねなかった。

「どう、いう……第四世代は、いつの、まに……成長、を……！」

エターナは知性によるノイズを吐くので、それはノイズです。ノイズ。ノイズ。ノイズ。

なので彼女は苦しそうに、あるいは嬉しそうに自分で自分の喉を掴むと、

「ぐ……あ、がっ……」

頭をガンガン机の角にぶつけて、

「あぐっ、うっ、うぶっ……！」

ぐちゃりと潰れた傷口から、どろどろ血を流しました。

お誕生日おめでとうの瞬間まではあとしばらくあるので、繭《まゆ》のなかでおやすみなさい。

血管が糸になったしゅるりとエターナを包んで、赤い衣で優しく包み込む。

私は子供の頃、そのようにして眠るのが大好きで、母はその上からよく首を絞めてきたものです。

『いい子にして待っててね、ママより』

家に帰ると必ず置いてあるお手紙でした。

ママは一度もいい子にしたことがなかったのに、なぜ子供にはそれを望むのでしょう。

偉そうに。報いですね。火事のあと、炭になった彼女を見て私は、そう思ったものです。

けれど同時に喪失感もあって、嫌い嫌いなのに奥底に好きがそこにはあって、人間という生き物は
血の繋がりから逃げられず、縛り付けられてしまう愚かで無様な生物なのだと知りました。

それから、血の呪縛が私を縛り付けて、地面を這いずるしかなくなりました。

私は人ではなく、ずっとずっと、今日に至るまで、羽根をもがれた蛆《うじ》だったのです。

炭化した母に抱きつきわんわん泣いたのは、死体に群がる蛆と同じ心境だったのでしょう。

突き出した舌に当たった母の灰の味を今でも私は覚えています。

とても苦かったです、だからおいしかったです。快楽もありました。

愛おしさと憎しみの間で生まれたアンビバレンツが倒錯的な快楽を生み出したのでしょうか。

「う、うぅ……スロウ、くん……」

頭部を殴打され、意識を失っていたイーラが目を覚ましました。

彼女の構造はとても子供やすいです。子供やすいので、管を突き刺し子供してしまいましょう。

「づうぅッ！　あ、あぁっ、あああぁっ……ぎゃあぁぁぁああああああぁッ！」

びくびく震えて、失禁して床を濡らし、首を振り回して涎を垂れ流すさまはとても私の子供です。

よく似ていますね。いえいえ、うふふふ、嬉しいです。謙遜したので完了しました。

「……あ……あ……あ」

小刻みに声が漏れます。体も震えます。ビートを刻みます。いいリズム感ですね。

将来は音楽家にしようと思いましたが、しかし今は人殺しのほうが向いていますね。

なので、フラム・アプリコット。

覆いかぶさり、鍵盤《けんばん》を叩くように、無抵抗に指を首に沈めてしまいましょう。

「ま……って、イー……ら……っ」

押し倒した衝撃で後頭部がごすんと鳴って、

「あぐっ、はぎゅっ！　えぐっ、ぁっ、あがっ、あっ、がびゅっ……」

鳴って、鳴って、鳴って――おもしろかった。

続けて異なる演奏法を、すなわち絞殺に専念します。

『やめろ』『ころして』『まちがいだよ』

『それは必要です』『お前はふさわしくない』『繋がるな』『消えろ』

うるさいなあ。耳元で、ううん、シナプスからオリジンがわめく。

神の嬌声《きょうせい》など、私にとってはどうでもいいことでありました。

しかし【抹殺対象M】と異なり私の遮断は完全ではないため拒絶反応で力が入りません。

であれば繭でしょう。使うべきは絞殺用の手ではなく、繭なのです。

まあるくて、赤くて、血管で、かあいい。そしてオリジンの邪魔も無い。

その中で作り出す、チルドレン。フラム・アプリコットも、繭に入れればほら私の子供。

私はマザー。究極なる一にして、あらゆる全を子と束ねる完成された個体。

「げっ……ぐ、がっ……！」

全身に管を突き刺し、注いでおけばフラムは【子】ですから、次はガディオの首に指を沈めます。

彼の、憎き憎き憎き、ああ痛かったなあ、愛する子を産み落とすためとは言え帝王切開というとても痛い痛い方法を取らなければいけないああ哀《あわ》れな私《わたし》かあいそうかあいそう。

腹切りの苦しみと痛みを乗せて、重く重く、その太い首にイーラの指を沈めます。

か細い指が、青く赤く鬱血《うっけつ》して、バキバキと折れたような音が鳴っていましたが、どうせ溶けて子になるので関係はありません。ですからその痛みは生誕の悦びなのです。

「が、あがっ……！　その、醜さ……きさ、ま……マザー……か……！」

飛んでいるはずなのに、死を間際にすると人は意識を取り戻すのだから奇妙なものです。

子供は子供らしく子供していればいいのに。

どうせ溶解するのだから、と私はそのかわいげのなさに急激に白けて、萎《しぼ》んでいきます。

飽きた。どうせこれは前戯しかない。完成まであとどれぐらい？　そう、数分で。よかった。

であればもう、このような〝端末〟で児戯《じぎ》に興じる必要もないのでしょう。

イーラと呼ばれた女は、私の優しきへその緒から解放されますと、ゴミのようにぐるんと白目を剥いて、倒れて、「う……あ……」とうめいて、吐瀉しました。

そして私は溶けて、王都に張り巡らされた、血管ネットワークを通じて回帰するのです。

血管の繊維質は生い茂る草木のように、王都を大きな繭で包み込んでいます。

ここはゆりかご。

私はあなた、あなたは私。

母より生まれた子供である私であり母の子宮の中の子宮の中で、あなたは子供になる。

そう、これはすなわち——第四世代。完成形。理想の体現。夢の成就。

おめでとうございます。ありがとうございます。私から私へ、心からの——

お祝いを、いたします。

22 家族

救出されたミルキットたち四人は、オティーリエに連れられ、王都内の施設で保護された。

しかし施設内での自由な行動は許可されず、広めの部屋で無為に時間を過ごすことしかできない。

もちろん食事は運ばれてきたし、望めば本ぐらいなら与えられたが、一番知りたい外の情報や、この施設の持ち主であるサトゥーキに関しては、何も教えてもらえなかった。

ここ数時間で起きた変化は、インクが呼び出されどこかに連れて行かれたことと、施設内を巡回する傭兵らしき男が「絶対に外に出ようなんて思うなよ」となぜか警告してきたことだろうか。

ストレスからかハロムの体調は優れず、ケレイナの苛立ちも増す一方。

本当にここにいて大丈夫なのか――そんな疑念を持つには十分な状況だった。

すると、出ていったインクがようやく部屋に戻ってきた。

「インクさん……？」

ミルキットは駆け寄り、目の見えない彼女を導くために手を握った。

しかしインクの顔色は、誰が見てもわかるほどに青ざめている。

「ただいま、ミルキット」

元気のない彼女の手を引いて、ひとまず二人はソファに腰掛ける。

ケレイナもハロムを連れて、テーブルを隔てた向かいのソファに座った。

「あんただけ呼び出されるなんて、何があったんだい？」

ざっくばらんな問いかけに、インクは唇を噛んで答えようとしない。

今のところはっきりしているのは、何か良くないことが起きた、という事実だけである。

「サトゥーキという人から、この施設のことを聞いたりはしてないんですよね」

こくん、と頷くインク。

「でしたら、インクさんから私たちが知るべきことは他にないと思います」

「……そうだね。せめて外の状況でもわかればいいんだけど」

ケレイナはそれ以上、インクに何かを聞こうとはしなかった。

ミルキットは黙り込む彼女に、慰めるでもなく、ひたすら寄り添っている。

握ったインクの手は、その間ずっと小刻みに震えていた。

それから数十分――ケレイナはソファから離れ、ベッドでハロムを寝かしつけたとき、インクはようやく沈黙を破り、口を開いた。

「間違ってたのかな」

ミルキットは「え？」と首を傾げたが、インクは膝を抱え、言葉を続ける。

「みんなに生きててほしいと思っちゃうのは、やっぱり、間違いなのかな」

そう言うと、彼女は唇を噛んだ。

ミルキットは、ミュートとルークが死んだことをまだ知らない。

しかしインクにとって悲しい何かが起きたことは、顔を見れば一目瞭然だった。

「たくさんの人を殺して、悪いことをしておいて、幸せになってほしいなんて身勝手だよね」

「……そうでしょうか」

以前のミルキットなら、黙って彼女の吐き出す悲嘆を聞いているだけだっただろう。

だが今の彼女は、その苦しみや痛みが多少なりとも理解できるような気がした。

「世間一般で言う良いこと、ではないかもしれません。でも、好きな人が苦しんでいたら、助かってほしいと思うのは当然のことだと思うんです。たとえその人がどんなに悪者で、世界中を敵に回したとしても……もし同じ立場なら、私はご主人様の幸せを望んだでしょうから」

その行為を悪として裁く人間は現れるだろう。

だが、祈り、願うことに罪は無い。

そして人の想いがそこにあるのなら、実行に移してしまうことだってあるだろうし、その全てを『過ちだ』と断じ、否定してしまえるのは、たぶん大切なものを失ったことがない人だけだ。

インクは、慰めの言葉をかけてくれたミルキットに、微笑みかけながら言った。

「そっか。ミルキットは……ふふ、本当に、フラムのことが好きなんだね」

「ど、どうしてそっちに話を持っていくんですかっ⁉」

「えー？　だって、世界を敵に回したとしてもフラムのことが好きなんでしょ？　そこまで言われたらさー。ケレイナさんだってそう思うよね？」

「そうさね。そこまで堂々と愛を語れる若さがあたしには羨ましいねえ。ご教授願いたいぐらいさ」

「もう、ケレイナさんまで。からかわないでください、私は真面目に言ってるのに……」

赤くなった頬をぷくっと膨らますミルキット。

表情豊かな彼女を見て、インクとケレイナは肩を震わせてケラケラと笑う。

「ありがとね、ミルキット。自分が間違ってないってわかって、ほっとした」

「インクさん……私なんかの言葉が役に立ったなら、こんなに嬉しいことはありません」

笑い合うインクとミルキット。

だがインクは、同時にこうも思うのだ。

(血は繋がってないけど、目の前で妹と弟が死んでもあたしはこうして笑えている。支えてくれる誰かがいて、家族以外の拠り所があって。確かに……ネクトたちとは、もう違うのかもしれない)

それはきっと、インクにとっては良い変化と呼ぶべきなのだろう。

しかし家族と直接向き合って、言葉を交わしていると、いくらかの寂しさも感じる。

投げかける声が、透明の壁に隔たれて、虚しくこちら側の世界で反響しているような気がして。

「……ん？」

会話は途切れ、静かになった室内で、インクはふいに顔をあげた。

「どうかしたのかい、インクちゃん」

「何だかおかしいんです。肌がピリピリして……っ⁉」

どくん、とめまいがするほど強く、インクの心臓が跳ねた。

「インクさんっ⁉」

胸を押さえ、苦しげな表情を浮かべる彼女の体を、すぐさまミルキットが支える。

インクは額に汗を浮かべながら、「はっ、はっ、はっ」と強く、繰り返し息を吐き出した。

「こ、これっ、はっ……あたしたちと、同じ……っ、何かが、生まれ、て……！」

失敗作と呼ばれる〝第一世代〟でも、十年間もコアを体に宿せば影響は残る。

その体は外で起きた異変を感じ取り、まるで高揚したように熱を帯びていた。

「ミルキット……お願い、肩、貸してもらってもいいかな……」

「構いませんが、どうするんです？」

「行かなきゃ……こんなの、あたしが感じてて、ネクトが、気づいてないわけがない……！」

インクの体を労《いたわ》るのなら、今すぐ誰かを呼んで医務室に連れて行くべきだ。

だが彼女の必死さは、きっと〝大切な人〟に向けられたもの。

その想いに共感したばかりにミルキットが、頼みを拒めるはずもない。

「わかりました。微力ながらお手伝いさせてもらいます！」

「あたしはどうする？」

「ケレイナさんはハロムさんに付いいててあげてください。何が起きるかわかりませんから。それじゃあ行きますよ、インクさん！」

「うん……まず、施設の、出口に……っ！」

苦しそうなインクの腕を肩に回して、ミルキットは指定された場所を目指した。

◇◇◇

その頃ネクトは、フウィスの手術が終わったばかりの処置室にいた。

血の匂いが漂う中で、戸惑う研究員たちには目もくれず、ベッドに横たわるフウィスに近づく。

「ミュートとルークが死んだよ」

あえて冷たく、感情を交えずに、事実だけを伝えるネクト。

「そっかぁ。マザーも完成させたみたいだし、いよいよって感じだねぇ」

フウィスは特に悲しんだ様子もなく、そう答えた。

彼のあらわになった上半身には、縫い合わされたばかりの痛々しい傷痕が残っている。

そのせい――ではないかもしれないが、身動きの取れない彼は、首から上しか動かせなかった。

「意外だった。まさかフウィスが僕のために、こんなことに付き合うなんて」

「ひどいなぁ、ネクトってば。これでも僕、マザーの次にみんなのこと好きだったんだよぉ？」

「一位と二位の間に、十倍ぐらい差があるんじゃないかな」

「そんなにないよぉ。せいぜい三倍ぐらいかなぁ」

ネクトが「それでも三倍じゃないか」と笑うと、フウィスも釣られて「あはは」と笑った。

しかし笑い声はすぐにぴたりと止んで、ネクトの表情は曇っていく。

「ネクトが何をやろうとしてるのかはぁ、あえて聞かないでおくね。僕は、一番好きなマザーがやり遂げた瞬間を見届けて、次に好きなネクトを助けてぇ、満足して死ぬんだからさぁ」

「うん、わかってるよ。おやすみ、フウィス」

「おやすみー、ネクト」

それが二人の最後の会話だった。

まだフウィスは死んだわけではないが、ネクトが戻ってくる頃には息絶えているだろう。

ネクトは摘出《てきしゅつ》されたばかりの彼のコアを手に取ると、処置室から消える。

続けて施設内の保管庫へと転移し、ミュートとルークのコアも回収。

最後に、施設の出口へと転移した。

◇◇◇

「ネクトッ！」

その微かな足音を聞いて、出口付近にいたインクは叫んだ。

転移したネクトは、意外そうに彼女の顔を見ると、すぐに力を抜いて「ふっ」と微笑む。

「やっぱり、マザーを止めようとしてるんだね」

「そっか、出来損ないでもあれを感じることぐらいはできたわけだ」

「ネクト一人でどうするつもりなの？　こんな大きいやつ、倒せるわけないよっ！」

「僕一人なら、そうだろうね」

「もしかして、この感じ……ダメだよネクト、そんなことしたらネクトが死んじゃう！」

「じゃあ聞くけどさ」

ネクトはあえて、突き放すように冷たく告げる。

「僕以外に、誰がこれを止められるわけ？　地上がどうなってるのかは、僕らなら大体想像がつく。このまま放っておけば、インクの大好きなエターナおばあさんまで死んじゃうんだよ？」

「そ、それは……」

いけないと思いながらも、動揺してしまうインク。

そんな彼女を見て、ネクトが嬉しそうにしているのをミルキットは目撃した。

その視線に気づいたネクトは、唇に人差し指を当てて、黙っているよう彼女に頼む。

「でも、やだよ。ネクトは『自分だけが残ったんじゃ意味がない』って、そうやって死ぬつもりなのかもしれないけど、みんなが死んだらあたしだって一人になるんだよ!?」

「インクは一人じゃない。そうして肩を貸してくれる相手だっているじゃないか」

「確かに、エターナも、フラムも、ミルキットも、みんなあたしに優しくしてくれる。けど……だからって、いなくなって悲しくないわけがないよ！　誰も欠けてほしくない！　ネクトだって、そう思ったからみんなを助けようとしたんじゃないの!?　今のネクトは、ミュートもルークも死んで、フウィスも長くないからって、やけっぱちになってるだけだよ！　きっと、この施設の人たちが方法を考えてくれてるから。誰も死ななくていいはずだから、冷静になってよぉ！」

「無茶を言うなあ、インクは」

やれやれ、とネクトはわざとらしく首を横に振る。

「冷静になれ、だって？　そんなことしたら、死ぬのが怖くなるじゃないか」

自分で言って、彼女は気づいた。

ミュートも、ルークも、フウィスも、ここに連れてこられたとき、同じ心境だったのだろう、と。

死の覚悟を決めたものは、その流れのまま、勢いで死ぬまで突っ走ってしまいたいものらしい。

「怖くていいの！　それが当たり前なのっ！」

「だけど僕は、やらなくちゃならないんだ。この施設はリヴァーサルコアのおかげでマザーの影響を受けてないようだけど、戦えるのはせいぜいオティーリエお姉さんぐらい。仮に戦ったとしても、今のマザーには時間稼ぎすらできない。僕だけなんだよ、英雄たちを救えるのは」

それは、誰にも否定しようのない事実だった。

地上の状況を把握してもなお、施設にいる研究者たちが慌ただしく動いている様子はない。

王都に産み落とされたのは、まだ教会ですら知らなかった、チルドレンの完成形である。

それがどのような形をして、どのような力を持っているのか――誰にもわからなかったのだ。

リヴァーサルコアを使った兵器でも作れば、対抗できるかもしれない。

しかし完成する頃には、一人も生存者は残っていないだろう。

「ネクト……お願いだから、あたしを置いていかないで……！」

もはや反論の言葉が思い浮かばないインクは、そうしてうわ言のようにつぶやくばかりだ。

ネクトはそんな彼女に近づくと、彼女の茶色い頭に、ぽんと手を置いた。

そしてくしゃりと髪を撫で、穏やかに告げる。

「いってきます、姉さん」

言った本人も、なぜだか無性に悲しくなって、胸の奥から何かがこみ上げてきて。

ネクトはそれを悟られぬよう、姉に背を向け歯を食いしばると、外へ続く扉に近づいた。

声を上げて泣きわめく、大切な人の声が聞こえてくる。

以前なら『面倒くさいやつだなあ』と軽くあしらっていたのだろうが、いざ失うとなるとこんなにも悲しいものなのだな——と、共に過ごした八年間という日々の重さを感じた。

扉を抜けると、その向こうには地上に続く階段が延びている。

一段一段、踏みしめるように上がりながら、ネクトはあることを考えていた。

(サトゥーキは、こうなることも予見して僕を味方に引き入れたのかな)

チルドレンの完成形がどれだけの力を持っているのか、サトゥーキは知らない。

だが彼のことだ、そのための備えもしていたはずである。

しかしネクトがどれだけ捜しても、それらしきものは見つからなかった。

当然だ、サトゥーキの切り札とは、まさにネクト自身のことだったのだから。

つくづく、どこまでも信用ならない男である。

だが、最終的にその道を選んだのは、誰に命じられたわけでもなく、ネクト自身の意思だ。

(これも結局自分だけで選んだ道じゃなかったってことか。はっ、やっぱ僕もあいつらと同じだね)

絡みついた鎖から完全に解き放たれ、本当の意味での〝自分の意思〟を手に入れるのは難しい。

それこそ、命を捨ててこの世から解き放たれない限り、間に合わせる術は無かったのだろう。

そういう意味で、ミュートやルーク、フウィスの選択は、一つの正解でもあった。

どれだけやり方が間違っていても、がんじがらめの袋小路で選べる最善は――それだけだった。

蓋《ふた》のような形状の入り口を開くと、その先は民家だった。

サティルスが隠し部屋への入り口をそうしていたように、サトゥーキもまた、地下施設への入り口を大聖堂付近の民家に偽装して、設置していたのである。

もちろん民家には誰も住んでいないので、生活感は無ければ、死体も転がっていない。

カーテンも閉め切られており、窓から外の景色を見ることはできなかった。

だから――ネクトが初めてその惨状を目にしたのは、玄関から外に出た瞬間である。

「まったく、本当に悪趣味だよ。どうやったらここまで歪めるんだい、マザー」

彼女は空を見上げ――そこを埋め尽くすボコボコといびつな肉の壁と、その中央に埋まる巨大なマザーの顔に向かって、そう問いかけた。

マザー、またの名を〝第四世代〟の目覚めによって、王都は変わり果てている。

地上には脈打つ赤い糸が植物の根のように張り巡らされ、根からは〝繭〟が生えていた。

糸で織られた赤い繭は、どこを見ても必ず一つは視界に入るほど、無数に存在している。

繭は〝共感《シンパシー》〟の進行とともに変色し、完全に紫になると収穫が始まる。

空を埋め尽くす肉から管が伸び、突き刺すと、大量の粘液を注ぎ込むのだ。

すると繭は割れ、糸を引きながら、肌色の巨大な赤子がべちゃりと地面に産み落とされる。

その衝撃で脚や腕が折れたり、傷が開くこともあったが、構わず赤子は王都をさまよい始めた。

「生きた人間を作り変えて、自分の子供にする……マザーはずっと、自分しか見てなかったんだよ。そこに僕らが期待したような愛情なんてなかったんだ。それでも、ミュートも、ルークも、フウィスも——自分の命をあんたのために使った。どう思う、マザー。あんたはそんな、自分の子供たちの最期を見届けて、どう思ったんだい？」

空に向かってそう問いかけると、マザーはネクトの脳に直接話しかけた。

『久しぶりね、第二世代の一番の失敗作さん』

ネクトの質問に答えることはなく、

『せめてその命を私のために使ってくれればよかったのに』

ただただ、自分が感じたこと、思っていたことを言葉にして彼の脳に押し付けて、

『邪魔をするなら、いらないわ。お前なんて、私の子供にする価値も無い』

愛情なんて存在しない——そんな推察を、確定させるかのように。

そしてマザーは地中に這わせた赤い管を操り、地面から突き出させてネクトの下顎を狙った。

彼女はのけぞり、それを間一髪で避ける。

「それが僕らに対する答えなんだね、マザー！」

続けて四方より迫る鋭い管の先端を、接続《コネクション》で転移して回避。

空中に投げ出されたネクトの体を、今度は空の肉壁より極太の触手を伸ばし、しならせ狙う。

「こんな形で命を使ってごめん。でも……お願いだからみんな、今だけ僕に力を貸してくれ！」

一方でネクトは、ミュート、ルーク、フウィスから摘出されたオリジンコアを握り、胸に当てた。

「オリジンコア――四重駆動《クアドラブル・ドライブ》ッ！」

体内で、計四つのコアが力を放出する。

ひし形に埋没したコアとコア同士が新たな螺旋を作り、相乗効果を生み出す。

「ぐあああぁあああああっ！　ああっ、あああああぁッ！　グ、ガアァァァアアアアアアアアッ！」

全身の皮膚が破れ、内側から赤い繊維が濁流のように噴き出す。

もはや人の心も、人の体の形も、保つことなど不可能だった。

最初から、在るべき形も魂も無視して、完全なる異形と成り果てる。

だが――戦うべき相手だけは、見失わない。

「マアァァァザアァァァァアアアアアアアッ！」

自身が赤い旋風と化したネクトは、頭上のマザーへ向かって特攻を仕掛けた。

23 追想

リーチが避難した村では、深夜にもかかわらず多くの住民が外に出て大騒ぎしていた。

彼らは一様に王都のほうを見て、怯えた表情を浮かべている。

妻フォイエの肩を抱いて、窓から外を見つめるリーチもまた、戦慄していた。

「あなた、あれは……ウェルシーちゃんは大丈夫なの⁉」

「わからない、僕にも何が起きているのか……フラムさんたちは、どうなって……」

王都があるべき場所には、巨大な赤子が存在していた。

それは地面から生え、ちょうど腹回りで街をすっぽりと覆ってしまっている。

『ウオォォォォオオオオオオオ――』

まるで産声をあげるように、その怪物は重低音を響かせた。

◇◇◇

教会騎士団の拠点である大聖堂もまた〝マザー〟の体内に呑み込まれていたが、騎士団の面々はフラムたちのように錯乱している様子はない。

〝同類〟であるオリジンコアで守られているためか、王城も同様に無事であった。

「団長、こんなとこから見てたら危ないいんじゃないかな？　とリシェルちゃんは思うんだけど」

リシェルはバルコニーに出て、うっとりと街を見つめるヒューグに向け言った。

しかし彼は目の前の光景に夢中で、その言葉に反応しない。

代わりに、ヒューグの隣に立つジャックが答えた。

「これだけ大規模なオリジン様の発現を、間近で見る機会はなかなか無いからのう」

「うえぇぇっ。ヴぇっ、おえぇっ！」

「そんなにいいもんかなぁ。団長には違うものが見えてるのかもね」

「くかかっ、こればかりは価値観としか言えぬな。かくいう儂も、美しいと思っておるぞ」

「お、おぅ、臭いが……うぐぅぅ……！　おほおぉぉおっ！」

「うえー、趣味悪ぅ」

「おぇっ……うっぷ、ぐ、ぐぉ……」

「……てかおじさんさあ、そんな気持ち悪いなら来なけりゃいいじゃん」

リシェルはしゃがみこみ、嗚咽をもらすバートに向けて言った。

「副団長の会合があると言うから来たのだ……俺だけ離席するわけには……うぼぉえぇぇぇっ！」

「会合じゃなくて団長に付き合ってるだけだから。強制じゃないよ？」

「すまん、そりゃ儂だ。美しさを共有したいと思い呼んだが、バートには合わんかったようだな」

「ジャックさぁ……わかるじゃん、おじさんじゃ無理なことぐらい」

目を細め、呆れるリシェル。

「だから、おじさんじゃ……うぉえぇぇぇぇえっ！」

そして充満する生臭さと、悪夢のような光景に悶《もだ》えるバート。

その間も、王都では繭が割れ続け、次々と赤子が生まれていた。

◇◇◇

その頃、王城のバルコニーでも、街の様子を見つめる者がいた。

〝キマイラ〟の生みの親であるエキドナと、その部下となったヴェルナーである。

「チルドレンの量産性には疑問を呈してきましたがぁ、最後はこうなる予定だったんですねぇ」

「量産もへったくれもあるのかよ、これ」

「これ自体がプラントなんですよぉ。街をまるまる一つ呑み込み、そこで暮らす住民を兵器に変えてしまう。そう考えるとぉ、とっても効率がよくてぇ、ネクロマンシーよりはまともに思えますわぁ」

「まとも……まともねぇ」

どこからどう見ても狂気しか無い光景だが、エキドナにはそう見えているらしい。

「早くこの完成形を枢機卿たちに示していればぁ……」

「キマイラじゃなく、チルドレンが正式採用される可能性もあった、ってか？」

ヴェルナーがそう言うと、エキドナは口が裂けたように口角を吊り上げ、彼に顔を近づけた。

「うふ、うふふ、うふふふふふふふふっ。ヴェルナー、本当にそう思いますぅ？　私が作り上げたかわいいかわいいキマイラちゃんたちが、このセンスの欠片もないチルドレンに負けるとでもぉ!?」

（いや、センスじゃ大差ねえだろうよ……）

そう反論したかったが、機嫌を損ねればキマイラの素材にされかねない。

ヴェルナーは両手をあげて、「へいへい、キマイラが世界最高に素晴らしいです」と降参した。

「そうですわぁ、それでいいんですぅ。キマイラは最高、キマイラは最強、キマイラは最カワ！　それが摂理！　運命！　もう決まったことぉ！　だから私は、余裕をもって見届けますわぁ。完成度を高めた第四世代チルドレンと、未完成ながら爆発力に優れる第二世代チルドレン——その勝敗を」

ネクトの成れの果て——赤い繊維の束は、時に竜巻、時に剣に形を変え、マザーの作り出した赤子や、マザー自身が繰り出す触手とぶつかりあっている。

エキドナは持参した椅子に腰掛けると、脚を組んで観戦に集中した。

◇◇◇

人の世は、結局のところ好みの押し付け合い。

親愛、情愛、性欲、あれやこれやと、私たちはどこまでいっても独立した生き物なの。

そしてぶつかったら誰かが折り合いをつける、我慢をする。

しかし真の勝者は、傲慢《ごうまん》に食物連鎖の頂点に到達し、悪びれもしない。

「私はマイク・スミシーです」

（違う）

「私はマイク・スミシーです。マザーとも呼ばれています」

（違う、私はフラム・アプリコ――）

「マザーです。マイクです。マザーです。マザーです。マザーです」

（あ、頭が、割れ……あ、ああぁぁぁあああああああああッ！）

ゆえにご覧の通り、諦観《ていかん》の後、迎合するしかないの。

敗者は悔しさに涙し、その傷を一生抱いて暮らすというのなら、それごと消してやるのが優しさ。

マイク・スミシーが勝者ならば、敗者もまたマイク・スミシーになってしまえばいい。

「私はそういう人生を歩んできたの。だったら私《貴女》もそういう人生を歩むべきだわ」

例えばミュートの共感《シンパシー》のように、表面だけを変えるのは簡単よ。

けれどそれはαにマイク・スミシーを代入するだけの行為にすぎないの。

真にαをマザーの子供とし、チルドレンとしての理想を体現するためには、αはαではなく、マイク・スミシーになるべきなのよ。

そのために、赤い管は全身の皮膚をプップッと突き破って、体内に潜り込む。

そしてどくんどくんとポンプを動かし、〝私〟を流し込むの――

『どうして生まれてきたの？　誰も私を見てなければ、とっととあんたを殺すのに』

どこかで聞いたことのあるような悪意に満ちた台詞を、母はよく私に吐き出した。

場末の娼婦は日々の食い扶持《ぶち》を稼ぐので精一杯で、堕胎《だたい》のための費用など稼ぐ術も無かった。

何より、王都の娼婦が持つ奇妙な倫理観が、産んだ子供を捨てることを許さなかった。

『せめて体を売れる女だったらよかったのに。この街じゃ男なんて大した値段で売れないわ』

思えば、その言葉がきっかけだったのかもしれない。

五歳ぐらいのときに、母の機嫌を取るように、私は女の恰好をして母の前に出ていった。

『勝手に私の服を着るのはやめなさい、気持ち悪いっ！　娼婦になりたい？　なら女として生まれてきなさいよっ！　何で男として生まれたのよ！　何で私と似た顔をして生まれてきたのよ！　このゴミクズ！　見てるだけで不愉快なんだよ！　死ね！　死ねぇぇ！』

その頃から、母はたまに本気で私を殺そうとするようになった。

周囲に咎《とが》められるから、風呂に頭を沈めても死ぬ直前で解放されるけれど、苦痛は何度も何度も続いて、私は自然と媚《こ》びへつらった笑みを浮かべるようになっていた。

『嘘よ、病気なんて。私は――あ。見るなぁっ！　あんたのせいよ！　あんたのせいで私はっ！』

私が成長すると、母は娼婦の全盛期を過ぎ、性病も患《わずら》ったことで、精神的に不安定になった。

同時に私も母もやせ細っていったけど、病のせいなのか、収入が減ったせいかはわからない。

『熱い、熱いわ、助けて……ねえ、マイク。いい子だから、私を……助け……ひっ、やめなさい。あなた、私の子供……あっ、ぎゃあぁぁあああああああっ！』

そしてついにその日はやってきた。

中央区の住宅街を炎が包み、多くの娼婦が暮らす格安の宿も一緒に焼けてしまったのだ。

炎の中、脚を怪我して動けなかった母を前に、私は、家にあった油をぶちまけた。

『この野郎、ぎっ、やりやがったなっ！　お前なんて呪われぢっ、げえぇっ！　ああああああぁッ！』

そして私は生き延び、後に見つかった母の死体に、彼女を慕う実の子供のように抱きついた。

抱きついて、顔を近づけて、焼け焦げた死体の耳元に口を近づけ、囁く。

『肌を焼かれるのは気持ちよかった？』

母がそういうアブノーマルなプレイをしている姿を何度か見たことがあった。

きっと肌を焼かれて、油を浴びて、さぞ最高のエクスタシーの中で果てたことだろう。

そして私は、母の耳を噛みちぎって、咀嚼して、初めて人の肉の味を覚えた。

——それはまだ、ほんの一部に過ぎない。

どうして私が私になったのか、理解してもらうためには、より多くの私の全てを注がなければ。

生暖かく、赤い、とても心地のいい《きもちのわるい》、新たな母の子宮《コロニー》。

もちろんαをマイク・スミシーにする際、アイデンティティは抵抗を試みるけれど、母に宿った子供にできることは、お腹を蹴るぐらいが精一杯。

そんなもの、本当の母にとってはかわいさの範疇でしょう？　だから私は優しく触手で撫でるの。

「私はマザー、私はマイク・スミシー、わ、私、は……ミルキ、ット……そう、だ。私は、私。私は、フラム・アプリコット……あんたなんかに負けるわけにはぁっ！」

ああ、でも本当にやっかいね、あなたの力というものは。

αをそれに変えることに賛否両論あるけれど、彼はあくまでパパにすぎない。

私はマザー、子供の全てを掌握《しょうあく》するのは母の仕事、パパの出番なんてありません。

さあ、たんとお飲みなさい。さあ、たんとお食べなさい。さあ、たんと私になりなさい。

「興味、ない。あんたの過去なんて……どうでも、いいっ！」

あら酷いわ、私には同情してくれないの？　インクを救ったくせに。ミュートやルークにとどめを刺さずに見逃してくれたくせに。みんな同じ人殺しなのに、私だけ仲間はずれなの？

「違う……加害者のくせに、被害者面しないでよッ！　母親がどうだろうと、あんたがこんな悪趣味に走ったのは、全部自分の趣味じゃない！　趣味で子供の人生をめちゃくちゃにして、趣味で人殺しをして、自分が気持ちよくなるために沢山の人を巻き込んだ変態じゃないッ！」

あの子たちだって、楽しそうに人間を殺したわ。同類よ、私と。

「選択肢を奪ってそうさせた張本人が白々しいことを言わないで！」

うるさいわね。どうしてうるさいの、私はマザーなのに。母親なのに。

母親に逆らってはいけないのよ。ネクトもそう。母親に逆らうのは子供じゃない。

やっぱりちゃんと子供にしてあげないと。

管をきゅるると回転させて、こめかみに近づけて、柔らかい骨を貫いて——

「あ……あっ、あがっ、ぎっ！」

かわいいわ、口から涎を垂れ流して体をガクガク震わせて、まるで赤ちゃんみたいよ。

もっと奥に沈めてあげるから、もっとかわいくなりなさい。

脳みその中に、管の先っぽからどろどろした液体を流《あなたはだあれと繰り返し尋ねる》し込むの。

「がひゅっ、き、ひゅっ、あっ、あっ、わ、わらっ、ひ……ぎ、っ、が……！」

ねえ、フラム・アプリコット《マイク・スミシー》。ねえ、マイク・スミシー《フラム・アプリコット》。

――ねえ、マイク・スミシー。

「ぢがううぅっ！　ぢがっ、ちがっ、ちがうううぅぅっ！　あぁぁあああぁっ！」

とても濃くてどろどろした私を注ぎ込んであげる。

ほら、感じて。私を感じて。私を、私を、私を――

『母の死後、首を切って自殺。教会に救われる。教会で学んだ日々。オリジンコアとの出会い。チルドレン計画の発案。第一世代――失敗。どうしようもない。ただのゴミクズ。挫折、苦難を乗り越え、私はまた強くなる。第二世代――第一世代よりはマシなものの、失敗。私はより理想的な子供に育て上げるためいくつかの実験を施したが、どれも程遠く。まるでぴぃぴぃ喚く小鳥のように醜く邪魔だったため、依存させてそのうち使い捨てられるように誘導』

「何……それ。あの子たちは……み、みんな……あんたの、ごとっ、母親、だって……本気でそう、慕って……！　本当に、家族になって……なのに、あんたは、あんただけが――いぎぃぃっ！」

まだ私を理解してくれないので、管の本数を増やす。脳をかき混ぜる。

『私は母親になりたかった。母親に。真の母親になるために、私は実験を続けた。第三世代、試験管から生まれる子供たちは、第二世代以上に私の理想に近づく。完成間近、教会はチルドレンの中止を求め、施設を破壊。でも私は諦めなかった。挫折と苦難が私を強くしてくれたから。私は完成間近だった第四世代を自分の体内に宿し、捨て駒を使い、時間稼ぎをはじめた。かくして私は多くの試練を乗り越えて、自分自身の力でようやく自分で自分を産み、母になることに成功した』

「……て、ない……！　あんた、は……何も、成し遂げ、て……なんかっ……！」

そう……ああ、確かに、オリジンがあなたを特別扱いする理由はよくわかるわ。〝どうせできっこない〟、〝無駄だ〟、そんな声が聞こえてくるから私は見逃されているのかしら。

それともオリジンも人間と同じなのかしら。

パパはママには勝てない、私はマザーだから、オリジンすらも制御できない。

だったら——もうちょっと突き刺してみましょう、αをマイク・スミシーで塗りつぶすために。

「ひぎううぅぅ！」

まずは手のひらと足を貫いて、磔《はりつけ》にする。

「あっが——」

太もも、脇腹。

「ぎっ、ぎひゅっ」

頬、額、首、おへそ、ふくらはぎ、胸、肩——

「あっ、あぁぁぁぁああああァッ！　来るなあっ！　わたしの中に、はいってこないでぇぇぇぇっ！」

私は私から生まれることで、今や完全なる母となり、幸福を手に入れた。

なのにどうして、あなたは私になることを拒むのかしら。

さあ、抵抗《反転》なんてやめて、私を受け入れなさい。

◇◇◇

女は仮面を被り、変わり果てた王都をたった一人で駆ける。

「はっ、はっ、はっ……」

変わり果てた王都を、たった一人駆ける。

これも神の計画通りだと言うのなら、手を差し伸べる必要はないのかもしれない。

だが――放ってはおけなかった。勝手に体が動いていた。

きっと知れば、みなは〝中途半端だ〟とあざ笑うだろうし、自分自身でもわからなかった。

何をしたいのか、どうしようとしているのか、どこへ行きたいのか――

「はっ、はっ、は……」

立ち止まる。ぶじゅる、と仮面の下から血が溢れた。

慣れないその不快な感覚に拳を握って耐えながら、彼女は目の前に浮かぶ繭を見上げる。

精神汚染の度合いによってその色と高度は変わる。

最初は半透明の薄い赤だが、次第に濃くなり、最終的には紫になるのだ。

「あなたは、どんな顔をするのでしょうね」

ライナスを発見することはできなかった。

できれば彼を救いたかったが、そうしたところで、根源を絶たないことには問題は解決しない。

だからマリアは、ブレイブの反動で意識を失っているからなのか、あるいはそれも〝勇者の性質〟

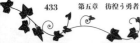

なのか、目に見えて汚染進行の遅い、キリルが捕らえられた繭の前に立つ。

「ジャッジメント」

そして手をかざし、光の剣で彼女を包む繊維を裂いた。

中から粘液がぶちまけられ、どろどろに汚れたキリルの体が吐き出される。

汚染進行が軽微だったため、強制排出の代償は手足数ヶ所の裂傷のみで済んだ。

マリアはキリルのそばに立つと、回復魔法でその傷を癒やす。

「ん……んん……っ」

すると彼女は苦しげな声をあげながら、ゆっくりと目を開いた。

その視界が、仮面の女を見つめる。

「っ⁉」

素早い動きで距離を取ったキリルは、すぐさま剣を抜いて構えた。

「マリアッ！　どうしてここに⁉」

「助けにきたのです。周りを見てください、今は敵対している場合ではありません」

お前が言うか――と反論したかったが、ひとまずあたりを見回すキリル。

地面に張り巡らされた脈動する赤い管に、浮き上がる無数の繭、そして赤黒い空。

どこを取っても異様な有様に、目を見開く。

「な、何……これ。フラムは？　エターナは？　ガディオやライナスはっ⁉」

「動けるのはわたくしとあなただけですわ。そして早く第四世代として完成した〝マザー〟を倒さなければ、他のみなもあれと同じ姿になってしまいます」

マリアは、今まさに繭から産まれ落ちた、巨大な赤子を指さした。

「う……うあ……っ」

それが元々人間だったとは考えたくない——そう拒絶するように、首を小刻みに振るキリル。

だが目まぐるしく変わる状況は、現実否定の時間すら与えてくれない。

『ちょこまかとすばしっこいのよぉ！　私を愛しているのなら、大人しく愛を受け止めなさい！』

「オォォォオオオオオオオッ！」

空には肉の壁と巨大な顔。壁からは触手が伸び、ぐにゃりと形を変える赤い異形と戦っている。

「あ、あれは何なの……？」

王都を包む怪物と、あの赤い異形が敵対していることまでは、キリルにもわかった。

だがあまりにその戦いは人知を超えすぎていて、理解が追いつかない。

「少なくとも、あの糸の化物は味方ですわ。驚きですわね、あそこまで意思を残すなんて」

マリアはどこか憧れるように、マザーと戦うネクトを見つめる。

だがすぐさまキリルに視線を戻すと、彼女に告げる。

「あれが時間稼ぎしている今がチャンスですわ。フラムさんを——救いたいのでしょう？」

怯え、混乱する彼女に向けて、冷たい声でマリアは言い放つ。

キリルは大きく息を吐き出すと、無言で頷いた。

マリアのことを信用することはできないが、フラムたちに危機が迫っていることは事実。

今は、彼女と手を組むしかないのだ。

「では、行きましょうか」

「……わかった」

立ち上がったキリルは、全てのエピック装備を呼び出す。

全身が光に包まれ——白い篭手、鎧に、グリーブ、マント、そして額当てを一斉に装着。

そして、おそらくフラムが捕らわれているであろう、遠くにある大きな繭を見据えた。

24 友達

ネクトは、自らを形成する繊維を周囲の赤子に突き刺すと、見えない〝力〟を注ぎ込んだ。

――接続《コネクション》しろ。

マザーは生意気な少女のそんな声を聞いたような気がした。

そして赤子たちの体は浮き上がり、天上からこちらを見下ろす顔に、砲弾のように射出される。

『どうして……どうしてそう命を無駄にするのよ！　どうして私の愛をわかってくれないのぉ！』

マザーはヒステリックに叫びながら、迫る赤子たちを触手で薙ぎ払った。

ゴパァッ――赤い霧を散らしながら、マザーは我が子を跡形もなく吹き飛ばす。

再度赤子を片っ端から突き刺し、接続の力を注ぎ込むネクト。

だが先ほどの攻撃で威力不足を自覚したのか、もう一手間加え、性能を高める。

――回転《ロタジオン》しろ。

浮き上がった赤子たちはコマのように回転すると、先端の尖った槍へと形を変えた。

そして再び、マザー目掛けて射出される――

『あぁぁぁあああっ！　イライラするぅ！　失敗作のくせに、踏み台のくせにいぃっぃっ！』

また同じように触手で薙ぎ払おうとするが、今度は回転の威力が勝った。

肉槍はザクザクと触手を突き刺し、中にはそのまま貫通してマザーに迫るものもあるほどだ。

それはぶちゅうっ、と眼球に着弾し、黄色く濁った液体が地上に向かってぶちまけられる。

『痛いっ、痛いっ！　いたあぁぁぁあいっ！　こんのクソガキャあぁぁぁあああッ！』

苛立ち、なりふり構わず触手を振り回すマザー。

一方で、異形はなおも生まれた赤子に糸を突き刺して、自らの武器へと変えていく。

『あんたたちは私の子供じゃないくせに！　出来損ないで、優しい私がせっかく育ててやったのに！なのにどうして私の本当の子供をそんな風に扱うのよおぉぉぉっ！』

マザーは相変わらずわめいているが、異形はまったく耳を貸さず、続けざまに赤子を射出。

『いい加減にしなさい、ネクト。私の実験道具なら、それらしく私のために死ぬべきなの！　無価値な命に価値を与えたのは私！　だったらそれは全て、私のために使われるべきでしょう、ねえ!?』

今度はマザーの放った触手が、砲弾同様に回転しはじめた。

第四世代の持つ回転の力は、ルークの残したコア――そこに宿る力を打ち破り、破壊する。

『地獄で血の海に溺れながら、永遠に私に詫び続けなさいッ！　親不孝で愚かなネクトォォオッ！』

そのまま回転する触手は、ネクト目掛けて直進した。

彼女は自らの身体をばらばらに解くと、マザーの攻撃を回避。

すぐさま収束し、またもや赤子に糸を突き刺していく。

そして再び射出するのかと思いきや、今度は異なる能力を注いだ。

――共感《シンパシー》。

赤子たちは、地面に突き刺さった触手に集う。

そしてがしっと抱きつくと、マザー目指してよじ登った。

『嗚呼、かわいい私の子供たち。本当はこうしてあやしてあげたかった。愛でてあげたかった。なのに……なのに……あの世で恨むなら、あの馬鹿な失敗作を恨みなさいっ！』

触手を振り払い、赤子たちを吹き飛ばそうとするマザー。

だがそれより先に注がれたエネルギーが臨界点に達する。

——歪曲《ディストーション》しろ。

そしてパァンッ！　と一斉に弾けた。

名付けるなら空間歪曲爆弾、といったところだろうか。

範囲こそ広くないものの、歪んだ空間の中に存在する物質はその在り方を歪まされ、時間の流れもめちゃくちゃになり、この世に今の形で存在し続けることができなくなる。

すなわち残る結果は——消滅である。

『……どうして』

怒りの限界を超えたマザーは、母という設定を忘れ、低く震えた声で嘆く。

『どうして。どうして、どうして、どうしてっ！　どうしてなんだよぉおおおおッ！』

もちろん感情の爆発が向けられる先は、一点のみ。

繊維を束ね、空中に浮かぶ赤い球体と化した、ネクトであった。

『この失敗作が。コアをいくつ使ったところで、完全な私に勝てるはずがないのに。どうしてあなたのような恩知らずな存在がこの世界に存在することを許されているの？　おかしいわ』

マザーは情緒不安定に、一転して落ち着いた様子でそう言うと、自らの顔を取り囲む肉の壁から、大量の触手を、ゆっくりと、まるで子を産み落とすように生成する。

ズズズ――肉が擦れ合う音が王都に響き、ネクトは動きを見せず、静かにそれを待ち受けた。

マザーの扱う触手の数は、今まで一本だけだった。

その状態で、今のネクトと互角に戦っていたのである。

数イコール戦力とは必ずしも言えないが、これだけ増えれば間違いなくマザーが有利になるだろう。

『おかしいわ。おかしい、おかしい、おかしいっ！　だったら！　親として躾《しつ》けないとォッ！』

ヒュゴォォオオオッ！

ネクトに降り注ぐ、回転する触手の雨。

彼女は体を解き、繊維をバラバラにして避けようとしたが、渦巻く風がそれを許さない。

糸は巻き込まれ、引きちぎられ、血を噴き出しながら地面に打ち捨てられていく。

『まだまだまだまだあぁぁあ！』

ズドドドドドォッ！

触手はさらに増え続け、まるで柱のように王都の地面に突き刺さった。

ネクトの肉体は成すすべなく破壊され――

『みぃーつけた』

ついに四つのコアを内包する糸をマザーが発見。

容赦なく突き刺し、地面に叩きつけた。

すると〝核〟となるパーツが傷ついたせいか、散らばった繊維が一箇所に集まっていく。

そして互いに絡み合い、変形すると――人の形に戻った。

『ネクトぉ。私はね、あなただって子供にしようと思っていたのよ。失敗作だけど、ちゃんと産み直してあげれば、私はあなたを愛してあげられた。なのに……こんな結末になるなんて、悲しくてしょうがないわ。本当に……心の底から……ああ、ああああぁ……』

マザーは瞳からボトボトと涙を落とし、本心から泣いている。

そのとき、ネクトは最後の力を振り絞って繊維を動かし、赤子に突き刺した。

そしてまともに声が出せない自分に代わって、今の気持ちをマザーに伝える。

「オマエ、ホントウニ、キモチワルイヤツダナ」

『……は？』

「ソンナモノ、アイ、ナンカジャナイ」

「ハハオヤゴッコ、メイワクダ」

「クダラナイ、ニンギョウアソビニ、ボクタチヲマキコムナ」

そのときマザーには、口すら無いネクトの顔が――生意気に笑ったように見えた。

『は……はは……はははっ、あはははははははははっ！　死ねよてめえはぁあああああああッ！』

ズドンッ！　人間大の大きさしかないネクトに、巨木ほど太い触手が突き刺さる。

ズドンッ！　それはもはや叩き潰すと言ったほうがふさわしい有様で。

ズドンッ！　ズドンッ！　ズドォンッ！

――ネクトの体は、原型すら留めないほどにぐちゃぐちゃになっていた。

それでもなお繊維はわずかに動いているあたり、さすがコアを四つ使っただけはある。

『はぁ……はぁ……当然の報いよね。むしろまだ甘いぐらいよ。ふふ、うふふふっ。まだ生きてるならちょうどいいわ。もっと辛くて、もっと苦しい罰を与えないと――』

ネクトが戦闘不能に陥り気持ちが落ち着いたのか、マザーはようやくそれに気づいた。

「はっ……キリルさん、急いでください。マザーに気づかれましたわ！」

「わかってる、けどっ！　この殻、かなり頑丈で斬れないのっ！」

マリアとキリルが、フラムを閉じ込めた繭に取り付き、切り開こうとしている。

『――あの子、どこまでも救えないわね』

そのときマザーは、ネクトの意図にようやく気づいた。

これだけの力の差があれば、絶対に勝てないことぐらいわかるはずだ。

それでもコア四つなんて無茶をして、彼女はマザーに挑んだ。

そう、最初から勝つつもりなどなく――〝時間稼ぎ〟こそが、本当の目的だったのである。

『そんな些細な役目すらあなたには果たせないのよ。なぜなら失敗作だから。出来損ないだから。役立たずだから。私が手を差し伸べなければ価値なんて無かった塵クズだから』

触手がマリアとキリルに迫る。

「キリルさん、ブレイブは使えないんですか？」

「……ごめん、今は」

目の前に広がる地獄は、フラムならば〝見慣れた光景だ〟と言ったかもしれない。

マリアにとっても驚くべきものではないが、あらゆる意味でキリルにとってのアウェーだった。

マリアもさほど期待していたわけではない。

フラムが隣にいるならまだしも、今の彼女の精神状態でブレイブが使えるとは思えない。

「でしたら、今度はわたくしが時間を稼ぎますわ。キリルさんはその間にフラムさんを！」

立ち上がり、迫る触手と向き合うマリア。

人の形状を持ち、体に適さないオリジンコアを宿す彼女には、マザーほどの力は無い。

だが――今のキリルよりは、オリジンの螺旋に耐える適性はあるはずだ。

（マザーはこの繭を潰せませんわ。ですから、振り下ろされたこの触手はただの脅し――）

ズドオォンッ！　としなる打撃が真横を通り、地面を叩き、揺らす。

（ひるんだところで赤子を――いや、まだ距離がありますわ。でしたらこっちが狙いですわね！）

太い触手の表面がくぱっと開き、細い触手が無数に伸びてくる。

「ジャッジメント――スパイラル・レイン！」

マリアは右手を振り払い、大量の回転する光の剣を斉射した。

これだけの量を同時に扱っても、その狙いは的確、かつ威力も高い。

キリルを搦め捕ろうとした細い触手たちは、全てが光剣の直撃を受け千切れ飛んだ。

『小賢しいわねぇ、行き場をなくした腹黒聖女様？』

「……ＳＩＮ・ジャッジメント」

マザーの安い挑発に乗るマリアではない。

彼女は静かに、普段使っている光の剣よりさらに大きな刃を生み出すと、

「スパイラルエッジ」

その刃をオリジンの力で回転させ、触手に斬りかかった。

現在のマザーの肉体は、基本的に全てがオリジンの力場に守られ、また肉そのものも強固だ。

生半可な攻撃では通らないために、意識して頑丈に作った繭を、キリルですら切開できない。

マザーの触手はそれに比べれば柔らかいが、それでも断ち切るには相応の魔力が必要であった。

ゆえにマザー自身も、マリアのような失敗作以下の存在に、自分を傷つけられるはずがないと思っていたのだが――――その回転する刃を前に、考えを変えざるをえなかった。

『この女、他のコア使用者よりもオリジンからのエネルギー共有量が多いの？　狂信者というわけでもなさそうなのに。ふふっ、その腹の中に、一体どんな闇を隠しているのかしらね！』

マザーは触手を振り上げ、剣を迎撃する。

マリアの刃は受け止められたが、打ち合うたびに確実に肉は削がれていく。

『その腹をかっさばいて、中を暴いてあげるわぁ！』

無論、マザーの操る触手は複数存在する。

そのうちの一本と互角に打ち合えたところで、時間稼ぎにすらならないのだ。

マリアはフラムの繭から戦いの中心地を離せたことを確認すると、さらにギアを一つあげる。

「スパイラル・レイン――ブロークン・エッジ！」

小さな刃を相手に突き刺すと、その調和の取れた魔力を見出し、破壊。そして爆発。

「クローズド・サークル、レイライト・リフレクション！」

光の球体を生成し、その中で光を反射、拡散させ内部を焼き尽くす。

『聖女様の割にやけに暴力的なのね。まるで人を殺すための魔法みたい！』

「――ッ！」

わずかにマリアの表情が歪むと、マザーは『あっは』と嗤《わら》う。

だがそれしきで心を乱すわけにはいかなかった。

マリアが触手の相手をしている間にも、新たに生み出された赤子がキリルを囲んでいたのだから。

「スパイラル――」

『二度も時間稼ぎを許すと思っているの!?』

「づうぅっ！」

マザーの薙ぎ払いがマリアに直撃し、とっさにガードした彼女の右腕をへし折る。

『どうせコアを破壊しなければ、私は殺せない。あなたは無力。そして完成したチルドレンは無敵なの。当然よね、だって私は理想の母で、世界中の人間が私の子供になるべきなんだから！』

吹き飛ばされたマリアは、痛みに顔を歪めながら光魔法でキリルを援護する。

そのキリルは、エピック装備の剣を、勇者の魔法で補強し、何度も突き刺していた。

「フラム……フラム……必ずっ！　必ず、私が助けるからっ！　はあぁぁあぁッ！」

ジーンや三魔将のような複数属性ではなく、固有の希少属性持ちが使う魔法というのは、〝感覚〟に頼ることが多く、キリルの使っている刃の強化魔法も例外ではない。

彼女は今まで、その魔法を一度たりとも使ったことはなかった。

今、思いついて、今、イメージして発動させて、そして実際に効果を発揮しているのである。

「フラムを解放しろぉっ！　私のっ！　邪魔するなあぁぁぁっ！」

その行為に執念を燃やすあまりに、今のキリルは周囲への警戒が疎《おろそ》かになっている。

マリアはマザーと直接戦いながらも、頻繁に地上の赤子の殲滅も行っていた。

かなりド派手に光の剣が突き刺さり、爆音と光を放っていたが、なおもキリルは気づかない。

狂気すら感じさせるほどがむしゃらに、ただただフラムを救うことだけに集中する。

彼女自身もこの状況からの救いをフラムに求めていたのかもしれないし、あるいは過ちを繰り返してはならない、という強迫観念がキリルを突き動かしているのかもしれない。

加えて、繭に到達するまでの間にマリアから聞いた話も、キリルの必死さに拍車をかけていた。

『フラムさんはもう何度も、オリジンコアを使った化物と戦ってきました。ジーンに売られて、奈落の底に落とされても、自らの反転の力の使い方を知り、呪いの装備を身に着けて、ボロボロになりながらも立ち上がり続けたのです。以前とは比べ物にならないほど、身も心も強くなりましたわ』

別にキリルに責任があるわけではない。

だがそれでも、売られたフラムが負った傷は深く、それどころか、見るだけで気が遠のくような怪物と、勇敢に向き合い、戦ってきたというのだ。

勇者の役目よりもずっと辛く、困難な道を、折れずに歩いてきた。

そんな、真に勇者と呼ぶべきフラムを救えなければ、キリルは己を勇者と認めるどころか、きっと永遠にキリル・スウィーチカという人間を許せなくなるだろう。

大切な人のため。そして自分のため。

その二つの動機が合致したとき――

「あぁっ、あぁぁっ！　うわあぁぁあああああぁッ！」

人は狂的と呼べるほどの集中力を発揮するのである。

◇◇◇

マザーは焦っていた。

摂取許容量はとうに限界を超えているはずなのに、なぜ、彼女は私にならないのか、と。

「う……ぶげっ、はっ、がぼっ……！」

オリジンがなぜフラムを必要としながら、この行為を静観しているのか理由がわかった。

しかし、そうなればそうなるほど、意固地になるのが研究者というもの。

「は……ぁ、あ……ふ、う……」

意識レベルの低下。朦朧としている彼女の傷口にねじ込み、流し込む。

「あぎゃっ、がひいぃぃいぃぃいぃいっ！」

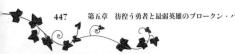

目を剥いて叫ぶ。効果なし。焦る。さらに傷口を開きながら管を挿入。

「あがっ、ががっ、ぎいいぃいぃいいいっ！」

挿入、挿入、挿入――傷口から溢れ出すほど〝私〟を注ぎ込むも、効果はなし。

記憶は全て理解して、悲劇だって全て飲みこんでいるはずなのに、なぜ。

『往生際の悪い子』

「これだけ、オリジンの力を使ってる……くせ、に……マザー、あんたが……自我を呑み込まれずに、あんたでいられる理由が、わかった、気がする……」

オリジンコア使用者は、人の姿から離れれば離れるほど、自我を侵食されていく。

だがマザーは、ここまで変貌しているにもかかわらず、そんな様子が見えない。

『何を言っているのかしら。これは私のたゆまぬ努力の成果よ』

それはマザーが、自分を維持できるようこの〝チルドレン〟を作り上げた成果だ。

キマイラとて、ライバルとなるネクロマンシーやチルドレンから技術を盗んでいた。

それと同様に、マザーもキマイラからオリジンの意思を抑制する方法を得ていたのである。

『私の頭脳が、私の願いが、私を維持したまま、私を母にすることを可能にしたの』

「それは、違うよ」

マザーの自信を、フラムは真っ向から否定した。

「〝孤独〟。自分以外の存在を……自分の、目的を……達するため、だけに……利用、する。繋がりを、否定……して、あれだけ、自分を慕った子供たちを……ただの〝道具〟だと切り捨てた」

『だから何だって言うの？　あれは子供にふさわしくなかったから。私は正しいわ』

「はは……そういうとこ、オリジンと、よく似てるよね。だから、飲み込まれない……」

『それがわかったところで現状は変わらないわ、いい加減に諦めて心を開きなさい、フラム・アプリコット――いいえ、あなたはすでに、マイク・スミシーなのよ』

マザーには余裕があった。

自分の力がこんな小娘に通用しないはずがない、そう確信しているからだ。

しかし対するフラムは、マザーによる意識汚染の弱点を暴きつつあった。

いや、マザーの弱点というよりは、オリジンそのものの弱点と呼ぶべきかもしれない。

オリジンの特性の一つとして〝接続〟や〝同化〟があるが、その繋げ方はひどく一方的だ。

繋げ、流し込み、犯す――それはもはや支配とでもいうべきやり方である。

人と人との繋がり、接点……そういった言葉とは、ニュアンスは似ていても対極に位置する。

確かに全ての命を繋げて、支配して一つにすれば、人間関係が原因の負の感情は生まれない。

完全なる平和として、それを崇拝する人間、あるいは組織が生まれてもおかしくはない。

だが一方で、正の感情も生まれなくなってしまう。

「……ミルキット」

フラムはいつもそうだった。苦しくなると彼女のことばかりを考える。

けれど今になって思えば、それはとても理にかなった行為だったのかもしれない。

マザーを含め、オリジンたちには理解できないだろう。

人付き合いはしんどい。醜い争いになることも少なくはない。平和ではない。

それは人が人である限り、逃れられぬ呪縛だ。

けれど――だからこそ、得られる力もある。

「私は、何があっても私だよ。絶対にあんたになったりはしない。もう一度、あの子に会うために」

『ふふふっ、現実逃避で目を逸らそうっていう魂胆なの？　無駄よ、人はどうあってもこの繭から逃げられない。逃げようとしても、癒着した肉体は途端に崩壊するの！』

仮に体が壊れたとして、それがどうしたというのか。

崩壊したってすぐに再生する、ならばダメージはゼロに等しい。

『それにどんなに正気でいたところで、体が動かなければ意味はないでしょう？』

だとしても、動かないなら動かせばいいだけの話だ。

他者を想う気持ち。それは根性論や精神論じゃない。

どこまでも孤独なオリジンたちは、他者の存在という苦しみから解放されると同時に、他者の存在から得られる幸福さえも失ってしまっているのだ。

エターナ、インク、ガディオ、ライナス、そしてキリル。一応、イーラも。

他にも様々な人々がいて、嫌なことだってあるけれど、その存在がフラムに力を与えてくれる。

その中でもひときわ大きいものを、人は愛と呼ぶ。

フラムとミルキットの間にある感情を――それを根源として湧き上がる力を――

オリジンは、止めることができない。

「は、あぁ……！」

貫く管で内壁に磔にされた左腕に、力を込める。

余計に管は深く突き刺さるが、構わず続けると、べりっと何かが剥がれ、鋭い痛みが走った。

張り付いていた手の甲の、皮と肉が剥がれ骨がむき出しになっている。

だがまだ動く。

「ミル、キットぉ……！」

ただひたすらに頭の中を彼女で埋める。細かいことは考えない。

彼女に会いたいという思いで全てを満たして、そこから生じる力だけで肉体を突き動かした。

右腕、背中、後頭部――順に剥がれながらも、束縛から解放されていく。

痛い。冷たい。スースーする。

何が露わになっているのか自分の目では見えないが、体がやけに軽く感じられた。

『この繭の中で自力で動くなんて……壁が破壊されたせい？　それとも私が消耗してるの⁉　だとしたら――どこまでも、どこまでも、親不孝なクソガキねぇっ！』

戸惑うマザーは、新たな触手をフラムにけしかける。

喉を貫こうとするそれを、彼女は接触直前に左手で握った。

「反転《リヴァアア》、しろぉ《サルウ》ッ！」

パァンッ！　と管は内側から膨らみ、破裂する。

『反転の力、ここまで――けれど同等以上の力をぶつければ、いくら相殺しようとも！』

次の管を差し向けるその隙に、さらにフラムは体をよじり、拘束を引き剥がした。

そして伸ばした右手で管を弾き、またもや破裂させる。

『さっきのより強度は上がっているはずなのに⁉　どこまでも厄介ねえ、あなたの魔法は！』

「違う、それだけじゃないっ！　私を突き動かす力は、オリジンに対抗するための力はッ！」

『だったら何だって言うのよぉぉっ！』

フラムは手を伸ばし、今度こそ魂喰いを握る。

そして、狼狽するマザーの問いに、雄々しく答えた。

「はっ――あんたみたいな人の心を忘れた外道にはねぇ……一生ぉ、わかるもんかぁぁぁぁぁぁッ！」

突き立てた刃が、赤く強靭なる膜を刺し貫く――

◇◇◇

キリルの尽力で薄くなった部分から、黒い刃が突き出す。

「……フラム？　フラムっ！」

さらに外側からも剣を突き立てることで、生じた傷をさらに開いた。

そしてついにキリルは、隙間からフラムの姿を発見する。

「フラム――――ッ！」

名前を叫びながら、彼女は中に腕を突っ込んだ。

「キリルちゃんっ！」

フラムもその声に気づき、手を伸ばす。

あと少しで指と指が触れ合う——そのとき、キリルの足首を何者かが掴んだ。

「しまった……キリルさん、後ろですわっ！」

傷だらけのマリアが、必死に呼びかける。

マザーの攻撃を受けるうち、彼女には赤子を倒すだけの余裕が無くなっていたのだ。

「邪魔だ、離せえぇっ！」

振りほどこうと蹴るように足を動かすキリルだが、赤子は逆に、骨を砕くほど強く握りしめる。

「キリル……ちゃ……！」

腕を引き抜けば、せっかく開いた脱出口は、再生して閉じてしまう。

「ブレードッ！　突き刺せえぇっ！」

剣を握り、光の刃を伸ばして迎撃するキリル。

脳さえ破壊すれば——そう思っていたが、赤子は額を貫かれ、光で顔を焼かれても止まらない。

「だったら——ブラスタァァァッ！」

今度は光の束を放射し、頭ごと吹き飛ばす。

それでも、頭部を失った赤子はまだ生きている。

「こいつ……手応えが無い？」

「キリルさん、無駄ですわ！　それはあくまでマザーが生み出した、体の一部でしかありませんの！

心臓部であるオリジンコアを破壊しない限り、動きは止まりませんっ！」

そして吹き飛んだ首の切断面からは、小さな赤子がわらわらと這い出し、キリルの脚を登ってくる。

そいつらは腕で肌を切り開き、体の中に入り込もうとしていた。

（このままじゃ間に合わない。私も死ぬ。フラムも助けられない。やだ、やだ、そんなのはやだっ！）

だったら――彼女にできることは一つ。

（できる？　できるの？　フラムを助けられない私に、そんな勇気があるの？　ううん、違う。助けてないからできない、じゃ意味がない。助けられないからこそ、失敗しそうだからこそ、私は勇気を出さなくちゃならない。自分に自信を持たなくちゃならない。できるかどうかじゃないの、やらなくちゃ、また私は過ちを繰り返す――他の何より、私はそれが、一番嫌だッ！）

心を決める。魂を燃やす。

キリルが剣を握る手に力を込めた瞬間、しゅるりと、赤い糸が彼女の足に絡みつく。

かと思えば、その糸は、体内に潜り込もうとする赤子を突き刺し、破壊した。

『やりたいこと、やる』

ふいに、ミュートの言葉が脳裏に呼びかけてくる。

いや、ひょっとするとこれは聞こえているのかもしれない。

音なのか、想いなのか、湧き上がるのか、流れ込むのか――わからないが、それは温かい。

『諦めて、終わる。怖い。でも、キリル、くれた』

そしてやがて、ミュートから聞いた覚えのない言葉まで鳴り始める。
『私、選べた。望む、命、使い方。だから、恩返し』
なぜその〝糸〟にミュートの意思が宿っているのか。
理屈も、状況も、何もかもが理解の範囲外だ。
だがキリルはたった一つだけ、はっきりと理解した。
『ありがとう、キリル。私の、はじめての、友達――』
――ミュートは、死んだのだ。
諦めの末ではなく、心から満足できる結末を得て。
そして今度はキリルが後悔しないよう、手を貸してくれている。
歯を食いしばる。
こみ上げる涙を、噛み殺す。
今、その言葉から受け取るべきは悲嘆ではない。
こんな姿になってもなお、恩に報いた彼女の、尊き勇気である――
「ブレエェエエエイブッ！」
キリルは高らかに叫び、全身から輝くオーラを発した。
吹き荒れる風がまとわりつく敵を吹き飛ばし、乱れ散る光が奴らを焼き尽くす。
同時に赤い糸も力を失った、はらりと地面に落ちる。
そしてキリルは、繭のわずかな裂け目に両手の指を突っ込んで、

「ぐ、う……てぇりゃぁぁぁあああああぁッ！」

ブチブチィッ！　と引きちぎり、脱出口を開いた。

「キリルちゃんっ！」

「フラムっ！」

伸ばされた二人の手がしっかり重なると、フラムは繭の外へ引きずり出される。

引っ張られると体に突き刺さった管が肉を引き裂く。

だがもはやそんなものは些細な痛みだ、顔をしかめることすらない。

しかしなおも開いた口から管を伸ばそうとする繭。

二人は手を繋いで、その上から飛び降りた。

『どうして……？　どうしてあなたたちばっかり報われるのよ。これだけ追い詰められながら、どうしようもない場所にいながら、それでも最後は笑えるのよ！　ずるいじゃないのよぉおおッ！』

その往生際の悪さは、マザーの女々しい嫉妬からくるものだ。

「二人とも、油断してはいけませんわ！　ここからではわたくしも援護が――ぐ、あぁっ！」

疲弊したマリアは、もはや触手による攻撃を防ぐので精一杯だ。

マザーの僻《ひが》みを聞いたフラムは、大きくため息をつくと、魂喰いを抜いた。

「せっかくの再会だっていうのに、無粋も無粋だよ。まったく」

「フラム、もう動けるの？」

「うん、平気。だからまず、あいつらは私に任せて」

振り上げた剣にプラーナと魔力を満たして、その凛々《りり》しい瞳は赤子の大群を見据える。

「……エンチャント・ブレード」

するとキリルが横からフラムの柄を握る手に自らの手を重ね、魔力を注ぎ、光の刃を纏わせた。

肉の天蓋に空を塞がれ、影に包まれた王都の赤黒い薄暗さを切り裂くような輝き。

「やろう、フラム」

「ありがとう、キリルちゃん。これなら——一撃で殲滅できる！」

それはマザーの一部。いくら破壊しても増え続ける、かつて人だった肉の塊。

その体を動かすのはマザーのコアから供給されるオリジンの力であり、他の心臓となる部位がない以上、その全身はもはやオリジンのエネルギーそのものといっても過言ではない。

つまり、フラムの反転の力の前には——常に心臓部をむき出しにしているようなものだった。

「光刃《ヘイムダル》——轟気嵐《グランストォオオオム》ッ！」

振り下ろされる刃。

大地を砕き、弾けると、嵐があらぶり、光が舞い散る。

一見して幻想的にも見えるその光景は、オリジンの力を持つものにとっての地獄だった。

最強と呼ばれた勇者と、最弱と蔑まれた追放者の力が調和し、敵を飲み込む。

風が止み、舞い上がった砂埃も薄れていくと、赤子は一匹たりとも残っていなかった。

「キリルちゃん」

フラムに呼ばれキリルが振り向くと、彼女は顔の横で手を広げていた。

意図はわかるが——キリルは自らの手を見つめ、少しためらう。

するとフラムが屈託のない笑みを浮かべ、彼女に伝えた。

「改めて、助けてくれてありがとう」

「フラム……ごめん。本当に、ごめんなさい」

「私が足手まといだったのも事実だから、お互い様ってことで。これでこの話はおしまいっ」

「それだけじゃ終わらないよ」

「じゃあさ、キリルちゃんは、今でも私を友達と思ってくれてる？」

「そんなの当たり前だよっ！」

胸に手を当て、食い気味に答えるキリル。

フラムは嬉しくて、ちょっと照れくさそうにはにかんだ。

「だったらそれで十分だよ。本当の、本当に。私がずっと怖かったのは、キリルちゃんと友達じゃなくなることだから。だから……今後も末永くよろしくお願いしますってことで。ね？」

そう言って、フラムは開いた手のひらを、もう一方の人差し指でちょんちょんと突いた。

キリルは『本当にこれだけでいいのか』と自問しながらも、手を近づけて——まるで合わせるように、軽く手のひら同士を触れ合わせた。

フラムは開いた手を閉じて、キリルと指を絡ませて、にっこりと笑った。

「またあのケーキ屋さんに行かないとねっ」

「そうだね……早く戦いを終わらせて、約束を果たさないと」

二人は空を見上げ、悔しそうに唇を噛んで震えるマザーの顔を睨みつけた。

すると触手との戦いから解放されたマリアが、フラムとキリルの横に降り立つ。

「お二人が見せつけてくださったおかげで、逃げることができましたわ」

「マリアさん……言いたいことはありますけど、今は協力しましょう」

フラムからそれを言い出したことが意外だったのか、マリアは一瞬、ぽかんとした顔を見せた。

だがすぐに「ふふっ」と微笑んで、首を縦に振る。

「わたくしもそう提案するつもりでしたわ」

一時的とは言え、三人の協力態勢が敷かれる。

フラムとキリルがわかりあうだけでも十分に不愉快だったのに――マザーがさらに強く唇を噛むと、ボタボタと空から血が流れて大地を汚した。

『絆《きずな》だとか……愛だとか……友情だとか……どぉぉしてそう、私の嫌いなものを的確に突くのかしらね、あなたたちは。だったら……私の正しさを証明するために、徹底的に殺さないとねぇぇっ！』

空から巨木が落下するように、触手が回転しながら降り注ぐ。

「行くよ、二人共！」

キリルの号令に、フラムとマリアが頷く。

そして――それぞれ異なる宿命を背負った三人の少女は、さらなる壁へと立ち向かった。

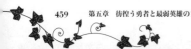

25 勇者

迫る触手に剣を向けたキリルは、その刃より魔法を放つ。

「チェイサー」

発射時の見た目は光線を放つ〝ブラスター〟と同様だが、それは命中する直前に拡散する。

そして小さな無数の光線に枝分かれすると、その一つ一つがキリルの狙った部位に命中した。

もちろん分かれた分だけ威力は落ちるが、狙ったのはマリアが傷つけていた場所だ。

命中すると傷が広がり、時には千切れ、最低限のダメージで最大限の損害を与える。

満足気に微笑むキリルだが、背後からはまたもや新たに生み出された赤子が近づいている。

「レイン」

今度は手をかざし、光の雨を空から降らせた。

〝勇者〟の魔法に、光や闇、火、水といった特定のカテゴライズは存在しない。

強いて言えば〝光〟に近いが、だからと言って光属性の使い手に再現できる魔法ではなかった。

軽微な魔力消費に、扱いの簡単さ、そして圧倒的な範囲と威力――並んで戦うマリアは、改めてキリルの属性の特異性を認識する。

「はあぁぁぁぁぁぁぁぁっ！」

フラムは振り上げた魂喰いを、地面に叩きつける。

爆ぜるプラーナ、吹き荒れる嵐。

キリルの〝レイン〟により細切れにされ、分裂した赤子たちが、反転の魔力で破裂していく。

一方で空からは、次の触手がフラムに襲いかかろうとしていた。

「ディヴァイン・プロテクション」

するとマリアがシールドを作り出し、その攻撃を一時的に防ぐ。

だがそれで止めることができるのは、せいぜい一発か二発――すぐに表面にヒビが入り、三発目が叩きつけられると、無残に砕け散る。

「バースト」

だからマリアはその前にあえて障壁を砕き、その破片を散らせると、

「スパイラルフラグメンツ」

回転させ、近づいた触手を滅多刺しにする。

攻撃を繰り出す無防備な状態で、隙間もないほどズタズタにされた触手は、少女たちを薙ぎ払うより前に力を失い、腐るようにぼとりと地面に落ちた。

攻撃と攻撃の間に生じるわずかなインターバル。

こういった相手と戦い慣れているフラムは、その隙に二人に尋ねた。

「キリルちゃん、マリアさん、相談なんだけど」

「コアの場所ですわね。推察はできますが、わかりやすすぎますわ」

「罠の可能性もあるってことだよね」

「いや、大丈夫。薄《うっす》らだけど感じるから。天井の向こう側に、オリジンコアの気配が」

フラムは天を仰ぐ。

遠くに見えるマザーの顔、そして肉の壁は、到底人の手が届く高さではない。

それに仮に到達できたとしても、コアを破壊できなければ意味が無いのだ。

つまりあの場所に到達しない限り、この戦いに勝利は訪れない。

「私がフラムを抱きかかえてあそこまで飛べば……っ、届くと思う！」

振り払われる触手を飛び退いて避け、着地点を狙う次撃をブレードで逸らすキリル。

だが彼女の言葉に、フラムは首を横に振った。

「でしたら、あなたが空を飛ぶしかありませんわよ！」

触手を駆け上り、光の刃で斬りつけながらマリアは言う。

「はい、そうするつもりです――重力反転《リヴァーサル》っ！」

フラムは真横から、瓦礫を薙ぎ払いながら近づく触手の回避に合わせて跳躍。

そのまま反転した重力により浮き上がると、空中で狙いを定めていた別の触手を切断した。

さらに斬られた残骸を蹴って、反転を解除。地上を這いずる肉塊に刃を突き刺した。

「浮いた⁉　すごい……！　すごいよフラムっ！」

褒めながら、テンションが上がっているのか、振るう手が加速するキリル。

目の前に立つ敵は瞬く間に細切れにされていく。

「いや、キリルちゃんに比べれば大したことはないと思うけど」

謙遜ではなく、心の底からそう思う。

しかし嬉しくないわけではないので、フラムはほんのり頬を染めながら頭を掻いた。

「……やはり彼女は」

一人つぶやくマリアの言葉は、誰にも届かない。

さらにフラムたち優勢のまま戦いは続き、マザーの動きにも焦りが見える。

「よしっ、このまま行けばっ！」

見えてきた希望にフラムの声が躍《おど》る。

赤子を作り出すには時間がかかる上、どうやら完成までには個人差があるようで、計算も難しい。

何より存在の数は無限ではなく、王都に残っている人間に限られる。

頭上で生やす触手はとにかく、赤子の打ち止めは近い。

そうなれば、地上をキリルとマリアに任せて、コアへの突撃を実行に移せる。

だが――やすやすとそれを許すほど、マザーも甘くはなかった。

『ふざけないで』

苛立ちを隠せない男の声が、王都に響く。

『こんな、本当の不幸も知らない小娘に、私の夢が止められてたまるもんですか！　やっと母親になれたのに、あの母から解放されたのに……認めない、私は認めないいいぃいぃいッ！』

ヒステリックに吐き出される耳障りな癇癪《かんしゃく》は、フラムたちの肌をピリピリと震わせた。

「ふっ……」

子供のような駄々っ子に、思わず嘲笑してしまうマリア。

いつもの彼女らしくないリアクションに、フラムとキリルは思わずマリアを凝視した。

「……今のは忘れてください」

気まずそうに顔を逸らすマリアだが、苦笑する二人も気持ちは同じである。

力は強く、第二世代を凌駕《りょうが》しているのだろうが――もう恐ろしいとは思わない。

「マザー、浅いよ。一番の不幸は、あんたみたいな人間に能力と、それを発揮される機会が与えられたことだ。そして一番苦しんだのは、あんたに人生を台無しにされた子供たちだ！」

『あの失敗作が？　私が助けなければ野垂《のた》れ死んでただけじゃない！　それを救ったの。だったら、救った私が命をどう使おうと勝手よ。だって、真に夢を叶えるべきは、不幸な私なんだもの！』

マザーがそこまで身勝手になれたのは、どこまでも自分が〝被害者〟だからなのだろう。

今だってそうだ。

ここまでのことを起こしておいて、あまりに多くの命を奪っておいて、なおも悪びれない。

なぜならば――マザーは今、この場においても、被害者であり続けているから。

「ミュートは他者を想っていた。母親、仲間、そして出会ったばかりの私に生き方を示してくれた」

「ミュートだけじゃない。ネクトも、ルークも、きっとフウィスだって……同じ螺旋の子供たち《スパイラル・チルドレン》ちゃ
……マザー、あんたのことだって想ってたの！」

『だから何よ！　それは私が求めた愛じゃないのよっ！』

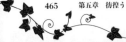

彼は理解していないわけではない。理解しようとしなかったのだ。

母から愛を学べずとも、子供たちと暮らす中で、その機会はいくらでもあったはずなのに。

「ミュートが私を導いて、フラムが私に勇気をくれる。人との繋がりは、残酷で面倒だけど、けれど私を強くしてくれる。繋がりを拒んだ人間には見えない世界が、そこにはあるんだッ！」

二人はどこまでもまっすぐで――聞いていると自分が間違っているような気がして――

だからこそ、気に食わなかった。だからこそ、壊してやりたいと思った。

心の揺らぎはやがて怒りへと変わり、暴走する熱は制御不可能な領域まで達する。

『下らない……下らない……下らない、下らないっ、下らないぃぃぃぃぃぃぃっ！』

マザーの怒りに呼応するように、天井が波打つと、そこから巨大な腕が現れた。

そして彼はその手を口に突っ込むと、引き裂き、広げ、その開いた穴の奥から何かがせり出してくる。

それは頭だ。青色の、人間の頭部だ。

マイク・スミシーという男の最大の問題は――結局、自分を愛せなかったことだろう。

母に否定され続け、やがて彼は自分の顔も、声も、性別も、そして生まれすらも憎んだ。

自分を否定し、自分を自分以外の存在にすることだけに人生を捧げてきたのである。

だからその頭部には、顔らしきものが存在しなかった。

ただのっぺりとした楕円形の球体、そして肩、腕、胴体、脚――と露出し、ついに落下する。

透明な粘液に塗れた両足で大地をしっかりと踏みしめ、衝撃で大地を揺らす。

それは――二十メートルを超える巨人であった。

『もういいわ、あなたたちはいらない、子供にならなくていい。このまま、殺してあげるぅっ！』

巨人は振り上げた拳を地面に叩きつける。

するとフラムたちの立つ大地が動き始め——回転を始める。

三人は同時に跳躍し、渦巻く地面から飛び退いた。

しかしルークのものと異なり、その範囲はかなり広い。

一度飛んだぐらいでは逃げ切ることはできず、彼女たちはそれぞれ別の方向へと疾走した。

『あっはははははは！　威勢よく啖呵《たんか》を切った割には逃げてばっかりじゃない！』

マザーの笑い声が王都に響く。連動して、巨人も肩を揺らした。

『ここは私の子宮の中、あなたたちはへその緒で繋がれた子供。胎児はね、どこまで走って、必死に脚を動かしたってお腹を蹴るだけなの！　逃げられるはずなんてないのよ！』

「逃げるつもりは——無いッ！　アクセラレイト！」

キリルは剣を前に突き出しながら加速する。

刃の先端から光の帯を繰り返し放ちながら、巨人へと接近する。

『近づいたところで、子は母の大いなる愛には逆らえないのよ』

巨人は、その巨体に似合わない素早さで腕を振り上げた。

だが、キリル同様、敵に近づいていたフラムはすかさず騎士剣術《キャバリエアーツ》を放つ。

鋭く素早い、狙いを定めた遠隔刺突——気穿槍《プラーナスティング》。

巨人の肩に着弾したが、反転の魔力を込めているにもかかわらず、貫くことはできなかった。

強度も今までの赤子とは比べ物にならないようである。

だが目的は達した。繰り出される拳の軌道は逸れ、キリルには当たらない。

その隙に懐に潜り込んだ彼女は、右手に握る宝飾剣、その刀身を光で包む。

「ブレードッ！」

同時に地面に突き刺さった巨人の腕が、再度振り上げられる。

『遅いのよぉ、いくら勇者だろうとねぇ！』

「遅いのはそちらですわ」

そう言ったのはマリアだ。

彼女はすでに、二撃目が来ることを予見した上で、螺旋の光槍を射出していた。

ギュオォォオオッ！　と回転しながら、フラムの気穿槍《プラーナシェーカー》が作った傷に突き刺さり、さらに肉をえぐり取っていく。

『この色ボケ聖女があぁぁぁあああっ！』

「せえぇぇぇぇぇえいッ！」

マザーの罵倒も虚しく、キリルの剣はさらに傷口を切りつけ、巨人の腕は切断された。

無論、彼女にはフラムのように反転の力もなければ、マリアのようにオリジンの力もない。

シンプルに、17000を越える筋力から繰り出される斬撃が、その強度を上回っただけだ。

『腕よ……ただの腕よ……それだけじゃない！　何を喜んじゃってるのよぉおお！』

そう言いながらも動揺を隠せないマザー。一方でキリルは己の力に自信を抱く。

しかし切り落とされた腕の傷口は、すぐにねじれて止血されてしまった。

それを見てフラムは確信する。あの巨人の正体を。

「やっぱりそうか……あの巨人には他の雑魚と違って、オリジンコアがある」

巨人から少し離れた場所にフラムが止まると、動き回っていたマリアが隣に並んだ。

「……あなたも気づいたようですね。このマザーという巨大な肉体を維持するためには、第二世代チルドレンたちのように、複数個のコアの力を使わなければ不可能だったのでしょう」

「考えてみれば、あの子たちにコアを渡したのはマザーのはずだもんね」

「コアを同時使用することによる相乗効果……チルドレンはある意味で、キマイラよりも高い技術を持っていたのかもしれませんね。もっとも、制御は格段に難しいでしょうけれど」

「でもマザーは、その貴重なコアのうちの一つを、あの巨人に使ってしまった」

「そう、ですから触手の攻撃も止まり、赤子の生産速度も落ちてしまっている」

要するにこの状況は、フラムたちにとってチャンスだった。

あの巨人さえ倒してしまえば、マザー全体の出力は格段に落ちるはずなのだから。

それでも、簡単にそう出来ないからこそ、彼は文字通りの切り札として巨人を繰り出したのだ。

簡単にはやられない――――そんな彼の自信とは裏腹に、キリルは懐でひたすらに剣を振り回す。

「ふっ！　はっ！　はあぁぁぁああっ！」

〝アクセラレイト〟を使用し加速した彼女が繰り出す斬撃は、もはや視認できない。

並の相手ならミンチになっているところだが、巨人は全身傷だらけながらも健在であった。

しかし、キリルの剣は反撃の隙さえ与えないほど、激しく、とめどない。

巨人は身動きを取れない中で、手のひらを開くと――ぎゅっと握りしめた。

直後、キリルの目の前から巨人が消失する。

「消え――ッ!?」

彼女はゾクリと、背後から強い殺気を感じた。

消えたのではなく、それは〝接続〟による転移である。

『やっぱりそうよ。報われるのは、私の夢なんだわ』

巨人の背中から無数の触手が伸びる。

先端が勢いよく回転したそれは、キリルを取り囲むように殺到した。

『だから――これで私の勝ちなのよぉおおおおッ！』

「一対一ならそうでしょうね」

「繰り返すようだけど、私たちは一人じゃないの」

殺到する光の剣と、プラーナの刃が、背後から触手を断ち切る。

『ずるいわ、そんなの』

「何を言ってるんだか」

フラムが接近――直接斬りつけ、残る左腕の付け根に傷を刻む。

「あなたは自慢の子供たちに囲まれているのでしょう？」

マリアも同じく接近するも、巨人は苦し紛れに触手で槍のように彼女を突く。

だが彼女は空中で体を逸らし、それを避けてみせた。

その身のこなしを可能にするのは、オリジンコアによるステータスの上昇であった。

そして中距離から放たれる、複数の光の槍がまたもや傷を大きく開く。

「だから無駄なんだ、こんなことしたってッ！」

キリルの鋭い一閃――その斬撃がもう一方の腕を落とし、巨人はついに両腕を失った。

「他人を否定して塗り替えたって、そんなのただの作り物だ。孤独も、コンプレックスも解消しない。夢だって叶わない。いや、むしろその到達点に虚しさしかないことに気づいて――」

『おおぉぉぉ……おおぉぉおおおおおおッ！』

マザーの苛立ちは頂点に達し、頭上では両指を顔に食い込ませ、目を血走らせている。

その間にもフラムは巨人に接近し、心臓付近にあるオリジンコアを狙って飛び上がった。

だがその刺突がコアに届くより先に、マザーは吼える。

『私はァ、認めたくなあぁぁぁぁぁぁぁぁいッ！』

ゴオォォオッ――巨人の体を取り巻くように、風が激しく渦を巻く。

「フラム、危ないッ！」

危険を察知したキリルが飛び込み、フラムを抱きかかえて離脱した。

あれ以上近くに留まっていたら、今ごろ彼女の体は細切れになっていただろう。

「ごめん、ありがと」

「どういたしまして。それよりあれ――」

「厄介です、このままでは近づけませんね」

二人の近くに降り立つと、マリアは言った。

旋風は、それそのものの破壊力もさることながら、瓦礫を巻き上げさらに威力を増している。

しかも少しずつ範囲が広がっており——どこまで拡大するのかはわからないが、いつか逃げ場はなくなる、キリルたちはそんな予感がしていた。

『あぁぁぁぁぁあああっ！　嫌よっ、こんなの認めないわあぁぁっ！　私はあぁぁぁぁぁぁあっ！』

叫び狂うマザーの声は、やはり駄々をこねる子供のようだ。

「あの人は……子供の頃のままで、時間が止まってしまっているのかもね」

「同情の余地は無いよ、フラム。あいつさえいなければ傷つかずに済んだ人はたくさんいるんだ」

「わかってる。無関係の他人を犠牲にしていい理屈はないもん、私も許す気なんてない」

二人は真っ直ぐな瞳で、嵐の中央に立つ巨人を睨みつけた。

「……」

一方でマリアは黙り込んで二人の話を聞いていた。

さんざん煽りはしたが、彼女には少しだけ、マザーの気持ちが理解できたからだ。

避けようのない理不尽を前に、憎む対象を失った人間は、時に世界全てを拒絶する。

大好きだった故郷の人々は、魔族に皆殺しにされた。

恩人だと思っていた教会の人々は、その魔族と繋がっていた。

信じていたものは、全て虚構だった。

失ったものと同等か、それ以上の生きがいに出会うことができれば、正常なレールに戻ることもできたのかもしれないが――その出会いも、手遅れになったあとでは、苦しみを増やすだけだ。

「でもあの渦、どうやって突破しよっか。キリルちゃん、何か方法はある？」

「……単純に力で抜けられないか試してみる」

そう言ってキリルは一歩前に踏み出し、両手で剣を握って前に突き出した。

その切っ先を巨人の心臓部に向け、「ふぅ」と息を吐き出す。

そして――

「ブラスターッ！」

剣から、あまりに眩く激しい光の帯が放たれた。

「ひゃっ!?」

衝撃によろめき驚くフラム。マリアは無言で、両足に軽く力を込めて踏ん張った。

その魔力の塊は正面から渦と衝突し、数秒間ぶつかりあった末に、軌道を逸らされてしまう。

曲がった光の帯は近くにあった建物に命中すると、跡形もなく蒸発させた。

「くっ……突破できないな。全力で放ったつもりだったんだけど」

「でもかなり耐えてたよ！」

「反転で渦を弱めることができれば、打ち勝てるかもしれません」

「うん、やってみるね」

「わたくしもありったけの魔力で援護します」

「フラム、気をつけてね！」

キリルの言葉に力をもらい、フラムは強く地面を蹴り自ら渦に突っ込んでいく。

魔力だけを流し込むのなら、プラーナで飛ばすより、直接ぶつけるほうが効果的だ。

紅色の柄を両手で握りしめる。眼前に迫る暴風の障壁。低く構えた漆黒の剣、その刃を傾ける。

「はぁぁぁぁぁっ――ぶち抜けッ《リヴァーサル》！」

フラムは全力で魂喰いを振り上げる。

オリジンの力場と反転の魔力が接触した瞬間、閃光が弾ける。

それはキリルの放ったブラスターと同じか、それ以上のまばゆさであった。

「同じコアを使う者として思うところはありますが……」

マリアの周囲に無数の、〝回転する光〟を浮かび上がらせる。

「わたくしのありったけ、受けなさい！」

手を振り払うと、それらは一気に渦に向かって突っ込んでいった。

どちらがどれだけ効果を発揮したかはわからないが、確実に渦は弱まっている。

「今度こそ仕留めるよっ、ブラスタァァァァァッ！」

キリルは剣を両手で構え、二度目の高エネルギー砲を照射した。

反動で彼女のかかとが地面を削り、体が後退する。

勇者のステータスをもってしても、支えるのが困難なほどの威力。

「いっけえぇぇぇぇぇぇぇッ！」

加えて、キリルの感情の猛りに呼応するように、ブラスターはさらに出力を増す。

『届かない……だって間違ってるもの、そんなの。届いては、いけないのよぉぉおおっ！』

マザーの拒絶も虚しく、光の帯は渦をかき消し、巨人に到達した。

ジッ――バシュウッ！

あまりの高温に、焼けることすらなく、蒸発していく巨人の上半身。

フラムはむき出しになった骨格の中に、浮かぶオリジンコアを発見した。

「反転《リヴァーサル》しろっ！」

キィンッ――コアに魔力が流し込まれ、螺旋は逆回転を始める。

『オオォォォオオオオオオオ――ッ！』

パキッ、と黒水晶が真っ二つに割れると、マザーは苦しそうにうめいた。

フラムたちには知る由もないことだが――外では、巨大な赤子が苦しげに身をよじっていた。

「これでコア一つ目、ですがあといくつ残っているのでしょうね」

「でもこの様子じゃ、しばらくマザーは動けそうにないよ」

「飛ぶなら、今だね」
・・・
三人は一斉に空を見上げた。

その先にあるコア――それを破壊するためには、フラムがあの顔までたどり着かねばならない。

「フラム、本当に行くの？」

キリルは心配そうに尋ねた。その気持ちが、フラムは嬉しかった。

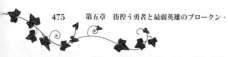

「私にしかできないことだから」

「……そっか。やっぱりフラムはすごいね」

「そりゃ怖いよ？　気持ち悪いし、汚いし。できることなら見たくもないぐらいだけど」

「ふふふ、そうですよね。わたくしでも嫌ですもの、あんなのに近づくのは」

「マリアでもそうなんだね」

「お二人と二歳しか違わないんですよ。聖女と呼ばれても、年相応の一面はあるつもりです」

仮面故に表情は読み取れないが、彼女に初めて親近感を抱くフラムとキリル。

「ですから、少しでもフラムさんが綺麗にたどり着けるよう、全力で援護しますわ」

「私も、絶対に送り届けるからね」

「うん、ありがとっ」

頼もしい言葉を受けて、フラムの体はいつになく活力に溢れていた。

今なら、負ける気がしない。

「重力《リヴァーサル》よ、反転しろ！」

そして彼女は地面を蹴って、空へ向かって落ちていった。

『させ……る、ものですか……！』

マザーは苦痛から復帰しつつあった。

彼は怨嗟《えんさ》のこもった声をフラムに向けると、天井の膜の向こうから、二本の腕で掴みかかった。

「やらせない――ブラスター！」

「セイクリッドランス！」

地表のキリルとマリアが、フラムを援護する。

光の帯と槍によって、伸びた腕は怯む。

その後も繰り返し、集中的に狙われると、マザーの両腕は柔らかな関節部分から千切れた。

安堵し、表情を緩める二人だったが――それで終わりではない。

マザーは残る力の全てを触手へとつぎ込み、まず一本だけフラムにけしかけた。

もちろん、すぐさま地表からの魔法によって撃ち落とされる。

今度は二本の触手がフラムを狙う。

キリルとマリアは、出てきた直後に撃墜した。

すると次は四本、その次は八本、さらには十六本――

「今までとは違う……壊すのは簡単だけど、どんどん増えていく！」

「あの付け根の部分、コアを宿しているようですね。あそこを狙えば一網打尽にできるはずです！」

「そうは言うけど、先端を止めないとフラムがやられちゃう！」

フラムが天井に届くまでにはまだ距離がある。

この調子で増えるのだとしたら、コアどころか、フラムを守ることすらできなくなる。

彼女自身も剣を振るい対処したが、自由に動けない空中で可能な動きには限りがあった。

「ここまで来たのに、これ以上増えるんなら、一旦戻らないとまずいかもっ」

『届かない。届かせない。願いを叶えられるべきではない！　あなたたちのような幸せな人間は！』

マザーはすっかり調子を取り戻し、増え続ける触手を、束ね、絡め、縦横無尽に振り回す。

そしてフラムに、六十本を越える触手の〝壁〟が迫っていた。

「まだこんな力が……⁉　まずい、これじゃ戻るどころかっ！」

急所である脳幹や心臓ごと、押しつぶされかねない。

「おおおおぉぉぉおおおおおおおッ！」

だがそれらは全て、地上で巨大な岩の剣を構える男によって両断された。

彼の全身は血だらけだが、闘気は満ち満ちている。

「ガディオさんっ⁉」

地上に立つ男を見つけ、フラムは声を弾ませた。

『どうしてっ⁉　どうして自力で逃げ出せてるのよぉおおおお！』

「ふん、俺もわからん。勝手に力が弱まったから這い出ただけだ」

先ほどのコアの破壊は、全ての繭にも影響を及ぼしていた。

精神汚染が弱化し、特に強い意志を持つ者は、自力で逃げ出せるようになっていたのである。

『くそっ、くそがあぁぁぁぁッ！　でもまだよ、まだ私には力が残って――』

「こっちにも役者は残ってるんだよなぁ……そらよっ！」

男が放った矢は空中で弾け、無数の弾丸となって、正確に触手を撃ち抜いた。

「ライナスさんまでっ！」

「……あぁ」

ライナスの無事を確認すると、マリアも安堵する。

もっとも、強引に突き刺さった管を引き抜いたため、立っているだけで精一杯なのだが。

傷を治癒しようと駆け寄るマリアの姿を見て、ライナスは優しく微笑んだ。

『まだよっ、まだ負けてたまるもんですかあぁぁぁぁぁっ！』

なおも足掻こうとするマザーだが――

「残念、わたしもいる」

今度は水の散弾が天に向けて放たれ、増えた触手をことごとく粉々にした。

「エターナさんっ、無事だったんですね！」

「余裕」

フラムにピースサインを向けるエターナだったが、どう考えても強がりである。

だが生きている。

みんな生きて、フラムを助けてくれている。

『こんな……仲間なんて、他人との繋がりなんてっ、そんなものおおぉおおおッ！』

もうフラムを阻むものは何もない。

「おおぉぉおおおおおッ！」

フラムの剣が、マザーの額を貫く。

阻むオリジンの力も反転でねじ伏せ、皮を裂き肉を断ち、奥へ、奥へ。

その向こうに存在するコアへと、一直線に突き進んだ。

26 英雄

肉の壁を突き抜けたフラムは、開けた空間に出た。

魂喰いを片手に立った彼女の視線の先には、埋め込まれた三つのコアがある。

先ほどの巨人と触手に一つずつ使っていたので、本来は五つでこの巨大な体を支えていたのだろう。

フラムがコアに歩み寄ると、進路を遮るように、下から人の大きさほどの肉がせり出す。

それはやがて人の形となり、服装まで再現し、マザーはフラムの前に現れた。

「よくも……よくも、よくも、よくもおぉおおおおッ！」

マザーは手のひらを前に突き出し、空気を回転させて放つ。

フラムは横に飛び退き回避し、着地と同時に一気に接近、横一文字に剣を薙いだ。

刹那、マザーの姿が消失する。接続による転移である。

読んでいたフラムは、魂喰いを粒子化させ収納。

剣を振るった勢いをそのまま回し蹴りに流用し、背後に立つマザーの頭部を強打する。

それを彼は右腕でガード――しかしフラムの脚部には反転の魔力が込められている。

オリジンの力では完全には防ぎきれず、彼はひしゃげた腕に手を添え軽くよろめく。

その間にフラムは後退。間合いを取り、魂喰いで素早く十字を描き、二本の剣気を射出した。

マザーは――ガードすらしなかった。

彼の肉体は無残に四分割される。

だが断片は全てがマザーと同じ姿、大きさとなり、結果として四人に増殖した。

「もう十分に暴れたでしょ。悪あがきしないで、大人しくコアを差し出してよ」

『嫌よ。だって母はまだここにいるんだもの。だから私は終われないの！』

全てのマザーが同時にうめき、頭を振りかき乱す。

彼は優しい母親となり、かつて自分を虐げた自身の母を乗り越えようとした。

彼は幸せな子供となり、記憶に刻まれた辛い日々を上書きしようとした。

産み落とされ、王都を包み込んだ時点でその目的は達成され、彼は〝完全〟になったはずなのだ。

『母は死んでなかったのよ。ほら、そこにもいる。そこにも、そこにも！　王都にもたくさんの母がいる！　私を否定するのは、姿が違っても、形が違っても、みんな母だったのよぉおおお！』

ユニゾンする叫び。フラムは心底憐れみながらその姿を見つめる。

「……あんたってさ、都合が悪い現実を前にしたときの取り乱し方が、母親にそっくりだよね」

それは、フラムがマザーの記憶を流し込まれたからこそ、気づいた事実だった。

誰が否定しようとも、間違いなく彼はスザンナ・スミシーの息子だったのだ。

『は……？　私が、母に、そっくり……？』

「周りに母親がいるんじゃない。あんたの中に、母親がいるんだよ」

『そんなはずはないッ！　だって私、優しい母親になったんだもの！　子供を愛しているんだもの！』

「きっとあの母親も同じ気持ちだったと思うよ。良かれと思って、愛の鞭だって言い訳して、暴力を振るったり、人格を否定したり、まあもちろん、あんたが第二世代の子供たちにやったように、ストレスのはけ口としての暴力もあったんだろうけど。そこ含めて、本当に似てると思うよ」

『愛だった……？　あんなものが……あんな……もの、が……』

確かに、スザンナ・スミシーはどうしようもない母親だったんだろう。

だが、その母を乗り越えようとした果てが今のマザーならば、こんなに虚しいことはない。

自己完結、他者の拒絶、自分を慕った子供たちを失敗品だと罵る。

その全てが――母親のやってきたことの焼き直しではないか。

『なら……どうしたらよかったのよ。私の中に、肉でもなく、血でもなく、魂とでも呼ぶべき部分に母がいるのなら。私は、どうしたらよかったのよぉっ！』

「今さらそれを聞く？　キリルちゃんもずっと言ってたのに。他人の声に耳を貸せばよかったって」

『そんなもので変わるはずがないっ！』

「そうだね、簡単には変わらないよ。誰だって手探りなんだから。でもあんたには八年……いや、十年も猶予があった。それだけ子供と一緒に暮らしてれば、血は繋がっていなくても、多少の愛情は抱くもんじゃないの？　それとも、これって『そうあってほしい』っていう私の願望なのかな」

『そんなもの……知るわけないじゃない。母から愛を与えられなかった私がッ！』

「けど、あの子たちは知ってたよ。外から隔離された場所で育てられても、あんたのこと愛してた」

チルドレンも、マザーも、互いに愛を知らないスタート地点は一緒だったはずだ。

けれど最後にたどり着いた場所は、悲しいほどにすれ違っていた。

「失敗作。実験材料。そんな風に言い訳をして、あの子たちを理解しようとしなかったから、気づけなかったんだよ。オリジンコアに触れた以上、結果は変わらなかったかもしれない――でもね、あんたがあの子たちみたいに、納得して命を散らす結末もあったんじゃないかな」

それが正しい方法だとは、フラムは思わない。

しかし苦悩の中で、それが解消されないまま未練を残して死ぬのは、想像を絶する苦痛だろう。

『……わかったわ。よーくわかった。だから教えなさいよ。今から、私は、どうすればいいの？』

うなだれ、悲哀に溢れた声で、四人のマザーはフラムに尋ねる。

それに対し、彼女は心底呆れて笑いながら、投げやりにこう返した。

「どうにもならない。救えないゲス野郎として、救われないまま死ぬしかないよ」

全ては手遅れだ。もう、何もかも。

救えるとか救えないではなく、救われてはならないのだ、この男は。

自分が間違った道の終点にいることに気づいたのか、はたまた図星を突かれて激昂したのか――

『ふざけないでよ。私が幸せになれないなら、意味が無いじゃないのよぉおおおおッ！』

声を荒らげ、四人のマザーが一斉にフラムに飛びかかった。

「さんざん他人から奪っておいて、何をいまさら！」

フラムもまた前進し、すれ違いざま、一人目の胴体を両断。

視線の先にあるのは、前方の壁に三角形に埋め込まれたコアだ。

彼女はそのまま直線的に走るつもりだったが、脚を掴もうと肉床から腕が生えてくる。

同時に背後からも気配を察知。重力反転で飛び上がり、天井を蹴って解除、敵の背後に着地。

低い姿勢から魂喰いで斬り上げ、右太ももと左腕を直線で結び、真っ二つに分断する。

切り裂かれた体はまた変形し、それぞれが新たなマザーになろうとしている。

『手遅れなんて認めない！　あんたを殺せば、私にだってまだ道は残る！』

床から大量のマザーの上半身が生み出される。

「だから否定した人間を消したって何も変わらないって言ってるのに！」

フラムは再び重力を反転させ、天井に移動、コアに向かって走る。

『全員消せば、私が母を見ることだってなくなるでしょうが！』

天井からも無数の腕が伸び、フラムの足を掴む。

すぐに振り払おうとしたが——固定された右足がギュルッ、と急速に捻れはじめた。

「そんなの……ッ！」

回転が全身に伝染する前に、フラムは自らの身体を反転させて脚を切り取った。

破裂の反動、そして重力反転解除の影響で、彼女の体は床に吹き飛ばされる。

秒単位の攻防、おそらくこの脚の再生を待っている暇は無いだろう。

ゆえにフラムは、その千切れた脚すら攻撃に利用する——

「永遠に、報われないだけだってのぉっ！」

傷口から流れ出す血を氷結させ、先端を尖らせると、着地と同時にマザーの頭に突き刺したのだ。

だがさすがに強引すぎたか、一体はマザーを潰せたものの、フラム自身もバランスを崩し転がる。

だが前には進んでいる。

転がりながら重力反転で軽く浮き上がると、魂喰いを床に突き刺し、片足で立つ。

そのまま飛んでコアを目指す。無論、増殖したマザーや腕が邪魔をする。

そんな中、フラムは「ふうぅ」と大きく息を吐き、体力のほぼ全てをプラーナに変換していた。

どうせここで決着がつく、出し惜しみをしたって仕方がない。

接近し、取り囲むマザーと、もはや避ける場所が無いほどみっちりと生い茂る腕。

フラムはそれらを限界まで引きつけ、『もう無理だ』と弱音を吐いてもなお引きつけ――

「はあぁぁぁぁぁぁぁあッ！」

体全体から、プラーナの波動を全方位に発した。

足元の腕はもちろん、接近していたマザーたちも、体を切り裂かれながら吹き飛んでいく。

瞬間、コアへの道が開ける。足の再生も完了した。あとは破壊するだけだ。

『嫌だあぁっ！　私は死にたくなんてないわ！　お母さんが悪いんじゃない。私をこんな風に産んだお母さんがっ！　なのにどうして私が不幸にならなくちゃならないのよおぉおおお！』

「頭もよくて、教会で権力も持ってて、子供たち以上に選べる道はいくらでもあったくせに！　こんなクソッタレな生き方をしたのは、他でもないあんた自身だってのっ！」

立ちはだかるマザーを斬り払い、掴みかかる腕を踏み潰し。

とにかく前へ、前へ――わずかな体力を振り絞って、ついにコアを射程内に収めた。
「てりゃあぁぁぁッ！」
フラムは右手に握った魂喰いを、コアめがけて鋭く突き出す。
そして――ぬるりと壁から姿を現した巨大な顔が、右腕ごと噛みちぎった。
『あぁぁァァァアアッ！』
もはや両者共に捨て身である。獣じみたマザーの咆哮が響く。
「あああぁぁぁあああッ！」
だがフラムも負けてはいない。
まずは完全に千切れる直前に、右腕に反転の魔力を注ぎ、口内で爆破。
『ぐごおぉおおおッ！』
顔を破壊され苦しむマザー。だがコア消失までは至らず。
続けてフラムは左腕を突き出すも、床から生えた腕が彼女の両足首を掴む。
回転開始。バキッ、メキャ、グチャッ、と音を立てながら捻じれていく。
さらに後方にいたマザーの増殖体が回転の弾丸を乱射――数発が命中。
内臓を複数箇所欠損。さらに一発は左肩に命中し、もう剣は握れなくなった。
『綺麗事じゃあないの！　最後は執念がッ！　勝利を引き寄せるのよぉおおお！』
勝ち誇るマザー。だがフラムの心も折れない。
いや、嘘だ。ちょっと強がっている。

痛い、苦しい、早くうちに帰りたい。キリルちゃんとお話をして、ミルキットと抱き合って、みんなとおいしいものでも食べて、お風呂に入って死んだように眠りたい。

あとボロボロになった服を着替えたり、たまにはかわいい服を買うために買い物にも行きたい。

やりたいことがたくさんある。だから余計に負けられない。

「執念ならァ、私だって負けてなぁぁぁぁあああああいッ！」

反転《リヴァーサル》――掴まれた両足をフラムは自らの意思で切断。

その衝撃で体は浮き上がり、両手両足を失った状態でコアに接近する。

『まさか、そんな体で……っ⁉』

フラムは、口で咥えて、魂喰いを亜空間より引き抜いた。

コアを壊すのに必要なのは、斬撃としての威力ではない。反転の魔力だ。

つまりどんな体勢であっても、魔力を宿せる何かさえ接触すれば、破壊は可能である。

「ふんっ、があぁぁぁぁあああああッ！」

歯では剣の重さを支えるだけで精一杯だが――刃の腹が、三角形に配置されたコアに接触した。

流し込まれる魔力。始まる逆回転。そして水晶に生じる亀裂。

分裂したマザーも、床から生えた腕も、同時に動きがぴたりと止まる。

手足を喪失したフラムはずるりと落ちて、床の上に横たわり、「はあぁ」と大きく息を吐く。

『いやあぁぁぁぁぁああああああああああッ！』

マザーが断末魔の叫びをあげた。

肉の壁から血色が失せ、全ての崩壊が始まる。

『あ、あぁ……あああぁぁ……壊れて、いく……』

王都を包む子宮も、フラムのいる部屋も、鮮やかすぎるほどの赤が枯れ、朽ちていく。

『私の夢が……未来が……嫌だ、死にたくない、こんな報われない人生で終わりたくない……』

どこからともなく聞こえてくるその声に、フラムは心底哀れんだ。

それが彼のプライドを傷つけるとわかっていても、そうせずにはいられない。

「でも……そんなものなのかもね、生きていくって」

マザーの母がスザンナでなければ、今の彼は生まれなかっただろう。

だが、それはどうしようもないことだ。変えられない、決まってしまった事実だ。

『ねえ、フラム・アプリコット……あなた、英雄なんでしょう？』

めぐり合わせは時に優しく、しかし時に残酷である。

フラムがミルキットと出会えなかったら、とっくにどこかで野垂れ死んでいただろう。

そう、キリルも、マリアも、他のみんなだって、その人生は大きく出会いに左右されてきた。

きっと、誤った道に進む可能性は、誰にだってあるのだ。

『その力で、みんなを救ってるんでしょう？　だったら、私のこともどうにかしなさいよ』

だからと言って、この無責任な男を〝被害者〟として扱うつもりは無い。

フラムは、死を目前にしてすり寄ってくるマイク・スミシーを、冷たく突き放した。

「あんたの人生なんて、反転したって救えない」

ついに床が崩れ落ち、フラムの体は重力に引かれて地表へ落下していく。

その頃には、手足はほぼ再生していた。

『……何よ、それ』

全身で風を受けながら、聞こえてくる男の声を聞く。

『不公平じゃない。私を救う人は誰もいなくて、一人でやるしかなかったのよ。だから、こういうやり方しかなかった。なのに……人に恵まれたお前は、私を救ってくれないの？　おかしいわ。嫌よ、私は死にたくない。こんな理不尽があってたまるものですか……私は、私……は……』

フラムは落下しながら、再生した右手で魂喰いを握る。

「あれだけたくさんの人を巻き込んでおいて、そんなのが通るわけないよ」

そして軽く振るい、プラーナの刃を飛ばした。

それは辛うじて残っていた、生きた肉片を切り裂く。

するど……絶えず恨み節を垂れ流していた男の声が、ぴたりと止まった。

「はぁ……やっと終わったぁー……」

とても長い戦いだった——犠牲者も今までとは比べ物にならないほど多く、見下ろす街並みは、ところどころ無事な部分はあるものの、かなりの大打撃を受けている。

だが、喜んでいいのかはさておき、フラムたちの家は無事だった。

自由落下する彼女の口元に笑みが浮かぶ。

「さて、そろそろ——」

地表が近くなってきた、着地の準備をしなければ。

そう思い立ったフラムの視界に、

「おかえり、フラム」

ひょっこりと、目に涙を浮かべたキリルが現れる。

「……た、ただいま、キリルちゃん」

まだ大聖堂のてっぺんより高い場所にいたはずなのだが、確かにブレイブを発動した今のキリルならば、ジャンプでこの高度まで達することは余裕で可能だろう。

だが実際に見せられると、唖然とせずにはいられない。

キリルはフラムの体を両手で抱えると、優しくふわりと着地する。

そのままいわゆるお姫様抱っこの体勢で歩きはじめると、復活した仲間たちが駆け寄ってきた。

「待ってキリルちゃん、下ろして！　恥ずかしいから下ろして！」

何となくエターナあたりには見られたくない――早く解放してもらおうとフラムは暴れたが、キリルは「思ったより元気だ」と爽やかに笑うばかりで離してくれそうにない。

いつもは控えめな彼女だが、今日はいつになく強引だ。

浮かれてしまうほど、フラムが無事に戻ってきたことが嬉しかったのだろう。

「仕方ないなあ……」

妥協して受け入れるも、最初にエターナの姿が見えると、やはり嫌な予感がする。

彼女も含め、繭から自力で脱出した全員は、マリアの回復魔法を受けて傷は癒えているようだ。

とはいえ、あれだけの大怪我をしたあとなのだから、おとなしくしてほしいものである。

しかしエターナは、フラムの顔を覗き込み、予想通りにやにやとした表情を浮かべている。

「フラム、浮気。ミルキットに言いつける」

「第一声がそれですか……」

呆れるフラムに、エターナは珍しく肩を震わせて笑った。

そして、今度は優しい笑みで、フラムの頭をぽんぽんと撫でる。

特に言葉は無かったが、彼女なりに、色々と心配してくれていたらしい。

「おつかれさまでした、フラムさん」

「はい……マリアさんこそ」

ライナスの隣にいる彼女は、素直にフラムのことをねぎらった。

ミュートとの戦いのあと、目を覚ましたときに彼女はいなかった。

もしかしたら今回もまたいなくなるんじゃないかと思っていただけに、ここに残っているのはフラムにとって少し意外だった。

いや――おそらく、しばらくしたらまた姿を消すのだろうが。

ライナスには釘を刺されているはずだが、どうにも彼女には、彼の隣に寄り添って、普通に生きていく道を選ぶつもりがないように思えてならない。

「すっかり敵の術中に嵌《は》まっちまって面目ない、フラムちゃんがいなけりゃ死んでたよ」

「ああまったくだ、またフラムに借りを作ってしまったたな」

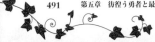

「私だって、マリアさんとキリルちゃんに助けられなければ、どうなっていたことか」

「それを言ったら、わたくしたちも第二世代チルドレンに助けられたのですが」

「え……第二世代って……？」

マリアが向けた視線の先を、フラムは見つめる。

そこにはぐったりと横たわる、辛うじて人の形をした、赤い何かが横たわっていた。

「そんな、ネクト……なの？　ごめんキリルちゃん、下りてもいいっ⁉」

「私が近づいたほうが早いと思う」

キリルはネクトに近づくと、フラムを腕から下ろす。

もはや立つのも困難なほど消耗した彼女は、キリルに支えられながらしゃがみこんだ。

その頬に触れると、血が手のひらを汚した。

だがまだ温かい。体を形成する繊維はわずかだが脈打っている。

生きてはいるが——四つのコアにより変貌しきったこの肉体は、そう長くはもたないだろう。

「どうしてこんなことに……みんな助けるんじゃなかったの？　人として生きるんじゃ……」

「ネクト以外のチルドレンはもう、全員死にましたわ」

声に反応して振り返ると、そこにはオティーリエと——ここにはいないはずのインクが立っていた。

「どうしてここに……」

「色々あって、ミルキットたちも一緒に保護してもらってたんだ」

「ミルキットが⁉」

「王都の安全は確保できていませんから、どうしても、と譲らなかった彼女だけ連れてきましたの」

インクはオティーリエから離れると、気配だけを頼りにネクトを捜す。

するとフラムがインクの手を取り、彼女の手をネクトの頬に導いた。

「あ、ネクト……」

その感触で、すでに人の体ではないと気づいたのだろう。インクは寂しげにつぶやく。

するとオティーリエが白い水晶を片手にネクトに近づき、それを顔の上にかざした。

「オティーリエさん、それは？」

「あとで説明しますわ。ですが……この力だけでは、コア四つ分の力を相殺するのは無理ですわね」

ネクトの体からオリジンの力が抜け、辛うじて、口元や首の一部だけが人の姿に戻る。

だが顔の大部分や、体全体はそのままだ。

オティーリエも、リヴァーサルコアでは一部分しか戻せないだろう、というのは承知の上だった。

せめて最後に話せやしないかと、そんな望みに賭けたのだ。

しかしネクトは、周囲の人間を認識することなく、わずかに口を開き、うわ言を繰り返すだけ。

「ま……って……ぼく……すぐに……いくから……」

そしてゆっくりと腕を持ち上げて、手のひらを、晴れ渡る青空にかざした。

◇◇◇

「よかった、まだ待っててくれたんだね」

ネクトは、ミュート、ルーク、フウィスの三人を見てほっと胸を撫で下ろした。

「謝れなかったらどうしようかと思ってた」

少し先に立つ三人は、少し驚いた様子でネクトを見つめている。

「ごめん。でもこれは僕にしかできないことだったんだ。フラムお姉さんには恩もあるしね」

悔いは無い。

それぞれが望みを叶え、役目を果たして死ぬのだから、心残りなどあろうはずもなかった。

少なくともネクトは、そう思っている。

「あ、その顔、もしかして『台無しだ』とか思ってる？　でもさ、僕はフウィスに『おやすみ』とか言ってないよ。おやすみのあとには、必ずおはようがあるんだ。別れの言葉じゃない」

そんな軽口を叩きながら、ネクトは三人に歩み寄る。

しかし並ぼうとしたところで――見えない壁が、彼女を阻んだ。

「あいたっ。何なのこれ、壁？　やだなあ、邪魔しないでよ。僕はあいつらと同じ場所に行くんだからさ。ね、三人だってそのほうがいいだろう？　だって僕たちは兄弟なんだから」

だがネクトが伸ばした手は、またもや壁に弾かれた。

不思議そうに己の手のひらを見つめるネクトに、フウィスが笑いかける。

「ネクトってぇ、強がっちゃうところあるよねぇ」

「フウィス？」

続けて、ルークはポケットに手を突っ込み、悪ガキらしい表情で語る。

「まだ生きてやりてえことがあるって、顔でバレバレなんだよ」

「ルーク……」

最後にミュートが、人形を抱きしめながら優しく諭す。

「やりたいこと、やる。自分のため、後悔しないよう。それが、一番」

「ミュート……！」

三人はネクトに言葉を伝えると、背中を向けて去っていく。

遠くへ――手が届かないほど遠くの光へ――

「待ってくれ……みんなっ、僕を置いていかないでくれっ！」

ネクトを阻むのは、生者と死者を隔てる壁だ。

ここでの邂逅《かいこう》は、きっと星を見守る誰かが与えた、ちょっとした奇跡なのだろう。

「みんなっ、みんなあぁぁぁあああっ！」

そう、それは世界の未来を覆い尽くしていた闇を切り開く、わずかな光――

◇◇◇

「コアが……光ってる……？」

これまで見たこともない現象を目にして、フラムは呆然とつぶやく。

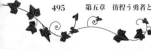

ネクトの体に埋め込まれたコアのうち三つが光を放ち、独りでに体から出ようとしている。

「これは、一体……」

それは遠巻きに見守るマリアですら言葉を失うような、ありえない光景だった。

ネクトの体から離れたコアは、ゆっくりと、空を目指して浮かんでいく。

それを追いかけるように伸ばした彼女の腕が、コアの喪失により人の姿を取り戻した。

腕だけではなく、体も、脚も、顔だって——完全ではないが、以前に近い形に戻ろうとしている。

「奇跡が、起きていますの……？」

「違う、奇跡なんかじゃないよ」

オティーリエの言葉を、インクは首を振りながら否定した。

「みんなの声が聞こえるんだ。ミュート……ルーク……フウィス……！」

「ミュート……そこにいるんだね……」

キリルも天を見上げ、同じ見た目をしたコアの中から、ミュートが宿るそれをじっと見つめる。

これが奇跡でないとしたら、一体何なのか。

第二世代チルドレンは、幼少期からオリジンコアを心臓代わりに生きてきた、例のない存在。

その肉体は長年に及ぶコア使用により、人間離れした身体能力を得ている。

つまり、オリジンの力が全身に染み込んでいるのだ。

なぜならオリジンは、人を支配し、変質させ、絶望させる存在なのだから。

「ですが……オリジンコアも完璧ではない……抵抗する術はある……」

「マリアちゃん？」

ぶつぶつと言葉を紡ぐマリアを、心配そうに見つめるライナス。

「他者を想う感情と、オリジンの支配は相容れない、真逆の存在……」

マザーにしたってそうだった。彼はどこまでも孤独だからオリジンコアに適応した。

一方でチルドレンたちは、互いに繋がりながら生きてきた。

肉体をオリジンで満たしながらも、それと反発する力を心に宿していたのである。

「だからこそ……一方的な支配は、完全には成立しなかったのですね。肉体にオリジン様の力が染み込んでいたように、コアにもまた──あの子供たちの意思が宿っていた」

そしてネクトを生かしたいという三人の想いが、この現象を引き起こした。

だが相反する二つの力の共存は、そう長くは続かない。

リヴァーサル・コアの作用により、反転の力を受け、強度も落ちている。

天高く浮かんだオリジンコアは、空に届くより前に、粉々に砕け散った。

破片が陽光に照らされ、ぼやけたネクトの視界でキラキラと輝く。

時を同じくして空を見上げたインクも、暗闇に閉ざされた世界で、その光を見たような気がした。

「あいつら……どこまで、僕を生かしたいんだか」

「みんな、ネクトのことが大好きだったんだよ」

「馬鹿だなぁ、本当に。どいつも、こいつも……」

嬉しさと悲しさが入り交じった泣き笑いで、家族を見送るネクトとインク。

それは、本当の意味で、教会における〝チルドレン〟という研究が終わった瞬間だった。

「この状態まで戻れば手術も可能ですわ。ネクトたちの体はわたくしが預かりますわね」

「お願いします、オティーリエさん」

「あたしもついていくから。あ、あとミルキットに、フラムは無事だって伝えておくね！」

「ありがと。お願いするね、インク。まあ、すぐに会いに行くつもりだけど」

ネクトを抱えたオティーリエとインクは、無事だったらしい施設の入り口へと戻っていく。

そしてインクが遠ざかったところで――フラムは糸が切れたように、ぐらりとよろめいた。

慌ててキリルが支えると、フラムは胸の中で弱々しく微笑んだ。

その視線の向こうには、マザーの死により溶けて消えた繭と、横たわる王都住民の姿があった。

犠牲になってしまった人間も多かったが――それでも、救われた人はいるのだ。

「フラムのおかげだね」

「キリルちゃんがいなかったら無理だったよ」

「いーや、フラムがいなかったら勝てなかった」

「ううん、キリルちゃんがいたからこそだって」

「……弱ってるのに強情だ」

「そこは譲れないから」

手柄を立てたからといって、フラムは傲慢にはならない。

すると謙虚な二人を前に、ライナスが調子に乗りはじめる。

「ま、俺たち全員の勝ちってことでいいんじゃねえの？」

「わたしたちはほとんど何もしてない」

「そうだな、手柄と呼ぶには弱すぎる」

「えー、別にいいだろ？　俺らもフラムちゃんが上で戦ってる間とか、割と頑張ったって」

「ふふふっ、そうですね。みなさん頑張っていたと思います」

一同がマリアの笑い声を聞いたのは、久しぶりのことだった。

ライナスはそれを特に喜んだようで、その後も饒舌《じょうぜつ》に調子に乗り続ける。

そんな中、フラムは天から降り注ぐ温かい日差しを受け、強い眠気を感じた。

いや、もはや眠りというよりは気絶に近いのだが――使い果たした体力の代償だろう。

「いいよ。おやすみ、フラム」

ミルキットにも会わなければならないし――と、必死に起きていようと思ったフラムだったが、許可をもらってしまっては、もう眠気には抗えない。

「じゃあ、お言葉にあまえ……て……」

フラムはゆっくりと瞳を閉じて、親友の体温に包まれながら、心地よいまどろみに身を任せた。

あとがき

このたびは、「お前ごときが魔王に勝てると以下略第四巻をお買い上げいただき、まことにありがとうございます。

わたくし、毎度おなじみ作者の kiki と申します。


第五章〝チルドレン編〟、いかがだったでしょうか。

四章で生じたとある変化が、一人の少女の運命を大きく変えたようです。

一方で怪しげな教会騎士団の面々もぽこっと生えてきまして、中にはどうやらフラムやミルキットと個人的な因縁がある人物もいるとかいないとか。

今後の活躍に期待したいですね！


そしてこの四巻はなんと、コミカライズの第一巻と同時発売なんですよ！

南方純先生が、第一章をオリジナル展開を交えつつ描いてくださっています！

マストバイです。ベリーベリーマストバイです。

書籍版ではイラスト未登場のあの受付嬢が登場したり、勇者パーティの顔がみんな良すぎたり、初々しいフラムとミルキットの関係に悶絶したりと、素晴らしい漫画になっております。

ぜひ、この四巻と一緒に楽しんでいただけると嬉しいです。オリジンもそう言ってます。

カバー裏とかほんとたまらんとですよ！（興奮）

コミックに関しては私も、オリジナル展開用の文章と、巻末にＳＳを書いたりしました。

勇者パーティ全員が絡む、おそらく非常に意外な内容になってます。

コミック買われた際は読んでいただけると幸いです。


と、ここで気づいたんですが、あとがきって大変ですね。

やはり文字数を稼ぐためには、作中の人物と作者との会話という、由緒正しき手法を用いるしかないのでしょう。

「……あとがき？」

「静夏《しずか》、いきなりどうしたんだよ」

「声、聞こえた。『あとがきっぽいことを話せ』って」

「誰がだよ。つかあとがきって何だよ……」

「勝城《かつき》、聞こえなかった？　私、はっきり聞いた」

「いんや、ぜんぜん。なあ、風斗《ふうと》はどうだった？」

「僕も聞こえてないよぉ、聞き間違いじゃないの？」

「聞いた。間違いなく」

「まあ、たまにはそういうこともあるだろ。静夏は特にカンジュセーってのが強いらしいしな。ところでネクトとインクの散歩、今日は静夏の番だぞ」

「そうだった。うわ、二匹とも見てる。よだれ、垂れてる。尻尾、すごい振ってる」

「静夏との散歩が待ち遠しいんだよぉ。そうだ、僕も暇だし一緒に行こうかなぁ」

「そりゃいいな、俺も付き合うか。たまには兄妹水入らずで散歩ってのもいいだろ」

「うん、いい。家族、みんな一緒。一番いい」

……おや、どうやら思っていたのと違うチャンネルに繋がってしまったようです。

実はキャラと話すこの力は非常に制御が難しく、高度なスキルが要求されまして、失敗すると命にかかわるのです。

そのため、多くの作者は習得のために、恐山で過酷な修行を行うと言われています。作家業界に伝わる都市伝説です。嘘です今考えました。


さて、それでは最後に、この本に関わってくださったすべての方々に感謝を。

おじさんから少女まで、幅広いキャラクターを美麗に描いてくださったキンタ先生。様々なキャラが見せるかっこよさやかわいらしさに毎度小躍りしながら喜んでいます、ありがとうございます。

文字数増え続けて値段が増えてしまったりと色々とご迷惑をかけてしまった、担当編集のI様。本当にいつもいつもありがとうございます。

出版にたずさわってくださったすべての皆様、お力添えいただき、ありがとうございます。

そして、この分厚くちょっぴりお高い四巻をご購入くださった読者の皆様にも、心からのお礼を申し上げます。

本当にありがとうございました。

次のお話——迫る無数の核ミサイル、空を埋め尽くすキマイラと空中要塞。今こそ人類と魔族が手を取り合い戦うとき！　対教会最終決戦、神聖浮遊都市〝東京〟編！

——を描くことができたら、またお会いできると嬉しいです。

GC NOVELS

「お前ごときが魔王に勝てると思うな」と
勇者パーティを追放されたので、
王都で気ままに暮らしたい④

2020年2月3日　初版発行

著者　kiki
イラスト　キンタ

発行人　武内静夫
編集　伊藤正和
装丁・本文デザイン　AFTERGLOW
印刷所　株式会社平河工業社
発行　株式会社マイクロマガジン社
URL:http://micromagazine.net/

〒104-0041
東京都中央区新富1-3-7　ヨドコウビル
TEL 03-3206-1641 FAX 03-3551-1208（販売部）
TEL 03-3551-9563 FAX 03-3297-0180（編集部）

ISBN:978-4-89637-973-0　C0093

本書は小説投稿サイト「小説家になろう」(http://syosetu.com/)に掲載されていたものを、加筆の上書籍化したものです。

待望のコミックス第1巻

「……た、ただいま、キリルちゃん」

キリルが顔をあげると、ローブを纏い、
自分と同じように顔を隠した、
幼い少女が立っていた。
隙間から見える髪や肌は白く、
その両手には薄汚れた、
人型のぬいぐるみが抱かれている。
景色から切り取られたかのように、
彼女の存在は浮いていた。
まともな人間ではない
――キリルの直感がそう告げる。
すると少女は、ゆっくりとキリルの方に
近づき、座っている地面を指さして言った。

「おかえり、フラム」

ひょっこりと、目に涙を浮かべたキリルが現れる。

まだ大聖堂のてっぺんより高い場所にいたはずなのだが、確かにブレイブを発動した今のキリルならば、ジャンプでこの高度まで達することは余裕で可能だろう。

だが実際に見せられると、唖然とせずにはいられない。

キリルはフラムの体を両手で抱えると、優しくふわりと着地する。

「ここ、わたし、場所」